KB077320

선생님의
책꽂이

선생님의
책꽂이

2013년 10월 14일 제1판 제1쇄 발행
2015년 5월 18일 제1판 제4쇄 발행

지은이	청양 교사 독서 모임 '간서치'
찍은이	김관빈, 이선이, 정다우리
펴낸이	강봉구

편집	김윤철
마케팅	윤태성
디자인	비단길
인쇄제본	(주)아이엠피

펴낸곳	작은숲출판사
등록번호	제406-2013-000081호
주소	100-250 서울시 중구 퇴계로 32길 34
전화	070-4067-8560
팩스	0505-499-8560

홈페이지	http://cafe.daum.net/littlef2010
페이스북	http://www.facebook.com/littlef2010
이메일	littlef2010@daum.net

ⓒ청양 교사 독서 모임 '간서치'

ISBN 978-89-97581-34-4 03810
값 17,000원

시골학교 선생님들이 온몸으로 엮은 독서록100

선생님의
책 꽂이

작은숲

일러두기

- 충남 청양중학교 선생님들의 독서 모임에서 출발한 간서치 독서 모임은 한 달에
  한 번씩 독서 토론 및 저자와의 대화 등을 진행하고 있습니다.

- 이 책에 실린 사진은 김관빈, 이선이, 정다우리 님에게 그 저작권이 있습니다.

- 이 책은 '충남교육연구소'와 '청양신문'의 후원에 의해 만들어졌으며, 수익금의
  일부는 청소년의 독서 활동 지원을 위해 사용됩니다.

차례

책을 내면서

1

교육,
가르침에서 가리킴으로

001 교사는 어떻게 단련되는가?   … 24
수업 명인을 목표로 삼은 교사의 철저한 수업 훈련

002 교사를 춤추게 하라   … 28
갈등 속에 있는 사람이 더 좋은 선생이 될 수 있다

003 교사와 학생 사이   … 32
그래도 교사는 교사다

004 교실의 고백   … 36
학교 교육 '불편한 진실'을 말하다

005 강수돌 교수의 '나부터' 교육혁명   … 40
교육은 삶의 문제

006 내 아이를 위한 사랑의 기술   … 44
감정은 충분히 받아 주고 행동은 바르게 고쳐 주기

007 불온한 교사 양성 과정   ··· 48
삐딱하게 보아야 바로 볼 수 있다

008 사랑으로 매긴 성적표   ··· 53
오직 사랑하고 믿을 뿐

009 사유하는 교사   ··· 57
삶의 안내자로서 교사의 소명

010 성깔 있는 나무들   ··· 61
아이들은 제 성깔을 제거해 버린 합판이 아니다

011 쓰뭉 선생의 좌충우돌기   ··· 65
소심하게, 그러나 아주 세심한 사랑법

012 아들 심리학   ··· 69
남자다워야 한다?

013 어떻게 아이들을 사랑해야 하는가   ··· 73
우리는 아이를 모른다

014 5차원 전면교육 학습법   ··· 77
인간 능력을 극대화하는 전인격적 입체 학습법

015 웃기는 학교 웃지 않는 아이들   ··· 80
교육과 입시에 관한 불편한 진실

016 핀란드 교실혁명   ··· 84
경쟁하지 않고 이기게 만드는, 희망의 공부법

2 치유,
건강하게, 더불어 아름답게

017 그건 사랑이었네 ··· 90
늘 새로운 문을 두드리는 사람

018 내 생애 단 한 번 ··· 93
현재에 충실하라

019 당신을 살리는 기적의 자연치유 ··· 97
자연의 이치에 순응하는 것이 자연치유

020 상처 위에 피는 꽃 ··· 101
이것 또한 지나가리라

021 소심하고 겁 많고 까탈스러운 여자 혼자 떠나는 걷기 여행 1 ··· 106
길 위에서의 만남

022 스님의 주례사 ··· 110
사랑할 권리는 있지만 사랑을 요구할 권리는 없다

023 온전함에 이르는 대화 ··· 114
영혼의 귀로 듣고 내면의 목소리로 말하는 법

024 인생 수업 ··· 117
죽음을 앞둔 자유로운 영혼들의 이야기

025 자연 그대로 먹어라 ··· 120
자연인의 삶은 밥상에서 시작된다

026 천 개의 공감 ··· 124
생의 외로운 줄다리기를 하는 이들에게

철학,
사람의 길을 묻다

027 3분 고전 ··· 130
고전은 처세술이 아니다

028 겨울부채 ··· 134
겨울부채 베껴 쓰기

029 고민하는 힘 ··· 138
모든 아름다움은 어둠을 거쳐 피어난다

030 나락 한 알 속의 우주 ··· 141
책 읽는 기쁨, 스승 만나기

031 무위당 장일순의 노자 이야기 ··· 145
몸과 마음과 삶의 터전을 두루 살피는 공부

032 미쳐야 미친다 ··· 149
11만 3천 번을 읽다

033 사랑 아닌 것이 없다   ⋯ 153
사물이 깨우쳐 준 이야기

034 여시아문   ⋯ 157
선생은 완전한 학생이다

035 처음처럼   ⋯ 161
마치 아침처럼, 새봄처럼, 처음처럼

036 할아버지 무릎에 앉아서   ⋯ 164
세상을 질문하는 아이들과 할아버지의 손 글씨 답장

037 행복하기란 얼마나 쉬운가   ⋯ 170
하느님께 닿는 길

038 홀로 걸으라, 그대 가장 행복한 이여   ⋯ 174
12살 구탐바자이, 비노바의 걷기 수행을 작은 카메라에 담다

4 문학,

작가와 함께 닷새, 집을 비우는 기분으로

039 난설헌   ⋯ 180
시대와 불화한 천재 시인

040 눈물은 왜 짠가 ⋯ 184
이렇게 빛나는, 가난한 노래의 씨앗

041 땡전 한 푼 없이 떠난 세계여행 ⋯ 187
세상 끝! 나는 그곳에 가고 싶었다

042 멋지기 때문에 놀러 왔지 ⋯ 191
이옥과 김려, 두 선비의 우정과 문학

043 사랑한다면 ⋯ 195
저급한 사회에 대한 가슴 찡한 연가

044 속 시원한 글쓰기 ⋯ 199
뻔뻔한 글쓰기를 위하여

045 아름다운 마무리 ⋯ 203
아름다운 마무리는 새로운 시작

046 안나의 즐거운 인생 비법 ⋯ 206
배움과 도전, 나눔을 멈추지 않는 금빛 인생

047 어느 가슴엔들 시가 꽃피지 않으랴1 ⋯ 209
수능 문제집에서 풀려난 시들

048 엄마를 부탁해 ⋯ 214
엄마를 사랑할 시간이 아직 남아 있다

049 임꺽정 ⋯ 217
길들지 아니한 생마와 같은, 알짬 사람

050 책은도끼다 ··· 221
도끼는 장작 패기만을 도모하지 않는다

051 천천히 읽기를 권함 ··· 224
책을 너무 많이 읽어선 안 된다

052 허수아비 춤 ··· 227
돈에 환장한 인간들의 작태

053 호미 ··· 231
칠십 평생 성실한 기록자로 살아온 작가의 지혜

사회·역사,
걸어온 길, 함께 걸어갈 길

054 21세기에는 지켜야 할 자존심 ··· 238
공존과 연대로서의 자존심

055 곰브리치 세계사 ··· 242
영화보다 흥미로운 역사 이야기

056 녹색평론 ··· 246
농민에게 용기와 위로를

057 당신을 사랑합니다 　　　　　　　　　　　　… 249
삶을 온전하게 끌어안은 사람들

058 마을에서 희망을 만나다 　　　　　　　　　　… 253
함께 잘 살 수 없을까?

059 밥상 혁명 　　　　　　　　　　　　　　　　… 258
두부 좋아하는 당신, '라운드업 레디'를 아십니까?

060 빼앗긴 문화재를 말하다 　　　　　　　　　　… 262
빼앗긴 문화재 되찾기 운동 5년

061 시로 쓰는 한국 근대사 　　　　　　　　　　　… 265
모든 삶은 기록된다

062 아름다운 세상을 꿈꾸다 　　　　　　　　　　… 270
아직도 못 이룬 나의 꿈, 밤무대 가수

063 육식의 종말 　　　　　　　　　　　　　　　　… 276
배부른 소 떼와 굶주린 사람들

064 이장이 된 교수, 전원일기를 쓰다 　　　　　　… 279
땅과 사람에게 답이 있다

065 잡지, 시대를 철하다 　　　　　　　　　　　　… 282
어제에서 오늘을 배운다

066 정조와 불량선비 강이천 　　　　　　　　　　… 287
18세기 조선의 문화 투쟁

067 팔만대장경도 모르면 빨래판이다 ··· 290
역사에 대한 성찰, 나에 대한 성찰

068 휴먼 필 ··· 294
인권 감수성의 현주소를 말하다

069 희망을 여행하라 ··· 298
우리의 여행은 괜찮은 걸까?

6 생태,
자연의 달력에 따라 살기

070 9월이여, 오라 ··· 304
아픈 눈을 떠야 한다

071 거봐, 바우니까 채워지잖아 ··· 308
적게 벌어 행복하게 사는 가족 이야기

072 기적의 사과 ··· 312
내 눈과 손이 곧 농약이고 비료다

073 꽃집 ··· 316
새와 돌, 지렁이, 논두렁, 자전거에게 상 주기

074 나무에게 배운다 ··· 321
나무, 건축 그리고 가르침에 관한 아름답고 깊은 통찰

075 날아라 새들아 ··· 325
터전에 대한 인간의 예의

076 산에서 살다 ··· 329
한 포기 풀을 존경하기

077 여기에 사는 즐거움 ··· 332
지금 이 자리, 곧 '여기'가 교회인 삶

078 오래된 미래 ··· 336
전통 마을에서 찾는 인류의 미래

079 월든 ··· 339
자주적 인간의 독립 선언문

080 자연달력 제철밥상 ··· 343
해와 달의 움직임에 따라 살기

081 잡초는 없다 ··· 346
자연은 제 빛깔로 살아 숨 쉬는 공동체

7

건축,
사람을 담는 그릇

082 건축, 권력과 욕망을 말하다 ··· 352
욕망의 반영물, 건축에 대한 인문학적 접근

083 건축, 음악처럼 듣고 미술처럼 보다 ··· 356
건축 감상법, 기초에서 심화까지

084 건축의 외부공간 ··· 360
바닥과 벽으로 형성되는 공간

085 건축이란 무엇인가 ··· 364
비주류 건축가 11명의 건축 단상

086 배흘림기둥의 고백 ··· 368
전통 건축에 대한 정확한 지식과 다양한 이해

087 가슴 뛰는 회사 ··· 372
'더 크게'가 아니라 '더 깊이 있게' 성장하기

088 한옥에 살어리랏다 ··· 376
비울수록 채워지고 나눌수록 커지는 집

089 흙집으로 돌아가다 ··· 380
흙집 짓기, 현실적이고 바람직한 대안

8 청소년,
그들의 세상을 응원하다

090 GO   ⋯ 386
국적도 민족도 아닌 연애 이야기

091 과학 개념어 상상사전   ⋯ 391
과학 지식의 보물 창고

092 꿈을 살다   ⋯ 395
꿈을 현실로 만든 사람들

093 내가 믿는 이것   ⋯ 399
희망의 힘을 믿는다

094 동시 삼베치마   ⋯ 403
비가 오면 비를 맞고, 눈이 오면 눈을 맞고

095 방자 왈왈   ⋯ 407
이몽룡을 제친 유쾌한 주인공 방자

096 보통이 뭔데?   ⋯ 411
한 장애인이 청소년에게 묻다

097 잠든 우리말을 깨우다   ⋯ 415
언어의 저장고를 늘리는 기쁨

098 전갈의 아이   ··· 419
인간 복제에 관한 되물음

099 케스-매와 소년   ··· 423
훈련되지 않는 야성, 세상과 타협하지 않는 매와 소년

100 토메이토와 포테이토   ··· 427
사춘기를 거치지 않은 어른이 있는가?

좌담   ··· 432
시골 학교 교사들의 책 읽기

저자 소개   ··· 450

도서 목록   ··· 457

사진 목록   ··· 463

책을 내면서

사골학교 교사들의 즐거운 책 읽기 실험

글을 써 본 적이 없는 시골 학교 교사들이 모여 이렇게 책을 엮게 되었습니다. 처음부터 글을 쓰려고 한 것은 아닙니다. 충남 청양중학교의 교사 일곱 명이 한 달에 한 번씩 만나기로 했습니다. 그냥 만나는 게 아니라 책을 한 권 읽고 만나기로 했습니다. 책을 읽으면서 무슨 생각을 했는지, 어떤 느낌이 들었는지 이야기를 하자고 했습니다. 이유는 딱 하나였습니다. 뭔가 신 나고 재미있는 일을 한번 해 보자는 것. 지하철을 타 보면 휴대폰을 들여다보고 있지 않은 사람을 찾아보기 힘든 것처럼 교무실에도 컴퓨터 화면을 들여다보고 있지 않은 교사가 없습니다. 모두 업무 포털에 접속하여 하루만 열지 않아도 눈덩이처럼 불어나는 공문을 처리하고 있습니다. 교사는 학생들을 바라볼 틈이 없습니다. 자신을 돌아볼 여유는 더더욱 없습니다.

이렇게 이상한 세상에서 걸음을 멈추고 생각이란 걸 한번 해 보자고, 이제 학교에서는 거의 불가능해진, 신 나고 재미있는 일을 한번 만들어 보자고 시작한 것이 '책 읽기'였습니다. 운동도 아니고 음주 가무도 아닌 책 읽기가 신기하게도 숨 막히는 학교 생활에 조그만 창窓을 열어 주었습니다. 창을 넘어 시원한 바람이 불어왔습니다. 아무리 바빠도 독서 모임 하는 날이 되면 만사를 제쳐 두고 교무실을 나섰습니다. 책을 읽고 교사들은 자신을 이야기했습니다. 책을 읽으면서 응시하게 된 자신의 삶에 대하여 어눌한 이야기를 시작했습니다. 책의 메시지에 부딪히고, 저항을 느끼고, 통째로 흔들리는 것을 경험하면서 인간으로서, 교사로서, 성장하고 있다는 것을 느낄 수 있었습니다.

처음엔 일곱 명의 조촐한 사랑방 모임이었는데 회원들이 하나 둘 늘고 신학기 이동에 따라 근무하는 곳도 공주, 아산, 천안까지 넓어지게 되었습니다. 소문을 듣고 '청양신문사'에서 선생님들이 무슨 책을 읽는지 소개해 줄 수 있겠느냐는 요청을 해 왔습니다. 대부분 글을 써 본 일이 없는 교사들이어서 처음엔 모두 난색을 보였지만 결국 서툰 대로 책 소개 글을 연재하기로 했습니다. 지역에서 발행되는 신문은 중앙 일간지보다 지역 독자가 많습니다. 교사의 독후감이 학생과 학부모, 지역민들 그리고 다른 교사들에게 독서의 계기가 되기를 바랐습니다. 처음 글을 써 보는 교사들은 차례가 다가오면 몸살을 앓았습니다. 잘 쓰진 못해도 성실하게 메시지를 전달하기 위해 밤잠을 설치면서 애를 썼습니다. 그렇게 쓴 원고 중에서 100편을 추려 묶은 것이 이 책입니다.

우리는 교사이므로 교육을 가장 중심에 두고 고민하지 않을 수 없었고, 우리의 터전에 닥친 문제들 중에서도 가장 절박한 생태 환경의 붕괴에 관심을 가졌습니다. 문학도 즐겼고 역사의 한 지점을 함께 사는 인간이며 공동체의 구성원인 자신의 위치를 끊임없이 일깨워 줄 수 있는 책과 지금 우리가 처한 현실과는 너무도 동떨어져서 공염불처럼 느껴지는 동서양의 교육 철학, 성찰의 글도 찾아 읽었습니다. 우리가 얼마나 멀리 와 버렸는지, 점점 더 멀어지고 있는지 확인하는 방법이었습니다.

폴란드 출신의 교육자이며, 작가이고 의사였던 야누쉬 코르착은 교사를 가리켜 '슬픔을 아는 사람'이라고 표현했습니다. 당면한 교육 현실을 적절한 노력을 통해 정복하고 승리를 구가하게 될 것이라는 확신에 찬 사람이 아니라, 최선의 의도와 노력이 난파될 수도 있음을 알고 그러한 상황을 짊어질 수 있는 사람이 교사라는 말에 깊은 위로를 받았습니다. 우리의 독서, 고민, 미미한 실천이 우리가 몸담은 세상을 조금이라도 아름답게 하는 데 이바지하길 바라지만 그렇지 못한다 해도 아름다운 삶을 위해, 우리 영혼의 성장과 자유를 위해 최선을 다해서 오늘을 살아갈 뿐입니다.

부족한 글을 멋진 책으로 엮어 주신 작은숲출판사의 강봉구 대표께 감사드립니다. 여전히 아름다운 세상, 살 만한 세상을 향한 희망을 놓지 않는 그에 대한 신뢰가 우리로 하여금 용기를 내게 했습니다. 이런 소모임이 여러 곳에서 생겨나 교사와 교사 사이, 교사와 학생 사이, 교사와 학부모 사이, 학부모와 자녀 사이, 학부모와 학부모 사이, 학생과 학생 사이 그러니까 가까운 모든 이웃 사이에 책이라는 징검돌이 놓이고 빛나는 사귐이 일어나길, 함께 성장하는 기쁨을 누리길 바라는 마음으로 출간을 권유했을 것입니다. 그렇게 되기를 진심으로 바랍니다. 그리고 무엇보다도 선생님들의 책꽂이에서 학생들이 책을 많이 뽑아 갔으면 좋겠습니다. 우리는 서로에게 배우면서 함께 걸어가야 할 가장 절친한 벗이니까요. 사진을 아름 답게 찍어 주신 김관빈 선생님과 이선이 선생님, 정다우리 군에게 감사를 드립니다. 세 명의 멋진 벗들로 인해 더욱 볼 만한 책이 된 것 같습니다.

2013년 9월

최은숙(청양 정산중학교)

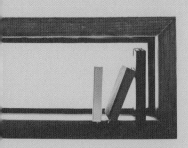

001 수업 명인을 목표로 삼은 교사의 철저한 수업 훈련 002 갈등 속에 있는 사람이 더 좋은 선생이 될 수 있다 003 그래도 교사는 교사다 004 학교 교육 '불편한 진실'을 말하다 005 교육은 삶의 문제 006 감정은 충분히 받아 주고 행동은 바르게 고쳐 주기 007 삐딱하게 보아야 바로 볼 수 있다 008 오직 사랑하고 믿을 뿐 009 삶의 안내자로서의 교사의 소명 010 아이들은 제 성깔을 제거해 버린 합판이 아니다 011 소심하게, 그러나 아주 세심한 사랑법 012 남자다워야 한다? 013 우리는 아이를 모른다 014 인간 능력을 극대화하는 전인격적 입체 학습법 015 교육과 입시에 관한 불편한 진실 016 경쟁하지 않고 이기게 만드는, 희망의 공부법

1

교육,
가르침에서 가리킴으로

수업 명인을 목표로 삼은 교사의 철저한 수업 훈련

얇은 책이지만 교사에겐 호기심 반, 두려움 반으로 무겁게 다가오는 제목이다.

1958년, 초등학교 교사를 시작하여 1989년에 30년 교육을 되돌아보며 쓴 아리타 가츠마사 선생의 책 《명인의 길-사회과 교과》를 현직 교사인 이경규 선생이 일본의 대학에서 연구생 자격으로 공부할 때 읽고 큰 감명을 받아 교사들이 자신만의 독창적인 수업을 만들어 가는 데 도움이 되었으면 하는 바람으로 번역을 하게 되었다고 한다.

교직 생활 10여 년, 자신의 수업에 대해 뿌듯함보다는 아쉬움을 느끼던 번역자는 어느 날 초등학교 교사로 한평생을 보낸 교사가 자신의 수업 기록을 전집으로 엮어 내었다는 사실을 알게 되었을 때 눈이 번쩍 뜨이는 놀라움을 느꼈다. 평교사의 일대기라 할 수 있는 이 책을 밤을 새워 읽으며 그의 삶을 닮고 싶어 한 역자의 절실한 마음이 내게도 그대로 전해져 오는 듯하다.

교사는 누구나 좋은 수업을 꿈꾼다. 대학 시절, 교육 실습을 앞두고 내가 맡은 단원의 수업 지도안을 작성하고 연습해서 두근거리는 마음을 겨우 누르며 정신없이 20분 첫 수업을 끝낸 뒤 교수님의 지도 말씀이 있기도 전에 교단을 내려오던 기억, 밀려오던 부끄러움, 노력이 부족했다는 것을 바로 알아차렸다. 가르치기 전에 배움이 절실하

아이들은 교사를 통해 배울 수 있어야 하고 내가 그 길이 되어야 한다는 현실이 서늘하다. 오늘도 제 몸과 마음을 키우며 눈부시게 자라고 있는 아이들이 있기에 교사는 깨어 있어야 한다.

다는 것을 알았다.

아이들에게 상처받을 때, 아이들이 나의 가르침에 반항할 때, 동료 교사의 불신과 맞닥뜨렸을 때 나는 분노했다. 그것이 나의 부족함이었다는 것을 이제는 안다. 그래서 지금은 행복한 마음으로 배울 마음을 낸다. 내가 아이들에게 받은 상처는 내가 아이들에게 준 것이었고 아이들의 반항은 아이들의 요구에 답하지 못한 나의 준비 부족이었으며 교사들에 대한 불신은 나의 성급함 때문이었다.

아이들은 교사를 통하여 배울 수 있어야 하고 내가 그 길이 되어야 한다는 현실이 서늘하다. 오늘도 제 몸과 마음을 키우며 눈부시게 자라고 있는 아이들이 있기에 교사는 깨어 있어야 한다. 좋은 수업을 위해 온힘을 기울이는 노력과 또 다른 스승인 동료 교사와의 나눔을 통한 꾸준한 실천이 필요하다. 아이들의 경험을 소중하게 생각하기로 한다. 저마다 자기의 귀한 생각을 따라가면서 깨닫는 기쁨을 얻을 수 있도록 다그치지 않고 천천히 함께 가기로 한다.

아리타 선생의 사회과 수업 연구에는 흉내 내며 배울 수 있는 많은 동지이자 스승이 함께한다. 갓 대학을 졸업한 교사의 수업을 꾸준히 살펴보며 "틀린 글자가 많아요.", "내용이 재미있지가 않아요.", "그렇게 가르치면 아이들이 알아듣지 못해요.", "좀 더 천천히 하세요." 하고 도움말을 전하며 좋은 지도법을 찾고 수업의 기본에 충실하도록 이끌어 주고, 지역의 학습 모임을 만들어 열심히 활동하며 실력 있는 교사가 되기 위해 노력하는 동료이자 스승인 요시다 교장 선생님, 발문의 중요성을 알게 해 준 와타나베 선생, 아이들이 빠져들 수 있는 수업의 소재에 대하여 깨닫게 해 준 나카오카 선생 등이 그들이다. 또 한 해 동안 열한 번의 연구 수업을 하고 그때마다 5시간 이상 이어지는 동료 교사들의 철저한 평가를 받는 과정 속에서 자신을 기꺼이 버리는 그들의 용기를 본다. 나는 아리타 선생처럼 나를 그렇게 완전히 드러내고 나를 다시 만들 수 있을까? 진정 어린 마음으로 동료 교사들을 모질게 나무랄 수 있을까?

교사들이 서로에게 스승이 되고 있었다. 학습 지도 요령에서 제시하는 목표를 던져 버리고 '올바른 인간관, 올바른 사회를 인식할 수 있는 힘을 갖도록' 사회과 수업의 목표를 바꾼 다나카와 선생의 '후쿠오카 역' 수업 이야기가 인상에 오래 남는다. "장화 신은 사람은 노동자죠, 노동자는 더럽죠." 하던 아이들이 유연한 수업 목표에 이끌려 역에서 일하는 사람들의 모습을 하나하나 다가가서 본 후 "가장 중요한 일이라고 정해진 것은 없어요. 모두 중요한 일이에요. 필요 없는 사람은 없어요." 하고 말할 수 있게 된다.

아리타 선생의 사회과 수업의 소재는 삶과 닿아 있고, 그 수업을 통해 아이들을 넓은 세상으로 이끈다. 스승의 눈이 맑고 깊어야 가능한 일이다.

| 김분희

갈등 속에 있는 사람이 더 좋은 선생이 될 수 있다

"지우면서 배우기."

멋있다. 이 책에서 발견한 가장 멋진 언어다. 언젠가부터 굳이 지우지 않아도 빛의 속도로 사라지는 다양한 일상의 기억들 때문에 혼란스러운 적이 많았다. 망각으로 인한 여러 가지 불편함 때문에 짜증이 늘었다. 하나를 잊으면 열 개를 잊은 듯 탄식하고 두 개를 잊으면 삶의 이유를 잊은 듯 나를 나무랐다. 하지만 잦은 망각에 대한 위안으로 이 말을 택한 것이 아니다. 지금 나의 위치에서 보이는 나와 보이지 않는 나 그리고 나를 둘러싼 모든 것들을 돌아보게 해 주었기 때문이다.

"아는 사람은 좋아하는 사람만 못하고, 좋아하는 사람은 즐기는 사람만 못하다."子曰 知之者 不如好之者 好之者 不如樂之者, 《논어》〈옹야雍也〉편에 나오는 말이다. 하나를 잊든 열을 잊든 돌이켜 보면 그것들은 내가 알거나 혹은 알아야 했던 것들이지 내가 좋아하고 즐기는 것들은 아니었다. 그러면 음치·박치·몸치, 치계의 삼박자를 고루 갖춘 나를 춤추게 할 수 있는 것은 과연 무엇일까?

교사로서 나는 갈수록 고민이 늘어간다. 교육은 배움과 가르침이라는 일련의 활동을 통해 새로운 것을 창조하는 과정이다. 가르침과 배움의 주체는 교사와 학생인데, 교사도 학생도 주체가 아니게 된 지

"지우면서 배우기." 참 멋진 말이다. 겸손하게 앎을 나누는 교사가 되고 싶다. 지우면서 배우기는 아마도 지혜롭게 배우기의 다른 말일 것이다.

는 이미 오래되었다. 교사는 작게는 교육청에서 크게는 정부교육부에서 체계를 잡아 놓은 교육 과정과 공문의 껍데기를 쓴 수많은 문서에 의해 직업의 주체성을 제한당하고, 학생들은 관심이 지나치거나 무관심한 부모에 의해 그들의 주체성 발휘에 상당한 제약을 받는다. 그와 동시에 교육에도 경제 논리가 스멀스멀 배어들면서 학생도 교사도 오롯이 경쟁해야 하는 상황에 놓여 버렸다. 교사와 학교는 교육 공급자, 학생과 학부모는 교육 수요자라는 말로 불리기 시작했다. 시장 경제에서 웃을 수 있는 공급자와 수요자는 최상의 상품을 최적의 조건가격으로 사고판 사람들이다. 교육에서 최상의 상품이 무엇이며 최고의 공급자와 수요자는 누구인지 시장의 가격처럼 단순하고 명쾌하게 정의할 수 있을까?

경쟁이 과열된 교육 주체를 달래기 위해 교사들에겐 경쟁을 바탕으로 배움의 기회_{학습 연구년}를 제공하고 학생들에겐 과중한 학업으로 인한 스트레스를 없앨 수 있는 방안을 제공하기 위해 체육 교과 시수 확대, 스포츠 시간 운영, 전문 상담사 배치 등의 정책을 펴고 있다. 하지만 학교와 관련된 다양한 문제를 해결하기 위해서는 학교 구성원들의 마음의 소리에 귀를 기울여야 한다. 밖에서 주어지는 강제적인 수혜는 예전에 있던 것에 새로운 것을 얹어 놓음으로써 고마움보다는 무거움을 느끼게 한다. 비워지지 않은 그릇에 자꾸 채우기만 하여 넘치고 넘쳐 주변을 어지럽힘으로써 청소에 대한 부담감만 더해 주었다고 할까. 흘러넘친 알갱이는 다시 사용하기 어렵다. 쓰레기통을 가득 채울 뿐이다. 마음이 부담스러운데 춤이 될까. 춤은 즐거운 마음에서 자연스럽게 표현되어야 어색하지 않고 더불어 어울릴 수 있는 마당을 만들어 준다.

교육은 가르침과 배움을 통해 어디에도 속하지 않는 새로움을 만드는 과정이라 했다. 새로움을 통해 저마다 나다움의 꽃을 피울 수 있도록 돕는 곳이 학교이며, 학교는 경쟁이 아니라 협력과 소통의 공간일 때에만 제구실을 할 수 있다고 했다. 또한, 배움은 배움의 암호 '모릅니다. 가르쳐 주세요'를 잊지 않고 있을 때에 가능하다고 했다. 교사는 배움을 완성한 사람이 아니다. 나의 스승을 만나 학생보다 조금 먼저 조금 많이 배웠을 뿐이다. 말 그대로 조금이다. 이 조금을 바탕으로 지속해서 배우고, 소통하고, 갈등하고, 갈등하게 만들 수 있어야 소통이 일어날 수 있다. 배움의 자세를 잊지 않은 교사만이 춤출 수 있다는 사실을 깨달았다. '19세기 학교, 20세기 교사, 21세기 학생'은 흔히 학교 교육을 비판할 때 쓰는 말이지만 19세기 학교에 있던 인문 교양의 가치를 20세기 교사가 가졌던 스승상을 바탕으로 하여 21세기 학생들과 소통하는 방법을 배워 가다 보면 찰나의 리듬을 타는 나를 발견하게 될 것 같다. 나를 움츠러들게 하는 거추장스러운 껍데기를 솎아 낼 수 있는 배움의 춤을 아이들과 함께 신나게 추면서 어느 날 누군가의 기억 속에 함께했던 스승으로 기억되고 싶다.

| 김흔정

그래도 교사는 교사다

노련한 교사는 분노를 두려워하지 않는다. 아이들에게 손해를 입히지 않고, 모욕을 주지 않으면서 분노를 표현하는 방법을 안다. 자신이 목격하고 느끼고 기대하는 것을 말로 설명한다. 문제에 대하여 조처를 하지 사람을 공격하지 않는다.

"그래도 교사는 교사다."

이 말이 책의 맨 끝에 있었다. 교사가 맞닥뜨려야하는 교육 현장의

모든 상황과 절망 끝에 내린 결론이라고 생각한다. 어린 학생들이 교

실 바닥에 함부로 침을 뱉고, 약한 아이들을 집단으로 괴롭히고, 수업을 방해하고, 교사를 최소한의 예의도 없이 대할 때, 그것이 단지 아이들이 가진 개인의 문제만은 아니라는 점에서 교사는 절망하고 무기력해진다. 아이들의 문제 행동은 그들이 지르는 비명이라고 봐야 옳다.

밤이 되어도 양계장처럼 교실의 불이 꺼지지 않는다. 어떤 선한 목적이 있다고 해도 사람의 몸과 마음을 가진 아이들을 이렇게 온종일 가두어 놓는 것은 너무나 잔인한 일이 아닌가? 아이들은 어른들을 거역할 힘이 없어서 견디고 있는 것뿐이다. 우리는 '국가 수준 학업 성취도평가'라는 이름의 일제고사를 막지 못했고, 싫다는 아이들을 억지로 앉혀 놓고 수업하는 일을 여러 가지 정황 때문에 거부하지 못하고 있다. 아이들이 가진 각각의 처지와 고통을 세밀하게 살필 겨를도 없다. 학교가 나아가는 방향은 사람을 기르려는 게 아니라 경쟁 속에서 살아남을 점수를 만들어 내라는 것이다. 문제가 생기지 않는다면 오히려 이상한 일 아닌가? 마음이 병드는 것은 몸이 아픈 것보다 훨씬 심각한 일이다. 몸이 아프면 고치려고 애를 쓰지만, 마음이 병들면 삶을 포기할 수도 있다. 절망과 무기력함을 느끼지 못한다면 그는 진실하게 사는 교사가 아닐 것이라고 나는 짐작한다.

그래도 '교사는 교사'라고 이 책은 말하고 있다. 지은이 하임 G. 기너트는 교육 현장의 문제들을 해결해 나가고자 하는 모든 노력 중에서 교사의 태도와 역할에 집중했다. 교사도 학생이나 학부모와 마찬가지로 한계를 가진 존재이다. 교실에서 학생들을 대하는 교사의 역할이 공교육의 모든 문제점을 해결할 것처럼 읽히는 것은 경계해야 한다. 내가 이 책에서 얻은 것은 교사로서 나를 좀 더 훈련해야 한다는 생각이었다. 교사와 학생 사이는 사랑만으로는 충분하지 않다는 것이 이 책의 명제이다. 꾸짖을 때도, 교사의 분노를 표현할 때도, 칭찬할 때도 교사와 학생 사이에서는 가르침이 일어날 수 있어야 한다. 그것을 지은이는 '특별한 기술'이라고 표현했다. 물론 그것은 사랑과 배려와 성장을 돕겠다는 진실함이 없다면 배움이 불가능한 기술이다. 수업하러 들어간 교실에 프린트물이 여기저기 굴러다니고, 책상 위엔 다른 시간에 사용한 교과서와 노트가 어지럽게 쌓여 있고, 과자 봉지, 밤 껍데기 같은 것이 흩어져 있으면 나는 인상을 쓰면서 화를 낸다.

"이게 돼지우리야, 교실이야? 느네 반이 전교에서 가장 지저분한 거 알어? 이런 데서 무슨 공부를 한다는 거야? 공부하면 뭘 해?"

책을 읽다 보니 유능하지 못한 교사의 예로 내가 하는 말이 나와 있었다. 노련한 교사는 분노를 두려워하지 않는다고 한다. 아이들에게 손해를 입히지 않고, 모욕을 주지 않으면서 분노를 표현하는 방법을 안다. 자신이 목격하고 느끼고 기대하는 것을 말로 설명한다. 문제에 대하여 조처를 하지, 사람을 공격하지 않는다.

"책들이 교실 바닥에 널려 있는 것을 보고 화가 안 나겠니? 책을 바닥에 떨어뜨려 놓으면 안 되잖아. 주워서 정돈해."

그렇게 말하면 아이들은 책을 함부로 바닥에 굴리는 것이 옳지 못하며 선생님이 그걸 보면 화가 난다는 사실을 알게 되고 기분 상하지

않고도 책을 정돈할 수 있을 것이다. 칭찬도 마찬가지이다. 과녁의 한복판을 맞힌 아이에게,

"대단하다. 완벽해. 넌 명사수야."

이처럼 판결을 내리는 칭찬은 기쁨과 즐거움 대신 항상 과녁을 맞혀야 한다는 두려움과 불편함을 안겨 준다고 한다.

"이번 화살은 과녁 한복판을 맞혔구나."

"화살이 오른쪽으로 빗나갔네."

이렇게 결과를 객관적으로 평가하는 의견이 학생으로 하여금 좀 더 잘 쏠 수 있는 방법을 터득하게 한다는 것이다. 더 중요한 사실은 한 인간인 자신에 대한 교사의 태도가 화살을 얼마나 잘 쏘느냐 못 쏘느냐에 따라 달라지지 않는다는 것을 학생들이 깨달을 수도 있다는 것이다.

그리고 보면 교사란 얼마나 세심하게 순간순간을 깨어 있어야 하는 존재인가.

| 최은숙

004 존 테일러 개토 지음, 이수영 역 교실의 고백
학교 교육 '불편한 진실'을 말하다

저자에게 한 젊은이가 소리쳤다.

"저는 스물다섯 살이지만, 시험에 합격하는 것 말고는 할 줄 아는 게 아무것도 없습니다! 눈보라 몰아치는 외딴 길에서 자동차 팬벨트가 끊어진다면 저는 얼어 죽겠죠. 선생님은 저를 왜 이렇게 만드셨습니까?"

이 젊은이의 외침은 학교는 과연 무엇을 해야 하는지, 교육의 본질은 무엇인지, 진짜로 중요한 배움은 무엇인지를 내내 생각하게 했다. 존 테일러 게토는 30년을 뉴욕시 공립 학교에서 교사로 아이들을 가르치며 얻은 경험과 서구 교육의 역사와 철학에 대한 오랜 연구에서 얻은 통찰력을 바탕으로, 현대 사회의 학교 교육의 문제점을 고발하고 교육이 나아가야 할 방향을 제시하고 있다.

현재의 학교 제도는 아이들을 훈련시켜 획일적인 사람을 길러 내는 대량 경제 체제와 공생 관계에 있다. 학교 제도는 과거에 무관심하고, 미래에 무관심한 아이, 서로에게 무관심하고, 자기 자신에게도 무관심한 아이, 의존적이고 수동적이며 새로운 도전을 두려워하는 아이를 길러 내고 있다. 학교는 아이들에게 자기 인생을 스스로 발견하고 성장할 시간을 빼앗는다. 부모와 자녀도 격리시키고 가족의 존재를 희미하게 한다.

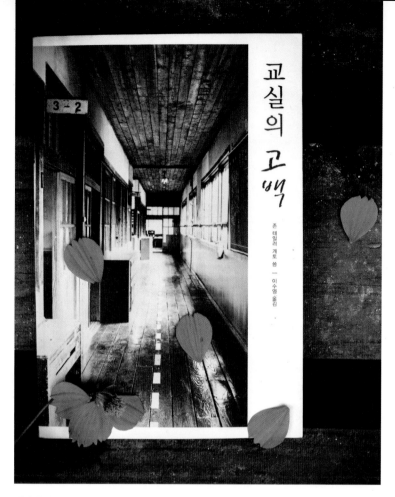

시간이 아무리 걸려도 우리에게 가야 할 길이 있다면 그것이 어떤 절벽으로 막혀 있더라도,
오늘도 한 걸음 나아가는 것을 멈출 수 없지 않은가.

저자는 자기 자신을 믿고 스스로 깨닫는 것이 참된 지식이라는 믿
음을 바탕으로 한 교육 제도—자기주도학습, 사회봉사, 현장커리큘
럼, 가족커리큘럼—를 포함하여 학교 밖의 공간에서 가르치고, 부모
가 함께 참여하고, 아이들이 모험심, 독립심, 공동체, 도덕성을 배우
는 교육 제도가 필요함을 주장하고 있다.

'학교'와 '교육'을 똑같은 것이라고 믿게 하려는 사람들을 당당하게 '사기꾼'이라고 말하는 그는, 국가가 글로벌 경제 체제를 유지하기 위한 수단으로 다양한 삶의 방식에 대한 존중 없이 교육의 방향을 주도하고 있기 때문에 가족과 공동체의 삶을 점점 더 황폐화시키고 있다고 지적하면서, 국가의 거대한 힘과 압력에 굴하지 않고 그들만의 삶의 방식과 질서를 이어가고 있는 아미시 공동체와 스탠리 같은 자주적인 사람 이야기를 통해 교육의 대안을 제시하고 있다. 그리고 독자들로 하여금 내 안에 있는 자유 의지를 일깨우고, 내 자녀들의 교육 문제를 새로운 방향에서 바라볼 수 있게 한다.

진짜로 중요한 것은 무엇일까? 저자는 기계 같은 삶을 살지 말고 너 자신을 알고 자유 의지대로 살아가라고 한다. 우리나라의 교육 현실과 미국의 교육 체제는 별반 다르지 않다. 더 이상 학교 교육의 '불편한 진실'을 감추고서는 희망이 없다. 공장에서 획일적인 물건을 대량 생산하는 시스템과 같이 삶의 방향과 목적을 상실한 채 성적이라는 틀에서 정답만 찾아 헤매는 불량 학생을 길러 낸다면 더 이상 교육이 아니다.

교육을 통해 아이들이 자유 의지를 가지고 공동선을 실현하며 조화로운 삶을 살아가게 되기를 희망한다. 조화로운 삶이란 그 속에 자각, 의무, 책임, 공감, 상실 받아들이기, 죽음 준비하기가 있는 삶이며, 스스로가 조화로운 삶을 살기 위해 노동의 짐을 받아들이는 삶이다. 저자가 생각하는 교육은 고통이 가르쳐 주는 교훈과 옳고 그름을 구분하려는 노력, 나이 듦과 죽음에 익숙해지는 지혜를 영적인 나침반으로 삼고 잃어버린 전통인 영성에 기초한 교육이다.

진실로 교육 받은 사람이란, 평생 자기 자신의 글을 쓸 줄 알고 시간을 스스로 관리할 줄 알며 자신의 권리를 알고 지킬 수 있는 사람이다. 사람의 마음이 어떻게 움직이는지 알고 생존에 관한 쓸모 있는 지식을 사용하며, 철학을 지니고, 건강한 관계를 맺을 수 있어야 한다. 도덕성을 갖추고 스스로 진리를 발견하며 타인에게 도움이 되는 법을 알고 창조하는 능력이 있는 사람이어야 한다.

학교가 인간을 인간답게 하는 교육의 본질을 잃어버리고 단지 생산의 도구로서 또는 국가나 사회에 필요한 인간을 양성하는 기관의 역할을 감당하고 있을 뿐이라는 사실은 교사로서 너무 절망스러운 일이다. 그러나 시간이 아무리 걸려도 우리에게 가야 할 길이 있다면 그것이 어떤 절벽으로 막혀 있더라도, 오늘도 한 걸음 나아가는 것을 멈출 수 없지 않은가.

| 김성은

교육은 삶의 문제

진정 배우고 싶은 분야의 스승을 찾아 배우고, 배운 것을 보람되게 쓸 수 있는 터전을 찾고, 생계를 해결하며 공동체 발전에 이바지하는 사람이 되어 갈 때 우리 아이들은 행복하지 않을까?

강수돌 교수는 교육 문제는 결국 삶의 문제라고 결론내린다. 따라서 보다 더 근본적인 물음으로부터 시작하자고 한다. 즉, '아이들이 어떻게 자라나고 어떻게 학습하며 어떻게 살아야 행복할까?' 하는 문제는 경제와 삶의 방식에 대한 고찰로부터 출발하여 나부터 바꾼다는 실천력이 있을 때 풀어 나갈 수 있다고 한다.

그래서 질문한다. 교육의 궁극적 목적은 무엇인가? 변화하는 아이들 속에서 변해야 할 교육 현실과 추구해야 할 사회의 모습은 무엇인가? 우리는 왜 그렇게 땀을 흘려 노동하는가? 자녀에게 진정으로 부모가 기대하는 것은 무엇인가? 교육은 다음 세대를 이어 갈 쓸모 있는 노동 자원을 창출하기 위한 것인가? 보다 더 나은 삶이란 무엇인가? 이 모든 질문은 한마디로 요약한다면, '우리는 어떤 삶을 원하는가?'라고 할 수 있겠다. 답은 간단하다. '건강하고 행복한 삶'을 원한다는 것이다. 평화롭게, 자유롭게, 평등하게, 맑은 물과 공기를 마시며 여유롭게, 창의적인 활동을 하며 더불어 그 결과물을 나누며 사는 삶, 그것을 우리는 원한다. 그리고 이 삶의 목적은 곧 삶의 방식이며 교육의 과정이며 방법이며 목적이기도 하다.

이러한 삶은 가능한가? 경제 · 노동으로 대표되는 사회 구조의 변화와 나부터 시작된 변화를 위한 실천이 뒷받침되어야 희망이 있다. 지금의 경제 · 노동 구조는 세계 자본의 주도로 온 세상을 하나의 이윤 공간으로 만들었다. 세계화라는 띳 속에서 신자유주의는 자본의 이익 창출을 위해 경쟁을 지속적으로 가중시키고 있고 그 이익은 경쟁에 승리한 소수 사람들에게 더욱 몰리고 있다. 따라서 교육마저도 수직 구조화된 경쟁의 논리 속에서 더 많이 소유하고 더 많이 소비할 수 있는 승리자가 되는 방법 그리고 무한 경쟁에 순응한 '인적 자원'의 배출을 목표로 하게 되었다. 교육이 삶의 질과 삶의 방향을 추구하는 것에서 벗어나 돈의 노예가 된 것이다. 따라서 삶의 문제로서 교육의 본질을 회복하기 위해서는 사회 구조를 변화시키되 생태주의적 농업 등의 1차 산업을 경제·노동의 중심축으로 하고 2·3차 산업은 삶의 질 향상에 도움을 주는 것만 발전시켜야 한다. 또한 일류 대학, 유망 학과를 가야 성공한다는 우리의 의식도 바꾸어야 한다. 그래야 교육 제도나 학교는 '노동력 생산 공장'이 아니라 스스로 책임성 있게 더불어 살아갈 인격체가 되도록 학생들을 도와주는 공간으로 탈바꿈할 수 있다.

이제 어른들이 판단하고 결단해야 할 시점이다. 어쩔 수 없는 사회 구조이니 그 속에서 지지 말고 너 자신을 잃더라도 최대한 참고 견디고 수단을 가리지 말고 경쟁하여 소수의 승리자가 되라고 내 자녀를 교육할 것인가? 슬기로운 눈으로 사람과 자연, 사회를 꿰뚫어 보고 더불어 건강하게 사는 데 문제가 있다면 힘을 합해 고쳐 나가는 사람이 되라고 교육할 것인가? 진정 배우고 싶은 분야의 스승을 찾아 배우고, 배운 것을 보람되게 쓸 수 있는 터전을 찾고, 생계를 해결하며 공동체 발전에 이바지하는 사람이 되어 갈 때, 우리 아이들은 행복하지 않을까?

잊을 수 없는 학부형이 있다. 아파트 숲 속에 위치한 탓에 교무실이 망원경으로 감시받고 있는 중이라는 농담도 오가던 살벌한? 학교였다.

"내 아이의 친구들이 행복해야 우리 아이도 행복하니까요."

수학여행비를 못 낸 학생 대신 돈을 내고 싶다며 고마운 마음을 수줍게 전하던 그분, 그 커다란 마음이 강수돌 교수의 글을 읽으며 새삼 크게 다가온다. 정말 고맙고 좋다. 나, 너, 우리 모두 함께 건강하고 행복하자고 말해 줘서. 그리고 그러기 위해 눈을 크게 뜨고 귀를 열고 마음을 열고 우리 많이 고민하고, 한 걸음 한 걸음 나아가자고 말해 주는 사람들이 많아서 참 좋다.

| 이현주

감정은 충분히 받아 주고 행동은 바르게 고쳐 주기

겨울이 꼬리를 내리는 자리에 따스한 기운이 살포시 스며들고 있다. 바람이 그리 매섭지 않은 건 아마도 봄이 보내는 신호가 함께하기 때문일 것이다. 올겨울은 온전히 딸아이와 함께하고 싶었다. 철들지 못한 엄마 탓에 먼저 철이 들어 버린 아이가 고맙고 안쓰러웠다. 늘 미안한 마음으로 아이를 대했다. 스스로 죄인이 되어 마음의 짐을 만들고 혼자 버거워하고 아이가 아이답게 나를 대할 때는 그 당연함을 감당하지 못해 힘들었다. 특히 아이가 중학생이 되면서 성장하느라 자신을 그대로 드러낼 때마다 어찌할 바를 모르고 당황했다. 가끔은 건성건성 이해하는 척하면서 좋은 부모의 가면을 쓰기도 했다. 물론 아이는 나의 가면을 금방 알아챘지만 말이다.

처음 이 책을 소개받았을 때는 내가 가르치는 아이들에게 도움이 될 것 같아서 후다닥 샀는데 그보다 먼저 내 가족을 대하는 태도를 돌아보게 해 줬다.

딸아이와 언성을 높이며 며칠 간 냉전을 치른 적이 있었다. 언쟁의 주제는 잊어버렸다. 하지만 아이가 내게 했던 말 중 잊히지 않는 것이 있다.

"엄마가 언제 내가 다니는 학교에 온 적이 있어? 내가 몇 반인지 제

아이의 의견과 감정을 이해하고 부모의 의견을 침착하게 전해 주는 것만 잘해도 내 아이가 행복해집니다. "딸, 지금 행복해?", "응, 엄마." 가장 나누고 싶은 말, 평생 듣기를 희망하는 말입니다.

대로 기억한 적이 있어?"

대꾸할 말이 없었다. 아이에게 무엇인가 충고를 해 주고 소소한 분쟁을 해결하면서 부모의 권위를 지키려 했지만, 아이가 울면서 한 말들이 입을 다물게 했다. 아이는 씩씩했지만 외로웠던 것 같다. 말하지 않아도 엄마가 가끔은 먼저 알고 달려와 주길 바랐을 텐데, 엄마인 나는 한 번도 그러지 못했다. 그것으로 다툼은 끝이 나고 며칠 뒤우리는 어색한 화해를 했다. 다시 며칠이 흐르자 아무 일 없었던 듯웃고 장난치며 얼굴을 마주했다. 책을 읽는 내내 그날이 생각나면서 부모로서 무책임했던 행동들을 반성하였다. 지금까지 아이가 마음 깊이 간직한 상처에 대해 진심으로 사과하고 용서를 구하지 못했기 때문이다. '직장을 다니는 엄마이기에 어쩔 수 없는 상황이니 네가 이해해야 한다.'는 식으로 두루뭉술하게 넘어가 버렸던 것이다. 아마 아이는 아직도 마음 한구석에 상처가 그대로 남아 있을 것이다. 언젠가 또 다른 언쟁이 생기면 그때는 지난 일부터 진심으로 사과하고 그날의 주제에 맞는 싸움을 해야겠다. 아니, 아니다. 저녁에 학교에서 돌아온 아이의 심신이 지쳐 보이지 않는다면 덧난 상처를 헤집고 새살이 날 수 있도록 마음을 다해 소독을 하고 연고를 바를 수 있는 이야기를 나눠야겠다.

이 책은 부모가 아이의 감정을 어떻게 받아들여야 하는지, 아이가 자신의 감정을 바르게 인지할 수 있도록 어떻게 도와야 하는지에 대해 이야기하고 있다.

"감정은 다 받아 주고 행동은 잘 고쳐 주라."

아이를 위한 사랑의 핵심 기술이다. 진심으로 공감하고 서로의 눈높이에서 이야기할 수 있는 정서적 토대가 형성되어야만 원만한 타협을 통해 본질적인 문제가 해결될 수 있다고 한다. 행동은 잘 고쳐 주라는 말은 정서적 공감만으로 해결되지 않는 문제가 있을 때, 정서적 공감을 바탕으로 도덕적 한계 내에서 행동의 허용 범위를 정확하게 알려 주어야 한다는 의미이다. 이러한 핵심을 터득하기 위한 단계별 전략은 부모와 자녀, 부부, 동료 등 모든 인간관계에 폭넓게 적용할 수 있다.

조금 더 일찍 이 책을 만났더라면 내 아이가 더 행복했을까? 부끄럽지만 아닐 것이라는 결론을 내렸다. 지금까지 나의 모습을 돌이켜

보고 내린 답이다. 나는 그동안 책 속에 진솔하게 풀어놓은 이야기들을 나보다 평화로운 사람들이 늘어놓는 공허한 잔소리처럼 들었다. 아이가 내 말을 한 귀로 듣고 한 귀로 흘리듯 아마 나도 그의 말을 귀담아듣지 못했을 것이다. 나의 오만을 깨닫는 데 많은 시간이 필요했다. 감정은 다 받아 주고 행동은 잘 고쳐 주기, 그러기 위해서 극복해야 할 많은 것들을 위한 시간이 다시 필요하겠지만, 나의 불완전함을 뼈저리게 느끼고 있다는 것이 내게는 희망이다. 이 책은 내가 가야 할 길에 길벗이 되어 준 고마운 책이다.

아이의 행복한 기억 속에 내가 함께한 시간이 얼마나 될까 하고 생각해 본다. 그래도 참 다행이다. 우리는 지금부터 엄마와 딸, 친구, 동지로 함께할 시간이 더욱 많아질 테니까. 엄마가 준비될 때까지 많이 참아 준 딸에게 진심으로 고맙다는 말을 전한다.

"딸, 사랑해. 미안해. 그리고 너무너무 고마워."

| 김훈정

삐딱하게 보아야 바로 볼 수 있다

사회는 불온을 꿈꾸는 이들을 통해 새로운 힘을 만들어 낸다. 그리고 기존의 질서에 도전하고 새로운 세상을 갈망하는 사람들의 꿈과 참여를 통해 세상은 조금씩 바뀌어 간다.

문화와 문학의 자유는 세상에 대한 삐딱한 시선과 태도에서 나오는 경우가 많다. 오랫동안 왕이 지배하던 사회에서 못난 백성들의 자유와 평등을 위해 애쓰고 이를 성취해 냈던 사람들은 그 사회의 불온한 자들이었다. 불온은 주류와 지배자들을 불편하게 하지만, 끝내는 세상에 새로운 물줄기와 생동감을 불어넣는다. 예스맨만 있는 나라는 간신의 나라이기 십상이고, 결국 망해 버리고 말지 않았던가. 사회는 불온을 꿈꾸는 이들을 통해 새로운 힘을 만들어 낸다. 그리고 기존의 질서에 도전하고 새로운 세상을 갈망하는 사람들의 꿈과 참여를 통해 세상은 조금씩 바뀌어 간다.

누구의 생각이었는지는 몰라도 아마도 아버지셨겠지만 나는 초등학교 3학년 초에 충청도 산골 마을에서 서울로 유학을 가야만 했다. 다행히 애초에 기대했던 만큼 공부를 잘하지 못한 탓에 5학년이 끝날 무렵 다시 시골로 내려올 수 있었다. 서울에서의 외로움이 나를 키운 탓인지 6학년 때 이미 스스로를 제법 어른이라고 생각하며 살았다. 어른들이 보면 한마디로 '웃기는 짜장'이었을지 모르지만, 내 삶을 스스로 관리할 줄 안다고 생각했고, 진로와 관련된 중요한 선택들을 대개 혼자서 결정하곤 했다. 그리고 별다른 사춘기적 반항기를 거의 겪지 않은 채, 그저 성실이 최고라 여기며 중·고등학교를 마쳤다. 심지어 아이들을 수시로 때리시는 그 당시는 날이면 날마다, 참 숱하게들 맞았다 선생님들께도 거의 무조건적인 존경을 보냈고, 그런 덕에 뭐 하러 사범대에 가느냐는 선생님들의 만류에도 기꺼이 선생이 되는 길을 선택했다.

그런데 대학에 가서 공부를 하며 이런저런 책들을 읽는 동안, 참 죄송하게도 중·고등학교 선생님들께 뒤늦은 배신감을 많이 느낄 수밖에 없었다. 선생님들께서 열심히 가르쳐 주고 보여 준 세상의 모습 가운데, 사실이나 진실이 아닌 게 너무 많다는 것을 알게 되었기 때문이다. 고3 시절 박정희 대통령이 서거하였을 때, 나도 모르게 줄줄 흘러내렸던 눈물과 전율감이 못내 속상하고 억울했다. 당신들께서 아시는 만큼의 세상을 보여 주신 것일까. 아니면 선생님들조차도 조금 두려워서 진실을 애써 감추고 사신 것일까. 어느 쪽이든 교사로서는 썩 온당한 일은 아닐 거라는 생각이 들었다. 내가 가르치는 아이들에게 그런 배신감이 들게 하지는 말아야겠다는 생각을 하며 살았지만, 세상은 여전히 요지부동인 채로 30여 년의 세월만 속절없이 흘러 버렸다.

그런 어느 날, '불온한 교사 양성 과정'이라는, 제목이 거시기한 책이 손에 들어왔다. '교육공동체 벗'이라는 모임에서 교사들을 대상으로 했던 강의록을 모아 놓은 책이었는데, 불온한 제목이 불안하게 하면서도 묘하게 마음을 끌었다. 불온이라는 말을 국어사전에서 찾아보니 "사상이나 태도 따위가 통치 권력이나 체제에 순응하지 않고 맞서는 성질이 있다."고 적혀 있다. 막연히 생각해 왔던 것보다 긍정적인 의미가 더 강하게 다가왔고, 불편한 마음이 잦아들었다. 지난 세월 동안 승진이나 출세 같은 것을 생각하는 대신, 부당한 권력이나 체제에 고개를 들고 살려고 애써 왔다. 비록 세월이 흐르는 동안 날이 한없이 무뎌지고 게을러져서 이제는 매우 온건한 교사가 되어 가고 있음을 아프게 느끼고 있기도 하여, 책을 읽는 동안 내 마음은 냉탕과 온탕을 수시로 들락거렸다. 왜 학교가 진정한 교육의 장이 아닌지, 교사들은 왜 점점 더 생각하지 않고 현실에 맞춰 가며 조용히 '공무원'으로 사는 것인지, 나름대로 열심히 일하지만 왜 교사로서의 보람을 느끼지 못하는 것인지를 말하며, 현실에 적응하며 살고 있는 내 가슴을 자꾸 찔러 댔다. '한때 벌떡 교사였으나 불온성의 노화로 영혼의 보톡스가 필요한 교사'에게 필요한 책이라는 말이 딱 내 얘기처럼 아프게 다가왔다.

이른바 유능한 교사가 오히려 교육의 적일 수도 있음을 지적하고, 매 순간 쩔쩔매는 신규 교사의 맘으로 살 것을 권고하며, 여전히 초보 교사의 정신과 마음으로 교사로서의 참된 자아를 찾아 가도록 강력히 권고하는 이 책은 보기에 따라 유쾌, 상쾌, 통쾌할 수도 있다. 그러나 이 강의를 맡은 교사들처럼, 이른바 철밥통의 신분에서 '짤릴' 것을 각오하며, 촘촘히 짜인 가족과 사회적 관계의 눈과 기대들을 뒤로 하고, 내 마음이 이끄는 정의롭고 자유로운 마음의 선택을 따를 수 있을지 쉽게 대답을 할 수 없었다. 진짜 불온한 교사로 살아가는 것은 인생 전체를 걸어야 하는 일이다. 이 말도 안 되는 교육 시스템 속에서 아무것도 모르는 체 자신은 행동하지도 못하면서, 아이들에게만 세상을 보는 눈을 뜨라고 말할 것인가? "교육만이 희망이다"라는 말을 되뇌고 또 되뇌지만, 현실은 너무나 견고하기에 희망을 잃지 않는 것조차 어렵지 않은가. 하지만 희망마저 버린다면 또 어찌한단 말인가. 그러나 역사를 돌아보면, 늘 현실은 어렵고 희망은 잘 보이지 않았지만 세상은 조금씩 변화하고 발전해 왔다고 믿는다.

만약 지금 삶의 현장에서 차마 희망의 손을 놓지 못해 고통스러워하고 있다면, 그리고 혼자서 싸워 나가는 길이 외롭고 힘들다고 느껴진다면 이 책을 한번 읽어 볼 일이다. 쉽게 읽히는 책이지만 마음은 적잖이 불편해지는 것을 감수해야 한다. 그러나 이 책이 불편하게 다가온다면 당신은 삶을 의미 있게 살려고 노력하고 있다는 증표다. 좋은 약은 입에 쓰고 충고의 말은 귀에 거슬린다 하지 않는가.

| 류지남

오직 사랑하고 믿을 뿐

잃어버린 자식을 찾아 헤매는 어머니처럼 학생들이 보고 싶어 어쩔 줄 몰라 하는 지은이 이상석 선생님의 마음이 느껴져서 눈물이 났다. 얼마나 아이들과 마주하고 싶고 수업도 하고 싶었을까? 나에게도 이런 날이 온다면, 갑자기 학교에 나갈 수 없는 그 날이 온다면, 하고 생각해 보았다. 정말 눈앞이 캄캄해지면서 무엇을 해야 할지 막막했다.

1989년, 선생님은 전교조 결성 일로 해임을 당하면서 사랑하는 제자들과 정든 학교를 5년 동안 떠나야만 했다. 당시 얼마나 학생들을 그리워했는지 제자들과 주고받은 편지, 그들과 나눈 이야기 한 편한 편에 아픔이 묻어난다. 교사는 학생들을 끝까지 믿고 사랑해야 하는 사람이라고 믿는 분 같았다. 선생님은 또 교육적으로 옳지 않은 일은 뿌리째 뽑아내야 한다고 생각하는 사람이었다. 교사로서 하지 말아야 할 일이라면 나는 안 하겠다고 혼자 생각하고 말 것 같은데 선생님은 한 사람도 옳지 못한 행동을 하지 않기를, 교사들 모두가 마음을 한곳에 모으기를 바랐다.

젊은 시절, 선생님은 학부모에게 차비 조로 3만 원을 받은 적이 있었다. 그 차비가 원래 차비의 10배 정도에 달하는 돈이었다고 한다. 부끄러움을 느낀 그는 앞으로는 어떤 경우라도 촌지를 받지 않겠다

교사의 권위는 자기반성과 성장을 위한 고군분투 속에서 생기는 게 아닐까? 교사는 아이들과 함께 있을 때 가장 빛난다.

는 마음을 굳히기 위해 학생들 앞에서 공개적으로 흡연 사양을 선언했다. 여러 사람 앞에서 금연하기로 마음먹은 사실을 공개적으로 알리고 나면 담배를 피우고 싶어도 한 번 더 생각하고 신경 쓰게 되어 굴절의 효과를 보는 것을 적용한 것이다. 그리고 이러한 내용의 글을 학급 게시판에 붙여 두었는데 이 일이 화근이 되어 난처한 처지에 놓이게 되었다. 교감 선생님께 불려 가 꾸지람을 듣고 긴급회의가 소집되었으며 이 사실을 알게 된 동료 교사는 학생들이 우리 학교 선생님들을 어떻게 생각하겠느냐고, 모든 교사를 촌지 받는 나쁜 교사로 보게 할 것이냐고 학생들이 보는 앞에서 그 글을 떼어 갈기갈기 찢어 버렸다고 한다. 동료교사의 대응이 이해되지 않는 건 아니지만, 선생님이 이 정도로 자신에게 솔직할 수 있는 건 학생들을 신뢰하기 때문이라는 생각이 든다. 교사의 권위는 오히려 자기반성과 성장을 위한 고군분투 속에서 생기는 게 아닐까?

교실 이야기를 읽으면서 30여 년 전 선생님의 모습에 수많은 시행착오를 겪고 있는 지금의 내 모습이 겹쳐지는 것 같았다. 한 번쯤 만나 뵙고 어떻게 해야 아이들을 올바르게 지도하는 것인지 이야기해 보고 싶다. 나의 교직 경력 3년 중 그저 수업만 들어가서 아이들을 만났을 적에는 아이들이 학교에서 생활하는 모습을 세세히 볼 수 없었고 생활 지도도 별로 해 본 적이 없었다. 어쩌다 만나는 친척 언니, 누나처럼 매번 반갑게 아이들을 만나 수업만 했다. 도서관에서 전공 서적이랑 씨름하고 있다가 학교 현장에 가니 젊은 선생님 오셨다고 반겨 주고 관심 보여 주는 것이 마냥 좋고 하루하루가 행복하기만 했다.

그런데 최근에 담임을 맡으면서 내가 많이 부족하다는 것을 알게 되었다. 내가 한 말대로 반 아이들을 끝까지 끌어 나가지 못하고 아이들에게 끌려다녔다. 전에는 학생들 편에 서서 생각하고 가능한 한 학생들의 요구를 들어줬으며 스스로 공부하고 시간 관리를 할 수 있도록 내가 허용할 수 있는 범위 안에서는 자유롭게 지내도록 허락했는데, 그러다 보니 유독 시끄러운 우리 반 때문에 다른 선생님들께 눈총을 받고 다른 반에 피해가 가서 죄송한 적이 한두 번이 아니었다. 결국은 너무 지나치게 자유로워도 안 되고 강압적이어서도 안 된다고 스스로를 조율해 나갔다. 교육은 올바른 방향으로 인간 행동을 계획적으로 변화시켜 가는 것이라는데, 사실 난 사람이 사람을 변화시킨다는 일은 정말로 어려운 일이라고 생각했다. 올바르게 변화시키려고 했다가 잘못된 방향으로 가면 어쩌나 조심스러웠고 그냥 자기 색을 잃지 않도록 해야 하지 않을까 생각한 적도 있었다. 어쩌면 변화에 대한 신뢰와 용기가 없기 때문이다. 이젠 시간이 흐를수록 여유가 생긴다. 아이들도 잘 따라 준다. 다른 선생님들을 유심히 지켜보면서 진정으로 올바른 방향에 대해 생각해 본다. 변화에 대해 공부해 볼 수 있겠다는 생각이 든다. 교사는 아이들과 함께 있을 때 가장 빛나고 수업할 때 가장 행복한 것 같다. 책을 덮으면서 다시 용기가 생겼다. 오늘부터 다시 최선을 다해 학생들을 만나겠다고 마음을 다잡았다.

| 오은옥

삶의 안내자로서 교사의 소명

아, 누가 교사가 될 수 있는가?

설이 시작되는 날, 텔레비전으로 다큐멘터리 영화 '법정 스님의 의자'를 보았다. 강원도 오두막에서 홀로 생활하시면서 손수 만드신 의자. "저마다 서 있는 자리에서 자기답게 살라." 하시던 스님의 구도의 길에 함께 했던 투박한 의자 하나. 이 울림을 의미 있게 내 삶을 채우는 가치로 만드는 것은 순전히 나의 몫이다.

우리 아이들도 배움의 복을 누릴 수 있으면 좋겠다. 자기다운 길을 작은 걸음으로나마 따라갈 수 있는 참스승이 한 사람이라도 있으면 좋겠다. 스승이 귀한 시대이다. 소설《이방인》의 작가로 우리에게 알려진 알베르 카뮈는 노벨 문학상을 받고 알제리 빈민가에 있는 초등학교의 한 교사에게 감사의 편지를 쓴다. 이 교사는 이름도 가문도 없는 길거리의 아이였던 카뮈에게 '존경'과 '존엄'이란 말을 부끄러움 없이 받아들이게 했고, 자신이 살아 있으며 세상을 발견할 만한 가치가 있는 존재임을 느끼게 해 주었다. 선생님이란 존재를 도덕적인 한 사람으로 체험하게 해 준 분이었다. 스승과의 만남은 카뮈에게 배움에 대한 의지와 자신의 존엄함에 대한 의식을 처음으로 마련해 준 학창시절의 값진 경험이 된다.

교사는 교육함에 대한 철학을 가지고 아침에 교문을 들어서는 아이들을 맞이하고 교실 분위기를 만들고 곳곳에서 일어나는 상황을 인식하고 아이들이 자신과 서로를 위해서 좋은 행동을 함으로써 삶이 나아질 수 있다는 희망을 이야기한다. 교사의 세심한 배려와 보살핌이 아이의 불안을 따스한 신뢰로 채우고, 아이들은 교사의 믿음에 용기를 얻어 자신 속에 숨어 있는 가치를 발견한다. 교사는 아이들에게 배움을 선택할 수 있도록 삶에 큰 영향을 끼치는 것이다. 한 사람의 삶을 살아 있게 하고 저 자신의 영혼의 색으로 빛날 수 있게 한 교사의 가르침과 카뮈의 배움이 아름답다.

세상에 그저 이루어지는 것은 없는 것 같다. 마음을 낸 만큼, 몸을 움직인 만큼, 삶의 열매는 정직하다는 것, 그런 의미에서 세상은 참 평등하다. 어느 것 하나 함부로 할 것이 없다. 작은 것, 사소한 것들이 그것 자체로 소중하고 귀하다는 걸 알겠다.

금강을 따라 출근하는 길에 느끼는 계절의 변화, 오늘에 대한 설렘, 가볍지 않은 하루의 무게감, 농사짓는 부모의 정직함을 몸으로 배운 아이들의 부지런한 걸음, 교문을 들어서는 아이들의 우직한 뒷모습, 등에 멘 책가방 들어 주고 싶은 안쓰러움과 대견함, 교실에 들어서며 눈이 마주치는 아이와 나누는 따스한 인사, 시무룩한 아이의 불안함을 바라보는 안타까움, 다가가 어깨 토닥이는 작은 응원, 아침마다 얼굴 보기 힘든 아이의 빈자리를 확인하며, 오늘은 또 어떻게 해야 하나? 한숨짓는 순간들, 연구와 노력이 부족했던 교사의 욕심이 가득했던 수업 시간들, 무심한 교사의 등 뒤에서 눈물을 흘리는 아이들을 세심하게 살피지 못하는 미안함, 어딘가에서 누군가에게 받은 상처 때문에 자신과 약한 아이들을 또 아프게 하는 아이들에 대한 고민으로 어제 같은 하루가 새날을 기다리며 또 지나간다.

대숲으로 난 오솔길 따라 법정 스님은 다른 세상으로 가셨지만, 여전히 죽비를 치는 영혼의 스승으로 살아 계시듯, 교사는 언제나 스스로 배우며 아이들을 저마다 의미 있는 삶으로 이끌어 가야 하는 존재이다.

독일의 대표적인 교육학자인 안드레아스 플리트너와 한스 쇼이얼이 엮은 이 책은 교육학 공부를 처음 시작하는 이들을 위한 '교육학적 사유' 입문서이다. 교육에 대한 일상적인 태도를 명료하게 드러내고,

학교의 공적 책임과 교사의 역할에 대하여 성찰하게 한다. 아이들이 공동의 배움을 통해 다른 사람을 돕고 이것이 자신을 위해서도 필수적이라는 시민적 삶의 의식을 갖추도록 하기 위해 무엇을 도울 수 있을까? 가르치는 사람, 교사는 아이들 삶의 친절한 안내자로서 아이들이 자신의 소중한 가치를 깨닫고 삶의 목표를 향해 나아갈 수 있도록 구체적으로 어떻게 이끌 수 있을까?

아, 누가 교사가 될 수 있는가?

| 김분희

아이들은 제 성깔을 제거해 버린 합판이 아니다

이른바 진보 교육감으로 불렸던 곽
노현 전 서울시교육감이 김상곤 경기도교육감에 이어 학교 내의 모든
체벌에 대해 금지 방침을 밝힌 이후, 체벌 문제가 사회의 최대 관심
사로 떠올랐었다. 보수 언론은 일부 학교와 교사들의 말을 인용해가
며 마치 체벌 금지 때문에 교권이 땅에 떨어지고 학교가 곧 망하기라
도 할 것처럼 호들갑을 떨었다. 오랫동안 체벌 금지를 요구하는 공문
을 수없이 내려보냈던 교육부는 직접 체벌은 안 되고 대신 운동장 돌
기나 팔굽혀펴기 등의 간접 체벌은 허용하는 내용으로 초중등교육법
시행령을 개정하겠다고 했고 일부에선 수업 시간에 잠만 자거나 수업
을 못 하도록 소란을 피우는 학생들과 교사에게 대드는 학생들 때문
에라도 최소한의 체벌은 필요악이라고 주장하기도 했다. 그러나 이
런 학생들에게 필요한 것은 체벌이 아니라 상담과 치료다.

단언컨대 학교 내 체벌은 이미 오래 전에 우리 사회에서 사라졌어
야 할 국가적 수치다. 유럽 대부분의 선진국은 물론, 우리와 같은 유
교 문화권인 중국이나 일본, 대만도 체벌을 금지한 지 이미 오래다.
그리고 우리나라 대부분의 선생님들은 체벌하지 않으며, 체벌을 통
해 권위를 인정받으려 하지도 않는다. 현장 교사 입장에서 볼 때 체
벌은 교권을 보호하는 것이 아니라 오히려 교권을 심각하게 훼손하는

혼신의 힘을 다해 자신과 아이들의 생명을 지키고 키워 가고자 하는 한 교사의 참 슬프고 아름다운 삶을 읽어 가는 동안, 백 번 천 번 나는 참 많이 부끄러웠다.

일이다.

　여기, 감히 우리나라의 모든 선생님들과 학부모님들이 한 번씩 꼭 읽어 주기를 바라는 교육 일기를 소개한다. 혼신의 힘을 다해 자신과 아이들의 생명을 지키고 키워 가고자 하는 한 교사의 참 슬프고 아름다운 삶을 읽어 가는 동안, 백 번 천 번 나는 참 많이 부끄러웠다. "아이들은 목재소에서 성깔을 제거해 버린 합판이 아니므로, 어떤 사람이, 어떤 장소가 제 뜻대로 이렇게 저렇게 잘라 정해진 틀에 끼워 넣을 수 없다. 산마루에서 혹은 골짜기에서 자라나는 동안 형성된 제 성깔을 바라보아 주는 게 마땅하다."는 너무도 당연한 교육의 원리를 우리는 너무 깊은 땅속에 묻어 버리고 살고 있는 것은 아닌가? 모름지기 학교란 작고 아름답고 여유로워야 교사와 학생, 교사와 교사 사이의 진정한 만남과 배움이 가능하다고 믿는, 그래서 청양중학교에서의 5년간의 삶이 더없이 행복했다는 최 선생님의 이야기에 빠져 나도 즐겁고 행복했다.

말썽쟁이들을 데리고 봄꽃을 꺾다가 똥구덩이에 빠져 가며 아이들과 비밀과 사랑을 공유하고, 조부모와 사는 아이의 집에 가서는 주저 없이 딸이 되고 고모가 됨으로써, 아이들이 스스로 멋진 나무로, 시인으로, 봉사 일꾼으로 자라도록 친구가 되고 애인이 되고 미래가 되는 선생님. 느닷없이 아이들의 시험 성적을 높여 보겠다고 매일같이 칠판 귀퉁이에 영단어와 한자를 쓰고 쪽지 시험도 보다가 아이들의 진지한 충고를 받아들여 부끄러운 마음으로 철회하는 선생님. 공부 안 하고 말썽만 피우는 녀석들이 젤로 그리워하는 선생님. 살아 있으니 떠들고, 유리창 깨고, 침도 뱉고, 휴지도 버리고, 쌈질도 하는 것이라고 생각하는 선생님. 온통 병든 세상에서 어찌 아이들만 깨끗하게 자랄 수 있느냐며, 문제에 부딪혀 병을 앓을 수밖에 없는 아이들에게 화를 낼 것이 아니라 슬픔과 연민의 눈으로 바라보아야 한다고 믿는 선생님. 이런 선생님과 더불어 산 아이들은 얼마나 좋았을까.

물론 최 선생님도 늘 천사표만은 아니어서, 어느 땐 아이들을 때리기도 했으며, 심지어 아이와 드잡이까지 한 적도 있음을 고백하고 있다. 물론 많은 잡무에 시달리는 교육 현실을 감안할 때, 회초리마저 없으면 어떻게 하느냐는 말이 나온 맥락도 짐작되지 않는 것은 아니다. 그러나 교육의 여건 문제는 그 자체에 대한 문제 제기를 통해 풀어 가야 할 일이지, 체벌을 통한 교육을 정당화하는 빌미로 사용되어서는 안 된다. 체벌을 하면 당장 눈앞에서 효과가 있는 것처럼 보이지만 폭력의 용인이나 내재화 등 장기적으로는 많은 부작용을 만들 수밖에 없다. 김홍도의 그림에서 볼 수 있는 서당식 회초리는 21세기의 것은 아니다. 이제 우리도 체벌과 폭력의 언어를 버릴 때가 되지 않았는가? 비록 조금, 아니 많이 늦었을지라도.

| 류지남

011 소심하게, 그러나 아주 세심한 사랑법

강병철 지음 쓰뭉 선생의 좌충우돌기

강 선생님, 창밖으로 호드득 호드득 봄비 내리는 소리가 들리는 그윽한 밤입니다. 금세 개구리 소리가 튀어 오를 듯도 합니다만, 멀리 개 짖는 소리만 아련합니다. 올해도 다섯 살배기 우리 집 백목련은 꽃샘추위에 강타를 얻어맞고는, 싸움에 져 우는 다섯 살 머슴애의 눈물처럼 봉오리 채 뚝뚝 떨어지고 말았습니다. 하얀 꽃 치마 입은 모습이 눈에 아련하지만, 심술스런 자연의 섭리 앞에서 제 아픔은 삼백예순 날은커녕 사흘도 가지 못한 채, 온 산하를 들어 올리는 초록의 향연에 이미 마음을 빼앗기고 맙니다 그려.

그날 칠갑산 자락의 조용한 밥집에서 독서를 즐겨 하는 스무 명 가까운 청양의 선생님들과 함께 강 선생님을 모시고 작가와의 대화를 나누는 동안, 저는 왠지 모르게 마음이 사뭇 아릿해졌습니다. 지난 20여 년 동안 강 선생님을 선생님으로 불러 본 기억보다는, 늘 형으로 부르며 때론 실에 걸린 바늘처럼 혹은 한 사발 탁배기와 파전처럼 늘 붙었다 떨어졌다를 반복한 지난 세월이 새롭게 떠올라서였을까요. 아님, 같은 길을 다르게 걸어온 교단 작가로서의 무게감 차이에서 오는 질투심 때문이었는지도 모르죠, 또 그도 아니면 내가 제법 안다고 착각하는, 강 선생님의 그 구부정한 어깨 너머의 사연들을 넘어서는 쓰뭉하면서도 깊은 눈매를 느꼈기 때문일지도 모르겠습니다.

 위의 사진 속 책 표지:
♥ 강병철의 교육 에세이
쓰뭉 선생의
좌충우돌기
삶이 보이는 창

딸에 대한 아버지의 사랑을 대신 전하기 위해 교실 주변을 수 없이 맴돌며 망설이는 선생님의 소심함과 답답함이, 실은 세심함의 극치이자 아름다움이라는 깨달음이 뒤꼭지를 서늘하게 한다.

아무튼 선생님과의 소담하면서도 화기애애한 두어 시간의 만남이 마무리 되고, 아쉬운 몇몇이 분위기 좋은 곳에서 약한 2차까지 했지만, 어찌 우리가 그 정도에서 헤어질 수가 있겠습니까. 늘 그랬던 것처럼, 그날도, 역시, "딱 한잔만 더!"를 외치는 선생님, 아니 형을 모시고 두어 잔 술로 오랜만의 만남을 마무리하고 헤어져 돌아오는 길에 문득 그 아릿했던 느낌의 뿌리가 가만히 만져지더군요.

그것은 바로, 저를 늘 좋은 선생이라고 북돋우면서도 자신은 항상 못난이라고, 겁쟁이라고 탓하며 묵묵히 선생님만의 길을 빚어 온, 강 선생님의 그 낮춤의 그루터기에서 묻어나던 거대한 울림 때문이었을 것입니다. 그것은 또한 강 선생님 말마따나 잘난 류지남이라면 고민도 망설임도 없이, 순식간에, 아무렇지도 않게, 그냥 후딱 해치우고 말았을 일―가정 문제로 인해 문제 행동을 일삼는 친구 딸 숙희에게, 홀로 포장마차를 하며 뒷바라지하는 아버지의 아픈 사랑을 대신 전해 달라는 과제―를 그토록 더디고, 힘들고, 조심스럽게, 겨우 하고 난 뒤, 쓸쓸한 표정으로 하늘을 바라보는 강 선생님만의 저력에서 비롯된 것일 거라는 생각도 하게 됩니다.

"느이 아버지가 너를 사랑한대."

이 말 한 마디 전하기 위해 제자인 숙희의 교실 주변을 수없이 맴돌며 망설이는 선생님의 소심함과 답답함이 실은 세심함의 극치이자 아름다움이라는 깨달음이 제 뒤꼭지를 서늘하게 하더군요. 그 얘기가 진짜로 선생님 친구의 이야기인지 아니면, 자식이라면 일단 껌벅 죽곤 하시던 선생님 자신의 얘기를 마치 친구 얘기인 것처럼 포장한 것인지는 가늠이 잘 가지 않지만, 그게 무에 그리 따질 일이겠습니까. 선생님을 포함한 우리들 모두 그 이야기 속의 친구와 별로 다르지 않을 뿐 아니라, 이 땅의 아버지들이 겪는 보편적 증세 혹은 질환(?)인

것을요. 그리고 보니, 선생님의 사랑법은 참 독특하다는 생각이 문득 드네요. 그 표현이 서툴고 겸연쩍기 일쑤여서, '작가 맞아?' 하는 생각이 들기도 하지만요.

　두서없이 얘기하다 보니 정작 책 읽은 소감은 뒷자리가 돼 버렸는데요. 뭐니뭐니 해도 이번 책의 장점은 무척 재미가 있다는 점입니다. 선생님께선 다른 자식들도 똑같이 잘나고 재미있다고 강변하시겠지만, 저를 비롯한 많은 독자들은 이 여덟 번째 자식의 독특한 해학과 유머를 사랑하고 또 자랑스럽게 생각합니다.

　사랑하는 쓰뭉 선생님, 우리말의 단어 하나가 이렇듯 한 사람의 생애와 일치할 수도 있다는 것에서 봄 햇살 같은 기쁨을 느낍니다. 쑥스러움과 쭈뼛거림과 소심함과 어눌함과 친구인 듯 느껴지는 저 '쓰뭉'이라는 말은, 냉이 향이 가득 배인 뚝배기 된장국을 끓여 내듯 형과 너무도 잘 어울린다는 생각을 합니다. 언제나처럼 구부정한 어깨 너머로 쓰뭉한 표정을 지으며, 뚜벅뚜벅 걸어가시길 빕니다. 저 또한 그 발자국 잃지 않도록 가만가만 뒤를 따라가렵니다. 쓰뭉하게······.

| 류지남

남자다워야 한다?

반 아이 한 명이 허겁지겁 교무실로 뛰어왔다.

"선생님! 지금 인석이가 의자를 교실 벽에 집어 던지고 난리가 났어요. 빨리 오세요."

부랴부랴 교실로 쫓아갔다. 인석이는 의자를 집어 들고 교실 벽이 부서져라 내리치는 중이었다. 누구라도 말리는 사람이 있으면 가만 놔두지 않을 기세였다. 엄두도 내지 못하고 물끄러미 바라만 보고 있다가 나도 모르게 튀어나온 말이 있었다.

"뭐가 이토록 우리 인석이를 힘들게 했을까?"

정말 그랬다. 이유야 어떻든 의자를 들고 미쳐 날뛰는 녀석의 모습이 내 눈에는 너무나도 힘들어 보였다. 할 수만 있다면 당장에라도 꼭 껴안고 달래 주고 싶었는데 차마 그럴 용기까지는 없었다. 그런데 거짓말같이 그 순간 아이가 멈칫하더니 거친 행동을 멈추는 것이었다. 예상치 못했던 순순한 반응에 나도 당황했지만 애써 웃음 지으며 인석이의 등을 토닥거려 주었다. 그 후 인석이는 주체할 수 없는 화가 치밀어 오를 때면 나를 찾아와 이런저런 이야기를 하는 것으로 자신을 다스리는 때가 종종 있었다.

질풍노도의 시기를 달리고 있는 소년들에게 열린 마음의 정서적

소년들의 내면세계를 인정해 주고 인간으로서 느낄 수 있는 감정을 누릴 수 있게 하자. 소년들의 격렬한 활동성을 인정하고 있는 그대로 받아들이자. 어른이 되는 데에는 여러 가지 길이 있음을 가르쳐 주자.

대응이 도움을 줄 수 있다는 것을 막연하게나마 알게 해 준 사건이었다. 그리고 많은 세월이 흐른 지금, 난 한 권의 책을 손에 들게 되었다. 《아들 심리학》, '아들을 기르는 부모, 남자아이를 가르치는 교사라면 누구나 읽어야 할 교육 지침서'라는 말이 붙어 있었다. 좀 더 일찍 읽었더라면 정서적으로 학생들의 마음을 안아 줄 수 있었을걸, 하는 마음으로 한편으로는 내 아들이 아직 어릴 때 이 책을 읽을 수 있어서 참 다행이라는 마음으로 이 책을 읽었다.

〈가지 않은 길〉이라는 소제목이 붙은 1장은 자칫 간과하기 쉬운 소년들의 내면세계에 대해 그 중요성을 말하고 있다. 소녀들보다 감정 표현이 적을 뿐 내면세계가 존재하지 않는 것은 아니라는 것. 소년들도 기쁨, 슬픔, 분노, 수치심 등 복잡한 감정을 갖고 있는 정서적 존재이므로 우리는 부모로서, 교사로서 그들의 닫힌 마음을 열어야 한다고 말한다.

2장은 조기 학습이 버거운 어린 소년들에게 긍정적 자아를 형성시켜 줘야 하는 일의 중요성을 다루고 있으며 3장은 〈엄격한 훈육과 값비싼 대가〉라는 소제목을 붙여 체벌과 학대가 미치는 좋지 않은 영향에 대해 다루고 있다. 4장은 〈소년들의 잔혹 문화〉라는 제목으로 소년들 사이에 생길 수 있는 잔혹 문화왕따, 폭행, 놀림 등의 특성에 대해 다루고 있는데, 어른들은 "너희 때는 다 그렇게 크는 거야." 하면서 이를 묵인, 또는 무시하는 경향이 있지만 그렇게 하면 안 되는 이유를 강조한다. 무엇보다 소년들에게 자신의 감정과 타인의 감정을 알고 이해할 수 있는 능력을 길러 줘야 하며 가정이나 학교에서 어른들이 정서적 자각과 개인적인 책임감을 가치 있게 여기는 환경을 조성해 주어야 함을 강조하고 있다. 그 외에도 장마다 아버지와 아들, 어머니와 아들, 마음의 문을 닫는 고립에 관하여, 우울증과 자살 충동, 술과 마약, 성과 사랑, 분노와 폭력 등과 관련해 소년들의 심리적 상태를 자세하게 다루고 있다.

나를 놀라게 한 이 책의 덕목 중 그 첫 번째는 만만치 않은 책의 두께와 심리학 관련 서적이라는 장르가 주는 긴장감과 달리 책이 쉽고 재미있게 읽힌다는 것이다. 구체적인 사례들이 지루하지 않은 독서를 가능하게 해 준다. 두 번째는 책의 배경이 우리나라와 공간적으로 아주 멀리 떨어져 있는 미국임에도 나와 나의 이웃을 이야기하는 듯 정서적 공감이 일어난다는 것이다. 특히 자유분방하고 민주적인 교육을 한다는 미국의 아버지와 아들 간의 관계, 어머니와 아들 간의 관계가 우리나라의 그것과 아주 흡사하다는 것이다. 그들의 이야기를 통해 우리 모습을 적나라하게 볼 수 있어 참으로 귀한 배움이 됐다. 엄마, 아버지를 세상에서 가장 사랑한다던 착한 아들이 식사 시간에 말이 없어지고 방문을 닫아 걸으며 대화를 거부하기 시작하면, 이때부터 어른들이 실천해야 할 행동 강령은 다음과 같다.

소년들의 내면세계를 인정해 주고 인간으로서 느낄 수 있는 감정을 누릴 수 있게 하라.

소년들의 격렬한 활동성을 인정하고 있는 그대로 받아들여라.

소년들을 적으로 만드는 훈육 방침이 아니라 인격과 양심을 길러주는 방침을 세우라.

정서적 친밀함과 애정을 나누는 본보기가 되어 주라.

어른이 되는 데에는 여러 가지 길이 있음을 가르쳐 주라.

| 공정희

우리는 아이를 모른다

강화군 양도면 도장리에 조그만 출판사가 있었는데 오리들이 뒤뚱거리는 논과 올망졸망한 밭을 거느리고 몇 그루 소나무 아래 오도카니 선 모습이 출판사라기보단 평화로운 농가처럼 보였다. 대형 서점을 끼고 교통 좋은 곳에서 땀이 나도록 마케팅을 해도 모자랄 판에 강화도 시골이 웬 말인가, 게다가 사장은 출판사에 도장리 생활학교라는 이름을 붙여 놓고 가까운 도시학교 아이들이 저희 선생님과 함께 찾아와 텃밭 농사를 지어 보고 솟대와 장승을 깎기도 하고 갯벌에 나가 뒹굴며 이삼 일씩 묵어가도록 마당에 나무집까지 한 채 지어 놓고 있었다. 아이들이 찾아오면 아이들보다 더 신 나게 노느라고 출판사 일은 뒷전이었다.

예상했던 대로 출판사는 오래지 않아 다른 뜻있는 분에게 넘어갔다. 황덕명 선생은 이제 사장이 아니라 농사꾼이 되어 강화도에서 농사지으며, 여전히 아이들을 반가이 맞으며, 자신이 펴냈던 책에 담긴 철학대로 살아가고 있다.

《어떻게 아이들을 사랑해야 하는가》는 출판사가 곧 문을 닫을 것 같은 조짐을 느낄 즈음, 그곳의 책들을 전부 한 권씩 뽑아 보자기에 싸서 안고 왔는데 그 속에 들어 있던 책이다. 보나 마나 희귀본이 될 책들이었다. 장사가 될 리 없는 고집스러운 교육 철학 서적을 어느

"우리는 아이를 모른다." 이보다 더 신뢰할 수 있는 교육 철학이 있을까? 학생의 요구에 반하는 모든 강제적 교육 행위들과 그것에 대한 우리 교단의 오만한 확신은 사색하지 않고, 오랜 시간 관찰하지 않고, 생명을 다루는 두려움이 없는 데서 오는 것이다.

출판사가 다시 내주겠는가. 다행히 대표가 바뀐 '내일을 여는 책'에서 개정판을 내주어 기뻤는데 이번에 보니 품절이었다. 안타까운 일이다. 우리 교사들이 이 책에 관심을 두었으면 한다.

지은이 야누쉬 코르착은 1878년 바르샤바의 유대계 폴란드 인 가정에서 태어나 1942년 제2차 세계 대전 중에 폴란드에 진주한 독일군에 의하여 트레블렝카의 집단 수용소에서 자신이 돌보던 아이들과 함께 죽음을 맞기까지 의료 및 교육 실천과 문학 작품 활동을 통해서 평생 어린이를 돌보고 사랑하고 이해하는 삶을 살았던 인물이다. 그는 소아과 의사로서 병원과 기숙 학교와 고아원에서 어린이들의 삶의 문제에 매달렸다. 그의 교육학은 연구실 책상 위에서 만들어진 것이 아니라 실천과 생각의 발자취였다.

이상하다. 대학 시절 4년간이나 교육학을 배웠는데 어떻게 이 사람을 알지 못했을까? 코르착은 어린이에게 '오늘 하루'에 대한 권리가 있다고 말했다. 어린 시절을 뛰어넘어 멀리 놓여 있는 미래를 지향하는 것만을 목적으로 하는 교육은 근본적으로 결손이라는 뜻이다. 장래를 위하여 어린이들의 욕구와 상태가 무시되는 현실에 대한 환기이다. 그가 제시하는 어린이의 또 다른 권리는 '원래 자기 모습대로 있을 수 있는 권리'인데 우리 교사들은 참으로 실천하기 어려운, 그러나 되새겨 볼수록 가장 본질적인 명제라는 생각이 든다. 코르착에게 교육학이란 변화시키고 재형성하기보다는 차라리 그대로 두는 것이었다. 그는 금지하고 제한하고 압력을 행사하는 교육을 불신했다.

교사는 긴 숨을 쉴 줄 알아야 한다. 성숙이란 하루아침에 이루어지는 것이 아니다. 아이는 교사가 원하는 대로 교육시킬 수 없다. 아이가 천성으로 가지고 나온 소질과 능력에 반하여 어른들이 원하는 모양대로 만들어 낼 수도 없다.

그의 말은 내가 몸담은 학교 현실을 떠올릴 때 정말 얼토당토않다. 그래서 더욱 소중하다. 교사인 내가 근본으로부터 얼마나 멀어진 자리에서 생명에 반하는 행위를 하고 있는지 순간순간 환기해 주는 등대로 삼고 싶어진다.

그 자신은 얼마든지 구명 받을 수 있었는데도 도움의 손길을 마다하고 어린이들과 함께 가스실로 향한 그의 최후는 교육은 이론이 아니라 삶이라는 것을 다시 일깨워 준다. 그는 숱한 연구와 사색과 실천을 통해서 일했지만, 마지막에 가서는 이렇게 말했다고 한다.

"우리는 아이를 모른다."

이보다 더 신뢰할 수 있는 교육 철학이 있을까? 학생의 요구에 반하는 모든 강제적 교육 행위들과 그것에 대한 우리 교단의 오만한 확신은 사색하지 않고, 오랜 시간 관찰하지 않고, 생명을 다루는 두려움이 없는 데서 오는 것이다.

방학 중에 역자인 송순재 교수님으로부터 야누쉬 코르착에 대한 강의를 듣고 책을 다시 꺼내 읽으면서 실천의 힘에 대해 생각했다. 강화도의 출판사는 제 길을 간 것 같다. 내가 읽는 이 소중한 책들은 나를 어디로 이끌어 갈까.

| 최은숙

원동연 지음 5차원 전면교육 학습법

인간 능력을 극대화하는 전인격적 입체 학습법

겨울 방학이 시작되고 나서 며칠 후 우리 반의 학부모님께서 전화하셨다. 생각보다 뚝 떨어진 아들의 성적표를 보고, 믿어지지가 않으셨나 보다. 아들의 학교 생활에 대해 여러 가지로 물어보시면서 부모가 직장 생활에 바쁘다 보니 아들에게 신경을 많이 쓰지 못했다는 자책을 하시고는,

"선생님! 이제 제가 부모로서 자식에게 어떻게 해 주면 좋겠습니까?" 하고 물으셨다. 그분께 이 책을 권해 드렸다. 이 책은 저자인 원동연 교수가 아버지로서 아들의 교육 문제를 고민한 것이 출발점이다. 교육의 문제점에 대한 관심이 지력, 심력, 체력, 자기 관리 능력, 인간관계 등 인간을 구성하는 5가지의 원리를 낳았다. 그 원리를 다른 여러 학생에게 적용하면서 연구하여, 5가지 요소를 향상하는 근본적인 원리와 구체적인 실천 방법을 각각 5가지씩 25가지로 제시하고 있다.

많은 분이 책을 읽고 가정과 학교 현장에서 실천하면서 나름대로 효과를 보고 있다고 한다. 학생뿐만 아니라 학부모, 교사들이 이미 알고 있는 교육과는 다른 시각을 제시해 주고 배움과 삶에 대해 미처 생각을 못 한 부분을 짚어 주리라고 생각한다.

책의 구성은 새로운 공부 길을 찾아가는 5가지 원리-지력, 심력, 체력, 자기 관리 능력, 인간관계 능력-로 나누어지고 원리마다 다시

나를 상대방과 비교하지 말고 나의 과거, 현재. 미래를 비교해 보아라. 처음에는 더디고 뒤처진 것 같지만, 시간이 흐르면 자신의 커진 모습을 볼 것이다.

세부 사항을 정리하고 있는데, 삶을 살아가는 데 실제로 필요한 사항을 구체적으로 기술한다.

저자는 '최소량의 법칙'으로 5가지 원리를 설명한다. 여러 개의 나무 조각으로 만들어진 물통이 있는데, 이 물통이 제대로 연결되어 있으면 물을 가득 담을 수 있지만, 그중 한 나무 조각이 깨지거나 부러진다면 아무리 물을 부어도 부러진 나무 조각여러 조각 중 최소의 길이가 됨의 높이만큼밖에 채울 수 없다는 것이 최소량의 법칙이다.

예를 들어 공부를 잘하는 학생이 게임 때문에 성적이 떨어졌다고 하자. 최소량의 법칙으로 이 학생을 보면 물통 중에서 '자기 관리'란 나무가 심하게 부러져 물을 많이 담을 수 없는 것으로 해석할 수 있다. 역으로 보면 학생이 자기 관리만 했다면 결과는 좋았을 것이다. 성적 하락의 원인을 단순하게 지력 한 가지로 보는 견해가 대부분인데 저자는 다른 네 가지 부분 즉 심력, 체력, 자기 관리 능력, 인간관계 능력도 최소량의 법칙으로 큰 부분을 차지한다고 주장한다. 교육 현장에서도 네 가지 부분의 중요성에 공감하지 않을 수 없다.

《공부도둑》장회익, 생각의 나무이라는 책도 《5차원 전면 교육 학습법》과 맥이 통한다. 이 두 권의 책을 모두 읽어 본다면 학습의 본질을 이해하는 데 도움이 될 것 같다.

어느 학생이 수업 시간에 한숨을 쉬면서 말했다.

"선생님, 저희는 스스로 생각해 보아도 불쌍한 것 같아요. 평상시에는 10시, 시험 때는 12시까지 공부. 이게 우리들의 생활인가요? 암담해요."

공부 = 성적, 경쟁을 통해 성적이 일렬로 줄 서기가 되는 날, 비교되는 자신을 보는 아이들, 부모님은 또 한 번 암담함을 느낄지도 모른다.

가슴속에서 떠나지 않는 말이 있다.

"나를 상대방과 비교하지 말고 나의 과거, 현재, 미래를 비교해 보아라. 처음에는 더디고 뒤처진 것 같지만, 시간이 흐르면 자신의 커진 모습을 볼 것이다."

| 박태원

015 교육과 입시에 관한 불편한 진실

김대유 지음 웃기는 학교 웃지 않는 아이들

　　웃기는 학교, 웃지 않는 아이들. 어느 학교의 담벼락에 찬바람을 맞으며 걸려 있는 현수막에서 처음 본 말이다. 책 제목인 줄 모르고 며칠 동안 의미를 곱씹어 보았다. '웃기는 학교'가 좋은 의미인 줄 알았는데 책을 읽고 보니 오해였다. 무대 위에서 열심히 콩트를 보여 주는 배우들, "헐~. 뭐야." 하고 싸늘히 돌아서며 야유를 보내는 관객들, 그런 상황을 꼬집어 말한 것이었다. 학기 초에 교사들은 한여름 장대비처럼 쏟아지는 공문에 탈진할 정도인데 그것은 모두 학생들을 위해 이러이러한 것들을 하라는 공문이다. 학생들은 웃지 않는다. 웃기는커녕 대한민국은 OECD 국가 중 청소년 자살률 1위 국가라고 한다.

　　맹모孟母는 아이의 교육을 위해 세 번의 이사를 했다. 지금, 세 번의 이사로 아이들에게 웃음을 주는 학교를 찾을 수 있을까? 아니, 아이에게 웃음을 주는 학교에 대해 생각해 보는 대한민국의 학부모가 있긴 있을까? 아마도 많지 않을 것이다. 나도 아이가 아주 어렸을 때는, 공부와는 아직 무관하다고 생각했을 때는 그리고 선택의 폭이 있다고 생각했을 때는 우리 아이가 행복하게 지낼 수 있고 내가 안심하고 맡길 수 있는 어린이집을 찾아 매년 동네 탐방을 했다. 그러나 공교육 기관에 입학한 다음에는 아이가 학교에서 행복한지, 어떤지에

보통의 교사와 보통의 부모가 '웃는 아이들'을 위해 함께 외치는 목소리, "껍데기는 가라."

대해서는 관심을 두지 않았다. 대한민국의 모든 교육 기관이 다 비슷할 수밖에 없다는 사실을 알고 있었고 어떤 곳에서든 적응해야 한다고 생각하는 것 외에 뾰족한 수가 없었다.

올해 중3이 된 딸아이는 개학 날 무거운 가방을 메고 가면서 내내 걱정을 했다.

"엄마, 사물함이 없으면 어떡하지?"

딸아이의 학교는 2013년부터 교과 교실제를 운영한다. 교과 교실제는 학생들이 특기·적성·수준별로 자신이 배우고 싶은 과목을 따라 교실을 이동하면서 자신에게 맞는 수업시간표를 작성하게 하는 제도이다. 학생들로 하여금 자기 주도적으로 학습할 수 있는 능력을 길러 주겠다는 이론을 바탕으로 만들어진 수업 형태이다. 그러나 우리나라는 수업의 형태를 받아들이기 위한 시설 변경에는 천문학적인 돈을 투자하면서도 바탕이 되는 교육 이론과 교육 철학은 수용하지 않는다. 가장 약자인 교사와 학생에게 이유도 설명하지 않고 끊임없이 변덕스럽게 이런저런 옷을 입혀 보고 마음대로 벗기는 꼴이다. 옷을 입는 동안 그들이 느끼는 불편함에 관해서는 관심이 없다. 투자 대비 효과가 미미한 이유다. 제대로 된 교과 교실제를 실시하는 학교에 다니는 아이라면 어떤 수업을 어떤 시간에 누구에게서 들을지 고민해야 한다. 그러나 어떤 학생도 이런 고민을 하지는 않는다. 이미 성적에 따라 어떤 교실에서 누구에게서 수업을 들을지 정해져 있기 때문이다. 또한, 학생들은 교과 교실제를 왜 하는지, 어떻게 이루어지는지, 다른 점은 무엇인지, 어떤 효과가 있는지에 대해서도 모른다. 제대로 된 설명을 들은 적이 없기 때문이다. 가장 중요한 주인공을 꿔다 놓은 보릿자루처럼 무시한 것이다.

학생들에게 좋은 교육 환경을 제공하기 위해 교과 교실제라는 화려한 옷은 빌려 왔지만, 교육 과정은 여전히 중앙 통제식이고 학생들은 수업 선택권이 없고 교사들은 담임 제도에 매여 있다. 그리고 여전히 일제고사에서 많은 수의 학생들이 우월한 성취 수준을 보일 수 있도록 지도하는 것이 교사의 역량을 평가하는 무거운 잣대로 남아 있고 낮은 성취 수준을 보이는 학생들은 죽기보다 하기 싫은 공부를 방과 후까지 해야 한다. 중천에 달이 꽂힐 때까지 남아서 알 수 없는 적과 싸워야 한다.

"쉬는 시간마다 책 가지러 가기 힘들어, 쉬는 시간에 잘 수도 놀 수도 없어, 휴게실엔 의자도 부족해, 새 교실 바닥 긁힌다고 의자도 책상도 못 움직이게 해."

교과 교실제가 이루어지는 학교에서 일과를 마치고 돌아온 아이가 쉼 없이 쏟아 낸 말이다. 수업 내용은 바뀐 것이 없으니 기대도 불평도 없었다. 아이들은 여전히 새로운 제도의 주인공이 되지 못했고 변함없이 학급 제도와 청소의 볼모로 남았다.

'웃기는 학교, 웃는 아이들'을 위해 진정으로 고민해야 할 것이 무엇인지, 그 고민을 어떻게 풀어야 할 것인지, 화두를 던져 준 책이다. 가르치는 일보다 행정 업무에 지친 교사, 성적순으로 행복을 나누어 주는 교육 제도와 학교에 희망을 잃은 학생, 꿈을 잃은 아이를 보며 가슴이 아픈 부모, 교육을 권력의 하나로 생각하며 늘 새로운 교육 제도를 생산하는 정부는 같은 배를 탄 사공들이다. 서로 탓하며 망망대해에서 약자가 먼저 지치기를 기다리기보다는 힘을 모아 닻을 내릴 수 있는 항구를 찾아야 한다. 함께 닻을 내린 그곳에서만이 삶의 희망교육의 본질적 가치을 찾을 수 있다는 것을 잊지 말아야 한다.

| 김흔정

후쿠타 세이지 지음, 박재원 · 윤지은 공역 핀란드 교실혁명
경쟁하지 않고 이기게 만드는, 희망의 공부법

즐겁게, 스스로 알아서 공부할 수 있다면 얼마나 좋을까? 일본의 핀란드 교육 전문가인 후쿠타 세이지 씨가 지은 책을, 비상교육연구소장인 박재원 씨가 해설을 붙여서 펴낸,《핀란드 교실 혁명》은 그러한 교육 현장의 이야기를 들려주면서, 우리에게도 희망의 길을 보여 준다. 누가 시켜서 하는 공부, 출세를 위해 혹은 직업을 위해 억지로 하는 공부가 아니라, 자신을 위해 스스로 기꺼이 그리고 즐겁게 공부하는 나라가 있다. 의무 교육 기간인 16세까지 다른 사람과의 비교도 없고, 시험도 경쟁도 없다. 또 공부해야 할 양이 우리나라처럼 그렇게 많은 것도 아니다. 그런데도 그 나라는 세계적으로 주목 받는 높은 학력을 자랑한다. 비결이 무얼까?

저자와 해설자는 그 비밀의 열쇠를 조곤조곤 들려주면서, 입시 열병, 시험 공화국에서 허우적거리는 우리나라의 교육도 근본적인 변화를 도모해야 한다고 역설한다. 핀란드는 지난 20년간의 교육 개혁을 통해 관료주의와 성적 중심의 교육에서 벗어나, 철저하게 학생 개개인의 발달을 돕는 교육 체제를 만들었다. 우리처럼 잘하는 학생들을 더 잘하게 하는 데 중점을 두는 것이 아니라, 단 한 사람의 낙오자도 만들지 않겠다는 교육 철학의 바탕 아래, 사람을 위한, 특히 학생들을 위한 교육을 끊임없이 발전시켜 나가고 있다.

핀란드는 지난 20년간의 교육 개혁을 통해 관료주의와 성적 중심의 교육에서 벗어나, 단 한 사람의 낙오자도 만들지 않겠다는 교육 철학의 바탕 아래 사람을 위한 교육을 도모해 왔다.

　우리나라에서도 '자기주도적 학습'이라는 것을 부르짖고 있지만, 진정한 자기 주도성은 거의 인정하지 않으면서 공부하라고 다그칠 때만 얘기한다면, 정말 눈 가리고 아웅 하는 격에 지나지 않을 것이다.

핀란드의 교육은 학생들 스스로가 공부할 수 있도록 최선의 환경을 제공하고, 철저하게 학생 개개인의 학습 발달을 관리하고 돕는다. 어떤 아이가 반에서, 혹은 전교에서 몇 등을 하는지는 측정하지도 않고 측정할 필요도 없다. 평가나 시험도 거의 없지만, 혹여 평가를 한다고 하더라도 학생의 현재를 파악하여 무엇을 보충해야 할 것인지에 초점을 두는 평가를 지향하기 때문이다. 아이의 점수_{성취도}보다 늘 등수에 더 신경을 쓰는 우리나라의 교육자나 학부모가 깊이 새겨봐야 할 대목이다. 어느 한 학생도 낙오되지 않도록, 학생들이 서로 협력해서 공부하고 국가와 교육 당국과 선생님이 온 힘을 다해 돕는 나라와, 미래에 대한 막연한 두려움 때문에 친구끼리도 서로 시기하며 경쟁하는 그리고 그러한 경쟁을 당연한 듯이 밀어붙이기만 하는 나라의 차이는 그 얼마나 큰 것인가?

지난해에도 우리 교육계는 국가 수준 학업성취도평가 결과의 공개 논란과 외고 폐지 여부 논쟁 등으로 시끄러웠다. 원래 학업성취도 평가는 기초 학력 미달 학생의 실태와 학력 격차를 파악하고, 그 결과를 토대로 적절한 학력 향상 대책을 세우거나 지원 방안을 마련하기 위해 실시하는 것이다. 말 그대로 학생들의 학업 성취나 결손 정도를 파악하고, 제대로 따라오지 못하는 학생들에게 교육적 자원과 지원을 집중함으로써, 학생들의 학업 포기나 이탈을 방지하는 데 기여해야 한다. 그런데 표본 집단만 평가하던 방식에서 전체 학교를 대상으로 삼는 방식으로 전환하고, 그 결과를 서열 위주로 발표함으로써 그 본질적 의미를 퇴색시키고 말았다. 교육부는 광역시와 도를 점수로 줄 세우고, 도는 다시 시군별로, 시군은 다시 학교별로 줄을 세우는데 골몰함으로써 이제 학교에는 학생은 없고 수험생만 남게 될 판이다. 안 그래도 상대 평가 방식의 내신 성적 산출 방식을 채택함으로써 기존의 중·고등학교는 물론 초등학교까지도 서열 경쟁에 내몰리고 있는 상황에서, 이제는 나라 전체가 서열 경쟁을 추구하는 서열 공화국이 되지 않겠는가.

중국의 사상가 묵자는 '싸움을 하지 않고 싸움에 이기는 법'을 말했다. 그는 평화를 유지하는 것이 전쟁을 통해서 얻은 이익보다 크다고 하였다. 경쟁과 시험과 점수와 서열 대신 배려와 협력을 통한, 즉 비경쟁 교육을 통해 정작 최고의 경쟁력을 가지게 된 핀란드 교육의 역설을 배웠으면 한다.

| 류지남

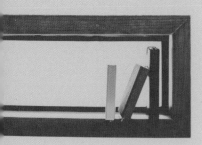

017 늘 새로운 문을 두드리는 사람 018 현재에 충실하라 019 자연의 이치에 순응하는 것이 자연치유 020 이것 또한 지나가리라 021 길 위에서의 만남 022 사랑할 권리는 있지만 사랑을 요구할 권리는 없다 023 영혼의 귀로 듣고 내면의 목소리로 말하는 법 024 죽음을 앞둔 자유로운 영혼들의 이야기 025 자연인의 삶은 밥상에서 시작된다 026 생의 외로운 줄다리기를 하는 이들에게

2 치유,

건강하게, 더불어 아름답게

017 한비야 지음 그건, 사랑이었네
늘 새로운 문을 두드리는 사람

언젠가 경제 형편이 좀 안정이 되면, 소득의 10퍼센트는 세상으로 돌리며 살겠다는 다짐을 했었다. 하지만 아이 셋을 키우느라 허둥거리며 살아오는 동안 늘 살림살이는 허덕였고, 어찌어찌 낯 뜨거울 정도의 체면치레만 겨우 하면서 세상을 견뎌 왔다.

그러다 한비야의 《그건, 사랑이었네》를 읽고 국내외의 빈민 아동의 후원을 위해 불끈 자동이체를 신청했다. 그렇게 구호 기금을 내게 된 사람들이 30여만 명이라는 얘기가 실려 있는데, 소득의 10퍼센트에는 턱없이 모자란 액수지만, 그래도 마음의 빚을 조금은 털어 낸 듯 하여 좀 홀가분해졌다. 이 책에는 절체절명의 위기에 처해 있는 재난 현장을 그야말로 목숨 걸고 다니면서 구호 활동을 하는 월드비전 사람들의 이야기가 감동적인 언어로 그려져 있다. 힘들게 모은 전 재산을 사회에 기부하는 할머니와 결혼 축의금을 몽땅 기부하고 환해지는 사람의 이야기도 담겨 있다.

한비야가 지닌 긍정적 에너지가 저릿저릿하게 전해짐은 물론이고, 120년을 목표로 한 인생 계획, 수없이 좌절하며 보냈던 성장기 그리고 뒤늦게 시작한 공부 이야기와 소문난 캠퍼스 커플이었던 첫사랑을 20여 년 만에 다시 만난 이야기 등, 그동안의 책에서는 보기 힘들었

그동안의 이룸과 빛남을 훌훌 떨쳐 버리고 새로운 세계를 향해 나아가는 그녀의 모습을 보며, 나는 또 나를 되돌아본다. 문을 두드리는 자만이 그 문을 열 수 있다는 것, 아니 문을 연 사람은 문이 열릴 때까지 그 문을 끝끝내 두드린 사람이라는 메시지와 함께.

던 내용들이 훈훈한 미소를 짓게 한다. 구호 현장의 견디기 힘든 상황에서 나약한 한 인간으로서 고뇌하고 비틀거리는 모습을 통해, 강철같이 강한 것만이 아니라 솜털처럼 약하고 포근한 이야기도 들려준다.

불 같은 열정으로 걷고 뛰어다니다가 잠시 집으로 돌아온 그녀는, 구호팀장으로서만이 아닌, 다정한 비야 언니와 비야 누나로서 청소년들과 소중한 삶의 방향에 대해 이야기를 나누려고 한다. 비록 공부를 잘 못해도, 또 풍족하게 쓸 만큼의 돈이 없어도, 열심히 살아가는 것만으로도, 아니 이 세상에 존재하는 것 자체만으로도 우리는 하나하나 모두 사랑받아 마땅한 이들이라고 속삭인다.

무엇보다도 가장 절실하게 다가온 것은, 더욱 멋지고 보람된 삶을 향해 끊임없이 새로운 도전을 감행하는 저자의 삶의 자세였다. 9년이라는 적지 않은 기간을 긴급 구호 팀장으로 일해 온 국제 NGO 월드비전을 그만두고, 인도적 지원 분야에 있어서 세계 최고의 권위를 인정받는 미국의 터프츠대학교에서 전문적 지식을 쌓아 다시 세상에 나서기 위해서 새롭게 떠난 그녀. 그동안의 이룸과 빛남을 훌훌 떨쳐버리고 새로운 세계를 향해 나아가는 모습을 보며, 나는 또 나를 되돌아본다. 문을 두드리는 자만이 그 문을 열 수 있다는 것, 아니 문을 연 사람은 문이 열릴 때까지 그 문을 끝끝내 두드린 사람이라는 메시지와 함께.

| 류지남

현재에 충실하라

화사한 봄날 마주한 《내 생애 단 한 번》이라는 책.

가슴속에서 뜨거운 것이 울컥 솟아오르는 것 같았다. 낯선 이가 비장한 각오로 나에게 말을 걸어오는 느낌을 받았다는 것이 더 정확할 것이다. 언 땅속에서 긴 시간을 인내하던 생명이 드디어 세상을 향해 작은 손을 내밀기 시작했을 때, 나는 사람의 언어로 생명·삶·사랑의 소중함을 전해 듣게 되었다. 여느 해와 다르게 너무도 힘겨운 봄과 씨름하고 있던 즈음, 언 땅을 녹이는 봄비 같은 이야기들이었다.

작가 장영희는 어린 시절 앓은 소아마비 때문에 평생 목발에 의지해 지체장애인으로 살았지만, 세상의 이기적인 잣대로는 결코 가치를 잴 수 없는 삶과 생명과 사랑의 참모습을 알아보는 사람이었다. 그 진실한 눈으로 담아 낸 세상 이야기는 나를 울고 웃게 하며 "그래 맞아." 하며 맞장구치게 하였다. 세상을 바라보던 내 마음의 삐딱한 시선이 조금씩 걷히기 시작했다.

아주 옛날, 대장장이 프로미시우스는 인간을 빚으면서 각자의 목에 두 개의 보따리를 매달아 놓았다고 한다. 보따리 하나는 다른 사람들의 결점으로 가득 채워 앞쪽에, 또 다른 보따리는 자신의 결점으로 가득 채워 등

오늘은 언제나 지상에서의 내 나머지 인생을 시작하는 첫날.

뒤에 달아 놓았다고 한다.

이 구절을 읽으면서 나의 오늘이 힘들었던 이유 하나를 찾았다. 오늘 그리고 또 다른 오늘, 한결같이 어깨를 누르는 삶의 무게를 근본적으로 성찰하기보다는 나를 사랑해 주는 사람들을 탓하며 불평거리를 찾고 있었던 것이다. 투덜거릴수록 더 피곤하고 지친다는 것을 알면서도 남의 허물을 찾기 위해 실눈을 뜨고 세상을 보았다. 나의 편협한 시선에 상처 입는 사람들은 보지 못한 채 말이다.

사랑받으면 사랑할 줄 아는 진짜 마음이 생긴다고 하는데 나는 사랑을 넉넉히 받으면서도 앞쪽에 매달린 남의 결점 보따리만 보고 살아서 순수함을 잃고 그저 나이 많은 응석받이가 된 것 같다. 그런 나를 똑바로 응시할 용기가 생기지 않는다. 예나 지금이나 훌륭한 사람들은 타인에겐 관대하게 자신에겐 엄격하게 마음의 잣대를 적용하는데 나는 청개구리처럼 타인에겐 엄격하고 자신에겐 관대한 판단의 잣대를 들고 산 것 같다. 나의 부모님은 자식이 넓고 바른 세상을 살게 하려고 당신의 부모님으로부터 물려받은 것들에 세상을 살아 내면서 터득한 지혜를 합해 아낌없이 전해 주셨다. 그 큰 사랑을 받고도 내 등 뒤에 매달린 결점을 보지 못하는 아둔한 사람이 된 것 같아 부모님께, 동료에게, 아이들에게 미안한 마음뿐이다.

〈애들이 바보냐?〉는 더욱 나를 돌아보게 했다. 나에게 배움을 갈구하는 착한 아이들에게도 언성을 높이는 날이 많았다.

"가르칠 때, 그래도 내게 무언가 배울 게 있겠지, 하고 두 눈 동그랗게 뜨고 앉아 있는 학생들을 나보다 지식이 부족한 바보라고 무시하지 않기, 다른 일을 할 때에도 이 정도면 됐지, 상대방은 모르겠지 하며 대충하지 않기."

이것이 장영희 선생이 말하는 성실한 가르침의 원칙이다. 읽는 순간 심장이 쿵 하고 내려앉는 소리를 내는 것 같았다. 언제나 누구에게나 떳떳하고 당당하게 최선을 다하는 양심으로 매사 성실해야 땀 흘린 뒤에 미안해하는 자신을 만나지 않게 될 것임을 분명히 알면서도 무시로 게으름을 피웠다. 이 분명한 원칙을 알면서도 자주 잊어버렸다.

우리 교실에는 책상과 교탁 위, 벽, 나의 시선이 머무는 곳마다 메모가 붙어 있다.

"낮은 소리로 말하기, 고운 말 쓰기, 소리 지르지 않기."

참으로 창피한 자화상이다. 아이들을 진심으로 배려하면서 즐거운 눈높이 교육이 일어나야 할 공간에서 얼마나 자신의 모습이 한심했으면, 속으로 다짐하고 또 다짐한 결심을 실천하지 못했으면, 얼굴이 화끈거리는 창피함을 무릅쓰고 그런 메모를 여기저기 붙였을까?

성장하고 싶어서 부끄러움을 무릅쓰고 메모를 붙였던 작은 용기로 내 곁에 있는 모든 이들에게 "고마워요, 미안해요, 사랑해요."를 진심으로 전할 줄 아는 가슴 따뜻한 인간이 되고 싶다.

"오늘은 언제나 지상에서의 내 나머지 인생을 시작하는 첫날."

세상을 떠난 장영희 선생이 매일 되새기며 살았던 이 글귀를 오늘은 내 마음에 새기고 또 새겨 넣는다.

| 김흔정

자연의 이치에 순응하는 것이 자연치유

"음식물을 의사 또는 약으로 삼아라. 음식물로 고치지 못하는 질병은 의사도 고치지 못한다."

– 히포크라테스

이 책을 쓴 이태근 씨는 20여 년 전 신장 이식 수술을 하고 전북 임실 구수골 산 아래서 생활하고 있는 분인데, 얼마 전《당신을 살리는 기적의 자연치유》란 책을 썼다는 이야기를 듣고 몇 권을 사서 병으로 고생하는 주위 분들에게 보내 줬다.

"참! 좋은 책을 보내줘 고맙다.", "우리 가족이 돌려 가며 읽는 중이다.", "유기농 밥상, 뭐 그런 종류의 책인 줄 알았는데, 좋은 정보들이 많이 있어 호기심을 갖고 읽는 중이다." 하고 소감을 전해 왔다. 한 보건 선생님은 책을 읽고, "점심을 간단하게 했더니 몸이 편해 좋더라." 하고 말씀하셨다.

4년 전 구수골에서 5박 6일간 이태근 씨와 함께 생활한 것이 지금 생각해 보면 우리 부부에게 뜻밖의 행운이었고, 우리가 도시에서 청양으로 오는 데 중요한 계기가 되었다. 구수골에서 들었던 강의 내용은 책에 잘 정리돼 있는데 책을 읽는 분에게 도움이 되도록 구수골에서의 경험을 몇 가지 소개한다.

음식물을 의사 또는 약으로 삼아라. 음식물로 고치지 못하는 질병은 의사도 고치지 못한다.

4년 전 여름 방학. 저렴한 경비에 휴가도 겸하고 내 삶에 도움이 될 만한 연수를 찾고 있었는데 《녹색평론》 '소식란'에서 전북지부 독자 독서 모임 회장 이태근 씨 자택에서 5박 6일 단식 과정 프로그램을 운영한다는 내용을 보게 되었다. 평소 주변 사람들에게 단식에 대한 이야기를 몇 번 들었지만, 식탐이 많은 나로서는 굶고 지낸다는 것이 생각만 해도 두려웠다. 그래서 선뜻 행동으로 옮기지 못했는데 프로그램을 자세히 보니 가끔 과일도 주고 효소도 마시게 하는 것 같고, 벌꿀도 있고, 뭔가 먹긴 먹는 것 같았다. 산속에서 휴식도 할 수 있고, 살아가는 데 도움도 될 것 같아 아내와 상의한 후 생애 처음으로 음식물 공급을 끊는 단식을 하게 됐다.

혼란스런? 강의를 들으면서 하루가 시작되었다. 텃밭에서 토마토 아니면 복숭아를 하나 따 먹고 등산을 하고 잠을 잤다. 책을 보고 산야초와 벌꿀을 섞은 물을 마신 뒤 마을 산책을 했다. 저녁 시간에는 강의도 듣고, 달을 보며 누워 노래도 부르고 이야기도 나누었다. 편안했고 지루하지 않았다. 단순한 생활, 단순한 먹을거리, 파격적인 강의 내용, 내 몸의 변화 등으로 구수골의 생활을 요약할 수 있겠다.

강의는 상식을 뒤엎곤 했다. "골고루 먹는 것은 안 좋다. 즉 개밥이다.", "물 많이 마시면 몸이 썩는다.", "먹고 싶을 때 먹어라.", "우유, 두부가 좋은 음식인가?" 등등.

아니 이런! 무슨 이야기를 하는 것인가?

질문하면 나중에 혼나는 꼴이 돼 질문도 잘 못하고, 일행 중 한 명이 그냥 집으로 갔다. 가끔 이런 당황스러운 일이 있다고 한다. 그래, 우리가 상식으로 받아들인 것들이 틀렸다는데, 혼란을 느끼는 것은 당연한 것이 아닌가? 그래서 책 제목도 혁명이란 단어를 쓰지 않았나 생각해 봤다. 초판의 제목은 《밥상 혁명》이었다

부부가 함께한 덕분으로 본채 옆 사랑방에서 잠을 잤다. 단식 3일

째 눈을 뜨니 방 안에 이상한 냄새가 가득했다. 몸 안의 독소가 나와서 그렇다고 했다. 이 일이 생긴 후부터 몸은 가벼워지고, 10년 동안 테니스를 꾸준히 쳐도 빠지지 않던 몸무게가 4킬로그램 정도 빠졌다. 참으로 희한한 일이었다. 그 후 한 달 뒤 4킬로그램 더 빠지고, 82킬로그램에서 지금은 72킬로그램을 유지하고 있다. 책에 적힌 내용은 산속에서 실천하기는 좋지만, 일상생활 속에서는 생활화하기 힘들다. 그래서 밥상 혁명은 가족이 함께해야 한다.

이 책을 읽으면 반찬이 굉장히 단순해진다. 혼자서 책을 읽고 갑자기 초라한 밥상을 식구에게 내놓으면 이해받기 어려워진다. 가족과 함께 읽어야 만사가 편해질 것 같다. 이 책을 집에 두고 실천해 보면 재미있는 일들이 일어난다. 궁금하다면 실천해 보자. 책 뒤에 참고도서가 나오는데 함께 읽어 봐도 좋을 듯하다.

| 박태원

020 조재도 외 지음 상처 위에 피는 꽃

이것 또한 지나가리라

하나뿐인 딸을 위해, 나의 어머니는 추운 겨울 시장에서 약초 파신 돈을 쪼개어 흰색 타이츠를 사다 주시곤 하셨다. 희다 못해 푸른빛이 감길 만큼 마알간 흰색을 좋아하시는 어머니는 손수 자식에게 입힐 것을 고를 수 있는 선택의 순간에는 늘 하얀색을 사셨다. 하지만 사내아이처럼 뛰어놀기 좋아하고 덜렁대는 어린 딸에게 흰색은 그리 달갑지 않았다. 내 생각에 흰색은 예쁜 색이기보다는 늘 다른 색들의 공격을 받는 멍청한 색이었다. 내 작은 손가락들이 몇 번 옷깃을 스치고 나면 하얀색은 어느새 지저분한 얼룩들로 자기를 잃어버렸다. 어머니께서 그렇게 정성을 다해 사다 주신 흰색 타이츠는 내가 대문을 채 나서기도 전에 화려한 생을 마감하는 것이 예정된 순서였다. 앞서 가는 오빠를 따라 학교에 가기 위해 마당을 뛰어 나가다 대문에 걸려 늘 넘어졌기 때문이다. 흰 타이츠는 마당의 흙과 내 뭉개진 피부에서 흘러나온 피로 붉게 물들어 대문을 벗어나기도 전에 빨래통으로 들어가고 나는 여기저기 꿰맨 자국이 있는 헌 타이츠를 신고 등교해야만 했다. 철들기 전, 나는 고운 피부가 이런저런 연유로 까지고 뭉개지고 피가 나고 고름이 배고 검붉은 딱지가 두껍게 내려앉아 큼지막한 흉터로 내 몸의 일부가 된 자국만이 상처인 줄 알았다. 상처, 그것은 육체적 고통의 흔적이라고 생각했던

저 깊은 속에 아픔을 감추고 있는 사람들을 보듬어 주는 목소리가 들린다. 고통은 공동의 것
이라고. 나만의 아픔이란 없다고. 그러므로 당신은 혼자가 아니라고.

시간이 참 행복했다. 아니 그 시간이 행복했음을 섣부른 철이 들고서
야 알았다.

열 살이 되기도 전에 목숨을 담보로 국경을 넘어 온전한 생명과 자
유를 찾아야 했던 민성 군, 그냥 두어도 주체할 수 없는 혼란으로 자

신과 타인의 평온한 삶에 생채기를 휘익 그어 버리는 사춘기에 자신의 자연적 정체성성 정체성을 의심해야 하는 고통을 덤으로 껴안으며 자아를 찾아야 했던 정현 군의 이야기를 읽으면서 일상의 소소한 행복에 대하여 감사한 마음이 들었다. 무엇을 더 감사해야 할까 돌이켜 생각해 보니 "감사하지 않은 일이 없다."는 말처럼 지나온 모든 것에 절로 미소가 번진다. 그리움이 핀다.

전쟁 후, 절대적 빈곤과 정치적 혼란기를 살아 내면서 겪은 유년 시절의 상처들을 아무렇지도 않은 듯 툭툭 털어 들려주는 사람들의 삶 속에는 청양고추보다 더 맵게 눈물을 훔쳐 냈던 가난이 커다랗게 웅크리고 있었다. 그 가난과 동행하는 고통에서 벗어나기 위해 글도 쓰고, 벌이가 시원치 않은 고된 노동도 하고, 꿈을 찾아 가출도 감행했다. 일생을 살아 내야 하는 모든 이들이 겪는 사춘기의 방황도 그 누구보다 격하게 헤쳐 나왔고, 이건 나만의 문제이고 고통이라는 아집을 만들어 줄 수 있는 은밀한 가족의 비밀도 삶의 한 귀퉁이에 묻어 두고 있었다. 그렇게 창피하고 아픈 상처로 얼룩진 기억의 한 토막을 그들은 한여름 햇볕 쨍쨍한 날 어머니가 풀 먹인 삼베옷을 탁탁 털어 말리시던 것처럼 세상에 내놓았다.

나 아닌 다른 사람의 삶을 이해하는 데에는 비록 가족의 삶일지라도 많은 부분 오독誤讀이 있을 거라는〈어눌한 이야기〉중 글을 읽으면서 어린 시절 그리도 덤벙대는 딸에게 하얀 양말과 옷을 사 주셨던 어머니가 불현듯 떠올랐다. 오늘까지 삶의 한순간도 휴식이 없었던 어머니는 이제 막 삶을 이해하기 시작한 딸에게 말하지 못한 사연들을 참 많이 간직하고 계실 것이라는 생각이 들었다. 그 순간, 철부지 어린 딸이 그렇게 싫어했던 하얀 색의 옷을 사 주셨던 어머니의 마음을 가늠할 수 있을 것 같았다. 그건 하얀 새 옷처럼 당신 딸의 삶은 맑고 고운 이야기로만 채워지길 바랐던 당신만의 소망이자 기도의 표현이었던 것이다.

이 책은 순간순간 자신의 가장 소중한 삶^{생명}을 포기하는 그리고 포기하고 싶은 많은 사람에게 "잠깐 내 얘기 좀 들어 볼래요?"라고 말하고 있는 것 같다. 손을 맞잡고 눈을 마주 보며 담담히, 들춰내면 덧날 것처럼 생생한 상처들을 더하거나 빼지 않고 가만히 들려준다. 듣고 있는 이를 억지스럽게 다독이지도 격하게 공감하는 척하지도 않으면서.

그들이 나지막이 들려주는 이야기들은 나의 상처를 마주하게 한다. 내 이야기는 당신이 당신의 상처를 담담하게 들여다보는 데까지, 거기까지 동행할 뿐, 상처의 주인인 당신이 상처 속에 파묻힌 자신을 이끌어 내야 한다고, 당신만이 그 상처를 아물게 할 수 있다고, 별것 아니라고, 그저 당신의 성장을 위해 필요했던 삶의 자국일 뿐이란 걸 알기 위해 용기를 내야 한다고, 당신은 그럴 수 있는 사람이라고 아픈 마음을 토닥토닥 위로하고 격려한다.

언젠가 좋은 인연들과 함께한 모임에서 모난 돌처럼 어깃장을 놓는 사람을 무던히 보아 넘기는 나를 보며 한 사람이 걱정스레 물었다.

"괜찮아?"

"그럴 수 있죠. 어딘가 상처가 있는 사람인가 보다 해요."

그 자리가 끝난 후 그는 나에게 문자를 보내왔다.

'이해가 있대. 산전수전 쫌 있어야 생기는 선물인데. 타고난 거야?'

나의 답은 생략되었다. 상처를 드러내지 못한, 아니 드러낼 자신이 없는 나는 답을 보낼 수가 없었다. 몇 년 전 모 드라마에서 명대사로 뽑힌 말이 생각난다.

"아프냐? 나도 아프다."

언젠가는 나도 또 다른 나의 모습을 한 우리에게 아프냐고 물어도 보고, 나도 아파 본 적이 있고 지금도 여전히 아파서 가끔은 이런저런 약을 바르고 가끔은 상처를 덧내면서 그것이 아물기를 기다리는 중이라고 말할 수 있는 용기의 싹을 키우고 싶다. 그렇게 작은 용기들이 쌓이다 보면 어느 날 잘 마른 상처 위에 우리가 공감할 수 있는 크고 작은 이야기를 가진 인생의 꽃들이 피어나지 않을까.

| 김흔정

모든 청양 사람이 그러하듯 나도 청양의 '백세공원'을 좋아한다. 100세까지 건강하게 살게 해 준다는 백세공원. 더욱이 내가 사는 아파트에서 밖으로 훌쩍 나오면 바로 백세공원이니 나를 위해 존재하는 곳이라고 착각하면서 산다. 운동해야 한다는 의무감으로, 또 몸과 마음이 많이 지쳤을 때 나는 그곳을 걷는다. 한 바퀴, 두 바퀴, 아무 생각 없이 돌고 돌다 보면 서서히 열이 나기 시작하면서 몸은 가벼워지고 머리는 맑아진다.

백세공원은 나에게 아주 많은 만남을 선사한다. 봄날엔 이곳저곳에서 새록새록 올라오는 새싹들이 반겨 주고, 화려하게 수놓은 꽃잔디가 정신을 어지럽게 하는가 하면, 도발적으로 피어나는 칸나는 그들의 요염함과 아름다움을 시샘하게 한다. 그러다 어느 날 문득 고개를 들면 길섶의 코스모스 꽃들이 "반가워요." 방긋 미소 짓는다. 겨울날 폭설의 장관은 더욱 나를 미치게 한다. 모든 것을 하얗게 덮어 가리고 오로지 눈, 눈, 눈만이 유혹해 오면 나는 넘치는 흥분을 더는 참지 못하고 홀리듯 밖으로 나가 눈 속에 몸을 던진다. 하염없이 걸으면서 황홀한 자연의 선물에 감탄하고 또 감탄한다.

그러나 나를 정말 미치게 하는 백세공원의 만남은 따로 있다. 다정한 부부가 함께 걷고 있는 모습이 그것이다. 주말부부로 몇 년째 사

책 속의 여행자와 도반이 되어 길섶의 풀들, 무심히 흐르는 계곡 물줄기, 우주를 머금고 익어 가고 있는 싱싱한 과일들, 말 없이 음식과 잠자리를 내어 주는 구석구석의 이름 모를 사람들을 함께 만나고 싶었다.

는 나는 도란도란 이야기꽃을 피워 가며 다정하게 걷고 있는 남녀 한쌍이 괴로울 정도로 부럽다. 나도 이번 주말에 내 신랑을 만나면 꼭저렇게 한 번 걸어 봐야지. 알지 못하는 그들에게 괜한 질투심을 느끼면서 그 옆을 씩씩거리며 잰걸음으로 스쳐 지나간다.

이번에 내가 소개하고 싶은 책도 길 위에서의 만남을 소중히 다룬 책이다. '소심하고 겁 많고 까탈스러운 여자'라고 제목 앞에 토를 달았지만, 책 속의 여자는 더는 소심하지도, 겁 많지도 않고 까탈스럽지도 않다. 여행기 대부분은 여행자가 방문한 지역의 문화나 문화재, 그곳의 역사를 말하는 경우가 많은데, 이 책의 여행자는 땅끝 마을에서 판문점까지 걷는 동안의 예기치 않은 만남에 대해 전한다. 그 끝없는 길 위에서 만난 두려움과 감동의 이야기가 있고 그 길 위에서 맺게 된 자연과의 만남이며 사람과의 만남을 이야기한다.

쳇바퀴 돌 듯, 어제가 오늘이고 오늘이 내일인 생활을 하는 나로서는 책 속의 여행자와 도반이 되고 싶다는 생각을 내내 했다. 길섶의 풀들, 무심히 흐르는 계곡 물줄기, 우주를 머금고 익어 가고 있는 싱싱한 과일들, 말 없이 음식과 잠자리를 내어 주는 구석구석의 이름 모를 사람들을 함께 만나고 싶었다. 그 만남을 내 삶의 소중하고 비밀스러운 궤적으로 만들고 싶었다.

마지막 부분에는 우리나라 곳곳의 걷기 좋은 길을 소개한다. 필요한 준비물과 가는 길, 숙박 등에 대해 아주 자세하게 일러 주는데 나는 그중에서 먹을거리 소개가 가장 마음에 들었다. 그곳에 가서 꼭 그 음식을 먹어 봐야겠다는 생각을 연신 하면서 읽다 보니 어느새 책의 종점에 닿아 있었다.

"일은 지겹도록 안 풀리고, 일상은 무덤처럼 어둡고, 전화는 울리지 않는 주말. 지구 위에 혼자인 것처럼 막막해 어딘가로 탈출하고 싶은 마음은 간절한데 지갑은 얄팍할 때 배낭 하나 달랑 메고 대문 밖을 나서자. 남들이 다 하는 그런 여행 말고, 몸 하나로 세계와 정면 승부하는 여행을. 자동차도 버려두고, 시계도 풀어 놓고, 휴대 전화도 끈 채, 발길 닿는 대로 아주 느리게, 서두르지도 말고, 걷자. 마음이 움직이는 그 순간, 떠나는 거다."

이번 주말 우리 청양의 어여쁜 길 위에서 우리도 그렇게 한번 만나보시렵니까?

| 공정희

사랑할 권리는 있지만 사랑을 요구할 권리는 없다

그가 곧 나인 것 같다. 그냥 이 마음이 어느 날 찾아와서 내 마음의 주인이 되었다. 고마운 마음이다.

행복은 결혼한다고 저절로 오는 것이 아니며, 결혼은 혼자 살아도 외롭지 않고 같이 살아도 귀찮지 않을 때 해야 한다. 내가 온전한 상태에서 인간관계를 맺을 때 상대에게 도움을 줄 수 있고 내가 온전하므로 상대에게 기대하는 것이 없게 된다. 기대하는 것이 없으므로 상대를 더 잘 이해하고 상대에게 도움을 주는 사람이 될 수 있다.

아내는 남편에게 덕 보자고 하고 남편은 아내에게 덕 보겠다는 마음이 다툼의 원인이 된다. 아내는 30퍼센트 주고 남편에게 70퍼센트 덕을 보려 하고, 남편도 30퍼센트 주고 아내에게 70퍼센트 받으려고 하는데, 실제로는 30퍼센트 밖에 못 받으니까 다툼이 생기게 된다. 많이 가지고 많이 얻으려는 마음을 내면 낼수록 큰 화를 불러온다는 사실을 깨닫고, 상대에게 받으려는 마음부터 줄여야 한다.

'내가 저 사람을 좀 도와서 잘 살게 해 줘야지.'

'아이고, 저 사람의 성격이 괄괄하니까 내가 껴안아서 편안하게 해 줘야겠다.'

서로에게 덕 보려는 마음을 내기보다 베풀어 주겠다는 마음으로 결혼하면 좋은 인연을 지으며 살 수 있다. 그런데 부부 관계는 대부분의 경우 극도의 이기심으로 맺어진 것이다. 인간관계 중에서 이기심이 가장 많이 투영되어 맺어진 관계가 바로 부부 관계로 어떤 인간관계보다 결혼 관계가 가장 욕심으로 움직인다고 할 수 있다. 그래서 다른 사람하고는 원수가 잘 안 되는데 부부지간에는 원수가 되는 경우가 많다. 서로의 욕심, 서로의 기대가 커서 욕심이 충족되지 않으니 실망도 큰 것이다.

우리에게는 사랑할 권리는 있지만, 그 대가로 사랑을 요구할 권리는 없다. 단지 내가 사랑할 뿐이며 내가 사랑한 만큼 너도 나를 사랑해라, 이렇게 요구한다면 이것은 사랑이 아니라 거래이다. 내가 사랑하고 내가 좋아할 뿐이다.

진정한 믿음이 있는 사랑이란 상대에 대한 이해와 존중, 상대방을 있는 그대로 인정하고, 그 사람 편에서 이해하고 마음 써 줄 때 감히 '사랑'이라고 말할 수 있다. 상대를 인정하고 상대를 이해하는 것이 사랑이다. 이해 없는 사랑이란 폭력이며 상대에게 고통을 주게 된다. 상대의 입장과 처지를 올바르게 이해하고 우리 자신의 마음을 올바르게 살핀다면, 우리 모두 부족한 인간이지만 이 세상을 행복하게 살 수가 있다.

이처럼 내 속을 들여다보는 것 같은 법륜 스님의 주례사는 나의 어리석음을 부끄럽게 했다. 곧 오십의 나이가 되어 간다. 스물넷 가을에 그를 만나 스물여덟 되던 해 겨울에 결혼을 하였으니 지금까지 살아 온 내 인생의 거의 절반을 남편과 함께했다. 주례 선생님께서 "주례를 부탁하러 온 예비부부의 모습이 남매처럼 닮아서 깜짝 놀랐었다." 하셨던 우리 부부는 살아 보니 서로 참 많이 달랐다. '멀리 가려면 함께 가라'는 이야기에 고개를 끄덕이는 여자와 '먼 길을 가려거든 발이 편한 신발부터 장만하라'는 글을 책상머리에 붙여 놓고 사는 남자의 만남이라니!

여자는 가슴이 시키는 대로 행동부터 먼저하고, 남자는 머리에서 정리가 되고 나서야 움직이는 징한 구석이 있는 사람이다. 여자의 가슴에서, 남자의 머리에서 만들어진 서로 다른 이야기들이 말이 되어 나오면 서로 부딪칠 수밖에 없었다. 말을 할수록 말문이 막히는 답답한 부부 싸움을 멈추지 않고 내 고집을 부리고 상처 주고 상처 받기를 반복하였다. 나를 버릴 수가 없었고 그를 미워하지 않을 수가 없었다.

다행인 것은 함께한 세월이 쌓여 가면서 나에게도 있는, 그러나 모양은 다른 어릴 적 그의 상처가 보이고 같이 아파할 수 있게 되었다. 그와의 인연을 귀하게 여기며 그의 빛깔을 존중하며 부족한대로 함께 가려 한다. 그를 있는 그대로 받아들이려고 한다.

요즈음에 와서 문득 든 마음인데 그가 곧 나인 것 같다. 그냥 이 마음이 어느 날 찾아와서 내 마음의 주인이 되었다. 고마운 마음이다.

| 김분희

023 이현경 지음 온전함에 이르는 대화
영혼의 귀로 듣고 내면의 목소리로 말하는 법

"어떻게 하면 의사소통을 잘할 수 있을까?"

의사소통은 대화할 때뿐 아니라 인간관계와 자기 삶에 깨어 있을 때 가능하다고 한다. 대화는 본래 혀끝에서 나오는 것이 아니라 그 존재의 바탕 위에 써지는 것이기 때문이다. 대화 중에 나누는 말은 그 사람의 사고방식, 감정과 아울러 영성에서 나오고 동시에 그 모든 측면에 영향을 미친다. 이런 까닭에 생각이나 감정, 오래 묵은 갈등을 변화시키지 않고 대화 기법만으로 타인과 진정한 의사소통을 할 수 없다.

의사소통-인간관계-삶의 통합적인 변화를 이어 주는 것은 '깨어 있기'이다. 깨어 있기는 산만하게 흩어진 의식을 모아 지금 일어나고 있는 일에 주의를 기울여 깊이 알아차림으로써 확장된 통찰과 에너지를 얻는 것이다. 이러한 깨어 있기의 특징은 첫째, 의식을 모아 깊이 알아차리는 것, 둘째, 지금 여기 현존하는 것, 셋째, 이를 통해 분리를 넘어서 통합성에 다가가는 것이다.

일상의 습관화된 행동과 반응으로 대하지 말고 의식의 초점을 모으면 깊이 알아차리게 된다.

지금 여기 현존하는 동료, 경비 아저씨, 가게 점원, 어린 자녀, 그 누구든 그가 세상의 전부인 것처럼 듣고 말해야 한다. 그러면 예상치

부정적인 마음은 내려놓고 공감과 긍정의 에너지로 충만해질 때 대화는 공감을 넘어 공명으로, 나아가 공존으로 퍼져 나간다.

않았던 동질감, 고마움, 감사함 같은 따뜻한 마음이 어딘가에서 샘솟는다. 인간관계에서 현존의 힘을 키우면 수용적 태도가 생긴다.

　우리가 구별하는 사과나무의 각 요소열매, 꽃, 줄기, 잎, 뿌리는 서로 유기적으로 연결되어 있으며 그 각각은 잠시 그런 모습을 취하고 있는 일시적인 변형들일 뿐이다. 이처럼 우리도 일시적인 변형일 뿐이며, 본래 다른 사람이나 외부 세계와 상호 연결된 존재임을 깨달을 때 통합성의 지평이 열린다.

매 순간 부단히 깨어 있으려 하고 그 원리들을 삶에 적용하다 보면 누구나 머잖아 자유롭게 날아오를 수 있다. 마치 하나의 원둘레를 도는 것처럼 어디에서 출발해도 다른 것과 만나며 통합적으로 변화하게 된다. 수많은 파동 중 맞는 주파수에 접속되었을 때 소리를 들을 수 있는 것처럼 내면의 주파수를 바꾸기만 해도 우리는 들을 수도 듣지 않을 수도 있다. 운명을 바꾸는 변화도 실로 작은 행동과 생각 하나를 바꾸는 데서 비롯된다.

에고는 습관화된 생각과 감정 반응으로 돌아가려 하고 깨어 있기에 저항한다. 깨어 있기를 실천해서 충분히 경청하고 공감하며 자비로운 마음으로 사람들을 대하고 차 한 잔도 깊이 음미할 수 있게 되어야 한다. 깨어 있는 말하기나 듣기의 방법을 다른 사람들과 빨리 나누고 싶더라도 자신의 말하기와 관계 맺기에서 그것이 우러나도록 삶을 가꾸는 것이 우선되어야 한다. 실제로 한 사람만 참 자기의 수준에서 깨어 있어도 그것은 그가 접하는 세상의 변화로 곧장 연결된다. 리더가 가진 내면의 광휘가 일상에 스며 나올 때 그의 말과 행동, 존재 자체가 주변 사람들을 일깨우게 된다.

실천의 발걸음을 내딛다 보면 점차 참된 본성에 연결되고 내면의 지혜가 저절로 흘러나와 각자의 여정을 이끌어 줄 것이다. 그리고 그 여정의 어디쯤에서 문득, 자신은 애초부터 밝음 안에 있었으며, 출발할 때 이미 도착해 있었음을 알게 될 것이라고 말해 주는 이 책을 만나는 사람들 모두가 행복한 소통을 통해 만사형통하길 바란다.

| 안병연

죽음을 앞둔 자유로운 영혼들의 이야기

가끔 아이들과 꿈에 관한 이야기를 나누다 보면 "돈 많이 버는 것이요."라고 말하는 아이들이 많다. 물론 가깝게는 돈을 많이 버는 것, 대학 진학, 많은 사람이 선호하는 직업을 가지는 것, 좋은 배우자를 만나는 것 따위를 인생의 목표로 삼을 수도 있다. 그렇지만 그것으로 모든 것이 성취되는 것인지, 그것이 정말 궁극적인 목표가 될 수 있는 것인지 아이들과 토론하기란 쉬운 일이 아니다. 아직 아이들에겐 시간이 많다. 더불어 사는 법, 전체를 바라보는 시각을 갖는 법을 배우면서 꾸준히 성장해 가기를 바라는 마음으로 한 권의 책을 소개한다.

엘리자베스 퀴블러 로스와 그의 제자 데이비드 케슬러의 《인생 수업》은 죽음을 앞둔 사람들과 함께 생활하며 직접 그들을 인터뷰하여 쓴 책으로 우리가 쉽게 체험할 수 없는 생의 마지막 순간에 대한 이야기를 들려 준다.

우리는 배움을 얻기 위해 이 세상에 왔다. 태어나는 순간 누구나 예외 없이 삶이라는 학교에 등록한 것이다. 수업이 하루 24시간인 학교에 살아 있는 한 그 수업은 계속된다. 그리고 충분히 배우지 못하면 수업은 언제까지나 반복될 것이다.

생의 마지막 순간에 간절히 원하게 될 것, 그것을 지금 하라.

　우리가 지구로 보내져 수업을 다 마치고 나면, 나비가 누에를 벗고 날아 오르는 것처럼 우리의 영혼을 육체로부터 해방하는 것이 허락된다. 시간 이 되면 우리는 집에서 신에게로 돌아가는 아름다운 나비처럼 떠날 수 있 고 더 자유로운 영혼이 될 수 있다.

　우리가 배워야 할 과목들은 사랑, 관계, 상실, 인내, 받아들임, 용서, 행 복 등이다. 나아가 이 수업은 궁극적으로는 '나 자신이 진정 누구인가?' 하 는 깨달음으로 우리를 데리고 간다. 그것이 이 수업의 완성이다.

며칠 전 목욕탕에서 옆에 앉은 아주머니가 같이 등을 밀자고 하셨다. 요새는 좀처럼 등을 밀자는 사람이 없는데 반가운 마음에 얼른 밀어 드렸다. 그분은 내 등을 꼼꼼히 밀어 주시며 어깨도 주물러 주셨다. 등을 같이 민 인연으로 이런저런 이야기를 나누면서 아주머니가 호스피스 활동을 하고 계신 분이라는 걸 알게 되었다. 우리나라도 고령화 사회에 접어든지 오래이니 이런 활동을 하는 사람들이 점점 늘어나야 할 것이다.

나는 10여 년 넘게 시부모님들과 같이 생활했다. 작년만 해도 자전거를 타고 시내에 나가 시장을 봐 오시는 시아버님을 뵈면서 앞으로 10년은 충분히 정정하시겠단 생각을 했다. 그랬는데 작년 초겨울, 감 한 접을 사서 자전거에 싣고 오시다가 허리를 삐끗하신 뒤 앓아누우시더니 부쩍 기운이 떨어지시고 거동도 잘 못하신다. 나는 남편에게 부모님 복이 많다고 생각하는데 남편은 아버지와 이야기를 나눌라치면 아직도 어린 시절의 갈등을 떠올리며 전투태세에 돌입하는 듯한 말투를 버리지 못한다. 나는 중학교 때 갑작스럽게 돌아가신 친정어머니가 그리워 꿈에라도 한 번 뵐 수 있다면 행복할 것 같은데……

"아버님이 뭐라 하시든 그냥 들어드리면 좋겠어요."

한 마디 던져 본다. 이 책의 마지막에서 "생의 마지막 순간에 간절히 원하게 될 것, 그것을 지금 하라."라고 한다. 쉽지 않은 일이다.

| 안병연

자연인의 삶은 밥상에서 시작된다

단순하게 먹고, 제철에 먹고, 통째로 먹다 보면 무뎌진 입맛이 깨어나 자연 그대로의 맛과 향을 느끼게 된다. 이것이 자연을 닮고자 하는 소망을 가진 사람들의 밥상이다.

객지 생활이 오래인 딸이 모처럼 집에 온다고 연락해 왔다.

"저녁에 맛있는 것 사 줄게. 뭐 먹고 싶니?"

"엄마! 집에서 엄마 밥 먹고 싶어요. 나물이랑 시래기된장국이 먹고 싶어요."

외식으로 고기 사 먹는 것을 최고로 여겼던 딸이 집에서 만든 밥상을 찾기 시작한 것은 우리가 시골살이를 하면서부터이다.

시골에 살면서 우리의 삶이 여러모로 변하였지만 그중에서 가장 많이 변한 것은 먹을거리이다. 텃밭을 일구다 보니 늘 푸성귀가 흔하다. 봄에서 가을까지는 밭으로 산으로 바구니 들고 나서면 들나물 산나물이 가득하다. 겨울에는 틈틈이 데쳐 말려 둔 묵나물을 먹는다. 사계절 내내 자연의 도움으로 먹을거리를 많이 해결한다. 그저 감사할 뿐이다. 멀리서 손님이 오신다고 해도 미리 반찬 걱정을 하지 않아도 된다. 냉장고 속은 비어 있는 듯해도 곳간을 뒤지면 먹을거리가 풍성하게 나온다. 농사지은 배추로 담근 맛깔스러운 김장 김치가 있고 농사지은 콩으로 일 년 동안 숙성시킨 된장, 고추장, 간장이 있다. 봄에서 가을까지 뜯어다 간장, 된장, 촛물에 담근 장아찌도 여러 종류 있다. 뽕잎장아찌, 깻잎장아찌, 머위장아찌와 곤드레장아찌……. 돼지고기 두어 근 사다가 삶고 된장에 푸성귀 내놓고 시래기 된장국을 끓이면 푸짐한 한정식이 된다.

딸아이뿐만 아니라 손님들도 음식이 맛있다고 칭찬하신다. 음식 솜씨가 좋은 것이 아니라 재료가 좋은 것이다. 자연에서 얻고 농사지은 재료와 양념으로 버무린 음식이라 자연의 향과 맛이 그대로 살아 있어서 맛있는 것이다. 맛이 있다는 말은 음식 고유의 맛과 독특한 향이 골고루 살아 있다는 뜻이 아닐까?

무주의 농사꾼인 장영란 선생의 이 책을 읽으면서 나는 시골살이의 기쁨을 다시 확인하며 만끽한다. 봄, 여름, 가을, 겨울마다 나오

는 재료를 이용하여 만드는 먹을거리를 소개한 책인데 재료의 자연성
을 살리는 단순한 요리법뿐만 아니라 재료의 쓰임과 성질까지 알려
준다. 제철 나물을 넣어 만든 나물김밥, 씹을수록 색다른 된장주먹
밥, 매콤달콤한 고구마김치찌개 요리법은 독특하여 흉내낼 만하다.
단순하게 먹고, 제철에 먹고, 통째로 먹다 보면 그동안 무뎌진 입맛
이 깨어나 자연 그대로의 맛과 향을 느끼게 된다고 한다.

　농사짓는 덕에 얻은 행복 중의 하나는 먹을거리 자체의 맛을 제대
로 알게 된 것이다. 특히 당근과 들깻잎은 우리 가족이 좋아하는 것
이라 해마다 빠뜨리지 않고 농사짓는 작물이다. 강하다 못해 쓰기
도 한 맛과 향을 즐긴다. 사 먹는 것보다 강한 향과 오도독 씹히는 거
친 질감이 좋다. 내가 한 일이란 때맞추어 씨 뿌리고 가끔 풀을 뽑아
준 것뿐, 오롯이 땅의 기운과 하늘의 조화로 고인 맛이다. 이제 사 먹
는 야채는 향이 밋밋하고 물컹한 느낌이라 내키지 않는다. 전에는 알
지 못했던 느낌인데, 아마도 입맛이 살아났나 보다. 이제 우리 가족은
각각의 재료가 가진 고유의 향을 사랑하고 독특한 맛을 즐기려 한다.
이것이 자연을 닮고자 하는 소망을 가진 사람들의 밥상이라고 생각
한다.

　도시로 돌아가는 딸아이 짐 속에 깻잎장아찌, 뽕잎나물, 곶감말랭
이, 고구마말랭이를 넣어 보낸다. 도시 속에서도 자연의 향내를 맡으
며 맛나게 먹고 자연의 기운을 얻어 건강하게 생활하기를.

　책의 마지막에 나온 '먹을거리에 담긴 에너지'라는 시를 옮겨 지은
이의 메시지를 전한다.

··· 복잡하게 가공한 걸 먹으면 복잡해지고
단순하게 먹으면 집중하는 힘이 생기고

가려내고 먹으면 저 좋은 것만 찾게 되고
통째로 먹으면 있는 그대로 받아들이고

만들어 파는 걸 먹으면 돈을 좇게 되고
손수 만들어 먹으면 사람을 사랑하고

혼자 먹으면 혼자가 되고
여럿이 나누어 먹으면 더불어 사니
먹는 게 바로 그 사람이다.

| 황영순

생의 외로운 줄다리기를 하는 아들에게

이 책은 관계 맺기에 절망하는 나에게 많은 도움을 주었다. 주위 사람들에게 권하기도 하고, 아들에게 선물로 주려고 한 권을 더 사기도 했다. 이 책을 좀 더 일찍 읽어서 아들 키울 때 활용했더라면 아마 아들의 운명이 달라졌을 것이라는 생각도 든다. 책을 읽은 후, 아들을 만날 때마다 꼭 껴안아 주며 "사랑하는 우리 아들, 너무 보고 싶었어!"라고 말한다. 그리고 "엄마가 미련하고 생각이 짧아서 너에게 못할 짓을 많이 했구나. 용서해 다오."라고 사과의 말을 하곤 한다.

주변 사람들을 잘 관찰하면, 당당하고 활기차게 의욕적으로 살아가는 사람들이 있는가 하면, 매사에 부정적이며 의기소침해서 기죽어 살아가는 사람들이 있다. 왜 그렇게 다른 두 부류의 사람들이 존재하는 것일까? 왜 그렇게 된 것일까? 나는 어릴 때 무척 내성적이고 자신감이 없었다. 그래서 늘 성격에 대해 고민을 많이 하였다. 어른이 되면서 노력하고 개척하여 그나마 현재의 삶을 꾸려 가고 있지만, 그 이유를 알고 있는 누군가가 도와주었더라면 얼마나 인생이 수월하고 즐거웠을까? 내가 그렇게 어렵게 살아왔으면 자식은 전철을 밟지 않도록 배려와 관심을 기울였어야 했다. 내가 어릴 때 겪은 일들을 내 자식이 똑같이 겪었다는 것을 뒤에 알았다. 우리 부모님은 나

어른들의 가치관에 맞춰 판단하지 말고 대신 아이의 내면에 도사리고 있는, 박탈당한 애착이 무엇인지 알아차리는 것이 가장 중요하다고 한다.

와 함께 놀아 주고 격려해 주며, 한참씩 눈을 맞추어 주는 여유를 갖지 못하셨다. 칭찬이나 격려의 말로 애정을 듬뿍 주신 기억보다는 비난하고 야단치시던 일이 더 많이 떠오른다. 엄마가 된 나도 자식을 칭찬하고 배려하기보다는 비난을 더 많이 하면서 키웠다.

　책에 나온 천 개의 사례들이 모두 공감이 가는 이야기인데, 그 중에도 〈사랑과 지지를 통해 자아를 강화합니다〉라는 사례에서 우리 자식들의 경우와 같은 점을 발견하였다. 자아가 약한 사람은 비판이나 충고를 받아들이지 못한다고 한다. 그것을 받아들이면 내면이 무너지기라도 할 것 같은 두려움을 느끼기 때문에 일단은 반박하거나 방어부터 한다. 충고를 외면하면서 문제로부터 도망쳐 버린다. 이런 사람을 위해 가장 먼저 해야 할 일은 마음을 쓰다듬어 일으켜 세우는 일, 즉 어린 시절에 박탈당한 애착의 감정을 돌봐 주는 일이다. 인간에겐 성욕이나 공격성보다 중요한 애착이라는 특별한 감정이 있다고 한다. 애착은 욕망의 대상이 되는 특별하고 유일한 사람과 친밀하고 지속적인 관계를 맺고자 하는 욕구인데, 애착을 박탈당한 아이의 내면에는 분노와 공격성만 남는다. 박탈당한 애착의 감정을 어떤 식으로든 보상받기 위해 오락실에 묻혀 살거나, 겉멋에 치중하거나, 한 달째 잠만 자기도 한다.

어른들의 가치관에 맞춰 판단하고 비난하는 대신 아이의 내면에 도사리고 있는, 박탈당한 애착이 무엇인지 알아차리는 것이 가장 중요하다고 한다. 세 살짜리 아이가 아직도 자라지 않은 채 여전히 엄마의 사랑을 기대하면서 동생을 질투한다면 무조건 보살피고, 어떤 철없는 행동을 하더라도 다 받아주며 사랑해 주어야 한다는 것이다. 엄마의 적극적인 사랑을 받기 시작하면, 묵은 원망이나 분노를 말과 행동으로 표현하면서 세 살짜리 아이가 다시 자라기 시작한다니 얼마나 다행한 일인가?

애착을 박탈당한 아이의 내면에는 분노와 공격성만 남는다는 사실을 이제야 알게 되었다. 그 아이가 어른이 되었더라도 반드시 진심으로 사과해야 한다고 한다. 세 살 적부터 엄마와 떨어져 자란 우리 아들에게 안쓰럽고 미안한 마음은 늘 있었지만, 붙들고 사과해야겠다는 생각까지는 못 했었다. 이제야 비로소 꼭 안아 주며 사과해야겠다는 결심을 하게 되었다.

| 이기자

027 고전은 처세술이 아니다 028 겨울부채 베껴 쓰기 029 모든 아름다움은 어둠을 거쳐 피어난다 030 책 읽는 기쁨, 스승 만나기 031 몸과 마음과 삶의 터전을 두루 살피는 공부 032 11만 3천 번을 읽다 033 사물이 깨우쳐 준 이야기 034 선생은 완전한 학생이다 035 마치 아침처럼, 새봄처럼, 처음처럼 036 세상을 질문하는 아이들과 할아버지의 손 글씨 답장 037 하느님께 닿는 길 038 12살 구탐바자이, 비노바의 걷기 수행을 작은 카메라에 담다

3

철학,
사람의 길을 묻다

027 박재희 지음 3분 고전
고전은 처세술이 아니다

삶의 참 스승이 고전 속에 있었다. 《3분 고전》을 디딤돌 삼아 맑은 거울처럼 나의 삶을 비추고, 인생의 나침반이 되어 줄 고전 읽기에 한번 제대로 빠져 볼 참이다.

42,048,000.

불행인지 다행인지 이 숫자는 내 통장 잔액이 아니다. 이 숫자의 뒤에는 원₩이 아니라 분m이 있어야 한다. 내가 80세까지 살 수 있다는 가정 아래 80년 동안 누릴 시간을 분 단위로 바꾸어 계산해 본 값이다. 너무 많은 시간이 주어진 것 같다. 이 일도 저 일도 한없이 내일로 미루다 아무것도 하지 못한 채 시간을 놓칠지도 모르겠다.

크고 작은 모든 인연에 감사함을 많이 느낀 한 해였다. 대학원 논문을 쓰느라 반년 동안 온몸으로 열병을 앓던 옆자리 선생님 덕분에 고전에 곁눈질할 수 있었다. 처음에 권해 준 좋은 책, 《노자 이야기》는 두껍고 어렵다는 핑계로 차일피일 미루다 딱 내 수준에 적합한 책을 만났다. 출근길 아침 방송 시간에 듣던 3분 고전. 박재희 교수가 들려주던 이야기들이 한 권의 책으로 엮여 나온 것이다. 동양 고전 속의 좋은 글귀를 짧게 발췌해 한자를 몰라도 원문을 읽지 않아도 마음으로 이해하고 행동으로 옮겨 실천하고자 하는 마음이 생기도록 이야기를 쉽게 풀어 놓았다.

상선약수上善若水.

"물처럼 사는 인생이 가장 아름답다."는 말이다. 물처럼 사는 인생이란 남과 다투어 경쟁하지 않는 삶이며 낮은 곳으로 스스로 흘러 큰 강과 바다가 되는 겸손의 철학이 녹아든 삶이라고 한다. 아침에 무거운 눈을 뜨고 늦은 밤 이불 속에 몸을 뉠 때까지 우리는 경쟁을 강조하는 생활 환경에 노출되어 있다. ○○대회, ○○평가, ○○자격. 조금씩 이름은 다르지만 '경쟁'이라는 두 글자가 성형한 모습임을 지금 자신의 삶을 치열하게 사는 모든 사람은 알고 있다. 그런데 물처럼 경쟁하지 않는 삶을 살라고 하다니! 그러나 '물도 흙과 돌덩이 그리고 많은 생명체의 몸부림을 온몸으로 맞으며 헤쳐 나와 강을 이루고 바다로 흐르지 않나' 하는 생각도 잠시 해 보았다. 하지만 저자는 물의 이러한 힘겨운 흐름도 경쟁이 아니라 흙과 돌, 자연 생명체들에게 생명을 나눠 주기 위한 또 하나의 배려라고 했다. 물의 흐름을 따라 구르며 몸의 때를 벗겨 내고 반짝반짝 윤이 나는 돌과 그 흐름에 따라 쌓이고 쌓여 생명의 근원인 비옥한 토양을 형성하는 흙 그리고 많은 자연 생명체는 물을 통해 삶을 유지할 수 있는 양분을 얻는다. 물이 보이는 곳으로 보이지 않는 곳으로 시나브로 흘러들지 않는다면 일어날 수 없는 일들이다. 물이 낮은 곳으로 더 낮은 곳으로 흘러 더 큰 자신을 만날 수 있었음을 기억해야 할 것 같다.

다언삭궁多言數窮.

"말이 많으면 자주 궁지에 몰린다."는 나에게 딱 필요한 말이다. 원래는 지도자가 조직원과의 소통에 있어 가져야 할 자세에 대해 안내한 글이라지만, 나의 일상을 돌아봄에 내가 꼭 새겨 두어야 할 말임을 절절하게 느꼈다. 언제나 왁자지껄 다물어질 틈이 없는 내 입은 늘 말을 하거나 먹고 있는 현재 진행형일 때가 많다. 한번은 큰 실수를 할 뻔했다. 당사자가 있는지도 모르고 짜증이 난 말투 그대로 거침없이 내뱉으려다 꾹 누르는 순간 그 사람이 책상 너머에서 불쑥 다가온 것이다. 한마디 말에 일 년 공을 무너뜨리고 다가올 새해를 악몽으로 맞이할 뻔 했다. 나는 가슴을 크게 쓸어내리고 지난밤 책장을 넘긴 순간 주저하지 않고 빨간 딱지를 붙여 놓았던 '다언삭궁' 편을 다시 한 번 찬찬히 읽어 보았다.

87,600.

80년을 살면서 매일 3분 동안 책을 읽는 데 내가 투자해야 할 시간이다. 일상을 슬기롭게 사는 지혜를 3분 투자로 배우고 있는 나는 워런 버핏에 버금가는 투자의 귀재이다. 격한 동감으로 무릎을 치며 만날 수 있는 삶의 참 스승이 고전 속에 있었다. 《3분 고전》을 디딤돌 삼아 맑은 거울처럼 나의 삶을 비추고, 인생의 나침반이 되어 줄 고전 읽기에 한번 제대로 빠져 볼 참이다.

| 김흔정

겨울부채 베껴 쓰기

나의 유치한 자아ego가 갈수록 더 기승을 부린다고 느낄 때가 있다. 아무것도 아닌 일에 중심을 잡지 못하고 흔들릴 때도 있다. 그러저러한 때, 키요자와 만시의 불교에세이 《겨울부채》를 공책에 한 문장씩 베껴 쓴다. 그의 글을 옮겨 쓰다 보면 내가 객관화되고 다시 스승들이 걸어간 길을 생각하게 된다. 짐작되는 것처럼 '겨울부채'는 '하로동선夏爐冬扇'에서 나온 말이다. 여름의 화로, 겨울의 부채와 같이 쓸모없는 존재라는 뜻을 담은 말. 근대일본의 중요한 불교 인물로 손꼽히는 키요자와 만시 스님은 자신의 호를 '로센爐扇'이라고 했다. 자신의 노력이 도무지 쓸모없다는 깨달음은 역설적으로 가장 자비롭고 능력 있으며 가장 지혜로운 절대자를 절대적으로 신임하는 데 토대가 되고, 그를 모방하고 생애를 통틀어 실천하며 소금이 바닷물에 녹듯이 절대자의 경지와 하나 되려는 적극적 자아에 대한 자각이 된다.

이 책은 하네다 노부오 선생이 키요자와 만시 스님의 글을 편집하여 영문으로 옮긴 것을 이현주 목사님이 다시 우리말로 옮긴 책이다. 컴퓨터를 사용하지 않고 펜으로 한 줄 한 줄 써 내려간 육필 원고를 '생활성서사'에서 그대로 책으로 묶었다. 하네다 노부오의 머리말과 키요자와 만시의 생애를 소개한 글, 옮긴이의 말, 그리고 키요자

책을 읽으면서 두 가지가 기뻤다. 첫 번째는 이런 스승이 앞서 걸어간 세상에 태어나 그의 글을 만난 행운에 대한 기쁨이었고, 두 번째는 그의 사상이 장애 없이 내게 흘러 들어오는 느낌이 주는 기쁨이었다.

와 만시의 글 9편이 실려 있을 뿐이어서 98쪽밖에 되지 않는다. 컴퓨터 자판을 후다닥 두드려 옮기지 않고 왜 손으로 쓰셨는지 알 것 같았다. 그렇게 하고 싶은 글이었다.

책을 읽으면서 두 가지가 기뻤다. 첫 번째는 이런 스승이 앞서 걸어간 세상에 태어나 그의 글을 만난 행운에 대한 기쁨이었고 두 번째는 그의 사상이 장애 없이 내게 흘러 들어오는 느낌이 주는 기쁨이었다. 이 느낌 그대로 생활도 한 줄 한 줄 읽어 나갈 수 있다면 얼마나 좋을까. 사람과 상황을 존중하지 못하고 배우기를 거부하는 나의 장벽을 수시로 느낀다. 성인의 말씀은 듣는 사람으로 하여금 자신을 송두리째 해체할 것을 요구한다. 그렇지 않으면 완성이 없다. 내가 원하는 독서는 분명 그것인데 성인의 말씀에 몸을 완전히 담그지 못하고 한쪽 발이 세상을 딛고 있다. 키요자와 만시 스님은 그것을 두려움이라고 짚어 준다. 내가 주먹 안에 꼭 쥐고 있는 것은 그렇게 대단한 것이 아니다. 그러나 해방된 존재가 된 이후엔 그것들이 내 주먹으로 움켜쥘 만큼 작고 보잘것없는 것이 아니라는 것 또한 알게 될 텐데, 나는 여전히 여기에서 헤매고 있다.

부처님의 자비로우신 빛으로 눈이 밝아질 때 우리는 이 세상에 싫어하거나 멸시할 것이 하나도 없다는 사실을 깨닫는다. 모든 것이 사랑하고 공경할 만한 것들이다. 세상에 있는 것들이 모두 제 빛을 내뿜는다. 그렇게 되면 삶은 온통 낙관으로 채워지고 세상은 가장 훌륭한 가능성 자체가 된다. 내면의 자족自足에 이르는 것이 신심信心의 정점이다. (중략) 생선을 즐겨 먹지만, 생선이 없다 해서 불평하지 않는다. 재물을 들기되 그 모든 재물이 없어져도 눈 하나 깜짝하지 않는다. 높은 벼슬자리에 앉기도 하지만, 그 자리에서 물러날 때 아까워하지 않는다. 지식을 탐구하되 남보다 더 안다 해서 뽐내지 않고 남보다 덜 안다 해서 주눅 들지 않는다. 으리으리한 저택에 살 수도 있다. 그러나 산속에서 밤하늘 별을 보며 잠자리에 드는 것을 경멸하지 않는다. 좋은 옷을 입지만 그 옷이 더러워지고 찢어져도 태연하다. 이와 같은 품성을 지녔기에 신심信心을 얻은 사람은 자유인이다. 아무것도 그를 가두거나 가로막지 못한다. 이런 경지에까지 이르렀을 때 그는 도의적道義的인 삶을 살 수 있게 된다. 학문을 탐구할 수도 있고 정치나 사업에 발을 들여놓을 수도 있다. 낚시나 사냥을 할 수도 있고 조국이 위태롭게 되었을 때 총을 메고 전장에 나갈 수도 있다.

　　　　　　　　　　　　　　　　－〈신심信心의 조건〉 등에서

　베껴 써 본 글 중의 하나이다. 같은 일을 해도 깨달은 사람과 자유롭지 못한 사람의 일은 전혀 다른 일이라는 말씀이겠다. 내가 하고 있는 일은? 한숨이 나온다. 그러나 불교 에세이엔 이런 희망의 말씀도 있었다.

　"선善한 사람조차도 해방되거늘, 하물며 악惡한 사람이야!"

　　　　　　　　　　　　　　　　　　　　　　　　　| 최은숙

모든 아름다움은 어둠을 거쳐 피어난다

진정으로 아름답고 소중하고 멋지고 보람된 일은, 고통과 고민의 얼굴 바로 뒤에 숨었다가 그 것을 이겨 냈을 때에야 비로소 슬며시 그 빛과 아름다움을 드러낸다.

　모든 일이 순조로울 때, 우리는 흔히 '행복' 또는 '안락함'이라는 단 어를 떠올리게 된다. 그러나 그 안락함 혹은 안락감은 그리 오래 가 지 못하고, 삶은 이내 지루해지거나 밋밋해지기 쉽다. 부모로부터 턱 없이 많은 재산을 물려받아, 골프장으로 파티장으로 몰려다니며 돈을 물 쓰듯 하는 사람들의 삶이 보람이나 행복으로 나아가지 못하고 끝내 마약의 구렁텅이에 빠지기 십상인 것도, 고민이나 고통으로 삶을 고양시키지 못했기 때문일 것이다.

진정으로 아름답고 소중하고 멋지고 보람된 일 가운데, 어둠의 터널을 통과하지 않은 일이 있던가? 그런 면에서 보면, 보람과 행복은 고통과 고민의 얼굴 바로 뒤에 숨었다가, 그것을 이겨 냈을 때 슬며시 그 빛과 아름다움을 드러내는 것이지 싶다. 적절한 육체적 노고를 겪은 뒤에 오는 아릿한 피로감과 휴식을 느낄 때 사람의 몸은 가장 기분이 좋다고 한다. 땀 흘려 산에 오른 뒤에 맞는 산바람, 알맞은 운동 뒤에 맞는 휴식, 고단한 논밭 일을 끝낸 뒤에 개울가에 앉아 발을 씻으며 바라보는 노곤한 저녁놀……

이 책은 재일 한국인으로서 도쿄대학의 교수가 된 강상중이 쓴 '삶의 방법론'이다. 일본 규슈 구마모토 현에서 폐품수집상의 아들로 태어난 강상중, 그의 부모는 일제 강점기에 일본으로 건너가 정착한 재일교포 1세였다. 일본 이름을 쓰며 일본 학교를 다녔던 강상중은 차별을 겪으면서 재일 한국인으로서의 정체성에 대해 고민한다. 와세다대학 정치학과에 재학 중이던 1972년 처음으로 한국을 찾았고, "나는 비로소 해방되었다."고 할 만큼 자신의 존재를 새로이 인식하게 된다. 이후 일본 이름 '나가노 데츠오'를 버리고 강상중이라는 본명을 쓰기 시작했고, 한국 사회의 문제와 재일 한국인이 겪는 차별에 대해 적극적으로 발언하고 행동한다.

"나의 고민은 바로 거기에서부터 시작되었습니다. 나는 누구인가?

나는 어디로 귀속되는가? 나는 어디에 근거해서 살아야 하는가? 나는 누구와 만나고 누구를 믿어야 하는가? 이 세상에 믿을 만한 가치를 지닌 것이 과연 있기나 한 것인가? 이처럼 출구가 보이지 않는 물음이 빙글빙글 내 머릿속에서 맴돌았습니다. 부모의 넘치는 애정을 한 몸에 받으면서도, 나의 정체성에 대해 언제 끝날지도 모르는 물음 속에서 고민하며 나는 앞으로 나아가지도 뒤로 물러서지도 못한 채 웅크리고 있었습니다. 그 우울한 청춘의 시대, 내 옆에서 늘 속삭이듯 말을 걸어 준 것은 나쓰메 소세키와 막스 베버였습니다."

경제 위기가 전 세계를 강타한 이후 생존 경쟁으로 내몰리고 있는 사람들을 위해 저자는 고민하는 것이 사는 것이고, 고민의 힘이 살아가는 힘이라고 말한다. '나는 누구인가? 돈은 세계의 전부인가?' 라는 물음으로부터 시작하여, 제대로 안다는 것, 청춘의 아름다움, 믿음과 구원, 일의 목적, 사랑의 의미, 늙음과 죽음 등의 문제에 대해 일본의 근대 작가인 나쓰메 소세키와 독일의 철학자인 막스 베버가 전하는 이야기를 실마리 삼아 고민하는 삶에 대해 이야기한다.

저자의 이야기를 통해 우리들 또한 삶의 총체적 의미에 대해 진지하게 성찰할 계기를 가지게 될 것이다. 다만 아쉬운 점은 낯선 일본 작가와 서양 철학자에 대한 경험과 이해 부족으로 인해, 다소 지루한 면이 느껴진다는 점이었다.

오늘도 고민하는 이여, '고민 끝에 얻은 힘이 강하다'는 저자의 말을 어깨동무 삼아, 다시 힘을 내어 고민과 고통에 맞짱 한번 떠 보자.

| 류지남

030 책 읽는 기쁨, 스승 만나기
장일순 지음 나락 한알 속의 우주

위대한 스승을 만나는 것은 책을 읽는 기쁨 중의 하나일 것이다. 더구나 멀리 있는 분이 아니라 동시대에 우리와 가까운 곳에 살면서 삶의 모범을 보여 주시고, 어떻게 살아야 할 것인가를 가르쳐 주신 스승을 만나게 해 주는 책은 더욱 큰 기쁨을 준다. 유기농산물 직거래로 널리 알려진 한살림 운동을 처음 구상하여 중심 역할을 하시고, 서예가로, 사회운동가로 널리 알려진 무위당 장일순 선생님의 강연과 대담을 엮은 《나락 한알 속의 우주》도 그런 책 중의 하나이다.

이 책은 글과 강연, 대담으로 이뤄져 있는데 먼저 한살림 운동의 기반이 되는 선생님의 생명 사상, 공생의 논리, 그리고 겸손함과 모심의 철학을 발견할 수 있다. 처음에는 행간을 잘 살피지 못하고, 선생님의 뜻을 잘 이해하지 못하였다. 하지만 몇 번씩 베껴 보는 과정에서 나에게 강렬한 가르침이 되었던 내용을 선생님의 말씀 그대로 옮겨 본다.

시侍에 대하여

"사람이 일상생활에 있어서 만 가지를 다 헤아리고 갈 수는 없는 거지요. 그러나 자기가 타고난 성품대로 물가에 피는 꽃이면 물가에

사람이 일상생활에 있어서 만 가지를 다 헤아리고 갈 수는 없는 거지요. 그러나 자기가 타고난 성품대로 물가에 피는 꽃이면 물가에 피는 꽃대로, 돌이 놓여 있을 자리면 돌이 놓여 있을 만큼의 자리에서 자기 몫을 다하고 가면 모시는 것을 다하는 것이라고 저는 생각해요.

피는 꽃대로 돌이 놓여 있을 자리면 돌이 놓여 있을 만큼의 자리에서 자기 몫을 다 하고 가면 모시는 것을 다 하는 것이라고 저는 생각해요. 그렇다고 해서 딴 사람을 모시고 가는 것을 잘못됐다고 할 수는 없지요. 있음으로써 즐거운 거니까 동고동락하는 관계거든요. 요샌 공생이라고 하는데 본능적으로 감각적으로 편하고 즐거운 것만 동락하려고 든단 말이에요. 그런데 고苦가 없이는 낙樂이 없는 거지요. 한

살림 속에서도 고와 낙이 함께 있어야 된다고 생각해요. 더불어 함께 하는 것이지요. 즉 공생하는 건데, 공생관계는 각자를 긍정해 주는 것 이란 말이에요. 각자를 긍정해 줘야 모시는 것이 되는 거잖아요."

화합하는 논리, 협동하는 삶

"자연과 인간, 또 인간과 인간 일체가 하나 되는 속에서 '너는 뭐냐' 그렇게 되었을 적에 나라고 하는 존재는 고정적으로 있는 것이 아니 라 일체의 조건이 나를 있게끔 해 준 것이지. 내가 내 힘으로 한 것이 아니다 이 말이야. 따지고 보면 내가 내가 아닌 거지. 그것을 알았을 적에 생명의 전체적인 함께 하심이 어디에 있는 줄 알 것이고 우리가 연대 관계 속에, 유기적인 관계 속에 있으면서, 헤어질 수 없는 관계 속에 있으면서, 그러면서 투쟁의 논리가 아니라 화합의 논리요 서로 협동하는 논리라는 그런 시각으로 봤을 때에 비로소 우리가 존재할 수 있다고 하는 새로운 시각 속에서 우리 한살림 공동체 이야기도 될 수 있겠지."

노자老子의 세 가지 보배

"노자는 나에게 세 가지 보배가 있는데我有三寶 자비와 검약 그리고 불감위천하선不敢爲天下先이 그것이다. 남의 즐거움을 같이 즐거워하 고, 남의 고통을 함께해서 없애 주려고 하는 자비함과 알뜰하게 살아 서 남는 것을 나눠 주라고 하는 검약, 세상에서 다른 사람의 앞에 서 려고 하지 말고, 남을 도와서 남이 앞에 서게 하라, 남이 꽃 피우게 하라, 이웃이 잘되게 하라. 꽃 하나, 벌레 하나, 풀 하나를 보더라도 다 하심下心으로써 겸손한 마음으로 섬기라는 말입니다."

향아설위向我設位

"늘 저쪽에다 목적을 설정해 놓고 대개 이렇게 이렇게 해 주시오, 하고 바라면서 벽에다 신위를 모셔 놓고 제사를 지내는데, 그게 아니라 일체의 근원이 내 안에 있다, 즉 조상도 내 안에 있고 모든 시작이 내 안에 있으니까 제사는 내 안에 있는 영원한 한울님을 향해 올려야 한다는 말씀입니다."

선생님은 언제나 몸을 낮추어 인간과 뭇 생명의 모심에 철저하셨던 분이다. 앎이 아닌 실천으로 많은 사람의 스승이 되신 것이다. 인생의 가장 먼 여행은 머리에서 가슴까지의 여행이고, 또 가슴에서 발까지의 여행이라고 한다. 냉철한 머리보다는 따뜻한 가슴이 어렵고 그보다는 실천이 더 어렵다는 말이다. 머리로 이해하는 것도 어려운 나는 언제쯤 따뜻한 가슴이 되고 발까지 여행할 수 있을지.

| 김종학

031 몸과 마음과 삶의 터전을 두루 살피는 공부
장일순 지음 무위당 장일순의 노자 이야기

1970년대 유신 독재 시절 정치, 경제, 사회, 문화, 노동, 농민 운동 제반에 걸쳐 반유신 저항 운동의 막후 지도를 하며 김지하 시인을 비롯한 많은 젊은이들의 정신적인 지주이자 큰 스승이 되어 주셨던 무위당 선생님에 대해선 구구한 설명이 필요 없을 것 같다.

1991년, 선생님의 몸에 암이 생기자 제자이자 도반인 관옥 이현주 목사님이 스승에게 노자老子를 함께 읽자고 제안한다. 제자들이 새로 도배한 텅 빈 방에서 찻주전자 하나 놓고 무위당 선생님과 관옥 선생님의 노자 읽기가 시작됐다. 이 대화는 무위당 선생님이 돌아가실 때까지 계속됐고 마침내《무위당 장일순의 노자 이야기》라는 제목으로 세상에 나왔다. 나는 관옥 선생님이 스승으로부터 마지막 씨앗을 받아내셨다고 생각한다. 그것은 두 분에게 모두 위로와 격려의 시간이었을 것이다. 복되게도 그 씨앗은 내 삶에도 나뉘었다.

이렇게 귀한 책을 처음 만난 건 10년쯤 전이다. 친구들과 일주일에 한 번 만나 두 장씩 함께 읽어 나갔다. 태어나서 처음 해 보는 공부였다. 내 몸과 마음을 살피는 공부, 뒤엉켜 갈피를 잡지 못하는 생각들의 실마리를 찾을 수 있을 것 같다는 희망이 생기는 공부였다. 노자의 중요한 개념 중의 하나는 '물'이다. 낮은 곳으로 몸을 낮춰 종

낮은 곳으로 몸을 낮춰 종래는 가없는 바다에 이르는 물, 담기는 곳의 모양에 따라 저항 없이 제 몸을 바꿔 주지만 한 번도 물이라는 본질을 잃어버리지 않는 존재, 처음엔 그 물이 닮고 싶은 대상이었다. 마지막 장을 읽을 즈음엔 잊고 있었을 뿐, 내가 본래 물이었다는 생각을 하게 됐다.

래는 가없는 바다에 이르는 물, 담기는 곳의 모양에 따라 저항 없이
제 몸을 바꿔 주지만 한 번도 물이라는 본질을 잃어버리지 않는 존

재, 처음엔 그 물이 닮고 싶은 대상이었다. 마지막 장을 읽을 즈음엔 잊고 있었을 뿐, 내가 본래 물이었다는 생각을 하게 됐다.

이현주 목사님이 마침 멀지 않은 곳에 사실 때라서 한 달에 한 번 찾아뵙고 공부하는 중에 갖게 된 의문에 대해 여쭙곤 했다. 때로는 목사님이 우리가 모여 공부하는 시골 교회로 찾아와 주시기도 했다. 목사님은 손수 만든 대나무 피리를 지니고 계셨다. 달이 휘영청 한 어느 겨울밤, 작은 시골 교회의 사랑방은 군불이 지펴져 따뜻했고 밖엔 흰 눈이 소복이 쌓여 있었는데 공부 끝날 즈음 스승님의 피리를 듣고 싶다고 청했다. 목사님은 달빛이 비쳐 들어오는 들창 앞에 서서 피리를 불어 주셨다. 조용히 앉아 피리 소리를 들으면서 더는 바랄 게 없는 삶이라고 생각했다.

현실적으로 보면 친구들도 나도 각각의 사정들로 인해 가장 어렵고 아픈 시절이었다. 그런데도 행복하다는 어처구니없는 생각이 가능했다. 그건 우리가 살아 내는 삶의 장면 장면들에서 배워야 할 것들을 생각하는 사고의 방식을 우리가 알기 시작했기 때문이었고, 거기에서 생긴 힘이 담담히 우리의 삶을 바라보게 해 주었기 때문이기도 하며 주저앉거나 겁먹고 물러나는 대신, 최선을 다 하되 결과는 하늘에 맡기는, 노자의 표현을 빌리면 '사私'를 비우고 '자연自然'의 법이 우리 삶 속에 물처럼 흐르게 하고 싶은 새로운 소망이 생겼기 때문이다. 이후로 노자는 새로운 벗들, 또 다른 벗들과 되풀이하여 읽어 나가는 책이 되었다.

흔히 노자 철학은 치열한 삶의 현장에서 발을 빼고 도사연하는 태도로 빠지게 하는 위험한 글로 간주되곤 한다. 그러나 역사의 한복판을 장엄한 폭포처럼 도도한 강물처럼 잔잔한 시냇물처럼 살아가신 무위당 선생님과 만물에서 하느님의 모습을 보고자 하는 관옥 선생님을 통해 노자를 만나는 행운을 누려서인지 공부하는 동안 개인의 삶이란 제가 발붙인 지역과 나라, 나아가 전 세계와 무관할 수 없으며 더 나아가 무위당 선생님의 말씀처럼 길가의 풀 한 포기와 내 목숨이 하나라는 생각이 싹트게 되었다.

노자 59장에 '하늘을 섬기는 데 아낌만 한 것이 없다.[治人事天莫若嗇(치인사천막약색)]'라는 구절이 나온다. 아낀다는 건 대자연의 법칙 속에 원래의 모습으로 살아가도록 그대로 두는 것이 아닐까? 나무 한 그루를 함부로 대하는 사람은 다른 사람뿐 아니라 자신의 생명부터 해치는 줄도 모르고 해치는 사람이라는 걸, 이 책을 읽은 뒤론 더욱 두려운 마음으로 생각한다.

| 최은숙

032 정민 지음 미쳐야 미친다
11만 3천 번을 읽다

대학 시절부터 읽고 싶은 책이 있었다. 읽으려고 무던히도 노력했다. 그러나 책을 펴서 몇 장을 읽다 보면 도대체 무슨 뜻인지 알 수가 없었다. 대붕이 구만리 푸른 하늘을 날아올라 남명南冥으로 가는 까닭을 모르고, 포정庖丁의 소 잡는 칼이 무뎌지지 않는 뜻을 모르고, 장주가 나비가 되는 꿈이 무엇을 말함인지 몰라 더는 책장을 넘기지 못하고 말았다. 재주가 둔함을 탓하고, 사는 게 힘들어서 시간이 없다는 구차한 변명을 이어 가며 끝내 읽어 보지 못하고 세월을 보내고 말았다. 많은 시간이 지나고 나서 나에게 기회가 온 것은 3년 전이다. 독서 모임에서 만난 선생님들과 그토록 읽고 싶었던 노자, 장자를 읽게 되었고, 한 번 읽고 나서 들뜬 마음으로 책 뒤에 '2008년 5월 30일 일독一讀'이라고 적어 놓았다.

한 번 읽어 봤다고 이해가 된 것도 아니면서 좋아했던 내게 정신이 번쩍 들게 해 준 책이 《미쳐야 미친다》였다. 대부분 처참한 가난과 서얼이라는 신분의 질곡 속에서도 한 분야에 미친 듯이 열중하여 일가를 이룬 조선 지식인들의 삶에 관한 내용이었다. 많은 이야기 중에 김득신의 독수기讀數記가 가슴에 와 닿았다. 독수기는 만 번 이상 읽은 36편 문장의 읽은 횟수를 적은 것이다. 만 번 이하로 읽은 글은 아예 꼽지도 않았다. 지금처럼 눈으로 훑어 보고 마는 것이 아니라 리

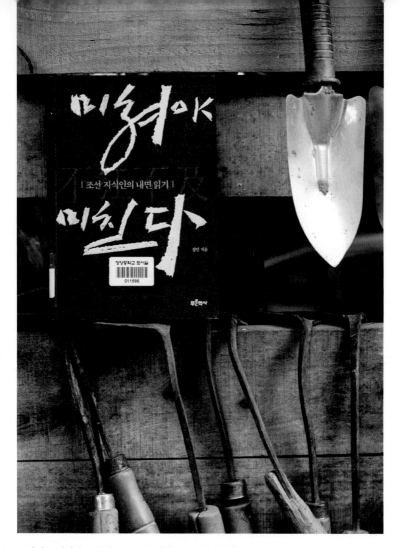

둔한데도 천착하는 사람은 구멍이 넓게 되고, 막혔다가 뚫리면 그 흐름이 성대해진다. 답답한데도 꾸준히 연마하는 사람은 그 빛이 반짝반짝하게 된다. 그러자면 어떻게 해야 하는가? 부지런함이 있을 뿐이다.

듬을 얹어 소리 내어 읽는 성독聲讀이고 보면 그의 독서 횟수에 입이 다물어지지 않는다. 그중에 《백이전》은 11만 3천 번을 읽었다고 한다. 그럼에도 그는 길을 가다 우연히 들려온 백이전의 한 구절을 기억해 내지 못했다. 말고삐를 끌던 하인조차 질리게 들어 줄줄 외던 글인데도 말이다. 그렇게 둔하여 진전이 없는데도 노력을 그치지 않고 되풀이하여 읽고 또 읽는 동안에 내용이 골수에 박히고 정신이 자라, 안목과 식견이 툭 터지게 되어 마침내는 큰 시인이 되었다고 한다. 재능을 탓할 것이 아니라는 이야기다.

배움에 있어 재능보다 중요한 것이 무엇인가? 정약용 선생은 강진의 한 주막집에서 제자 황상에게 이렇게 말한다.

"배우는 사람에게 큰 병통이 세 가지가 있다. 첫째, 외우는 데 민첩한 사람은 소홀한 것이 문제다. 둘째는 글 짓는 것이 날래면 글이 들떠 날리는 게 병통이다. 셋째, 깨달음이 재빠르면 거친 것이 폐단이다. 대저 둔한데도 천착하는 사람은 구멍이 넓게 되고, 막혔다가 뚫리면 그 흐름이 성대해진다. 답답한데도 꾸준히 연마하는 사람은 그 빛이 반짝반짝하게 된다. 그러자면 어떻게 해야 하는가? 부지런함이 있을 뿐이다."

불광불급不狂不及이라고 했다. 미치지狂 않으면 미치지及 못한다는 뜻이다. 무엇에 대한 기호가 지나쳐 억제할 수 없는 병적인 상태가 된 것을 치痴라고 한다. 바보 멍청이라는 말이다. 결국, 어떤 경지에 도달하려면 바보가 되어야 한다는 말이다. 논어의 옹야편에 "아는 것知은 좋아하는 것好만 못하고 좋아하는 것은 즐기는 것樂만 못하다"는 공자님 말씀이 있다. 표현이야 어떻게 하든 대상과 주체가 혼연히 일체화된 상태를 이르는 말이라면 '미친다는 것보다는 즐긴다는 표현이 어떨까?' 하는 생각이 든다.

누구든 일생에 잊을 수 없는 몇 번의 만남이 있다. 그 만남이 한 사람의 인생을 바꾸고 사람을 변화시킨다. 책의 표현대로라면 맛난 만남이다. 만남이 맛있으려면 그에 걸맞은 마음가짐이 있어야 한다. 부지런히 즐기는 일이다. 3년 전 시작된 나의 책 읽는 만남도 맛있고, 향기롭기를 기원해 본다.

| 김종학

033 사물이 깨우쳐 준 이야기

이현주 지음 사랑 아닌 것이 없다

이 책은 이현주 목사님이 사물과 대화를 나누며 명상한 내용을 쓴 산문집이다. 성경의 내용을 노자 장자 철학에 근거해서 깨닫기도 하고, 금강경이나 코란의 깊은 뜻을 성경에서 찾아내기도 한다. 인도의 성자나 공자가 깨달은 경지를 성경의 어느 구절에서 밝혀내기도 한다. 인생 경험이 풍부해 우리가 살아가며 부딪치는 여러 가지 문제들을 즉문즉답해 주시는 분이다. 그동안 나의 정신적 멘토가 되어 주실 분을 찾았는데, 이 책을 읽다가 '아, 바로 이분이다.' 하고 정해 버렸다.

우주 안의 모든 자연과 사물은 누군가에 의해 만들어졌을 거라는 생각을 막연하게 하기는 했다. 이 책을 읽으며 스스로 있는 자연물도 결국은 그렇게 한 섭리가 있을 것이라는 생각에 빠져들게 되었다. 그 섭리는 사랑이라는 말로 표현할 수 있다는데 그 사랑의 속성은 빛이라고 한다. 불교에선 여래, 기독교에선 그리스도라고 표현한다. 빛은 잘 익어 보기 좋은 사과를 비춘다. 그러나 그 옆의 썩은 두엄더미나 구더기가 바글대는 똥통도 비춘다. 우주 안의 모든 것들이 공평하게 사랑을 받고 있다는 증거다.

한편 좁쌀 한 알에는 우주의 모든 이치가 들어 있으니, 좁쌀 한 알은 천상천하 유아독존天上天下唯我獨尊이다. 내 안에도 우주의 모든 이

사물과 나눈 이야기

사 랑 아 닌 것 이 없 다

이현주

[산티]

언제까지 근거도 없는 그놈의 잘해야 한다는 귀신을 모시고 다닐 참인가? 다만 정성껏 하면 된다.

치가 들어 있으니, 나도 천상천하 유아독존이라는 생각에 가슴이 벅차오른다. 그야말로 삼라만상이 사랑 아닌 것이 없다. 마더 테레사 수녀님은 자기가 하느님의 손에 잡힌 몽당연필이라고 고백했다고 한다. 머리빗을 만든 이가 있으므로 머리빗이 존재하는 것이며, 머리빗의 주인은 자기가 만든 빗을 마음대로 쓸 수 있는 것처럼 갈대를 깎아 피리를 만들어 준 분이 피리의 주인임이 틀림없다.

장인 하나 갈대밭에서 갈대 한 줄기 끊어 내어
구멍을 뚫고, 사람이라 이름 붙였지
그 뒤로 그것은
이별의 슬픔을 아프게 노래하고 있다네
피리로 살게 한 장인의 솜씨는 까맣게 모르고서

이 시를 읽으며, 나를 이렇게 목청 좋은 사람으로 만들어 주신 하느님의 솜씨에 감사했다. 시원하게 트인 목소리로 열정적인 노래를 맘껏 부를 때, 나는 무척 행복하다. 하느님도 좋아하실 것이다. 역시 주인을 잘 만나야 하리라. 한편 주인을 잘 만났으나, 못 알아보면 그것이야말로 황당한 삶이 아닐까? 이분은 매미가 우는 소리를 듣고, '짝을 부르는 이의 소리'라고 표현했다. 어떤 생각이 드는가? 이 글을 읽은 후로, 바다를 보아도 갈매기를 보아도 예쁜 꽃을 보아도 어떤 분 즉, 섭리를 먼저 생각하게 되었다.

"언제까지 근거도 없는 그놈의 잘해야 한다는 귀신을 모시고 다닐 참인가? 다만 정성껏 하면 된다."

그 말에 늘 지고 다니던 짐 보따리를 내려놓은 듯한 느낌이었다. 얼마나 마음이 편해지는지. 여러 사람 앞에서 노래라도 부르게 되면,

내가 가수도 아닌데, 잘해야 할 부담 가질 필요 없다는 생각을 해 보니, 뜻밖에 떨리지도 않고 편안했다. 여러 사람 앞에서 종종 노래 부르며 즐거운 시간을 누린다. 내 마음을 편하고 즐겁게 해 준 이 책이 너무 감사하다.

| 이기자

마이다 슈이치 지음, 이현주 역 여시아문

선생은 완전한 학생이다

선생이란 어떤 존재인가?

불교에서 선생은 무상의 진리(석가모니가 얻은 깨달음)를 몸으로 구현한 사람이다. 그 진리
가 몸에 배어든 사람의 생활 양식을 학생의 생활 양식이라고 한다. 그러므로 선생이라고 불린
사람은 실제로 완전한 학생이 되는 것이다.

> "한기가 한 번 뼛속에 사무치지 않았다면 어찌 코를 찌르는 짙은
> 매화 향기를 얻을 수 있겠느냐!" 〔不是一番寒徹骨 爭得梅花撲鼻香(불시일번한

지리산 칠불사 운상선원의 주련기둥이나 벽 따위에 장식으로 써서 붙이는 글귀에 쓰여 있는 시의 일부이다. 깨달음을 향한 구도행이 얼마나 어려운지 알 수 있다. 이렇게 어려운 깨달음을 얻는 데 가장 우선되어야 할 일이 무엇일까? 일본 조동선의 조사인 도겐道元은 일본에서 스승을 찾을 수 없자 중국으로 건너가 여러 지방을 돌아다닌다. 마침내 천동산에서 여정선사를 만났을 때 그는 "내 생애 가장 중요한 일이, 나의 구도행이 끝나버렸다."라고 말한다. 스승을 만남으로써 구도행이 끝났다는 것이다. 참 스승을 만나는 일이 무엇보다도 중요하다는 말이다.

2009년 여름에 나는 미국의 서부 워싱턴대학에 가서 한 달 동안 연수를 받았다. 선발 과정에서 면접을 보게 되었는데 그때 "좋은 선생님은 어떤 선생님인가?"라는 질문을 받았다. 그 질문이 나한테는 "너는 학생들에게 좋은 교사인가?"라고 묻는 것처럼 들렸다. 오랫동안 교직에 몸담고 있으면서도 좋은 교사가 어떤 교사인지 이렇다 할 결론을 가지고 있지 못했다. 아니 그보다 나의 생활이 학생들에게 모범이 되지 못하여 답변이 궁색했다고 해야 옳을 것이다.

이 책을 처음 받았을 때는 책의 내용이 종교적일 거라고 짐작했다. 제목이 금강경에서 만났던 글귀였기 때문이다. 그런데 뜻밖에도 깨달음에 이르기 위해 좋은 선생님을 만나는 것의 중요성과 선생과 학생의 관계에 관한 내용이 전개되면서 나의 관심은 고조되었다. 좋은 교사가 될 수 있는 팁을 얻을 수 있으리라 생각되었기 때문이다.

선생이란 어떤 존재인가?

불교에서 선생은 무상의 진리석가모니가 얻은 깨달음를 몸으로 구현한 사람이다. 그 진리가 몸에 배어든 사람의 생활 양식을 학생의 생활 양식이라고 한다. 그러므로 선생이라고 불린 사람은 실제로 완전한 학생이 되는 것이다. 완전한 학생이 되었기에 그들 가운데 누구도 선생을 자처하지는 않는다. 다만 그처럼 되고 싶어 하는 이들에게 모범이 되는 것이고, 그를 닮고자 하는 자들이 그를 선생이라고 부르는 것이다.

선생은 무엇으로 가르치는가?

절대부정으로 가르친다. 학생의 인격이 선생 앞에서 산산조각 깨어지는 것이다. 선생에 의해서 자신의 모든 것이 부서질 때 학생은 스스로 만든 아상我想에서 해방되어 본연의 자기로 돌아간다. 이런 경험을 자유 또는 자기로부터 해방이라고 한다. 선생의 부정은 학생을 자유롭게 하면서 아울러 그를 홀로 서게 한다. 선생은 학생의 모든 것을 부정한다. 학생이 자기한테 종속되는 것조차 용납하지 않는다. 그는 학생으로 하여금 오직 진리와 하나 되게 한다. 그 결과 학생은 진리가 속속들이 배어든 자신의 삶을 옹글게 살아가며, 이를 가리켜 '홀로서기'라 한다. 학생은 선생한테 철저하게 배운 뒤에야 무엇인가 창조할 수 있다고 한다. 저자인 마이다는 정신 발달의 마지막 경지를 '독자적 성취'의 경지라고 부르는데, 이는 학생이 선생한테서 모든 것을 철저히 배워 자신만의 세계를 만들어 간다는 뜻이다.

이렇게 스승을 만나 배움이 이루어지기 위해서는 스승과 학생의 관계가 어떠해야 할까? 신란은 "비록 호넨 성인한테 속아서 염불을 했다가 지옥에 떨어진다고 하더라도, 나는 후회하지 않을 것입니다."라고 자신의 스승 호넨에 대한 무한한 믿음을 말하고 있다. 한 사람의 생애를 다른 사람의 생애에 무조건 맡기는 참된 신뢰의 관계가 되어야 한다는 것이다.

　개학하고 일주일쯤 되었다. 1학년 때부터 가르쳐온 다정이가 찾아왔다. 선생님은 왜 뒷반5반부터 9반까지 수업을 하지 않고 앞반1반부터 4반까지에만 들어가느냐고 따진다. 그래서 뒷반은 훌륭한 선생님이 수업하시니까 더욱 열심히 하라고 말했다. 그랬더니 다정이의 눈이 붉어지면서 "나는 선생님이 좋은데요."라고 말한다. 2년 동안 정이 많이 들었나 보다. 대답은 하지 않았지만 나는 속으로 이렇게 말했다.

　"고맙구나, 다정아. 네가 나를 믿어 주어 내가 비로소 작은 선생이라도 되었구나!"

　하루 여섯 시간 수업을 한 피로가 말끔하게 사라져 버렸다.

| 김종학

마치 아침처럼, 새봄처럼, 처음처럼

옛날 중국의 탕왕은 사람이 그 마음을 깨끗이 씻어서 악을 제거하는 것이 마치 그 몸을 목욕해 때를 제거하는 것과 같다고 여겨, "진실로 어느 날에 새로워졌거든 나날이 새롭게 하고 또 날로 새롭게 하라."는 글을 목욕하는 그릇에 새겼다고 한다. 나에게도 늘 자리 옆에 갖추어 두고 가르침으로 삼는 말이 있다. 살아가면서 스스로 채찍과 격려가 되고, 지침이 되고, 마음에 새기어 실천하려고 노력하기 위해서이다. 얼마 전에는 아예 나무에 새겨 고등학교에 다니는 딸의 방문 앞에 걸어 두었다. 입학할 때의 마음이 졸업할 때까지 변치 않기를 바라는 아빠의 마음이었다.

처음으로 하늘을 만나는 어린 새처럼
처음으로 땅을 밟는 새싹처럼
우리는 하루가 저무는 겨울 저녁에도
마치 아침처럼, 새봄처럼, 처음처럼
언제나 새날을 시작하고 있다.

"산다는 것은 수많은 처음을 만들어가는 끊임없는 시작입니다."
신영복 교수의 《처음처럼》 첫머리에 나오는 내용이다. 저자는 역

겨울의 입구에서 앙상한 나목으로 서 있는 감나무, 그 가지 끝에서 빛나는 빨간 감 한 개는 희망입니다. 그 속의 씨가 이듬해 봄에 새싹이 되어 땅을 밟고 일어서기 때문입니다.

경을 견디는 방법은 "처음의 마음을 잃지 않는 것이며, 처음의 마음을 잃지 않기 위해서는 수많은 처음을 만들어 내는 길밖에는 없고, 수많은 처음이란 결국 끊임없는 성찰이 아닐 수 없습니다."라고 말한다.

　이 책엔 '겨울에 자란 부분일수록 여름에 자란 부분보다 더 단단하다는 사실을 알려 주는' 나무의 나이테와, '작은 알이었던 시절부터 한 점의 공간을 우주로 삼고 소중히 생명을 간직해 왔던, 고독과 적

막의 밤을 견딘, 징그러운 번데기의 옷을 입고도 한시도 자신의 성장을 멈추지 않았던, 각고의 시절을 이기고 이제 꽃잎처럼 나래를 열어 찬란히 솟아오른' 나비의 이야기가 있다.

"물은 만물을 이롭게 하되 자신은 항상 낮은 곳에 둡니다. 그리고 결코 다투는 법이 없기 때문에 또한 허물이 없습니다. 상선약수上善若水, 최고의 선이 물과 같다고 하는 까닭입니다." 에서는 자세를 낮추는 겸손함을, "높이 나는 새는 몸을 가볍게 하기 위하여 많은 것을 버립니다. 심지어 뼈 속까지 비워야 합니다."에서는 비움을, "돕는다는 것은 우산을 들어 주는 것이 아니라 함께 비를 맞는 것입니다. 함께 비를 맞지 않는 위로는 따뜻하지 않습니다." 에서는 더불어 함께하는 삶을, "냉철한 머리보다 따뜻한 가슴이 어렵고 실천하는 발이 더 어렵다"는 말에서는 실천의 중요성을 배울 수 있다.

"겨울의 입구에서 앙상한 나목으로 서 있는 감나무, 그 가지 끝에서 빛나는 빨간 감 한 개는 희망입니다. 그 속에 씨가 이듬해 봄에 새싹이 되어 땅을 밟고 일어서기 때문입니다."라는 석과불식碩果不食의 이야기로 이 책은 끝을 맺고 있다.

내용과 어울리는 서화와 그림에 눈을 두고 옆에 쓰인 글귀를 읽다 보면 어느새 마음이 평안해진다. 최근에 경제가 어렵다고들 한다. 경제 활동에 지친 이웃과 수험 준비에 심신이 피로한 학생들에게 이 책을 권하고 싶다.

| 김종학

세상을 질문하는 아이들과 할아버지의 손 글씨 답장

새로운 만남에 설렘을 느끼는 3월이다. 새 학기가 시작되고 정신없이 서너 주가 지나면서 새로 옮긴 고등학교에 점점 적응해 가고 있다. 오늘도 학교에서 바쁜 일상을 보내며 2학년 문과반 수업 시간에 여러 가지 질문을 받았다.

"선생님~ 수학은 왜 배워야 해요? 이거 배우면 어디에 써먹어요? 선생님은 하루하루가 행복하세요? 선생님은 언제나 웃는 얼굴이에요? 선생님 저는 뭘 하면서 살게 될까요?"

장난 섞인 질문들도 있었지만, 그때 나는 아이들에게 마음에 가서 닿는 대답을 해 줬는지, 질문 속에 담겨 있는 아이들의 어려움을 자세히 들여다보고 헤아려서 대답해 줬는지 이 책을 읽으면서 새삼 생각하게 되었다. 진도 나가기 바빠서 그만 수업이나 하자고, 개인적으로 찾아오면 얘기해 주겠다고 미루고 속 시원히 대답해 주지 못했다.

동화 작가이며 목사님이시고 많은 사람의 스승이신 이현주 할아버지께 어린이와 청소년들이 자기들의 고민을 털어놓았다. 궁금한 것도 여쭈었다. 할아버지는 5년간이나 그들의 편지를 읽고 손 글씨로 답장을 보내 주셨다. 우체부 역할을 했던 출판사, '작은 것이 아름답다'에서 오고 간 편지를 모아 책으로 펴냈다. 철학적이고 막연한 질문에도 그들이 알아들을 수 있는 쉬운 말로 제대로 된 답을 전해 주는

할아버지께서는 모르는 것을 알기 위해 끊임없이 탐색해 나가는 과정이 중요하므로 질문에 대한 어떤 대답을 듣는 것보다도 마음속에 어떤 질문을 품고 살아가느냐 하는 것이 인생에서 더 중요하다고 말씀하셨다.

이현주 할아버지의 지혜와 달관의 경지가 느껴진다. 청소년들은 자신의 고민을 해결하고 삶의 방향을 잡아 갈 것이고 부모님과 선생님들은 부모와 교사의 역할을 배울 수 있을 것이다.

"제 나이 올해로 꼭 채운 예순다섯이니 바야흐로 이 나라의 법이 정한 늙은이가 되었습니다. 이 책은 그것을 축하하여 세월이 마련한 선물로 알겠습니다. 늙은이에게 묻는 아이. 아이에게 답하는 늙은이. 누가 누구에게 더 큰 은총인지는 모르겠으나, 늙은이 무릎에 앉아 묻고 아이를 무릎에 앉히고 답하는 한 아이와 한 늙은이가, 세상에서 사람들이 볼 수 있는 아름답고 정겨운 장면들 가운데 하나를 연출하고 있음은 분명한 사실입니다. 고맙습니다."

그 말씀이 참 좋다. 궁금한 것이 있을 때 적극적으로 물어보는 것은 중요한 자세인 것 같다. 할아버지께서는 모르는 것을 알기 위해 끊임없이 탐색해 나가는 과정이 중요하므로 질문에 대한 어떤 대답을 듣는 것보다도 마음속에 어떤 질문을 품고 살아가느냐 하는 것이 인생에서 더 중요하다고 말씀하셨다. 아이들은 어른보다도 많은 질문을 품고 있다는 것을 알겠다.

조급한 마음은 어디에서 오는 걸까요, 헤어지는 건 누구나 힘든 일인가요, 어떻게 해야 그 친구가 저를 좋아할까요, 어른들은 아이들처럼 즐거울 수 없나요, 성을 어떻게 대해야 할까요,

뭐든지 노력하면 이루어지나요, 나중에 커서 정말 뭘 하게 될까요, 성공하는 것이 무엇일까요, 빠른 게 좋은 건가요, 돈 없이 사는 방법은 없나요, 영어 꼭 해야 하나요, 일단 시작했으면 꼭 끝내야 하나요……

할아버지께서는 미소를 머금고 정답고 부드럽게 대답하신다.

— 그러니 이제 너는 '왜 내 마음이 이렇게 조급한 걸까?'를 묻는 대신, '어떻게 하면 기계로 돌아가는 세상에서 기계를 쓰되 기계처럼 살지 않고 사람답게 살 수 있을까?'를 고민하는 게 좋겠구나. 알아 두렴. 사람은 어떤 과제를 안고 살아가느냐가 그 과제를 풀었느냐 풀지 못했느냐보다 훨씬 중요하다는 사실을.

— 조바심할 건 없어. 네가 무엇을 좋아하고 무엇을 잘할 수 있는가를 반드시 알게 될 거야! 어린 나이에 자기 재주를 드러내어 유명해진 사람들을 부러워하거나 그들처럼 되려고 노력할 것 없어. 피카소는 피카소고 너는 너니까!

— 네가 정말 양심에 부끄럽지 않을 만큼 부지런히 했는지를 물어보고 걸리는 게 없으면 됐어. 누가 뭐라고 해도 너는 네 속도가 있으니 네 속도로 살아가렴. 저 나무늘보가 원숭이들 틈에서 끄떡없이 제 삶을 즐기며 살아가듯이.

— 지금 어른들이 일제 때 어른들이 남겨 놓은 문제를 끌어안고 그것을 해결하면서 자랐듯이, 너희는 어른들이 빚어 놓은 문제들을 안고 씨름하면서 다음 세대의 어른들로 자라나겠지. 아마도 이 일로 해서 너희가 배우게 될 중요한 교훈들 가운데 하나는, 무슨 일이든지

일을 하다가 잘못된 줄 알았으면 그 자리에서 잘못을 인정하고 그만두는 것이, 잘못을 얼버무리고 다른 구실을 만들어서 일을 계속하는 것보다 백 배 천 배 옳다는 그런 교훈일 게다. 제발 부탁한다. 너희는 일이 잘못된 줄 알았으면 돈이 얼마 들었든 간에 당장 그만둘 줄 아는 용감하고 지혜로운 어른이 되어다오!

할아버지는 생각이란 보이지 않는 힘이고 그 생각하는 힘에 의해서 얼마든지 되고 싶은 것이 될 수 있기 때문에 좋은 생각을 많이 하라고 부탁하셨다. 질문에 대한 대답은 이미 자신의 마음속에 가지고 있기 때문에 어떻게 마음을 먹느냐에 따라 문제가 그대로 답이 될 수 있다고 걱정하지 말라고 안심시켜 주셨고 기분은 왔다 갔다 하는 바람과 같은 것이니까 감정에서 비롯되는 부정적인 생각, 슬픔, 우울, 후회, 떨림, 막연함, 조급함, 분노가 들어오지 못하도록 항상 마음을 감시하는 마음 챙김을 하라고 당부하셨다.

"어두운 밤에 길을 가려면 등불 하나만 있어도 돼. 난 그저 오늘 하루 아니면 내일이나 모레, 길면 한 열흘쯤 뒤의 일이나 미리 생각하며 살기로 했지. 당장 오늘 밤 자기 목숨이 끊어질 수도 있는 게 사람인데, 그런데 마치 천년만년 살 것처럼 안 해도 될 걱정들을 껴안고서 갈팡질팡하는 모습이 좀 우습구나."

마치 어린 시절로 되돌아가 할아버지 무릎을 베고 이야기를 듣는 것처럼 따뜻하고 포근했다. 호롱불 하나가 켜지는 느낌이었다.

| 오은옥

037

하느님께 닿는 길

인터넷에서 어떤 독자가 올린 글을 읽다가 이 책을 알게 되었다.

"어려서부터 우리는 '칭찬', '인정', '성공', '인기'라는 이름의 약에 취하여 살았다. 일단 약에 길든 당신은 사회의 통제 아래 들어가 세상이 시키는 대로 움직이는 로봇이 된다."

뜨끔한 말이었다. 이렇게 예리한 통찰의 메시지는 처음 읽어 본다. 나는 철이 들면서 다른 사람들의 기대를 채워 주려는 헛된 수고로 힘겹게 살아왔다. 행복하게 사는 길은 남들의 칭찬을 듣고 인정을 받는 데 있다고 가정에서나 학교에서 가르침을 받으며 자랐기 때문이다. 나를 있는 그대로 표현하면서 자유롭게 행복하게 살도록 가르친 사람은 없었다. 살아오면서 다른 사람들이 어찌 생각하는지에 왜 그토록 의존했던가? 다른 사람들 눈에 들도록 노력하는 데 나의 행복이 있다고 무의식적으로 생각하며 살아온 것 같다.

어릴 땐 행복이란 말에 관심 없이 살았다. 보고 듣고 만지고 느끼는 것마다 신기하고 재미가 있어서 삶 자체가 행복이었으니까. 나이를 먹을수록 삶의 목적은 행복이라고 당연한 것을 강조한다. 무슨 일을 하든지 이 순간의 행복을 위하여서라고 일부러 다짐한다. 삶 대부분은 평화나 즐거움보다 괴로움이 더 많기 때문이다. 인간의 괴로움

행복에 대한 치명적인 오해는 그것을 다른 사람이나 바깥 사물 또는 상황에서 얻을 수 있다고 보는 것이다.

엔 원인이 있고 그 원인을 밝혀내면 괴로움을 소멸할 수 있다고 붓다는 말했다. 무엇이 괴로움의 원인인가? 평가하고 판단하면서 일어나는 잡다한 생각의 열매가 괴로움이다. 예를 들어 어딘가에서 들려오는 감미로운 음악 소리에 황홀해진다. 그때 '다시 듣고 싶네. 녹음기를 사야겠어. 그러려면 돈을 모아야겠지.' 하는 잡다한 생각이 걱정을 만들어 낸다. 따라서 만사에 좋고 나쁘다는 찌지를 붙이는 마음을 관찰명상하여 좋음과 나쁨은 실재하는 게 아니라, 마음의 작용이라는 걸 알아차릴 수 있다. 명상을 통해 집착과 혐오의 괴로움에서 벗어날 수 있다.

나는 언젠가부터 나 자신이 아니었고 지금도 아니다. 진짜 내가 누군지 알고 싶다. 새로운 나의 어떤 느낌, 생각, 행동을 좋아할 수 있을 거 같다. 내 어깨너머로 그것을 보고 판단하는 누군가권위가 있게 해서는 안 되리라. 이 새로운 인생은 나를 수용하고 사랑하고 나의 감각을 존중하여 신뢰하는 것으로 시작된다. 남들의 인정과 칭찬을 받으려 하는 대신 자신의 다섯 감각을 신뢰하는 것이 처음엔 낯설고 어색하고 외롭기까지 하다. 그러나 거기서 오는 즐거움은 대단히 크다. 내 인생의 부활이니까.

나의 시 쓰기 생활을 예로 들어 보겠다. 처음엔 호기심으로 시작하였다. 칭찬을 한 번 받은 후부터는 칭찬받기 위해 시를 썼다. 칭찬받고 싶어 몸 달아 하는 것이 훤히 다 보였을 것이다. 한 편 한 편 쓸 때마다 칭찬받을 만한 부분을 짐작해 보고 흐뭇해하기도 했다. 먼저 등단했거나 시집을 냈거나, 실력 있는 분이라고 평이 나 있는 권위에 너무 의존했다. 그런 사람들이 잘 썼다고 인정해 주면 신이 났다. 못썼다고 비판하면 풀이 죽었다. 그리고 내가 써 놓고도 잘 썼는지 못썼는지 자신이 없었다.

그런데 이 책을 통해 나의 감각을 예민하게 깨우면 된다는 걸 알았다. 시 공부에 대한 좋은 책이 많았다. 그런 책 보며 연구하니 잠자고 있던 감각이 살아났다. 그 감각을 믿으니 진정으로 행복했다. 내 마음의 흐름에 따라 시를 썼으니 만족할 일이다. 남의 판단에 이리저리 춤출 것 없이 나의 감각을 믿는 것이다. 행복하기란 얼마나 쉬운가!
행복에 대한 치명적인 오해는 그것을 다른 사람이나 바깥 사물 또는
상황에서 얻을 수 있다고 보는 것이다. 행복을 위해서는 다섯 가지
감각들만 있으면 된다. 몸과 마음이 필요한 전부다.

| 이기자

12살 구탐바자이, 비노바의 걷기 수행을 작은 카메라에 담다

> 세상을 바꾸는 것은 지식이 아닌 사
> 랑이며 진실한 가슴과 행함에서 보여 주는 감동이다.
>
> — 비노바 바베

고교 시절 간디 자서전을 읽고, 인도에 갔으면 하는 생각을 해 보았다. 한 해 전에

"인도 여행은 다 때가 있다. 갈 사람이 간다."

하는 말을 듣고, 20일간의 배낭여행을 하게 되었다. 간디를 생각하며 인도에 갔다가 생각도 못 했던 간디의 제자, 아니 동반자 비노바 바베에 대해 알게 되었다. 그에 관한 몇 가지 책을 읽으며 여행을 했는데 그중 하나가 이 책이다. 비노바 바베의 걷기 수행을 담은 사진 명상집이었다. 여기에 담긴 사진은 1951년부터 1982년까지 구탐 바자이가 촬영한 것들이다. 구탐 바자이는 열두 살 되던 1951년 9월 12일에 1,350킬로미터를 맨발로 걷는 부단 운동에 참여했는데, 그의 어머니가 카메라를 주면서 비노바의 여정을 사진으로 기록하라고 당부한 것이 동기가 됐다.

비노바는 사진 찍히기를 싫어하고, 공동체 안에 자신의 사진이 걸려 있는 것을 달가워하지 않았기 때문에 구탐의 사진 작업은 더욱 가

세상을 바꾸는 것은 지식이 아닌 사랑이며 진실한 가슴과 행함에서 느껴지는 감동이다.

치가 있는 것으로 평가되고 있다. 비노바가 진리를 추구하기 위해 출가 하기까지 가족들과 함께한 사진들과 이야기가 1부에 담겨 있고, 2부는 인도를 걸어서 순례하며 전개한 '토지 헌납 운동'에 대한 사진과 글로 이루어져 있으며, 마지막 3부는 여성 공동체인 '브라마비야—만

디르'에서의 생활을 보여 주고 있다. 이 책의 특징은, 수행 과정을 순간순간 포착한 흑백 사진에 있는데, 비노바 관련 사상집과는 다른 영적 감동을 전해 준다.

비노바 바베Vinoba Bhave, 1895-1982.

그의 이름만 들어도 가슴이 따뜻해진다. 간디의 제자이자 간디 사상의 진정한 계승자로 간디 이후 인도의 성자로 존경받고 있는 그는 최고의 계급인 브라만으로 태어났으나 인도의 독립과 가난한 이들의 지위 향상을 위해 사회가 천시하는 육체 노동자가 되어 평생을 헌신했다. 그의 위대한 과업 중 하나는 인도 전 지역을 20여 년 동안 7만 킬로미터를 걸어 다니면서 지주들을 대상으로 땅이 없는 가난한 이들을 위해 6분의 1의 토지를 공유하자는 토지 헌납 운동부단 운동을 주도한 것이다. 인도의 위대한 지도자, 사회개혁가, 인간 이해에 대한 깊은 영적 통찰력, 삶으로 보여 준 사상, 명상, 실천……

한번쯤, 비노바 바베의 글을 음미하면서 걸어 보는 것도 좋을까 싶어 적어 본다.

사람이 누우면 온몸이 땅에 닿는다. 앉는다면 몸 일부분만이 땅에 접촉되고 나머지는 공중에 있게 된다. 걷기 시작한다면 오직 한 발만이 땅과 맞닿을 것이다. 즉, 땅에 접촉하는 면이 적을수록 하늘과 더 많이 접촉하는 셈이다. 이것이 경전에서 '걸어라, 걸어라'라고 말한 이유이다.

| 박태원

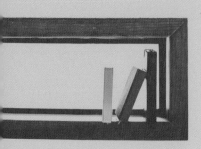

039 시대와 불화한 천재 시인 040 이렇게 빛나는, 가난한 노래의 씨앗 041 세상 끝! 나는 그곳에 가고 싶었다 042 이옥과 김려, 두 선비의 우정과 문학 043 저급한 사회에 대한 가슴 찡한 연가 044 뻔뻔한 글쓰기를 위하여 045 아름다운 마무리는 새로운 시작 046 배움과 도전, 나눔을 멈추지 않는 금빛 인생 047 수능문제집에 서 풀려난 시들 048 엄마를 사랑할 시간이 아직 남아있다 049 길들지 아니한 생마 와 같은, 알잠 사람 050 도끼는 장작 패기만을 도모하지 않는다 051 책을 너무 많이 읽어선 안 된다 052 돈에 환장한 인간들의 작태 053 칠십 평생 성실한 기록자 로 살아온 작가의 지혜

4 문학,

작가와 함께 닷새, 집을 비우는 기분으로

039 최문희 지음 난설헌

시대와 불화한 천재 시인

우리는 모두 나름대로 외로움을 한 아름 안고 살아가는 존재일지 모른다. 아픈 사랑도 사랑이고, 아픈 경험 또한 소중한 자산이라고 생각하며 이제는 외로움에 엄살떨지 않고 즐겨야겠다.

    30년간의 직장 생활을 던져 버린 후, 동경하던 자유를 맘껏 즐겼다. 먹을 것을 침대로 가져와 신문을 보면서 한없이 늘적거렸다. 아무 부담 없는 생활이 편안했다. 그런데 식탁에 앉지도 않고 혼자 밥을 먹는 날들이 이어지면서 가슴이 답답하고 밤에 잠을 잘 수 없었다. 머리에 열이 올랐다. 오라는 곳도, 가야 할 곳도 없다는 것이 이렇게 견디기 힘든 일인 줄을 비로소 실감했다. 어제 그대로인 핸드폰 통화내역을 보면서 스팸 문자마저 그립기도 했다. 특히 햇살 가득 푸르른 날엔 나를 주체하기가 더 힘들었다. 퇴보하고 있는 내 모습이 눈부신 햇살 아래서 더 초라해 보였고 무슨 일을 해도 위안이 되지 않았다.

"여보, 나 너무 외로워서 힘, 들, 어……."

목구멍에 치밀어 오르는 이 한 마디를 차마 입 밖에 내지 못하고 속울음을 울었다. 울면서 둘러보니 세상엔 외로운 사람들뿐이었다. 그들을 생각하며 내 서러움에 울었다. 그때야 단지 활자로만 머릿속에 박혀 있던 가슴 아픈 사람들이 눈에 들어오고, 마음으로 느껴졌다.

몇 년 전, 60세에 가까운 기간제 여교사와 카풀을 했었다. 그녀는 실업계 고등학교에 다니면서 거의 독학으로 영문과에 입학한 학구파였고, 졸업 후 꿈에도 그리던 교사가 되었지만, 결혼과 동시에 사표를 내야만 했다. 직장 생활을 할 게 아니라 시부모님 모시고 아이들 잘 키워야 한다는 생각이 완고한 집안이었다. 그녀는 도저히 받아들일 수 없었지만, 거역할 수도 없었다. 그 뒤로 이름을 알 수 없는 병으로 오랫동안 아팠기 때문에 자녀들이 기억하는 엄마는 항상 환자의 모습이었다고 했다. 그런데 이제 기간제 교사가 된 그녀는 믿기지 않을 만큼 학생들에게 열정과 사랑을 품었고, 1년 내내 그녀의 행동은 한결같았다.

"교재 준비 때문에 4시에 일어났어!"

"이놈들이 나보고 짠순 씨래, 호호호!"

이젠 너무 행복하다고, 사는 맛이 난다고, 심지어 수업하다 죽어도 좋을 정도라고 했다. 하지만 그때 나는 그녀의 말이 겉치레로 생각되어서, 건성건성 고개를 끄덕이면서 딴전을 부렸다. 그땐 그랬다. 이제야 그 시퍼런 젊은 날, 완고한 집안의 전업주부로 주저앉아 아플 만큼 절망했던 그녀의 외로움이 쿵쿵 다가오고, 수업하다 죽어도 좋다던 말이 가슴을 먹먹하게 한다.

이 책을 읽으면서 그 선생님이 떠오른 건, 같은 아픔 때문이 아니었을까 생각한다. 조선이라는 가부장적인 사회에서 여자로 태어나, 결혼으로 모든 것을 잃어버린, 천부적인 재능을 가진 허난설헌. 먹을 갈고 글을 쓰는 그녀의 행위가 주변 사람들에겐 그저 비웃음거리로밖에 여겨지지 않았다. 고매한 이상을 따라 주지 못하는 현실에 그녀는 절망할 수밖에 없었다. 시어머니의 가혹한 시집살이는 가문의 질서 유지를 위해 필요한 학대였고, 남편의 떳떳한 외도는 남자만의 특권이었다. 자식조차 맘대로 안아 보지 못했을 만큼 어미 노릇마저 빼앗긴 상태에서, 삶을 이어 가게 하는 마지막 끈이었던 어린 두 자식까지 하늘나라에 먼저 떠나보내야 했다.

나란히 마주한 두 무덤의 오누이가 도깨비불 어리비추는 밤마다 서로 어울려 놀면서 지내기를 뇌고 또 되뇌면서, 춥고 어두운 방에서 그미가 할 수 있는 일은 사그라지는 육신을 차가운 침묵 속에 그냥 내버려 두는 것뿐이었다. 그렇게 그미는 작은 창문을 열고 하늘로 하늘로 훨훨 올라갔다.

이러한 아픔은 대부분 그미의 남편에게서 비롯되었지만, 이제 나는 그미의 남편에게도 위로의 말을 할 수 있을 것 같다.

'그미의 남편 또한 그 시대의 희생양이 아니었을까? 그미와 결혼하지 않고, 수준에 맞는 여자를 만났다면 행복하지 않았을까? 자기보다 뛰어난 그미에게 느꼈을 모멸감 때문에 그는 또 얼마나 외롭고 힘들었을까? 어쩜 그는 기생집에 갈 수밖에 없었을 거야. 외로워서, 그도 그미만큼 너무 외로워서……'

우리는 모두 나름대로 외로움을 한 아름 안고 살아가는 존재일지 모른다. 지금 이 순간에도 삶의 곳곳에서 누군가는 치열하게 심지어 죽을힘을 다해 주먹으로 눈물을 훔쳐 내면서 외로움을 이기고 있을 것이다. 그들에게 따끈한 물 한잔 건네고 싶다. 아픈 사랑도 사랑이고, 아픈 경험 또한 소중한 자산이라고 생각하며 이제는 외로움에 엄살떨지 않고 즐겨야겠다. 카풀을 함께했던 그 선생님을 만나면 두 팔 벌려 꼬옥 안고 싶다.

| 송기영

이렇게 빛나는, 가난한 노래의 씨앗

참 못할 일이다. 그 좋은 시들을 교과서에 실어 놓고는 발기발기 해부하는 일, 시한테 참 미안한 일이다. 그래서 이따금 일탈을 시도한다. 시험 부담은 탈탈 털어 버리고 "우리 진짜로 시 한번 읽어 볼까?" 하고 넌지시 운을 띄운다. 그렇게 우리 아이들과 함께 읽고 들었던 시 가운데 우리 모두를 잠시 숙연케 했던 시 한 편이 있었다. 바로 함민복 시인의 〈눈물은 왜 짠가〉이다. 시의 내용은 이렇다.

어느 여름, 가세가 기울어 갈 곳 없어진 늙으신 어머니와 그 어머니를 이모님 댁에 모실 수밖에 없었던 가난한 아들. 모자는 이별에 앞서 차부의 설렁탕집에 들른다. 평생 중이염을 앓아 고깃국만 드시면 귀에서 고름이 나는 어머니가 고깃국을 먹자시는 마음을 헤아리며 아들은 수저를 든다. 댓 숟가락 국물을 떴을 때, 어머니는 문득 주인 아저씨를 불러, 소금을 많이 풀어 짜서 그런다며 국물을 더 달라 하신다. 마음 좋은 아저씨는 흔쾌히 국물을 더 갖다 주고 어머니는 몰래 그 국물을 아들에게 따라 준다. 그런 모자의 행동을 보고도 못 본 척, 애써 시선을 외면해 주는 주인아저씨. 아들은 그만 국물을 따르시라고 자신의 투가리로 어머니의 투가리를 툭, 부딪친다. 투가리와

눈물은 왜 짠가······. 하고 마지막 구절을 읽었을 즈음엔 교실 전체가 숨을 죽였다. 순간의 고요. 아이들의 가슴에 무엇이 지나갔는지 묻고 싶지 않았다. 잠시 잠깐이었지만 그 정적 속에서 우리는 서로의 공감을 확인했으므로.

투가리가 부딪쳐 내는 그 소리가 어찌나 서럽던지. 감정이 복받친 아들은 그저 설렁탕에 만 밥과 깍두기만 우걱우걱 씹어 댈 뿐. 주인아저씨는 모자가 미안한 마음 안 느끼게, 가만히 깍두기 한 접시를 놓고 돌아선다. 순간, 아들은 내내 참고 있던 눈물을 그예 붙잡지 못하고 마는데, 아들은 얼른 이마의 땀방울을 훔쳐 내려 눈물을 땀인 양 만들어 놓고서, 눈동자에서 난 땀을 천천히 씻어 낸다. 그러면서 속으로 중얼거리는 한 마디는,

"눈물은 왜 짠가."

아이들은 이 시를 어떻게 읽었을까. 시를 읽는 내내 아이들은 전에 없이 집중했다.

"눈물은 왜 짠가……."

하고 마지막 구절을 읽었을 즈음엔 교실 전체가 숨을 죽였다. 순간의 고요. 아이들의 가슴에 무엇이 지나갔는지 묻고 싶지 않았다. 잠시 잠깐이었지만 그 정적 속에서 우리는 서로의 공감을 확인했으므로. 가난한 아들과 어머니, 어머니, 어머니.

시인이 같은 제목으로 엮은 산문집 《눈물은 왜 짠가》는 위 시의 연작으로 읽힌다. 시인은 여전히 가난하고 집 없는 설움 속에서 홀어머니 또한 여전히 모시지 못한다. 아픈 시인의 자책이 내 마음과 우리 아이들의 마음을 울린다. 하지만 가난한 시인의 삶이, 그리고 그 삶을 고갱이로 삶아 낸 시가 독자들에겐 마음의 울림이 된다면 시인은 결코 가난한 사람이 아닐 것이다. 이웃과 자연 속에서 어우렁더우렁, 시인은 진짜 풍요로움이 무엇인가를 말로 가르치지 않고 그저 자신의 삶을 보여 줄 뿐이다. 때론 아릿하게, 때론 슬프게 말이다. 세상에 '가난한 노래의 씨'를 뿌리고 있는 이 시인의 삶의 결을 따라 내 마음의 결을 쓸고 닦아 본다.

| 이상미

미하엘 비게 지음, 유영미 역 땡전 한 푼 없이 떠난 세계여행
세상 끝, 나는 그곳에 가고 싶었다

어디론가 떠나고 싶은 마음이 눌려 있다가 방학만 되면 용수철처럼 튀어나오곤 한다. 28세 때부터 나의 꿈은 세계 일주 여행을 해 보는 것이었다. 그 당시 20년 후의 꿈을 이루기 위해 적금도 들었다. 직장 생활과 육아 등에 매여 뜻대로 되지 않았지만 아직도 꿈을 놓지 않고 있다. 《땡전 한 푼 없이 떠난 세계여행》이란 책이 나왔단 소릴 듣고 책을 통해서라도 세계 여행 한번 해 보자는 알뜰한 방학 계획을 세웠다.

지은이 미하엘 비게는 독일인으로 33세의 프리랜서 방송 리포터다. 그의 가슴속엔 부글부글 용암이 들끓고 있었다.

"나는 본래 닭이 아니라 매로 태어났다. 하늘 높이 힘차게 날 수도 있고 아주 멀리 볼 수 있는 시력도 갖고 있다. 이제 더는 나의 본성과 정체성을 외면하며 30센티미터 앞의 모이에 연연하는 초라한 닭으로 살지는 말자."

그는 지금까지 아무도 시도해 보지 않은 불가능한 일을 해 보고 싶었다. 자신을 끊임없이 구속하고 옭아매는 '돈'과 '시간'에 제대로 한 번 맞짱을 떠 보고 싶었다. 결심이 서는 순간 일기장에 이렇게 적어 내려갔다.

'150일 동안 3만 5천 킬로미터에 이르는 길을 따라 4개 대륙, 10

도달할 수 없을 듯한 어려운 목표를 존중해 주고 힘껏 도와주는 사람들, 그들에게서 대가를 바라지 않고 기꺼이 내어 주는 큰마음을 보았다.

개 이상의 나라를 땡전 한 푼 없이 여행하고 세상의 끝, 남극까지 밟을 것. 단, 배낭 무게를 최소화하고 1센트의 동전도 지참하지 않을 것. 순간순간 부닥치는 문제들에 적극적으로 대응하되 반드시 사람

을 통해 해결할 것. 될 수 있으면 민폐를 끼치지 않을 것.'

이렇게 여행을 시작하면서 그는 집사, 웨이터, 잔심부름꾼, 인간 소파엎드려서 의자가 되어 줌, 농장 청소하기, 선크림 발라 주기, 힐 헬퍼 언덕 오르는 이 허리 밀어 주기, 베개 싸움 해 주기, 임시 합창단원, 짐꾼, 과일 장사 그리고 배에서 조수로 일했다. 마흔 곳 이상의 집에서 신세를 져야 했고, 헛간, 공원, 해변, 버스 터미널, 추운 고지의 맨땅에서도 잠을 잤다. 배고픔을 해결하기 위해 무려 500여 개의 상점, 카페, 음식점을 전전하며 먹을거리를 구했다.

가장 어렵고 예측불허였던 것은 교통수단을 마련하는 일이었다고 한다. 두 척의 배로 대서양과 드레이크 해협을 건넜고, 일곱 번의 비행으로 하와이의 두 섬과 코스타리카, 콜롬비아, 페루까지 다녔다. 마차도 탔고, 자전거와 도보로 오하이오를 통과, 기차 여행 두 번에, 승용차와 트럭을 스무 차례 히치하이크했다. 드디어 목적지인 남극, 세상의 끝! 그는 수백 수천 마리의 펭귄들 사이에 서 있게 된다.

"면도기를 잃어버린 후 텁수룩하게 자란 수염, 빈약한 식사와 패스트푸드로 인한 영양실조, 넝마가 된 청바지, 치아 보철이 망가져 욱신거리지만 내 가슴과 머리에는 돈으로는 결코 살 수 없는 아주 값진 것들이 듬뿍 담겨 있었다. 그것은 경험, 즉 산 지식이다. 인생에 많은 것, 더 많은 것, 더욱더 많은 것이 있을 필요는 없다는 것! 행복이 물질 소비에 의해서만 좌우되는 것은 아니라는 것. 소유한 것이 적다고 해서 행복마저 줄어드는 것은 아니라는 것을, '받는 것보다 주는 것이 더 좋다'는 말이 진리로 대접받는 이유도 깨닫게 되었다."

미하일 비게가 도달할 수 없을 듯한 어려운 목표를 향해 나아갈 때, 그 목표를 존중해 주었을 뿐 아니라 가능한 선에서 힘껏 도와주려 했던 많은 사람! 그들에게서 나는 남을 위해 대가를 바라지 않고 기꺼이 내어 줄 줄 아는 큰마음을 보았다. 인간의 부정적인 면에 더 길든 나를 반성하였다. 어떠한 어려움이 닥쳐도 즐겁게 견디는 비게의 인내심에 감동했다. 귀찮은 일이 더 많고, 반찬 투정이나 하는 아들의 책상에 이 책을 슬그머니 놓아 두었다.

| 이기자

이옥과 김려, 두 선비의 우정과 문학

글에는 읽고 쓰는 보편적 정보 전달의 기능 그 이상이 있단다. 기억과 깨달음의 씨앗, 시공간의 거스름과 뛰어넘음, 커피 같은 휴식과 위안, 평생의 신실한 벗도 되어줄 수 있지. 많이 읽으렴, 그리고 많이 생각하렴. 그러면 세상을 향한 너희의 마음도 더 크고 따뜻하게 성장할 수 있으리라 믿는다.

　오늘은 엄마가 책 한 권을 소개하려고 해. 담임하고 있는 학생들이 권장 도서라고 열심히 읽기에 들여다보다가 함께 읽기 시작한 책이야. 첫머리부터 손에서 뗄 수 없는 묘한 매력이 있는 책이었단다. 읽어 나간 시간보다 뭔가 가슴속에서 '둥' 하는 울림이 일어나 잠시 멈추는 시간이 더 많았지.

우리 아들, 딸에게 뜬금없는 질문 하나 할까? 사람들은 왜 사는 것 같아? 무엇을 위해, 무엇 때문에 사는 걸까? 저마다 다르겠지만 다들 그 질문에 나름의 대답이 있지 않을까? 엄마는 '사랑하기' 때문에, '사랑할 수 있기 때문에'라고 말하고 싶어. 사랑하는 무언가가 있기 때문에 사람들은 살아가는 것이라고 생각해. 그게 달랑 하나일 수도 있고 수백 가지가 넘을 수도 있고 수백 가지를 합친 것보다 더 깊은 사랑이 담기는 한 가지일수도 있지. 엄마, 왜 이러세요? 하고 아들이 묻는 것 같다. 들어 봐, 이 소설을 읽으면서 주인공의 '사랑'을 엄마가 조금은 알 수 있을 것 같았거든.

이 소설은 '이옥'과 '김려'라는 두 선비의 우정과 그들의 문학에 관한 책이야. 조선 후기 정조 때 성균관에서 수학한 두 친구는 그 당시 정치적 상황과 맞지 않는, '소품문'이라는 문체를 사용하여 나라를 어지럽게 한다는 이유로 정치적 희생양이 되고 말지. 소품문은 성리학적 철학을 담고 있는 고문의 장중한 문체가 아닌, 일상생활의 희로애락, 사물의 모습들을 담은, 개성 있는 글이었단다. 이옥은 그의 문체를 포기하지도 멈추지도 않았기 때문에 정치적 탄압 속에서 안타까운 생애를 마치고 말아. 김려는 10여 년의 유배 생활 후 낮은 관직을 전전하다가 함양 군수로 세상을 마감하지만, 친구 이옥의 글을 후세에 《담정총서》란 문집으로 남긴다.

이 글에서 김려는 끊임없이 고민해. 친구 이옥에게 있어 소품문이란 무엇이었는가? 그는 왜 목숨을 내놓을 만큼, 모든 것을 잃을 만큼 자신의 글을 포기할 수 없었는가? 소품문이 무엇이기에 이옥은 그러한 고통을 당하면서도 그의 글을 포기할 수 없었는가? 정조 임금은 왜 그렇게 문체에 연연하여 아무런 해도 되지 않을 것 같은 이옥을 사지로 내몰았는가? 아마도 자신에게도 묻고 싶었던 질문이었을 테지. 좋은 공부가 될 테니 책을 읽으면서 답을 한번 찾아보렴.

책의 말미에서 김려는 이옥의 아들을 통해 소품문만이 이옥을 이옥답게 할 수 있었던 유일한 방식이었음을 이해함과 동시에 자신의 마음을 보게 된단다. 엄마가 이 책을 소개하는 이유를 짐작하겠니? 엄마는 소품문이 이옥에게 있어 세상을 바라보는 '창窓'이었다고 생각해. 그 창을 통할 때 세상도, 자신의 존재도 제대로 볼 수 있었던 거야. 그래서 권력의 탄압과 모든 것을 잃는 희생 속에서도 타협할 수 없었겠지. 이옥은 이 세상이 '멋지기 때문에 놀러 왔다.'라고 표현하고 있단다. 그 글을 한 번 읽어 보렴. 이옥의 마음이 성큼성큼 내 속으로 걸어 들어와 가슴을 휙 휘젓는 흥분, 멋진 세상에 함께 있는 기분이 들 거야.

우리 아들, 딸은 어떤 창을 가지게 될까? 너희에게도 세상을 보는, 그리고 세상을 표현하는 너희만의 창이 하나 열리면 좋겠구나. 이옥의 글이 당시에도, 후세에도 자신뿐만 아니라 다른 사람들에게 따뜻한 위안이 되고 힘이 되었듯 너희의 창도 그러하기를 소망해 본다. 너희의 창을 찾는 그 길에서 담대하고 씩씩하렴. 그리고 다른 이들의 창도 들여다보고, 열린 마음으로 그들의 창을 소중히 이해할 수 있으면 좋겠구나. 너희의 창으로 들여다보는 세상은 또 얼마나 멋질까?

마지막으로 당부 하나 할게. 글에는 읽고 쓰는 보편적 정보 전달의 기능 그 이상이 있단다. 기억과 깨달음의 씨앗, 시공간의 거스름과 뛰어넘음, 커피 같은 휴식과 위안, 평생의 신실한 벗도 되어 줄 수 있지. 많이 읽으렴, 그리고 많이 생각하렴. 그러면 세상을 향한 너희의 마음도 더 크고 따뜻하게 성장할 수 있으리라 믿는다.

| 이현주

043 저급한 사회에 대한 가슴 짱한 연가
조재도 지음 사랑한다면

여린 감꽃 떠난 자리에 초록빛 여름이 이만큼 달려와 있다. 노란 감꽃이 지던 지난 봄날 조재도 시집《사랑한다면》을 만났다. 청양군 남양면에서 어린 시절을 보낸 시인의 여덟 번째 시집이다. 또 다른 세상으로 먼 길 떠나시는 아버지와 어머니를 배웅하던 시인의 고향 집 감나무 밑에도 감꽃이 따복따복 떨어져 있겠다. 이른 아침 순한 소년이 왕관 모양 감꽃을 정성스레 실에 꿰어 어제 새로 만난 짝꿍 소녀에게 수줍게 내밀면 같이 빨갛게 웃을 예쁜 아이들을 상상해 본다.

허둥대며 살아가는 중에도 드문드문 시집에 손이 간다. 늦은 밤 홀로 시를 읽고 한동안 가방에 손수건 대신 시집을 넣어 다니며, 시인들은 언제나 자기의 마음을 살피며 솔직하고 아름답게 표현할 수 있어 참 행복하겠구나! 생각해 본 기억이 새롭다.

시를 잘 모르지만, 시를 좋아하고 시인을 사랑한다. 이 시집에는 조재도 시인이 '시민詩民이 소멸해 가는 시대, 철근 도막을 갈아 바늘을 만드는 심정으로' 쓴 시가 40편 실려 있다. 시에서는 따스함이 느껴진다. 봄 햇살 같은 시선으로 세상을 품고 있는 시인의 사랑 때문이리라 혼자 짐작해 본다. 시를 읽다 어느 순간 마음이 흔들린다. 시인의 마음이 내 마음에 들어온 듯 빙긋 웃음이 나기도 하고 가슴이 먹

다른 사람들도 고통을 견디며 흔들리며, 서로 기대고 사랑하며, 소중한 생명으로 반짝이며 살아가고 있음을 시를 읽으면서 가슴 뻐근하게 느낀다.

먹해지고 눈시울이 뜨거워진다. 내가 알아차리지 못했던 진짜 내 마음이 보이고 내가 말하고 싶었던 내 목소리가 들린다. 시인이 내 이야기를 대신해 주는 것 같고 시인의 마음이 내 마음인 것 같다.

4편으로 이루어진 연작 시 〈소〉에는 불편한 몸으로 살았던 '소의 눈처럼, 대책 없이 눈만 큰' 형과 그 형을 52년 동안 보듬었던 어머니의 삶, 그 어머니 떠나시고 홀로 거처를 옮겨야만 했던 형에 대한 근심, 기쁘게 형의 가족이 되어 준 서윤기 씨와의 인연, 산으로 돌아간

형을 가슴에 묻고, 일 년 되는 날 형의 제사상을 마음으로 차려 올리며 이제는 형을 떠나보내는 아우의 아픔이 배어 있다. 우리는 누구나 아프고 흔들리며 서로 기대고 함께 사랑하며 저마다 소중한 생명으로 반짝이며 살아가고 있음을 가슴 뻐근하게 느낀다.

〈춘몽〉은 '봄볕 따사로운 날, 무덤 속에 먼저 든 어머니와 이제 막 들어온 신참내기 아버지'가 '생전 비 오는 날 마루턱에 앉아 조곤조곤 말하드끼' 말씀 나누시는 이야기가 정겨운 시이다. 이 시가 참 좋았다. 친정어머니의 말씀을 듣는 듯했다. 다시 만나니 어떠냐는 어머니의 물음에 아버지가 좋다 하시자 어머니는,

좋아유? 나는 싫은디
나는 당신두 싫구 딴 사람 마누라 되는 것두 싫구
인저부터는 민들레 꽃씨처럼 여기저기 훨훨 날아댕기며 혼자 살구
싶은디…….

하고 솔직한 속내를 털어놓는다. 고단했던 내 어머니의 청춘의 시간들이 스쳐 지나가고, 이젠 친구가 된 큰 딸인 나에게 가끔 하시던 말씀이 그대로 마음에 치고 들어온다. 그때를 생각하면 가슴부터 먹먹해진다. 이제야 마음이 고요해진 아버지와 소박하게 살아가는 자식들의 삶이 어머니에게 작은 위안이 되기를 소망한다. 그래도 어머니의 지난 젊음은 여전히 안타깝고, "나는 괜찮다." 손사래 하실 어머니 모습이 보이는 듯하다.

엉뎅이 욕창은 다 나었남유? ― 아직 쫌 그려

그류, 인쟈 좋았던 것 맘에 걸리던 것 다 잊어버리고

애들 자는 꿈 속에도 가지 말구

그냥 이대로 여기 있어유

꿈에서라도 자식들에게 폐 끼치지 않으시려는 어머니의 사랑에 자식은 조용히 오래 울었다.

청양의 산빛과 들내음을 닮은 시인에게선 감꽃 향내가 났다. 많은 어제를 떠나보내고 새로운 오늘을 살고 있는 조재도 시인을 어느 날 다시 만나면 따스한 밥과 고운 차를 함께 나누며 우리의 어머니 이야기를 나붓나붓 하고 싶다.

어

머

니

어느 이야기보다도 긴 이야기.

| 김분희

뻔뻔한 글쓰기를 위하여

몇 번이나 더 쓰면 글쓰기가 재미있어질까? 백 번 정도 쓰면 쉽게 쓸 수 있을까? 우연한 기회로 월간 《풍경소리》에 글을 실은 지 두 해가 지났다. 스무 번도 넘게 써 온 글이지만 늘 쓸 때마다 어려운 숙제처럼 미룰 수 있는 한 미루다가 보내야 할 날짜가 다가오면 부담을 잔뜩 갖고 쓴다. 쓰고 나면 내 글을 다시 보고 싶지 않은 쑥스러움이 남는다.

나에겐 아직도 글을 쓰는 즐거움이 적고 쓴 뒤의 뻔뻔함도 부족하다. 이런 나에게 《속 시원한 글쓰기》는 글쓰기의 어려움을 구체적으로 해결해 준 반가운 지침서이다. 내가 어렵게 깨달은 글쓰기 비법이 똑같이 나온 부분에서는 뿌듯한 한편, 애써 깨달은 것을 다른 사람들은 너무 쉽게 알게 되는 것 같아 속상하기도 했다. 또 처음 듣는 이야기는 한 수 배우는 심정으로 메모하며 즐겁게 읽었다. 책을 읽는 동안 글을 어떻게 써야 할 것인지를 어렴풋이 배웠고, 글을 쓰고 싶은 충동도 일어났다. 저자에게 어쭙잖은 글이라도 보여 주고 싶은 뻔뻔한 마음조차 갖게 되었다.

지은이 오도엽은 글이 뭔지도 모르던 시절에 화장실에서 힘을 주다가 '굵어야 할 것이 있다'로 시작하는 〈똥발〉 이야기를 낙서처럼 써서 시인이 되었다. 이 책에는 글쓰기 수업을 하면서 만난 농민, 노동

글쓰기가 어려운 이유는 내 행동, 내 생각, 내 모습을 그대로 쓰지 않기 때문이다.

자, 대학생, 청소년의 글과 신문이나 잡지에 소개된 평범한 사람들의 글이 많이 인용되어 있다. 화려한 글이 아니라 현실적인 삶을 바탕으로 솔직하게 쓴 글들이다. 특별한 글재주가 없어도 많이 읽고 쓰다 보면 좋은 글을 쓸 수 있으리란 자신감도 생긴다.

지은이가 말하는 글쓰기의 핵심은 자신을 꾸미지 말고 거침없이 토해 내라는 것이다. 글쓰기가 어려운 이유는 내 행동, 내 생각, 내 모습을 그대로 쓰지 않기 때문이다. 글쓰기에 대한 우리의 두려움을 없애야 한다고 말한다. 하지만 글은 말처럼 쉽지 않다.

'말과 달리 뭔가 좀 그럴듯해야 하고, 입에서 제멋대로 나오는 소리가 아닌 고상한 단어를 골라 써야 할 것 같다. 형식도 있어야 하고, 문법도 알아야 글을 쓰는 거 아닌가.'

지은이는 이런 생각을 '씹는' 다. 이 생각을 깨야 글쓰기는 골치 아프고 어려운 일이 아니란 걸 깨달을 수 있고 그래야 글쓰기랑 친구가 될 수 있기 때문이다. 책에 소개된 많은 글쓰기 비법 중 가장 실천하고 싶은 것은 '베껴 쓰기'이다. 어설픈 글 솜씨를 다듬기 위해 감동받은 시 읽다가 입이 딱 벌어진 문장이 있는 시부터 시작하여, 좋아하는 수필, 그리고 시간이 되면 소설로 넘어가야겠다. 글도 베껴 쓰면 몸에 익숙하고, 한 권을 쭉 써 나가면 저절로 문장쓰기나 얼개쓰기를 배울 수 있다고 한다. 나의 글 분위기와 다른 글을 생각 없이 베껴 봄으로써 부족한 점을 채우고 싶다.

지난겨울에 오도엽 선생을 담양 세설원에서 만났다. 구불거리는 머릿결만큼이나 굴곡진 삶의 이야기를 들었다. 사는 것과 글쓰기가 한 묶음이 된 사람이었다. "소외된 이를 위해 한없이 치우쳐도 사회의 균형을 맞추기가 버겁다. 더 많은 사람이 소수의 약자 편에 치우친 글을 써야 이 불균형을 깰 수 있다."는 그의 편향된 글쓰기 수업을 듣다가 밤이 깊어졌다.

글쓰기 비법을 하나씩 실천하는 노력 속에서 나만의 이야기를 찾고, 내 삶이 성숙해 가는 글이 나오기를 기대한다. 나의 이야기뿐만 아니라 이웃들의 이야기도 쓰고 싶다. 이웃들의 삶은 내 삶을 더욱 숙성시키는 밑거름이다. 평생 하늘만 보고 농사지으며 살아온 이웃들의 고단함을 그대로 담아내고 싶다. 중요한 역사의 증거들이 세월의 흐름 속에 닳아 없어지기 전에.

지은이는 책의 마지막에서 묻는다.

"어떤 글을 쓸 거냐? 무엇을 쓸 거냐?"

글 쓰는 사람이 늘 풀어야 할 과제이다. 책을 읽는 동안 이 물음에 대한 답이 머릿속에서 모락모락 올라오는 것 같았다. 내가 찾아가는 답이 형태를 갖추고 글이 되기를 기다리고 있다.

| 황영순

아름다운 마무리는 새로운 시작

법륭사의 중문 기둥을 보았다. 장인의 숨결을 느껴 보려고 기둥을 힘껏 안아 보았다. 일본 연수 일정이 확정됐을 때 떠오른 곳은 나라현의 법륭사였다. 법륭사의 도편수 니시오카 츠네카츠의 《나무의 마음 나무의 생명》을 읽은 뒤로 기회가 되면 꼭 한번 가 보고 싶은 곳이었다.

담징의 금당 벽화로 우리에게 많이 알려진 이곳은 세계에서 가장 오래된 목조 건축물로 일본 최초의 세계문화유산으로 지정됐다고 한다. 지진이나 태풍 같은 자연재해가 많은 일본에서 1,300년의 세월을 견딜 수 있도록 이 절을 지은 목수들의 장인 정신을 직접 느껴 보고 싶은 마음이 생겼다. 책을 읽고 감명을 받은 장소를 가 보는 것은 흥분되는 일이었다.

문제는 계획된 일정과 동선이 잘 맞지 않는다는 것과 발목의 관절이 불편해서 많이 걷지 않아야 한다는 것이다. 그럼에도 욕심을 내어 오전에 법륭사에 갔다가 교토로 가는 일정을 팀원들에게 제안했더니 흔쾌히 승낙해 주었다. 무리한 일정이었다. 법륭사에 들러 비가 조금씩 내리는 교토로 가서 계획된 일정을 모두 마치고 숙소로 돌아왔을 때, 밤 10시가 넘고 있었다. 발은 물집이 생겨서 엉망이 되고 발목과 무릎이 뻐근하고, 욕심을 많이 냈다는 증거가 몸의 여러 곳에서 나타

자신에게 일어난 일들과 모든 과정의 의미를 이해하고 성장의 기회를 준 삶에 대해 감사하는 것이 아름다운 마무리라고 한다. 그것은 초심을 회복하는 것이고, 내려놓음이고, 비움이고, 불필요한 것들로부터 자유로워지는 것이다.

나기 시작했다. 다음 날 무릎이 조금씩 붓기 시작하더니 귀국하는 배 안에서는 걸음을 걸을 수 없을 만큼 퉁퉁 부어올랐다. 결국, 배에서 내릴 때는 휠체어 신세를 지고 말았다.

과욕이 화를 불렀다는 생각이 들었다. '지족불욕 지지불태知足不辱

知止不殆'라는 글귀가 생각나 가슴을 쳐 봐도 아무 소용이 없는 일이었다. "족함을 알면 욕됨이 없고, 그칠 줄 알면 위태롭지 않다."는 귀중한 진리를 몸으로 체험하는 계기가 되었다.

모든 일에는 때가 있고, 살아가면서 그때그때 삶의 매듭이 지어지며, 그런 매듭을 통해 사람이 안으로 여물어 간다고 한다. 나에게도 삶을 돌아보는 진지한 성찰의 시간이 필요했던 모양이다. 이 책을 만난 것도 이와 무관하지 않을 거라는 생각이다. 자신에게 일어난 일들과 모든 과정의 의미를 이해하고 성장의 기회를 준 삶에 대해 감사하는 것이 아름다운 마무리라고 한다. 그것은 초심을 회복하는 것이고, 내려놓음이고, 비움이고, 불필요한 것들로부터 자유로워지는 것이다. 낡은 생각과 습관을 미련 없이 버리고 새로운 존재로 거듭나는 것이기에 아름다운 마무리는 끝이 아니라 새로운 시작이다. 지난겨울 여행길은 나에게 단단한 매듭이고 아름다운 마무리였던 모양이다.

좋은 만남에는 향기로운 여운이 감돌아야 하고, 향기로운 여운을 지니려면 탐구하는 노력을 기울여 쉬지 않고 자신의 삶을 가꾸어야 하며, 배우고 익히는 일에 활짝 열려 있어야 한다. 누구나 쉽게 접할 수 있는 탐구의 지름길이 바로 독서라고 한다. 내 안에서 문자文字의 향기와 서권書卷의 기상이 움트고 자랄 수 있도록 좋은 책을 권해 준 친구에게 감사의 인사를 전한다. 좋은 친구란 '주고받는 말이 없어도 편하고 투명하고 느긋하고 향기로운 사이'라는 글귀에 자꾸만 눈길이 간다.

| 김종학

046 황안나 지음, 왕소희 그림 안나의 즐거운 인생 비법
배움과 도전, 나눔을 멈추지 않는 금빛 인생

바람이 불지 않는데 바람개비를 돌게 할 수 있을까? 그럼 바람을 기다리지 말고 내가 달리면 바람개비는 돌 것이다.

연두색 잎들 삐죽삐죽 돋아나는 봄이다. 인생의 5학년, 6학년들은 지금 어떻게 지내고 있을까? 나는 립스틱 짙게 바르고, 블라우스도 연분홍색으로 바꾸어 입는다. 남들이 뭐라고 할까? 남이야 카드로 이빨을 쑤시든 말든 상관 말라지. 내 인생은 나의 것, 내 멋대로 사는 거다. 이 봄에 더 희망차고, 자신감 넘치려면 이런 책을 읽어야 한다.

황안나 할머니의 이 책은 한 마디로 정말 재밌고 신나서 웃다가 눈물이 찔끔 나온다. 69세의 황안나 할머니 아니, 소녀 같은 이 분은 초등학교 선생님을 하다가 정년 퇴임을 하셨다. 등산, 걸어서 전국 일주하기, 독서, 글쓰기, 인터넷 블로그 운영하기, 강연하러 다니기 등 매우 바쁘고도 활기차게 인생을 즐기는 분이다. 저자의 첫 번째 책, 《내 나이가 어때서》를 처음 만났을 때, 어찌나 재밌고 신선하던지 한 달 넘게 싱글거리며 다녔다. 두 번째 책인 이 책에선 주로 건망증에 얽힌 이야기가 나온다. 그렇게 웃길 수가 없다. 인생 5학년쯤 되면 누구에게나 찾아오는 건망증을 저자는 우울하고 비관적으로 생각하지 않는다. 낙관적으로 받아들이는 태도가 참 좋다. 덩달아 나도 힘이 나고 마음이 밝아진다.

이 책에 〈영원히 살 것처럼 배워라〉는 글이 있다. 나이 오십에 운전면허 따고, 컴퓨터 배워서 블로그를 하면서 음악 넣기도 배우고, 사진 올리는 것도 할 수 있게 되었다는 내용이다. 그녀의 어머니는 칠순에 한글을 배우셨는데, 아흔셋인 지금까지 일기를 쓰고 계신다고 한다. 사람들이 보통 피부 노화나 흰머리는 신경 쓰면서 정작 마음이 늙어 가는 것엔 너무 관대하다. 인생의 졸업을 아름답게 하고 싶어서 환갑에 힙합과 에어로빅을 배운 박성규 할아버지, 지금은 10년이 넘은 베테랑이시다. 70~80대로 구성된 할머니들 인형극단, 칠십이 넘어 레크리에이션 강사로 활동하고 있는 이문옥 씨, 환갑이 넘어 중학교에 다니고 있는 박영선 할머니 등 배움과 도전, 나눔을 멈추지 않는 사람들의 이야기가 실려 있다. 나이 육십이 가깝다고 기죽어 지내던 내가 이 책을 읽고 용기와 꿈을 갖게 되었다. 바람이 불지 않는데 바람개비를 돌게 할 수 있을까? 그럼 바람을 기다리지 말고 내가 달리면 바람개비는 돌 것이다.

이 찬란한 봄에 우거지처럼 우중충하게 앉아 있을 수만은 없다. 나도 한 가지 도전을 시도했다. 공주대 평생교육원에서 하는 '다도'를 배우러 다닌다. 난생처음 들어 보는 신기한 용어들이며 새로운 분위기에 취해서 시간 가는 줄 모르다가 두 아들의 생일을 까맣게 잊어버리기도 했다.

〈찰떡 매니큐어〉의 내용은 재미도 있지만 어쩐지 눈물이 났다. 어머니 갖다 드리려고 찹쌀 가루를 쪄서 인절미를 만들다가 전화 받느라 손 씻는 걸 깜박하고 전철을 탔다. 옆자리의 중후한 노신사와 대화를 나누다 보니 국문과 교수였다. 교양을 떨어 가며 얘기를 나누다가 웃음이 나오는 대목에선 손으로 입을 가리며 호호호 웃었다. 손의 느낌이 이상하여 들여다보니 손톱마다 찰떡이 덕지덕지 말라붙어 있었다. 혼자 진땀 빼면서 두 손을 책샌터 밑으로 숨겼다는 이야기다. '그 교수님 속으로 얼마나 웃었을까?' 하면서 속상해하는 모습에서 69세의 할머니나 19세의 아가씨나 이성에게 잘 보이고 싶은 마음은 같다는 것. 죽을 때까지 누군가에게 잘 보이고 싶고, 사랑받고 싶은 존재가 사람이라는 생각에 찡했다.

| 이기자

047

수능문제집에서 풀려난 시들

책은 사서 읽어야 한다고 생각한다. 사서 내 것으로 만든 책은 두 가지 기쁨을 선사한다. 책을 읽어 얻는 지적, 정서적 성취가 제1의 기쁨이요, 장서의 뿌듯함은 제2의 기쁨이다. 책 욕심이 많아서 자주, 또 많이 사는 편인데 이런저런 핑계로 사 놓고 읽지 못하는 책이 사실 더 많다.

잦은 이사 때문에 책들이 솔직히 거치적거릴 때도 많다. 책은 이삿짐 나르는 분들도 꺼리신다. 냉장고나 큰 가구는 무겁긴 해도 한 번에 나르면 그만이지만 책은 무게도 무게일뿐더러 그 수만큼 발품을 팔아야 하기 때문이다. 여태 책 사는 돈을 아깝다 생각해 본 적 없지만 물론 그 책을 사든 경솔함에 자신의 안목을 뿌리까지 탓하게 하는, 제값을 못하는 책들은 논외로 하고 유독 사는 걸 망설이는 장르가 있다. 바로 시집이다.

시집을 한 권 골라 들 때의 인색함이란 스스로도 놀랄 정도다. 아니, 인색함이라기보다 자신 없음의 문제라고 해야 하나. 내 경우 책을 고를 때 가장 큰 기준은 작가인데, 한 시인의 시집을 자신 있게 선택하지 못한다는 게 문제다. 시집 한 권에 담긴 시들이 모두 마음에 들 수는 없는 것인데 나는 그것을 바라는 욕심쟁이다. 시인들에게는 얼마나 껄끄러운 독자일까. 욕심만 많고 시 보는 눈 없는 내가 고르는 시집들이란 '한국의 명시선' 같은 시집들이었다. 천천히 한 시인의

해석하려 애쓰지 말자. '이게 무슨 말이야.'하는 시를 만나도 낭패감에 좌절하지 말자. 아직 그 시는 나와 만날 때가 아닌 것뿐이다. 어쩌다 미리 만나버린 것일 뿐이니까 조급해 하지 말자.

시집을 곱씹어 읽고 그 속에서 주옥같은 시 한 편을 골라내는 재미를 남의 손에 맡겨 버리는 일인 줄도 모르고, 그렇게 인색했다.

　게다가 현대시는 독자에게 그리 친절하지도, 녹록하지도 않은 것 같다. 쉽게 말해서 시를 잘 모르겠다는 이야기다. 머리로 읽으려 하니 그런 것이겠지. '난 이 시가 좋아'에서 끝나도 좋을 것을 꼭, '왜 좋은데? 어디가 좋은데?' 라며 누가 묻지도 않는 질문을 스스로 던져 놓곤 곤란해한다. 시를 해체하고 부숴 놓는 국어 시험지에 너무 익숙하기 때문인가? 자꾸 좋은 이유를 찾으려 들면서 시는 어렵다고 결론짓는다. 그저 마음이 가는 시가 좋은 시인 것을. 결국, 이번에도 나는 스크루지보다 더한 인색함과 시 읽는 마음의 궁핍함으로 인하여 믿을 만한 다른 이에게 기대어 시집을 선택하고 말았다.

이 책은 한국 대표 시인 100명이 추천한 애송시 100편에 정끝별 시인이 해설을 달아 놓은 시집이다. 언제쯤이면 내 인생의 궤를 같이할 시인과 시집을 스스로 알아볼 수 있을지 조급해진다. 유명한 시인의 이름에 기대어 그 사람들이 좋아하는 시라면 믿을 수 있다는 식으로 묻어가는 일은 이것으로 마지막이었으면.

낭패감에 사로잡혀 선택했지만 여기 실린 시들의 풍성함과 정끝별 시인의 맛깔스러운 해설 덕분에 시종 시 읽는 즐거움의 참맛을 누릴 수 있었다. '중학생이, 혹은 고등학생이 꼭 읽어야 할 현대시'와 같은 파헤치기식 시 해설서를 기대하는 이들이라면 다른 책을 선택하라고 말해 주고 싶다. 예를 하나 들어볼까. 문인수의 시, 〈쉬〉다.

그의 상가엘 다녀왔습니다.

환갑을 지난 그가 아흔이 넘은 그의 아버지를 안고 오줌을 뉜 이야기를 들었습니다. 생의 여러 요긴한 동작들이 노구를 떠났으므로, 하지만 정신은 아직 초롱 같았으므로 노인께서 참 난감해하실까 봐 "아버지, 쉬, 쉬이, 어이쿠, 시원허시것다아" 농하듯 어리광 부리듯 그렇게 오줌을 뉘였다고 합니다.

온몸, 온몸으로 사무쳐 들어가듯 아, 몸 갈아 드리듯 그렇게 그가 아버지를 안고 있을 때 노인은 또 얼마나 더 작게, 더 가볍게 몸 움츠리려 애썼을까요. 툭, 툭, 끊기는 오줌발, 그러나 그 길고 긴 뜨신 끈, 아들은 자꾸 안타까이 땅에 붙들어 매려 했을 것이고 아버지는 이제 힘겹게 마저 풀고 있었겠지요. 쉬,

쉬! 우주가 참 조용하였겠습니다.

정끝별 시인은 이 시를 다음과 같이 읽고 있다.

(중략) 그 길고 긴 뜨신 끈을 늙은 아들은 안타깝게 땅에 붙들어 매려 하고 더 늙으신 아버지는 이제 힘겨워 끝내 땅으로부터 풀려 한다. 아들은 온몸에 사무쳐 '몸 갈아 드리듯' 아버지를 안고, 안긴 아버지는 온몸을 더 작고 더 가볍게 움츠리려 애쓴다. 안기고 안은 늙은 두 부자의 대조적인 비면이 시를 더욱 깊게 한다.

마지막 행의 '쉬!'는 첫 행의 '상가'를 떠올릴 때 그 의미가 더욱 깊어진다. 이제 아들의 쉬—소리도, 툭툭 끊기던 아버지의 오줌발 소리도 들리지 않는다. 그 길고 긴 뜨신 오줌발도 쉬! 이렇게 조용히 끊겨 버린 것이다. 때로 시가 뭘까 고민을 할 이런 시는 답을 주기도 한다. 삶의 희로애락을 한순간에 집약시키는 것, 그 순간에 삶과 죽음을 관통하는 통찰이 녹아 있는 것이라는. 이 시가 그러하지 않는가.

〈진달래꽃〉이나 〈성북동 비둘기〉처럼 교과서에 수록되었던 시부터 〈노동의 새벽〉처럼 강렬하고 아파서 교과서에는 실리지 못했던 다른 좋은 시까지 참 풍성하기 그지없다. 시도 좋지만 시에 대한 해설이라기보다 감상에 가까운 정끝별 시인의 시 같은 산문도 좋다.

엊그제 수능을 본 수험생들은 네모 상자 안에 들어 있는 (가), (나), (다)로만 시를 읽다가 '자유롭게' 풀려나온 시를 보면 새삼스럽기도 할 것이다. 수능도 끝났겠다, 이제 내 마음대로 시를 읽어 보는 것은 어떨까. 머리로 말고 가슴으로. 교과서나 문제집에서만 보던 시를 시집을 통해 만나게 될 때의 느낌이란……. 처음엔 '엇' 하며 거부감이 들 수도 있다. 시험 문제가 떠오르기도 하고 갑자기 외웠던 게 생각이 안 나서 열 받기도 하고. 해석하려 애쓰지 말자. '이게 무슨 말이야.' 하는 시를 만나도 낭패감에 좌절하지 말자. 아직 그 시는 나와 만날 때가 아닌 것뿐이다. 어쩌다 미리 만나 버린 것일 뿐이니까 조급해하지 말자.

그저 정끝별 시인처럼 삶이란 죽음이란 뭘까에 대한 나름의 답을 시 속에서 찾아보는 건 어떨지. 시가 붙들어 맨 한순간의 아름다움, 시를 통해 보는 다른 세상, 감각의 참신함, 시가 주는 위로에 놀라게 될 것임을 믿어 의심치 않는다.

| 이상미

엄마를 사랑할 시간이 아직 남아 있다

병원에 가는 차 안에서 어머님은 "약을 안 먹었는데도 네 차를 타면 멀미가 안 난다."고 하신다. 처방전을 들고 찻길 건너 약국을 가는데 오가는 차들이 위험하여 손을 잡고 건너가게 되었다. 길을 다 건너간 뒤에도 손을 꼭 쥐고 계신다.

참으로 오랫동안 잊고 살았던 기억이 새록새록 피어난다. 편집되지 않은 영상이 쉼 없이 이어진다. 동이 트기도 전에 쟁기를 지고 나가 달빛 받으며 집으로 돌아오실 때까지, 논을 갈던 아버지의 발뒤꿈

치와 발톱은 성할 날이 없었다. 가뭄이 심한 해엔 양수기로 논에 물을 품느라 제방뚝에서 밤을 새웠고, 뜨거운 여름, 담뱃잎을 따서 끈적끈적한 손으로 저녁 늦게까지 담뱃잎을 엮어 매달면서도 어려운 표정 한 번 안 지으셨다. 방앗간에서 쌀을 팔아 손에 등록금을 쥐여 주곤 공부 열심히 하라는 말씀 한 번 안 하시고 불편한 다리로 집에 가시던 아버님의 뒷모습을 차창 밖으로 바라보며 뜨거운 부정에 목이 멘 적도 있었다.

여덟 남매를 낳아 키우면서 어쩌다 아프기라도 하면 등에 업고 십리 길도 마다하지 않고 뛰며 어머니는 얼마나 가슴을 졸이셨을까? 농사일이 바쁜 와중에도 도시락을 다섯 개, 여섯 개씩 준비하시느라 또 얼마나 힘이 드셨을까? 어린 아들을 객지로 떠나보내면서 눈물이 그렁그렁한 눈으로 동구 밖까지 배웅 나와 보이지 않을 때까지 손을 흔들어 주시던 어머님 모습이 떠오른다.

동생이 시집가기 전날이었다. 세 살 먹은 아들놈이 벌통에서 벌이 나오는 게 신기했던지 나뭇가지를 벌통 입구에 넣고 흔들었던 모양이다. 잔치 준비하던 마당 한가운데서 벌이 달려들어 쏘기 시작하자 어머님은 치마로 감싸고 온몸으로 손주를 지켜 내시느라 이미 당신의 몸을 잊고 계셨다. 무기無己의 경지였다.

이 책을 읽는 동안 나는 소설 속의 '너'와 함께 그동안 잊고 살았던 엄마에 대한 기억을 미안한 마음으로 더듬었다. 먹고사는 것조차 어려웠던 시절, 반지를 팔아 딸의 입학금을 내던 엄마, 추운 겨울 한밤중에 상처투성이 발등이 보이는 파란 슬리퍼를 신은 채로 장남의 고등학교 졸업증명서를 들고, 아들이 근무하는 서울 용산의 동사무소를 찾았던 엄마, 딸아이가 받아 적는 편지를 쓰면서 손등에 굵은 눈물을 떨어뜨리며 아무쪼록 굶지는 말라는 엄마, 큰아들에게 어린 딸을 맡기고 내려가면서, 네가 집을 사는 데 보태 준 것이 없어서 미안하다는 엄마는 어쩌면 '너'의 엄마만이 아니라 이 땅 어디에서나 만나는 우리들 엄마의 모습이다.

'엄마를 잃어버린 지 일주일째다' 로 시작하는 이 소설은 평생을 가족에게 헌신하고 배려하며 고단하고 고단한 노동으로 생을 채워 온 엄마의 이야기이다. 빈껍데기가 되어 오늘 우리들 뒤에 서 있는 엄마들을 잊고 살아온 잘못에 대한 고해성사이며, 우리가 그 엄마를 이해하고 사랑하고 돌볼 수 있는 시간이 아직은 남아 있음을 환기해 주는 메시지이다.

며칠 전 아침 일찍 아버님의 전화를 받았다. 어머님이 병원에 가시는 날이라고 하신다. 집에 가서 모시고 병원에 가는 차 안에서 어머님은 "약을 안 먹었는데도 네 차를 타면 멀미가 안 난다."고 하신다. 처방전을 들고 찻길 건너 약국을 가는데 오가는 차들이 위험하여 손을 잡고 건너가게 되었다. 길을 다 건너간 뒤에도 손을 꼭 쥐고 계신다. 행복해하시는 마음이 온기가 되어 손으로 전해져 온다. 온종일 내가 행복한 날이다.

| 김종학

049 홍명희 지음 임꺽정
길들지 아니한 생마와 같은, 알잠 사람

《林巨正임꺽정》과 같은 소설이 있다
는 것은 생의 복이다. 며칠 전부터 벽초 선생의 《임꺽정》에 손이 가서
먼지를 털어 가며 읽기 시작했다. 내가 가진 《임꺽정》은 1985년에 발
행된 초판본이다. 학생 때 대학 서점에서 1권 봉단편을 읽다가 9권 한
질을 외상으로 샀다. 각 권 3,300원씩 29,700원, 주인아주머니께
약속한 대로 돈이 생길 때마다 세 번에 나누어 갚았다. 세상에 이렇
게 재미있는 책이 있다니, 책장이 넘어가는 게 아까울 지경이었다.

책을 다시 읽으면서 내 앞으로 많은 시간이 흘렀다는 걸 실감했다.
이제 안경 없이는 깨알 같은 옛 활자를 읽기 힘들지만 그것 때문만은
아니었다. 글자가 잘 안 보이는 대신 학생 시절에는 보이지 않던 문
장이 보이는 것이었다. 예를 들면 임꺽정이 스승 갓바치 대사를 따라
백두산 허항녕에 갔다가 만난 아내 운총이가 등장하는 장면 같은 것
인데,

운총이는 사람이 끔찍이 총명하여 배워 못 하는 일이 없건마는 길들
지 아니한 생마와 같아서 애를 석일 줄 모르는 까닭에 바느질만은 비
각 중의 큰 비각이라 버선 구멍 하나를 잘 막아 신지 못하였다. 덕순이
가 아랫방으로 내려오는 길에 "너의 아내는 체면이니 염량이니를 모르

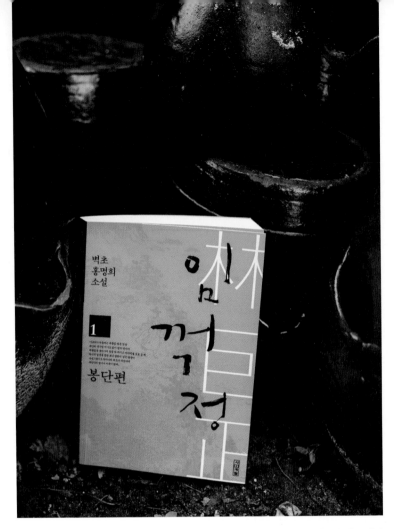

이 책에 등장하는 인물들의 말과 걸음을 따라가노라면 따스한 빛 한 줄기가 마음속에 스며들어 오는 것 같다. 작가 홍명희의 인간에 대한 연민과 민족에 대한 인내력과 자존심, 인간적인 성실성 같은 것이 등장인물들을 통해 표현되기 때문 아닐까? 그들을 통해 세상 전체의 삶이 어떻게 흘러가는지 어렴풋이나마 짐작하게 되고 그 속에서 내 삶을 어떻게 이끌어 가야 하는지 생각해 보게 된다.

는 알찬 사람이로구나. 네가 아내를 잘 얻었다." 하고 꺽정이를 돌아보니 꺽정이가 웃으며 "전에는 참말로 사슴이나 다름이 없더니 지금은 좀 사람의 물이 든 모양이요." 하고 말하였다.

　'길들지 아니한 생마와 같은', '알잠 사람'이란 말이 눈에 들어온다. 운총이는 호환마마보다 더 무섭고 악착스런 탐관오리들을 피해 백두산에 들어간 아비, 어미 덕에 백두산에서 태어나고 사냥을 하며 자랐다. 체면이니 사리분별이니 그런 관계의 장치를 알 리가 없는 사람이다. 덕순이는 눈이 밝아 운총이의 생기를 알아본다. 꺽정이가 운총이를 아내로 삼은 것은 그에게도 같은 눈이 있다는 뜻이겠다. 사람이 어느 시점에서부터 가지고 태어난 생기를 잃는 것인지, 아마도 사람의 말을 알아들으면서부터 상실이 시작되고 유치원, 학교 같은 곳에 들어가면서 돌이킬 수 없어지는 것 아닐까.

　연산군, 인종, 명종 때를 배경으로 펼쳐지는 드라마, 《임꺽정》을 읽는 방향이 여러 가지일 텐데 나는 학생 시절에 문예창작을 강의해 주신 선생님의 영향으로 생불 갖바치의 시각에 관심을 가졌다. 선생님은 벽초 홍명희 선생이 이념적인 민족 해방을 넘어서서 인간 해방으로서의 민족 해방을 바라보는 사람이었다고 말씀하셨다. 계급이 나뉘는 세상의 틀에서 백정과 같은 상민은 물론이고 썩은 양반 역시 구제받아야 할 대상이라는 걸 생각하게 하셨다. 훗날 생불이라 칭송받는 백정 출신 갖바치 도사를 비롯해서 주인공 임꺽정, 운총이, 황천왕동이, 박유복, 이봉학, 배돌석, 어린애를 때려죽이는 쇠도리깨 도적 곽오주에 이르기까지 이 책에 등장하는 인물들의 말과 걸음을 따라가노라면 따스한 빛 한 줄기가 마음속에 스며들어 오는 것 같다.

작가 홍명희의 인간에 대한 연민과 민족에 대한 인내력과 자존심, 인간적인 성실성 같은 것이 등장인물들을 통해 표현되기 때문이라고 선생님은 말씀하셨다. 그들을 통해 세상 전체의 삶이 어떻게 흘러가는지 어렴풋이나마 짐작하게 되고 그 속에서 내 삶을 어떻게 이끌어 가야 하는지 생각해 보게 된다.

엊그제 무주 덕유산 자락에 터를 잡은 선생님을 만나 고흥까지 동행했다. 옛적 보부상들이 다니던 길로 가자는 선생님의 제안으로 고개를 오르내리는 국도로 차를 몰았다. 갖바치 도사와 같이 품격 높은 인물을 어떻게 창조해 냈을까, 감탄했더니 선생님이 웃으시며 "홍명희와 같은 작가는 이미 역사니, 철학이니 세상 사는 이치를 꿰뚫고 있고 모든 자료가 몸속에 익어 있어서 감옥 안이고 밖이고 상관없이 붓을 들면 좍좍 써 내려갈 수 있는 경지이니 인터넷 자료를 뒤지는 요즘 작가들과는 다르다."라고 하셨다.

선생님과 진안, 장수, 구례, 순천, 벌교를 거쳐 고흥까지 구불구불 천천히 여행하면서 갖바치 도사가 가졌던 인간의 삶 전체를 보는 구원의 눈, 구원의 방편으로 백정 임꺽정을 지목했던 까닭, 임꺽정이 품은 한이 정당하고 폭넓게 풀려나갈 길을 그가 타고난 몫만큼 열어 준 스승 갖바치에 대한 이야기를 주고받았다. 그야말로 독서 여행이 된 셈이다.

| 최은숙

도끼는 장작 패기만을 도모하지 않는다

책이란 모름지기 우리 안에 꽁꽁 얼어 버린 바다를 깨뜨려 버리는 도끼가 아니면 안 된다는 카프카의 말을 들어, 광고쟁이 박웅현은 자신에게 도끼가 되어 준 책들 속으로의 여행을 제 안한다.

　아버지는 겨울 내내 장작을 패곤 하셨다. 부지런함이 몸에 밴 아버 지에 비해 사뭇 게으르고 굼뜨기조차 했던 나는 아버지의 서툰 보조 자였다. 내 주된 임무는 아버지께서 도끼질을 하기 좋도록 참나무,

소나무, 밤나무 따위를 두 자쯤 되게 톱질하는 거였다. 아버지께선 이미 노인이셨지만, 당신의 도끼날은 둥근 나무토막들을 어김없이 반으로 짝짝 뽀개곤 하셨다. 그다지 큰 힘을 들이시지도 않고 머리 쪽에 한 번, 꼬리 쪽에 또 한 번 내리치는 도끼날의 정교한 춤사위가 참 신기했다. 마루 밑에서 사랑채 처마 밑까지 아버지가 패신 장작이 차곡차곡 쌓여 가는 동안 겨울은 깊어 가고 또 봄이 오곤 했다.

누가 이 책을 읽어 보라고 건넸을 때, 아마도 제목에서 비롯된 이미지 때문에 그랬겠지만, 잠시 행복하고 아릿한 마음으로 먼 옛날의 풍경을 추억할 수 있었다.

우리가 읽은 책이 우리 머리를 한 대 쳐서 우리를 잠에서 깨우지 않는다면, 도대체 왜 우리가 그 책을 읽어야 하겠는가? 책이란 모름지기 우리 안에 꽁꽁 얼어 버린 바다를 깨뜨려 버리는 도끼가, 아니면 안 된다.

카프카의 말을 인용하면서 지은이 박웅현은 자신에게 도끼가 되어 준 책들을 소개한다. 그는 《인문학으로 광고하다》라는 책의 저자로 널리 알려진 광고쟁이이다. 그 누구보다도 창의적이고 예민해야 하는 광고쟁이인 자신을 도와준 것은 바로 책이었다고 한다. 그 떨리는 행복감을 사람들과 공유하고 싶어서 '경기 창조학교' 프로그램의 일환으로 진행된 독서 강독회의 기록을 정리했다. 따라서 이 책의 주인공은, 지은이 자신이 아니라 지은이를 뒤흔든 또 다른 책의 지은이들이다. 어느 날 문득 지은이를 눈멀게 했던 판화가 이철수, 우리나라의 스테디셀러 《광장》의 저자 최인훈, 순수한 창의성이 샘물처럼 솟아나는 아이들의 글을 실은 이오덕 선생님 등을 소개하며 '진짜 풍요'가 무엇인지, 그리고 '시청'과 '견문'은 어떤 차이가 있는지 알고 실천하자고 손을 내밀어 자기를 전율케 했던 저자들의 세계로 이끌어 간다.

그가 소개하는 톨스토이의 《안나카레니나》, 법정 스님의 《살아있는 것은 다 행복해라》, 손철주의 《그림, 아는 만큼 보인다》, 오주석의 《그림 속에서 노닐다》를 따라 읽어 가자니 무디어진 감수성을 뚫고 생의 싱싱한 안테나가 하나 서는 것 같다. 니코스 카찬차키스와 알베르 카뮈, 앙드레 지드, 장 그르니에, 낯설지 않은 지중해 주변 작가들의 이름들, 지중해의 찬란한 햇살과 그 속에서 즐겁고 아프게 스러져 가는 생의 이야기를 짚어 내는 감동의 문장들, 그곳에 한번 가보고 싶다.

지은이는 다독보다는 보다 깊이 있는 독서를 시종 권하고 있다. 행복하게도 이번 겨울에 배낭을 메고 지중해 주변을 여행할 기회를 얻었다. 시간을 쪼개어 책들을 읽고 떠나, 내 생의 여행 가방을 촉촉이 채우고 오려 한다.

| 류지남

책을 너무 많이 읽어선 안 된다

《사라시나 일기》라는 책의 첫 부분
엔 이런 이야기가 나온다고 한다. 옛날에 일본의 무사시 국에 살던
한 남자가 도읍으로 끌려가 궁중을 경비하는 초소에 근무하게 되었는
데, 어전 마당을 쓸다가 한탄하면서 이렇게 중얼거렸다.

어찌 이런 시련을 당한단 말이냐.
우리 고향에 일곱 동이, 세 동이 담가 놓은 술 항아리에 띄워 놓은
호리병박 구자,
남풍 불면 북쪽으로 너울거리고,
북풍 불면 남쪽으로 너울거리고,
서풍 불면 동쪽으로 너울거리고,
동풍 불면 서쪽으로 너울거리는데 보지도 못하고
여기 이렇게 있을 줄이야.

우연히 그 말을 들은 공주는 그 남자가 중얼거린 고향 정경의 뭐라
말할 수 없는 자유로움에 이끌려, 남자에게 자신을 데리고 무사시 국
으로 도망가 달라고 한다. 그 다음에 이어지는 건, 두 남녀의 자유분
방한 도망 이야기.

천천히 읽겠다고 다시 생각한다. 글쓴이와 더불어 닷새 혹은 열흘간 집을 비우는 기분으로, 문장의 깊은 맛을 느끼는 행복감 속에서 천천히, 이러한 책 읽기에서 비롯되는 호흡이 삶의 호흡이 되기를 바라면서 더욱 천천히.

처음엔 남자의 한탄이 공주를 송두리째 사로잡을 만큼의 그림이 되는가 싶었다. 술 항아리에 호리병박이 바람에 이리저리 흔들리는 모습이 한가롭고 고즈넉하지 않은 것은 아니지만, 그러다가 아하, 감탄이 흘러나왔다. '일곱 동이, 세 동이 담가 놓은 술 항아리에 띄워 놓은 호리병박 국자' 그러니까 술 항아리에서 흔들리는 호리병박 국자는 한 개가 아니라 여러 개였던 것이다. 남풍이 불면 그 많은 국자들이 술 위에서 나란히 북쪽으로 너울거리고 북풍이 불면 역시 모든 국자가 술 위에서 나란히 남쪽으로 너울거린다. 그 풍경을 떠올리자 평범한 문장들이 음악처럼 들려왔다. 남자의 그리움에 공주처럼 감응하지 못한 건, 책을 휙 읽어 내려가느라 한 개의 국자만 떠올렸기 때문이었다. 한 개와 여러 개, 그 풍경이 빚어내는 느낌의 차이, 얼마나 큰 것인가? 일곱 동이, 세 동이 술 항아리 위에서 남쪽으로 북쪽으로 동쪽으로 서쪽으로 너울거리는 호리병박 국자의 리듬과 산들거리는 바람과 넉넉하고 여유로운 서정, 고요한 자유가 그림처럼 다가온다. 책은 왜 천천히 읽어야 하는지 이 이야기 하나만 가지고도 충분히 알겠다.

글쓴이 야마무라 오사무는 다독, 속독 같은 괴상한 말을 아주 싫어한다. 충분할 만큼 천천히 읽기를 권한다. 동화 작가 권정생 선생님도 아이들이 책을 너무 많이 읽어선 안 된다고 하셨다. 한 달에 서른 권의 책을 읽는 아이들을 염려하셨다. 한 달에 서른 권을 읽었다는 것은 한 권도 읽지 않았다는 말과 같은 것이다. '빨리, 많이' 그건 요즘 우리 삶의 방식을 표현하는 말일 텐데 그렇게 많은 일들을 빨리빨리 해치우느라, 될 수 있는 한 빨리 많은 이득을 얻어 내느라 우리 삶이 놓치고 버린 근원의 아름다움, 태초의 질서, 깊은 지혜, 원시의 생명력, 그것들을 우리는 다시 회복하기 어려울 것이다.

천천히 읽겠다고 다시 생각한다. 글쓴이와 더불어 닷새 혹은 열흘 간 집을 비우는 기분으로앙드레 지드, 문장의 깊은 맛을 느끼는 행복감 속에서 천천히, 이러한 책 읽기에서 비롯되는 호흡이 삶의 호흡이 되기를 바라면서 더욱 천천히. | 최은숙

052 조정래 지음 허수아비 춤
돈에 환장한 인간들의 작태

　　　　　　　　　겨울밤이 참 길다. 초저녁잠이 많은 내가 한숨 자고 나면 12시다. 그때부터 잠은 안 오고 심심해서 사과 한 개 깎아 먹는다. 영화 채널 이리저리 돌리다 다시 잠을 청하나 잠은 오지 않는다. 이런저런 잡념만 어지럽게 일어난다. 이럴 때 흥미진진한 책 한 권 손에 든다면 밤 가는 줄 모르고 독서삼매에 빠져들겠지.

　불면증 환자들의 겨울밤 나기에 좋은 명약 중 명약을 소개하고자 한다. 《태백산맥》, 《아리랑》, 《한강》으로 유명한 작가 조정래 씨가 펴낸 장편 소설 《허수아비 춤》을 읽어 보기 바란다. 흥미진진해서 중간에 내려놓는 일 없이 단숨에 읽어 버릴 것이다.

　"오늘의 우리 사회는 우리의 자화상이다. 그 모습이 추하든 아름답든 그건 피할 수 없는 우리의 자화상이다. 그 자화상을 똑바로 보길 게을리할수록 피할수록 우리의 비극은 더 길어질 수밖에 없다. 이런 소설을 쓸 필요가 없는 세상을 소망하면서 이번 소설을 썼다. 불의를 비판하지 않으면 지식인일 수 없고, 불의에 저항하지 않으면 작가일 수 없다. 이는 노신魯迅의 말이다. 나랏일을 걱정하지 않으면 글이 아니요. 어지러운 시국을 가슴 아파하지 않으면 글이 아니요, 옳은 것을 찬양하고 악한 것을 미워하지 않으면 글이 아니다. 이는 정약용의 말이다."

오늘의 우리 사회는 우리의 자화상이다. 그 모습이 추하든 아름답든 그건 피할 수 없는 우리의 자화상이다. 그 자화상을 똑바로 보길 게을리 할수록 피할수록 우리의 비극은 더 길어질 수밖에 없다.

　작가의 말이다. 이 소설에서 다루는 작가의 중심 생각은 경제에도 민주화가 필요하다는 것이다. 이 땅의 모든 기업이 투명한 경영을 하고, 그에 따른 세금을 양심적으로 내고, 그리하여 소비자로서 줄기차게 기업들을 키워 온 우리 모두에게 그 혜택이 고루 퍼지고, 또한 튼튼한 복지 사회가 구축되어 우리나라가 사람이 진정 사람답게 사는 세상이 되는 것, 그것이 바로 경제 민주화라는 것이다.

이 소설은 모 재벌 기업의 비자금 조성 과정을 소설화한 것이다. 비자금 조성이 엄연히 불법이고 큰 죄인데도 솜방망이 처벌로 흐지부지되어 버리는 이유를 알았다. 다음은 소설 내용 중 생각이 제대로 박힌 양심 있는 교수가 신문에 기고한 칼럼의 내용이다.

"비자금, 쉽게 말해 기업들이 온갖 탈법, 위법, 범법을 저질러 뒤로 빼돌려 감춘 돈이다. 몇 년 전 태봉 그룹 사건이 터졌을 때, 그들이 매년 1조씩의 비자금을 조성했다는 것이 밝혀졌다. 그들은 그 탈세한 검은돈을 이 나라의 모든 권력 기관에다 뿌렸다. 정치인, 법조인, 정부 관료들은 물론이고, 언론인, 학자들까지도 그 돈을 받아먹었다. 그러나 놀라지 마라. 재벌을 감시 감독해야 하는 검찰, 국세청, 공정위, 금융 감독 기관도 모두 그 돈을 달게 먹었다. 이 사태는 무엇을 말하는가. 국가의 모든 권력이 재벌의 손아귀에 들어가 좌지우지되고 있다는 것을 뜻한다. 그러니 아무리 큰 죄를 저질러도 무죄가 될 수밖에. 이제 우리는 경제 민주화를 이룩해야 할 시점에 와 있다. 그 경제 민주화가 바로 모든 재벌이 그 어떤 불법 행위도 저지르지 못하도록 막는 것이다. 그것은 바로 소비자로서 우리가 모두 가지고 있는 권한인 '불매'다. 우리가 모두 힘을 합쳐 경제 범죄를 저지른 기업의 상품을 사지 않는 불매 운동을 적극적으로 벌이는 것이다. 그 막강한 소비자의 힘에 대항할 기업은 이 세상에 단 하나도 없다. 그

굴복으로 마침내 기업들은 투명 경영을 하게 되고, 세금도 올바로 내게 된다. 그때에 비로소 '기업들이 잘 되어야 우리도 잘 살 수 있다.'는 말이 성립하게 된다."

이 대목에서 경제 민주화를 위해 소비자로서 내가 해야 할 바를 깨달았다. 매일 신문, 방송, 인터넷에서 접하던 재벌들 세계의 감춰진 '진실'을 풍자와 속담을 활용하여 파노라마처럼 엮어 냈다. 특히 속담을 많이 활용하여 흥미진진하고, 어휘를 늘리는 데도 좋은 작품이다.

| 이기자

칠십 평생 성실한 기록자로 살아온 작가의 지혜

4월에 눈보라가 쳐도 봄이 안 올 거라고 불안해할 필요가 없다. 변덕도 자연 질서의 일부일 뿐 원칙을 깨는 법이 없다. 우리가 죽는 날까지 배우는 마음을 놓지 말아야 할 것은 사물과 인간의 일을 자연 질서대로 지킬 수 있는 방법에 대해서가 아닐까?

한강이 내려다보이는 구리의 아차산 자락에서 작가는 농부의 마음으로 꽃을 가꾼다. 출석을 부르듯 꽃들의 이름을 차례로 부르면서 꽃들에게 다정히 말을 건넨다. 여유롭게 건네 오는 풀 이야기, 꽃 이야기를 들으니 나까지 평화롭고 여유 있게 책에 빠져들게 된다. 정원에서 꽃을 가꾸며 작가가 손수 받아 책초판 속에 동봉한 꽃씨에서 느껴지는 따스함, 여느 노인에게서 쉽게 만날 수 없는 평화가 느껴진다. 작가는 말한다.

"70년은 끔찍하게 긴 세월이다. 그러나 건져 올릴 수 있는 장면이 고작 반나절 동안에 대여섯 번도 더 연속 상영하고도 남아도는 분량밖에 안 되다니, 눈물이 날 것 같은 허망감을 시냇물 소리가 다독거려 준다. 다행히 집 앞으로 시냇물이 흐르고 있다. 요새 같은 장마철엔 제법 콸콸 소리를 내고 흐르지만 보통 때는 귀 기울여야 그 졸졸졸 소리를 들을 수 있다. 그 물소리는 마치 '다 지나간다.', '모든 건 다 지나가게 돼 있다.'라고 속삭이는 것처럼 들린다. 그 무심한 듯 명랑한 속삭임은 어떤 종교의 경전이나 성직자의 설교보다도 더 깊은 위안과 평화를 준다."

연륜의 아름다움이 이런 것일까? 지극한 깨달음에 도달한 이의 모습이 떠오른다. 77세의 고령에도 때때로 지인들과 어울려 여행을 떠나는 작가의 마음은 여전히 젊다. 비록 인력거꾼의 들것에 실려 황산을 오르고 내렸지만 그러면 어떠랴. 떨치고 나서는 모습에서 젊은이 같은 의연함이 엿보인다. 작가가 전철 안에서 만난 아이와 이야기를 나누는 모습도 한없이 정겹다.

"할머니 손엔 왜 이렇게 주름이 많아?"

"넌 내가 할머니인 걸 어떻게 알았어?"

"이렇게 주름이 많으니까."

"그래 맞았어. 오래 살면 남들이 할머니라는 걸 알아보라고 주름이 생긴 거야, 아줌마나 언니들하고 헷갈리지 말라고."

아이는 고개를 끄덕이고 그다음에는 핏줄에 대해 묻는다.

"이건 핏줄인데 네 몸에도 있지만 예쁜 속살 속에 숨어서 안 보이는 거야. 주사 맞을 때나 필요한 건데 아이들은 주사 맞기 싫어하잖아. 그래서 꼭꼭 숨어 있는데 늙으면 주사 맞을 일도 자주 생기고, 주사 맞는 걸 좋아하니까 자꾸 겉으로 나오나 봐."

손에 낀 반지에 대한 아이의 호기심에 반지를 한 번 아이 손에 끼워 주려는데 느닷없이 아이 엄마가 아이 팔을 거칠게 낚아채더니 자리를 박차고 일어선다. 정거장도 아닌데 출입문 쪽으로 아이를 끌고 가면서 중얼거린다.

"보자보자 하니 나잇살이나 먹어가지고……."

무례와 황당을 경험한 작가는 말한다.

"오늘의 주역인 삼·사십 대의 본데없음과 상상력 결핍은 우리가 저들을 어떻게 길렀기에 저 모양이 되었나, 죄책감마저 들게 한다. 상상력은 남에 대한 배려, 존중, 친절, 겸손 등 우리가 남에게 바라는 심성의 원천이다. 그리해 좋은 상상력은 길바닥의 걸인도 함부로 능멸할 수 없게 한다."

글을 쓰는 일은 진액을 빼는 일이라 마음씨 좋은 고로쇠나무처럼 불쌍하고 추한 말년이 되지 않을까 걱정하며 딸에게 보내는 편지 한 통.

"엄마가 늙어 살짝 노망이 든 후에도 알량한 명예욕을 버리지 못하

고 괴발개발 되지 않는 글을 쓰고 싶어 한다면 그건 사회적인 노망이
될 테니 그 지경까지 가지 않도록 미리 네가 모질게 제재해 주기를 바
란다. 엄마가 말년을 깔끔하게 정리할 수 있도록 도와다오."

　그렇게 맺은 마지막 장을 넘기며 우리 곁을 떠난 작가의 얼굴을 떠
올려 본다. 글쓰기를 고민하는 나에게 마흔이 넘은 나이에 늦깎이로
소설을 시작했던 자신의 이야기를 들려주며

　"당신도 쓸 수 있어요." 하고 환하게 웃는 것 같다.

| 안병연

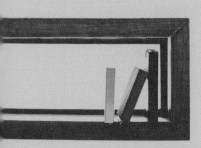

054 공존과 연대로서의 자존심 055 영화보다 흥미로운 역사 이야기 056 농민에게 용기와 위로를 057 삶을 온전하게 끌어안은 사람들 058 함께 잘 살 수 없을까? 059 두부 좋아하는 당신, '라운드업 레디'를 아십니까? 060 빼앗긴 문화재 되찾기 운동 5년 061 모든 삶은 기록된다 062 아직도 못 이룬 나의 꿈, 밤무대 가수 063 배부른 소 떼와 굶주린 사람들 064 땅과 사람에게 답이 있다 065 어제에서 오늘을 배운다 066 18세기 조선의 문화 투쟁 067 역사에 대한 성찰, 나에 대한 성찰 068 인권 감수성의 현주소를 말하다 069 우리의 여행은 괜찮은 걸까?

5

사회·역사,
걸어온 길, 함께 걸어갈 길

공존과 연대로서의 자존심

내가 초등학교 다닐 때는 50명이 넘는 학생들이 같은 교실에서 수업을 받았다. 선생님의 권위도 대단했다. 철없던 어린 학생은 선생님께 칭찬도 듣고 싶었지만, 외모와 배경에서 밀렸다. 우리 반엔 얼굴 예쁘고 집안 넉넉하며 공부도 제법 하는 여학생이 세 명 정도 있었던 것 같다. 선생님은 늘 세 명에게만 책 읽을 기회를 줬다. 다른 학생 모두 불만이었지만, 절대적인 권력의 위엄에 눌려 뒤에서 투덜거릴 뿐이었다. 어느 날그날도 선생님은 습관처럼 그들의 이름을 부르며 책을 읽으라고 했다. 용감한 여학생이 손을 번쩍 들고 말했다.

"선생님, 왜 쟤네들만 시키나요? 저희도 책 읽을 수 있어요."

용기와 불만으로 가득 찬 큰 목소리로 선생님께 반항했다.

"니들이 수업 태도가 좋으면 왜 안 시키겠느냐! 왜, 너도 읽고 싶으냐? 그럼 한번 읽어 봐라."

한참 고민하던 여학생은 벌떡 일어나 책을 읽었다. "그만." 하는 선생님의 지시도 듣지 않았다. 읽고 싶은 만큼 읽고 책을 탁 덮었다. 짧은 순간 "우아." 하는 친구들의 지지가 들렸지만, 후환이 두려웠던 여학생은 귀가 먹고 눈이 아득해지는 것 같았다. 이후 선생님은 다른 아이들에게도 책 읽을 기회를 주는 등 조금 변했다.

인간으로서의 '나'를 상실하고 사는 자본주의 사회에서 자신을 배려하고 존중한다는 것이 무엇인지, 진정한 자존심의 유지와 공존에 관한 색깔 있는 이야기를 들었다.

책을 읽으면서 떠오른 내 어린 시절의 일부이다. 자존심은 '일반적으로 남에게 간섭을 받지 않으면서 남에게 받아들여지고, 자기를 높이 평가하려는 감정 또는 태도'라고 풀이돼 있지만, 대개는 단순히

'자기를 존중하는 마음' 정도로 알고 있을 것이다. 자존심은 나를 남들보다 돋보이게 하고 어떤 측면에서든 우위에 설 수 있게 하는 힘이며 다른 사람에게 굽히지 않아도 되는 능력을 갖추는 것이라고 나는 해석하고 있었다.

이 책은 자존심에 대한 나의 편협한 생각을 시원하게 확장해 주었다. 다양한 삶의 영역에서, 다면적인 인간관계에서, 자존심의 진정한 의미를 때론 나를 중심으로 좁게, 때론 우리를 중심으로 넓게 보여 준 렌즈 같았다.

진중권 교수의 〈자존심의 존재미학〉은 나의 개인적 자존심을 어떻게 세워야 할지에 관한 해답을 찾을 수 있도록 돕는다. 자존심은 자신에 대한 배려이며 인정이라고 했다. 자기에 대한 존중을 끝까지 지키기 위해서는 보헤미안처럼 사회생활을 포기하는 상태에 이를 수도 있다는 이야기를 읽고, 조직 속에서 방직 공장의 실타래처럼 얽혀 돌아가는 나와 다양한 관계 속에 얽혀 있는 나의 자존심을 생각해 보았다.

정태인 교수의 〈한미 FTA와 마지막 자존심〉을 읽으면서 '나는 죽은 사람처럼 살았구나.' 하는 생각이 가슴을 무겁게 짓눌렀다. 국가와 국가의 관계는 당연히 그 나라의 모든 국민이 연관된 일인데 왜 나는 상관이 없다고 생각했을까? 행동으로 실천은 못 하더라도 타인의 행동을 이해는 하고 있어야 했는데, 최소한의 자존심도 없었던 나를 발견한 순간의 부끄러움을 어떻게 표현해야 할까?

정희진 교수의 〈누구의 자존심? 자존심의 경합〉을 읽으면서는 내

내 무릎을 쳤다. 오감을 통해 체험하는 매 순간의 느낌이 살아 있는 멋진 이야기에 속이 뻥 뚫렸다. 자존심은 절대 독립적으로 존재하지 않고 맥락 속에서만 존재하는 관계의 말이며, 권력은 누구한테 영향력을 행사하는 게 아니라 공동체에 대한 책임을 공유하는 것이라고 말했다. 평소 반박하고 싶은 논리가 있어도 얕은 지식으로 늘 전전긍긍하던 때가 많았는데 가려운 데를 쏙쏙 골라 논리적으로 긁어 주는 시원한 말들을 머릿속에 새기고 또 새겼다.

초등학교 시절 무서움을 무릅쓰고 담임 선생님께 내 생각을 말할 수 있었던 것은 아마도 그 시절 나의 자존심을 지키기 위한 최대한의 용기였던 것 같다. 그 후 친구들도 책을 읽을 기회를 얻을 수 있었으니까 말이다. 그 시간 이후 퇴색한 나의 자존심을 이제는 되찾아야 한다는 내 안의 또 다른 목소리가 점점 커지고 있다.

| 김흔정

영화보다 흥미로운 역사 이야기

옛날이야기는 지금도 되풀이되고 있으며 슬프게도 역사는 퇴보하기도 한다. 수많은 종족이 모여 사는 이 지구에서 잘 산다는 것은 무엇일까? 우리의 미래는 우리가 서로 관용과 용서를 배워 나가는 것으로서 희망이 있다.

'어떻게 이렇게 재미있을 수가 있지?'《곰브리치 세계사》를 읽는 동안 따라다닌 생각이다. 《곰브리치 세계사》는 실제로 일어났던 사건들이 꾸며 낸 이야기보다 훨씬 더 신비롭고 감동적일 수 있음을 보여 주는 드문 역사서이다. 아마도 작가인 곰브리치 그 자신이 어린아이와 같은 호기심과 흥미를 느끼고 가슴을 두근거리며 역사를 이해했기 때문이 아닐까, 조심스러운 진단을 해 본다. 그래서 독자로 하여금 그 역사 속의 주인공으로 빠져들게 만드는 묘한 마력을 지닐 수 있었으리라. 마치 고대 피라미드를 지은 이집트 인 이야기 속에서 독자는 스스로 피라미드를 짓던 힘겨운 노예가 된 듯한 착각에도 빠지고 태양신의 아들 파라오가 되어 그 장엄한 건축을 지휘하고 있는 듯한 상상을 하기도 한다.

《곰브리치 세계사》를 읽고 있으면 '월화수목금토일'을 만들어 낸 메소포타미아 문명에 짜릿한 외경심이 들고, 페니키아 인들의 지혜의 결실인 알파벳이 무척이나 고맙게 느껴진다. 아테네와 스파르타로 대표되는 그리스 문화와 그 뒤를 이은 로마, 게르만 족의 대이동으로 막을 내린 고대 문명사의 빛나는 인물들의 이야기는 마치 한편의 영화를 보는 것 같다. '가장 품위 있는 자'를 자신의 후계자로 삼고 싶어 했던, 젊고 멋진 '알렉산더 대왕' 이야기나 훈족의 왕 '아틸라'와 '레오 교황'의 만남 등은 최고의 흥행 기록을 세운 어떤 영화보다 감동을 준다. 편견이나 오해로 잘못 알고 있던 역사적 사실들도 지적 호기심을 한층 자극한다. 애초에 아리스토텔레스의 사상이 아랍 어로 되어 있었으며 십자군 전쟁이 아리스토텔레스의 사상을 라틴 어로 번역하는 계기가 되었다는 사실 등이 그러하다. 또한 단편적으로 알고 있던 역사적 사건 속에 숨어 있는 또 다른 진실들은 역사를 보는 새로운 시각에 눈뜨게 한다. 중국이 나침반과 제지 기술, 화약 제조 기술 등을 서

방 세계에 전한 뛰어난 과학 기술을 지닌 나라였다는 것과 그에 대한 중국 황제의 자부심, 중국의 문화가 유럽으로 전달되는 과정에서 아랍 상인들의 역할 등을 재해석하게 되는 것이다. 사실 곰브리치의 세계사는 전 세계를 아우른 역사서라기보다는 1,800년 이전까지의 유럽사에 가깝다는 아쉬움이 있다. 그럼에도 불구하고 그의 놀랍도록 해박한 지식과 통찰력은 독자로 하여금 역사에 대한 인식과 안목을 새롭게 갖출 수 있도록 도와줌에 부족함이 없어 보인다.

시간이라는 역사의 강물에서 강물이 가까이 올수록 더 급물살처럼 느껴진다는 곰브리치의 말처럼 크리스트교를 제외하고 말할 수 없는 중세는 좀 더 빠르고 격동적으로 느껴진다. 오직 신만을 위한 삶의 방식을 고집했던 중세 문화는 초기 크리스트교도들의 열매로 베네딕트 수녀회의 탄생을 비롯해 게르만 족을 크리스트교도로 만들며 아랍인들의 이슬람교 탄생의 모태가 되기도 한다. 그러나 극단으로 치닫게 되면 반동이 있는 법, 황제와 교황의 세력 다툼과 십자군 전쟁은 "역사는 되풀이된다."는 말처럼 고대 정신이 소생된 르네상스를 태동시키면서 아메리카 대륙의 발견, 마틴 루터의 종교 개혁, 계몽사상 등을 쏟아 낸다.

계몽사상은 경제적·사회적 불평등을 타파하고 인간의 삶을 좀 더 가치 있게 창조하고자 하는 노력이었지만, 역사 역시 좌충우돌을 하는 것일까? 프랑스 대혁명에 이은 기계의 발명은 인간을 신과 공동체, 땅으로부터 분리해 개인과 자본, 새로운 경쟁이라는 또 다른 급물살에 휘말리게 한다. 산업 혁명은 인간 고유의 가치를 상실하게 하고 인간을 노동력으로만 판단하게 하였으며, 물질을 더 많이 획득하고자 하는 강대국의 경쟁 아래 세계는 분할되고 약소국은 식민지국으로 전락했다.

곰브리치는 제2차 세계 대전까지를 실제로 겪었음에도 제1차 세계 대전까지만 서술하고 있다. 왜 제2차 세계 대전을 저술하지 않았을까? 아마도 그가 역사를 서술하는 사람으로서 충분한 검증 없이 제1차 세계 대전 당시 윌슨 대통령이 제안했던 평화 제안을 뉴스와 주변의 믿음대로 기록했던 실수 때문이었으리라. 역사는 충분한 검증과 함께, 한 국가의 국민으로서나 개인으로서 기록해서도 안 되고 주변의 선동이나 배척에 휩쓸려서도 안 된다. 만약 제2차 세계 대전 이후의 세계사를 쓴다면 곰브리치는 무엇을 말하고 싶을까? 현대의 자본주의와 신자유주의 속에서 지구인 모두를 먹일 수 있는 식량이 생산되고 있는데도 5초에 한 명씩 사람이 굶어 죽고, 지구인 절반 이상이 극심한 가난에 시달리고 있다는 사실에 대해서 말이다. 또한, 종교라는 이름으로 정당화되는 살인과 전쟁이 끊이지 않는 현실을 어떻게 설명할까?

온고지신溫故知新이라는 말이 새삼 뜻깊게 다가온다. 먼 옛날이야기는 지금도 되풀이되고 있으며 슬프게도 역사는 퇴보하기도 한다. 수많은 종족이 모여 사는 이 지구에서 잘 산다는 것은 무엇일까? 곰브리치는 말한다. 우리의 미래는 우리가 서로 관용과 용서를 배워나가는 것으로서 희망이 있다고.

| 이현주

농민에게 용기와 위로를

'좋은 삶'이란 '관계'이다. 우리의 부모님들이 시골에서 어렵게 생활했지만, 자식들을 훌륭하게 키웠던 것은 마을이라는 공동체가 살아 있었기 때문이다. 공동체의 상부상조적인 관계망 덕이었다.

사실, 《녹색평론》을 받으면 대충 읽고 한쪽 구석에 두는 일이 자주 있다. 한마디로 성실한 구독자는 못 된다. 그런데도 이 책을 이야기하는 것은 발행인인 김종철 선생의 농촌에 대한 애정과 관심, 인간적 삶의 가르침 때문이다.

"외로운 사람, 예민한 사람, 세상이 맞지 않아서 괴로워하는 사람, 세상이 너무 미쳐 돌아가니까 이걸 혼자 힘으로 어찌할 도리도 없고 늘 고민 중에 빠진 그런 사람이 사실 많습니다. 흩어져 있어서 그렇지 그런 분들이 《녹색평론》이라도 있으면 아, 비슷한 생각을 하는 사람들이 있구나 하고 위로를 받잖아요. 특히 농민, 우리나라 농민들, 참 말도 안 되는 대우를 받고 살아왔죠. 이게 어제오늘 일도 아닙니다. 100년이 넘죠. 이런 농민에게 용기와 위로를 줄 수 있는 그런 잡지를 만들어 봐야겠다는 생각을 옛날부터 해 왔지요."

김종철 선생의 말씀이다. 이 글을 읽으니 문득 교회에 와 있다는 착각이 들어 어렴풋이 생각나는 찬송가 한 대목을 흥얼거려 본다.

"마음이 괴롭고 가슴이 무너질 때 누군가 널 위해 기도하리."

우리의 부모님들이 시골에서 어렵게 생활했지만, 자식들을 훌륭하게 키웠던 것은 마을이라는 공동체가 살아 있었기 때문이다. 공동체의 상부상조적인 관계망 덕이었다. 요즘처럼 경제적으로 힘들고 살기 어려운 때 공생의 관계가 주는 에너지가 없다는 것은 불행한 일이다. 《녹색평론》은 결국 '좋은 삶'이란 '관계'라는 말을 하고 있다.

우리나라 인구의 6.8%가 농민인데, 거의 고령자이기 때문에 10~20년 안에 농촌 인구는 자연 소멸할 가능성이 크다. 김종철 선생은 이것이 전쟁보다 더 큰 재앙이라고 한다. 세계의 식량 위기에 대비해 농촌의 마을 공동체를 살리는 길을 찾는 것보다 중요한 일이 없다. 젊은 사람들은 자신의 행복을 위하여 사상을 가지고 농촌으로 들어가고, 부모들은 자녀가 어렸을 때부터 손에 흙을 묻혀 가면서 식물을 키우게 하며, 농촌에 다녀오도록 권장해야 한다.

《녹색평론》은 인간적인 삶에 관련된 일들을 진지하게 다루고 있다. 에세이, 시, 소설, 서평, 독자 소리와 전국 각 지역의 '녹색평론 독자모임' 안내로 구성되어 있고, '녹색평론사'에서 발간되는 책들도 소개되고 있다. 참으로 좋은 책들이다.

4년 전, 《당신을 살리는 기적의 자연치유》의 저자 이태근 씨전북 지역 독자 모임을 하고 있음를 만나 임실 구수골 그의 집에서 일주일간 함께 생활한 것이 지금도 내 삶에 도움을 주고 있는데, 그것도 《녹색평론》의 '소식란'이 이어 준 인연이었다.

천안에서 근무할 때 한 선생님이 《녹색평론》을 소개하면서 짧게 한 마디 했다.

"선생님께 도움이 될 거예요."

그 말을 듣고 나서 별생각 없이 후원 회원으로 구독 신청을 하고, 게으른 독자 생활도 5년이 되었는데 지나고 보니 《녹색평론》을 읽는 보람으로 아주 적절한 말이었다. 이제 내가 독자들에게 소개해 올릴 차례가 되었다.

"살아가시는 데 도움이 될 거예요."

| 박태원

삶을 온전하게 끌어안은 사람들

사춘기 시절 자주 듣던 어머니의 대사,

"내 살아온 이야기를 쓰자면 책 열 권은 될 거인디."

글재주가 없어 쓰지 못하는 것이 한스러울 뿐 내 삶은 드라마 이상의 이야기라는 것이다. 그런 분들의 작업을 대신 했구나, 하고 읽다가 그저 남의 이야기를 대신 옮긴 것이 아니라는 걸 알았다. 남의 이야기는 남의 이야기일 뿐, 내 어머니의 이야기일지라도 내가 함께 겪어 낸 것이라야 가슴이 공명하는 것인데 이 책의 작가는 읽는 이로 하여금 자기가 엮어 낸 주인공들의 삶 속에 들어가게 하고 그들의 역사를 공유하게 만들었다.

반찬 공장 심정희 씨는 남녘 하늘을 보면서 아들의 만수무강을 기도했다는 시어머니 이야기를 담담히 꺼낸다. 그녀는 북쪽에 두고 온 가족을 평생 그리워하던 남편과의 삶에 더 이상의 욕심을 부리지 않았다. 견디고 일하고 기도하는 삶으로 승화시켰다. 형편이 어려운 친정 동생들과 북녘 하늘을 바라보며 사는 남편을 모두 품고 살았던 심정희 씨의 모습과 우리 시어머니의 모습이 겹쳐진다. 시집온 내게 시어머니는 시아버지의 이야기를 들려주었다. 평북 정주가 고향인 시아버지는 1·4 후퇴 때 남으로 피난 오셨다. 당시 시할머니께서는 홀로 피난을 가는 스무 살 총각 아들에게 "내가 언제 너를 다시 볼까."

장미는 장미고 엉겅퀴는 엉겅퀴인 것처럼 저마다 저 이외의 다른 존재가 될 수 없지만, 다른 존재의 속으로 들어갈 수 있는 유일한 존재도 인간이다.

하시며 환갑 생일상을 차려 주셨다고 한다. 시아버지는 돌아가실 때까지 이미 환갑 생일까지 다 챙겼다며 생일상을 차리지 못하게 하셨고 명절마다 "갈 수 있는 사람은 가야지." 하고 다른 분들의 당직을 맡아 하셨다고 했다.

콩 튀듯 팥 튀듯 살았다는 농사꾼 김낙희 씨는 전쟁 중의 부상으로 평생 몸이 아팠던 탓이기도 했으나 워낙 품성이 느긋했던 남편과의 삶을 물소리 마냥 낭랑하게 들려 준다. 수돗가에서 시금치를 씻다가 휭하니 장작을 들고 아궁이로, 나물 다듬다, 솥뚜껑 열어 보다 하는 그이의 모습이 육 남매를 키워 내면서 해야 했던 농사일이 그러했거니 짐작하게 한다. 김낙희 씨는 뇌경색으로 세상과 이별할 때조차 평소 그이의 성품대로였다고 자녀는 추억한다. 먼지 하나 없이 정갈했던 집이나 한 겹 한 겹 삼베 수의에 싸이는 그이의 모습이 휘영청 달 밝은 마루에서 베틀 앞에 앉아 짜시던 삼베 자락 같았단다.

절대적인 선에 가까이 다가가고자 자신을 위해서는 최소한의 예의조차 갖추지 못하는 삶을 산다는 것은 선택일까? 운명일까? 강요한 사람도 없고 그런 환경에서 태어난 것도 아니었던 노동 운동가 최명아 씨는 '몸은 곤했으나 내 노고만큼 누군가를 행복하게 해 준 적이 과연 있기나 했을까? 내가 한 줄기 바람이었다면 단 몇 잎의 풀이라도 가볍게 매만져 주었는가? 아, 내가 한 방울의 물이었다면 다만 얼마의 땅이라도 적시긴 했는가?' 끝없이 자신에게 물었던 사람이다. 그녀는 서른일곱, 너무 이른 나이에 뇌출혈로 세상을 떠난다. 그녀에게 노동은 신성한 것이었고 노동자의 삶을 언제나 자신과 가족의 삶보다 앞에 두었다. 끝없는 고독과 맞서야 했던 그녀에게 작가는 위로를 건넨다. 채 가지 못했더라도 간 만큼 남는다고, 사라지는 것은 없다고.

작가가 만난 사람들은 고생하는 것이 아니라 그냥 사는 것이라고 말한다. 그들은 자신을 사랑한다. 머리로 까불지 않고 아는 대로 살기 때문에 자유롭다. 최소한 흘러온 100년과 앞으로 펼쳐질 100년의 고리를 이어 주는 삶을 사는 게 예의라고 한다. 사람이니까 사람 속에서 굴러가겠다고, 살아온 만큼 사람들을 이해할 수 있어서 좋고, 내가 내 물 깊이를 알아서 좋다고 한다. 그들은 참 많이 울었다. 남눈치 볼 것 없는 찌질이라고 자신을 평하면서도 누군가를 위해 진짜 지식인이 되고자 노력하고 캄캄한 길을 헤매고 있는 사람들한테 쥐꼬리만 한 빛이라도 비춰 주고 싶어 했다. 기술자이기보다 장인으로서 정성으로 마음을 모으고 살려고 했다.

그래서 작가는 다시 생각한다. 장미는 장미고 엉겅퀴는 엉겅퀴인 것처럼 저마다 저 이외의 다른 존재가 될 수 없지만, 다른 존재의 속으로 들어갈 수 있는 유일한 존재도 인간일 것이라고.

단 한 개의 활자도 놓치거나 소홀히 하면 안 될 것 같은 마음으로 책을 차마 덮지 못하고 다시 구석구석 살펴본다. 어찌할 수 없는 사회의 구조적 폭력 상황 속에서도 이렇게 용감하게, 진솔하게, 따뜻하게 세상을 살아 낸 분들에 대한 감사함 때문이다. 나를 응시하며 대상을 응시하며 숨 쉬고 있다는 것을 느끼면서 살자고, 그렇게 세상을 만들어야 하지 않겠느냐는 작가의 조용한 목소리에 크게 고개를 끄덕여 본다.

| 이현주

함께 잘 살 수 없을까?

우리 마을 사람들과 함께 생태 농업을 일구고, 공동 요양원을 세우고, 살맛 나는 마을 공동체를 이루는 것이 나의 꿈이다.

내가 사는 곳은 칠갑산 자락에 있는 작은 산마을이다. 40여 가구에 100명 안쪽의 사람들이 얼기설기 어울려 산다. 65세 이상 나이 드신 분이 훨씬 더 많은 고령화 마을이라서 오십 줄에 선 내가 막내뻘이다. 홀로 사는 분들도 많고, 이 고랑에서 태어나 평생 논밭에서 늙으신 분들이 대다수이다. 해 뜨기 무섭게 논밭으로 나가 허리 휘도록 일하다 밤이 늦어서야 집으로 돌아온다. 나이 팔십이 넘어도 농사일을 놓지 못하는데 그렇다고 해서 살림이 펴지는 것도 아니다. 그럭저럭 입에 풀칠하며 산다. 고추 농사가 주작물인데 산이 많고 땅이 적어 큰돈이 안 되지만 늘 해 오던 일이라 안 할 수 없어 하신다. 그렇게 살다가 더 늙고 병이 들면 요양원에 잠시 머물다 돌아가신다. 이사 와서 처음엔 이방인처럼 살았으나 칠 년의 세월이 지나면서 마을의 대소사에 참여하다 보니 이웃의 삶이 보이기 시작한다. 삶이 팍팍해 '우리 함께 하는 것'에 힘을 내기 어려운 나의 이웃들. 함께 잘 살 수 없을까?

충남교육연구소에서 주최한 〈인문학으로 공동체에 다가서다〉 연수에 참가하며 마을 공동체의 중요함을 알게 되었다. 마을 공동체를 살리기 위해 나름 역할을 해야 한다는 의무감도 생겼다. 박원순 서울시장의 《마을에서 희망을 만나다》를 읽었다. 인권 변호사 시절, '희망제작소'를 창립하면서 그는 '진리는 현장에 있다.'는 신념을 표방했다. 그리고 전국 방방곡곡 현장에서 일하고 살아가는 사람들의 목소리에 귀를 기울이고자 수첩을 들고 노트북과 카메라를 둘러메고 길을 나섰다. 시대의 문제를 푸는 대안과 해결 방법을 현장에서 찾고자 한 것이다. 지역에서 새로운 대안을 만들고 있는 아름다운 사람들을 3년 동안 찾아다닌 결과물이 이 책이다. 지역과 농촌에 희망을 걸고, 절망적인 상황 속에서도 지역 사회의 공동체를 복원하고 활성화하는 사람들의 이야기가 실려 있다.

살기 좋은 곳으로 변한 여러 마을 중에서도 전북 임실 치즈마을과 원주 의료생협이 인상깊었다. 전북 임실 치즈마을은 1967년 국내 최초로 치즈를 만들어 한국 치즈의 원조 고향으로 불리는 곳이다. 가난을 이겨 낸 경험과 공동체 정신을 바탕으로 생태 농업을 조성하여 주민 소득을 올리고 있다. 또한, 아이들 교육과 노인 복지를 꿈꾸며 마을에서 노후를 해결하는 방안을 찾아내려고 노력 중이다. 아름다운 노후 복지를 이루어 내길 응원한다.

농촌에서 가장 시급한 문제 중의 하나가 의료 시설이다. 협동조합의 도시 원주는 무위당 장일순 선생이 '한살림 운동'을 시작한 곳이다. 진보적 지역 인사들과 활동가들이 원주를 민주화의 도시로, 협동조합 운동의 도시로 그리고 한살림 운동의 도시로 만들었다. 원주 의료생협은 두 가지 원칙이 있다. 하나는 의료의 본질에 충실하자는 것이고, 또 하나는 전문가의 영역이 되어 가는 의료의 벽을 허물자는 것이다.

원주 의료생협의 환자 권리 장전에 이런 말이 있다.

환자는 투병의 주체자이며, 의료인은 환자를 치유의 길로 이끄는 안내자이다. 환자는 이윤 추구나 지도 대상이 아니라 존엄한 인간으로 존중받는 가운데 치료 받을 권리가 있다. 이에 우리는 모든 환자의 다음과 같은 권리를 존중한다.

01. 알 권리. 모든 환자는 담당 의료진으로부터 자신의 질병에 관한

현재 상태, 치료 계획 및 예후에 관한 권리가 있으며, 검사 자료를 요구할 권리가 있다.

02. 자기 결정권. 모든 환자는 치료, 검사, 수술, 입원 등의 치료 행위에 대한 설명을 듣고 시행 여부를 선택할 권리가 있다.

환자의 권리는 이외에도 '개인 신상 비밀을 보호받을 권리, 배울 권리, 진료받을 권리, 참가와 협동 등' 네 가지가 더 있다.

이런 대접을 받으며 치료를 받는다면 병이 더 빨리 나을 것 같다. 이 책을 읽으면서 두 가지 소망이 생겼다. 첫째는 생태 농업으로 우리 마을 어르신들의 경제 사정이 좋아지고 우리 마을이 생태 마을로 거듭나는 것. 그러나 현재 마을 분들은 늘 해 오던 방식으로 농사를 짓는다. 농약도 뿌리고 비료도 주고 제초제도 뿌린다. 생태 농법으로 더 많은 이윤을 남기는 비전을 누군가 보여 준다면 모두 따라 할 것이다. 나의 농사일은 지극히 미약하다. 많이 부족하다. 어깨가 무겁다. 둘째는 마을 공동 요양원이 있었으면 좋겠다. 고향인 이곳에서 좀 더 편안한 노후를 보낼 수 있도록 시설을 갖추고 마을에서 공동으로 책임을 지는 시스템이다. 원주 생협의 또 다른 모습일 수도 있고.

책을 읽으면서 책 속의 여러 마을을 우리 마을로 옮기는 상상을 했다. 어떤 마을 형태든 그 속에 사는 사람들은 행복하겠다. 나의 마을은 이 책에 소개된 마을보다 연령층도 높고 일할 사람도 적다. 어떤 일을 할 때는 이견이 많아 하나로 모으기에 어려움이 많다. 하지만 평생 농사를 지으며 늙어 버린 이웃 아주머니, 아저씨들의 복지를 위해 꿈을 꾸고 싶다. 소망이 모두 이루어지지 않을지도 모른다. 그러나 일할 수 있는 '사람'만 몇 있으면 살맛 나는 마을 공동체를 이룰 수 있을 것 같다.

| 황영순

두부 좋아하는 당신, '라운드업 레디'를 아십니까?

아침 6시면 부엌에 나가 식구들이 먹을 반찬을 만든다. 하루도 빠짐없이 된장찌개에 두부를 넣는다. 두부를 살 때마다 국산 콩 100%를 확인하지만 그래도 미심쩍다. GMO 콩유전자 조작 콩은 아니겠지. 제초제 뿌린 땅에서 재배했으면 어쩌나.

5년 전에 이 책을 읽었을 때, 유전자 조작 콩에 대해 알게 되었다. 그 후 먹거리에 대한 걱정과 관심이 커졌다. 이런저런 의심과 걱정을 덜기 위해서는 내 손으로 텃밭이라도 가꾸어야겠다고 생각했다. 함께 이 책을 읽었던 선생님 부부는 시골에 집을 짓고 농사를 짓기 시작했다. 토지와 종자를 보존하기 위해 무농약 유기농법을 실천하고 있다.

나와 가족의 건강을 위해서 안전한 먹을거리를 마련하려면 어떻게 해야 할까? 첫째, 내가 농사를 짓는 것이다. 텃밭이라도 일궈서 채소 같은 음식 재료를 자급자족하면 된다. 둘째, 우리 지역 농부들이 농사지은 농산물을 직거래하는 것이다. 가까운 곳에 사는 이웃 주민들은 서로 잘 알기 때문에 믿고 거래할 수 있다. 직거래에는 시장 대신 민주주의가 있다. 대형 할인점이나 도매상을 통하지 않고 시골 오일장에서 또는 '한살림 공동체' 같은 농업 지원 프로그램을 적극적으로

안전한 먹거리를 마련하려면 내가 농사를 짓고, 우리 지역 농부들이 지은 농산물을 직접 거래하고, 이윤에 굶주린 기업들의 제품을 사지 말아야 한다.

활용하면 된다. 먼 나라에서 먼 거리를 운반해 온 농산물은 방부제나 농약 같은 것을 사용하지 않을 수 없다. 지역 먹을거리는 유행이 아니라 생존이다. 직거래는 생산자와 소비자 모두를 살리는 지혜다. 셋째, 이윤에 굶주린 자들을 굶겨야 한다. 프랑스, 영국 등 대부분 국가의 지원을 받은 과학자들은 기업이 이윤을 목적으로 유통하는 제품을 놓고 늘 '안전하다'고 한다. 그러나 그들의 말과 그런 먹을거리가 '독'이 된 경우가 허다했다. 영국에서 광우병 공포가 확산되던 때 영국의 농무부 장관은 자신의 딸과 직접 TV에 출연해 소고기를 먹는 쇼를 벌였지만, 결국 영국은 가장 많은 시민이 광우병으로 희생되었다. 영국의 아르파드 푸스타이 박사가 GMO 감자를 먹인 쥐의 면역 기능이 저하되면서 주요 장기 크기가 줄어든 연구 결과를 발표했다. 러시아의 일리나 에르마코바 박사 역시 몬센토 사의 GMO 콩을 먹은 쥐의 사망률이 6배나 증가했다는 결과를 발표했다. 이들 쥐가 출산한 45마리의 새끼 가운데 25마리가 사산됐고 태어난 새끼의 36퍼센트도 20그램 이하로 성장이 둔화했다. 이들의 연구는 곧바로 반박에 직면했다. 푸스타이 박사는 근무하던 연구소에서 쫓겨났고, 영국 왕립협회로부터 실험 설계가 부적절하고 실험 대상이 불확실하다는 반박을 받았다. 에르마코바 박사의 발표 역시 논문 게재가 거절당한 채 '네이처'를 통해 실험의 문제점이 지적됐다. GMO가 안전하지 않다는 증거가 계속 나오는데도 정작 WTO, EU는 이런 연구 결과를 외면하거나, 자신의 영향력 아래 있는 과학자를 동원해 반박하고 있다. 그 뒤에는 몬센토와 같은 기업이 있다.

몬센토는 애초 '라운드업'이라는 제초제를 만들었다. 이 제초제를 견딜 수 있도록 유전자를 조작한 콩을 개발해 '라운드업 레디'라고 이름 붙여서 공급했다. 몬센토는 "이 유전자 조작 콩이 제초제 사용을 줄일 것."이라고 선전했지만, 현실은 달랐다. 한국에서도 미국에서 생산된 유전자 조작 옥수수나 콩이 더 저렴하다는 이유로 대규모로 수입되고 있다. 이제 콩이나 옥수수를 이용한 저렴한 먹을거리는 대부분 이런 유전자 조작 작물로 만들어진다. 프랑스에서도 좀 더 싼 유전자 조작 사료를 수입한다. 게다가 몬센토는 새로운 종자를 개발하는 즉시 특허 등록을 한다. 농민은 매년 정식 계약서를 작성하고 등록 종자를 사야 한다. 종자에 접근할 권리가 몬센토로 넘어간 것이다. 소농이 망하고 결국 몬센토 같은 기업이 먹을거리를 좌지우지하는 힘을 갖게 된 것이다. 한국은 농민 운동, 환경 운동 단체조차도 유전자 조작 작물의 문제점을 부각하는 데 관심이 덜하다.

나의 건강은 스스로 챙겨야 한다. 올해부터는 텃밭에 콩을 심어야겠다고 다짐한다. 아들이 저녁 대용으로 콘프로스트를 우유에 타서 먹곤 하는데, 횟수를 줄이라고 타일러야겠다.

| 이기자

빼앗긴 문화재 되찾기 운동 5년

혜문 스님이 쓴《빼앗긴 문화재를 말하다》는 우리가 잊어버린 역사, 잃어버린 문화재들이 제자리를 찾아 고국으로 돌아오기까지의 과정을 주로 담고 있다. 스님이 직접 뛰어다니며 겪은 생생한 체험담이어서 감동이 더 크다.

2011년 12월 6일 TV에서《조선왕실의궤》1,205책이 작은 컨테이너 14개에 실려 인천 공항에 도착하는 장면을 보았다. 혜문 스님이 5년간 40여 차례의 일본 방문을 통해 얻은 결과물이다. 1922년 조선총독부가 일본 궁내청으로 빼돌렸던《조선왕실의궤》는 90년 만에 고국의 품에 안겼다. 혜문 스님이 되찾고 싶었던 것은 종이에 먹으로 쓰인 책 이상의 것이었다.

"1895년 을미사변 당시 일본인들의 칼날에 쓰러진 명성황후의 죽음. 2년 2개월이라는 역사상 가장 길고 슬펐던 장례식의 기록이 담긴《명성황후국장도감의궤》마저 일본에 빼앗기고 살았던 지난 100년의 설움. 일제의 칼등에 쫓겨 만주로, 시베리아로, 남양군도로 뿔뿔이 흩어져 떠돌이가 되어야만 했던, 힘없는 민족의 자존심을 되찾아오고 싶었다. 백제 왕릉이 다이너마이트로 폭파되고, 놋그릇까지 공출당하며 모든 것을 빼앗기고 울먹이며 살아남았던 슬픈 '조선 혼'을 달래는 일. 나아가 남북으로 허리가 잘린 7천만 겨레의 마음을 하

문화재는 교과서 속 외워야 할 지식이거나 관광 상품이 아니다. 우리의 살아 있는 현실이고 우리의 역사이다.

나로 모아 민족적 동질성을 회복하는 데 이바지하고 싶었다."

지난 봄 방학, 우리 독서 모임 회원들은 서울 조계사 전법회관에서 혜문 스님과 만나 이야기를 나누었다. 문화재 찾는 일로 외국에 자주 왕래할 때마다 비행기 삯이며 경비가 많이 들 텐데, 누가 도와주는가 물었더니 부처님이 도와주신다며 웃는다. 지금은 국가에서도 조금 도 와준다고 덧붙이신다. 불교 신도들이나 후원회에서 도와준다는 뜻이 리라. 컴퓨터 영상을 보며 설명을 들으니, 책 내용이 쉽게 이해되었다. 조선왕실의궤를 돌려 달라는 말을 하려고 동경대 총장과 처음 만나기로 한 날, 혼자 가기가 허전해서 동경에 와 있던 노회찬 씨에게 전화해 음식점에서 만났다고 한다. 통역해 주기로 한 사람이 급한 사정으로 못 가겠다고 하여, 고민하다가 음식점 주인을 데리고 갔다는 이야기에 나도 모르게 손뼉을 쳤다. 스님의 적극성과 열의가 신선했다.

일제가 기생 명월이의 '생식기'를 보관했다는 망측한 사실도 알게 되었다. 최근까지 국립과학수사연구원에는 조선 여인의 생식기 표본이 하나 보관되어 있었다. 일본 경찰이 명월관 기생 명월의 사후에 성적 호기심으로 만든 표본이다. 기녀라는 이유로 가장 숨기고 싶은 신체의 일부분을 죽은 후에까지 농락당해도 되는가? 혜문 스님은 이 사건을 일제가 저지른 인간 존엄성에 대한 심각한 도전이라고 생각했다. 반인륜적 만행에 대해 용기 있게 소송을 했다. 서울중앙지법에 '여성 생식기 표본 보관 금지 청구의 소訴'를 접수했다. 재판은 언론의 관심을 얻었고, 국과수의 현장 검증을 통해 만천하에 표본의 실체가 드러났다. 그동안 국과수는 이 표본을 공개적으로 진열해 놓았고, 이제까지 아무도 그 반인륜성을 문제 삼지 않았다. 오히려 스님은 왜곡된 비난과 우여곡절 끝에 패소했다. 그러나 검찰의 지휘 하에 표본은 폐기되었다. 스님은 재판을 통해 사회적 약자, 혹은 특수한 신체를 가졌다는 이유로 인간이 표본으로 만들어져서는 안 된다는 사실을 말하고 싶었다고 한다. 진실과 정의에 근거해서 민족의 자존심을 지켜 내려는 스님의 각오와 용기에 존경의 마음이 생긴다.

| 이기자

모든 삶은 기록된다

1861년, 1864년 같은 숫자들을 공책에 적고 외우고 싶어졌다. 연인들이 처음 만난 날을 기념하듯, 부부가 결혼기념일을 기억하듯, 역사책에 나오는 숫자들이 슬픔과 고통과 기쁨의 얼굴로 다가오게 된 것이다.

동학의 1대 교주인 수운 최제우는 1824년에 경주에서 태어났다. 어릴 때 이름은 복술이, 사서삼경과 역사서를 읽던 이 총명한 소년은 돌아가신 아버지 대신 떠돌아다니며 장사와 의술로 돈을 벌고 서당에서 글을 가르치면서 생계를 이어 간다. 그가 살았던 시기는 국운이 기울어져 가는 조선 말기였다. 서양 세력이 밀려 들어오기 시작하고 지식인들은 위정척사파와 개화파로 나뉘어 있었다. 위정척사파는 제국주의의 본질을 알고 있었지만 그들의 철학인 성리학이 이미 낡아 힘이 없었고 개화파는 시대의 흐름을 읽고 있었으나 제국주의자들로부터 힘을 얻고 있었다는 점이 문제였다. 동학은 이 둘의 한계를 극복하려는 운동이며 사상이었다.

최제우는 사람이 천명을 돌보지 않아 세상이 각박하다고 생각하고 32살 되던 1856년 천성산으로 들어가 도를 닦기 시작한다. 이때부터 그의 삶과 그가 등장하는 역사는 드라마틱할 만큼 속도감 있게 전개된다. 도를 닦기 시작한 지 4년 뒤인 1860년, 그는 득도得道한다. 수운의 득도는 동학의 창시로 이어지는데, 자결로 귀결되는 위정척사 운동과 매국으로 이어지는 개화 운동을 뛰어넘으려는 조용하고도 거대한 흐름, 지식인 운동이 아닌 민중 운동, 제국주의 운동이 아닌 민족 운동, 침략이 아닌 저항 운동, 그것이 바로 동학이었다. 《시로 쓰는 한국 근대사》를 집필한 신현수 선생님은 그런 의미에서 동학을 한국 근대사의 시작으로 보았다.

1861년 수운은 포교를 시작한다. 이미 그해에 유림의 비난이 높아질 만큼 동학의 세력이 커지자 호남 지방으로 피신했다가 다음 해인 1862년 혹세무민죄로 체포된다. 수많은 제자들의 청원에 힘입어 수운이 석방되자 신도가 증가해 1863년에는 동학교도가 3천여 명에 이르렀고 그해 7월, 훗날을 대비하여 최시형을 동학교단을 책임질 2

대 교주로 임명한다. 다시 체포된 수운은 1864년 3월 대구 감영에서 고문을 받다가 참형에 처해졌다. 득도 후 4년 동안 이루어진 일들이었다.

《시로 쓰는 한국 근대사》의 첫 장을 시작하는 노래는 수운이 득도의 기쁨을 이기지 못해 나무칼을 들고 춤을 추면서 불렀다는 〈검결〉이다. 우리말로 쉽게 풀면 이렇다.

때여 때여 나의 때여 두 번 다시 오지 않는 때이로다.
만세에 한 번 밖에 태어날 수 없는 장부로서, 오만 년에 한 번 밖에 없는 때이로다.

용천검 잘 드는 칼을 쓰지 않으면 무엇하겠는가.
춤출 때 입는 소매가 긴, 꺽삼을 떨쳐입고서 이 칼 저 칼 넌지시 들어서

아득하여 끝이 보이지 않는 넓은 천지에 한 몸으로 비껴 서서
칼 노래 한 곡조를 때여 때여 하면서 불러버니
용천검 날랜 칼은 해와 달을 희롱하고
천천히 움직이는 춤출 때 입는 소매가 긴 꺽삼은 우중에 덮여 있네.

만고의 명장은 어디에 있느냐 살아 있는 장부 앞에는 당해 낼 장사가 없는 것이니라.

좋을시고 좋을시고 나의 신명 좋을시고.

이 노래는 동학 농민 전쟁 때 군가로 불리기도 했다는데 한자가 섞인 원문으로 읽으면 입에 붙는 리듬감이 있다. 다른 차원의 세상을 향해 눈이 열린 기쁨이 행마다 넘쳐 나는 것 같다.

수운의 〈검결〉을 시작으로 이어지는 신동엽의 〈수운이 말하기를〉, 〈금강〉, 전봉준 장군의 〈유언시〉, 조태일의 〈내가 아는 시인 한 사람은〉, 안도현의 〈서울로 가는 전봉준〉, 구전 민요 〈새야 새야 파랑새야〉 그리고 구체적인 당시의 상황, 인물들의 삶에 대한 기록. 아, 동학이라는 이 위대한 사상, 동학이라는 치열한 싸움을 모르고서는 지식인이라 할 수 없을 것 같다.

우리 역사에서 시는 시대를 반영하고 시대를 이끈 두 가지 역할을 수행했다. 시는 시대의 고단함을 풀어 주는 노래였고, 시대가 거꾸로 가거나 위험에 처했을 때는 서슬 퍼런 칼날이 되어 역사의 길을 바로 잡기도 했다. 시로 근대사의 맥락을 선명하게 잡아 주는 신현수 선생님으로부터 듣는 동학, 그리고 이어지는 개화기, 일제 강점과 독립운동. 아마도 학생들이 이 책을 읽으면 외우는 고통에서 벗어날 수 있을 것 같다. 나는 오히려 1860년, 1861년 같은 숫자들을 공책에 적고 외우고 싶어졌다. 연인들이 처음 만난 날을 기념하듯 부부가 결혼 기념일을 기억하듯, 역사책에 나오는 숫자들이 슬픔과 고통과 기쁨의 얼굴로 다가오게 된 것이다.

초기 동학의 사상은 시천주侍天主, 즉 내 몸에 한울님을 모시는 것이었다. 2대 교주 해월 최시형의 가르침은 사인여천事人如天, 사람 섬기기를 한울같이 하라는 것이었고 3대 교주 손병희에 이르러서는 사람이 곧 한울이라는 인내천人乃天 사상으로 발전했다. 동학 농민들은 자기의 삶에 이 위대한 사상을 모시고 부패한 관리를 상대로 싸웠고 일본 제국주의에 저항했다. 입은 옷 그대로 조악한 무기를 들고 총을 든 일본군들 앞에 나선 사람들을 생각하면 시 한 편 한 편이 예사롭지 않다.

모든 역사적 현장에는 시노래가 있었다. 신현수 선생님이 4대강을 이야기하면서 물었다.

"먼 훗날 역사는 도대체 우리가 사는 2012년, 이 야만의 시대를 어떻게 기록할까요? 혹시 모두 바보들만 살았다고 기록하지 않을까요? 이런 얼토당토않은 일이 벌어지는데도 왜 그 시대 사람들은 가만히 있었을까 궁금해하지 않을까요? 내가 한국의 근대, 그 시절을 살았다면 어떻게 했을까? 그에 대한 답은 현재 내가 살아가는 모습입니다."

모든 삶은 기록된다고 한다. 나의 삶이 다음 세대가 읽는 책이 될 것이다. 감당해야 할 일이다.

| 최은숙

아직도 못 이룬 나의 꿈, 밤무대 가수

마음이 술렁술렁하다. 조용히 가라앉아 존재감이 없던 꿈 망울들이 부산스레 꼬물거리면서 상념 속에 떠올랐다 가라앉고, 떠올랐다가 가라앉는다. 몇 년 전, 고1 담임을 하면서 아이들과 꿈 만들기 프로젝트를 진행한 적이 있다. 한 사람씩 "나는 ○○가 될 것이다." 하는 문장으로 시작하여 자신의 인생 설계를 발표해 나갔다. 그런데 어떤 학생이 느닷없이 "그럼, 선생님의 꿈은 뭐예요?"라는 말을 나에게 그야말로 '훅' 집어 던졌다. 이미 선생님이 되는 꿈을 이뤘는데 무슨 꿈이 더 있겠냐며, 아이들이 수런거렸지만 난 아련한 꿈을 꾸듯 아이들에게 말했다. 나에게도 아직 이루지 못한 꿈이 있다고. 그것은 10년 후에 밤무대 가수가 되는 것이라고.

난 지금도 은은한 조명을 받으며 감성적인 노래를 부르는 밤무대 가수를 꿈꾸고, 무대 위에서 카타르시스를 한없이 느끼는 중후한 연기자로 나이 들어가는 것을 꿈꾼다. 살다 보니 어느덧 그 꿈들은 슬그머니 가라앉아 빛을 잃어 가고 있지만 그래도 언젠가는 맘껏 펼쳐 보리라, 하는 생각으로 살고 있다. 그런데 고것들이 자꾸만 내 안에서 고개를 들었다, 숙였다 한다. '여성이 세상을 바꾸다' 시리즈의 세 번째 책, 《아름다운 세상을 꿈꾸다》 때문이다. 《미지의 세계에 첫발을 내딛다》, 《여성, 평화와 인권을 외치다》에 이어 출간된 《아름다운

나에게 진정한 교육의 기회를 제공한 건 도시의 학교가 아니었습니다. 나의 학교는 머리칼을 훑고 지나가는 시골의 바람과 농촌 사람들이 들려주는 아름다운 민요와 그에 얽힌 옛사람들의 이야기였습니다.

세상을 꿈꾸다》는 음악, 영화, 사진, 미술 분야에서 소외되고 억압받는 자들의 모습을 예술로 표현한 네 명의 여성 예술가의 삶에 관해 이야기한 책이다. 여전히 가수가 되고 싶고 무대에 서고 싶은 나에게 이 네 여인의 인생이 크게 다가오는 것은 우연이 아니다.

먼저 민중의 삶을 노래한 가수 비올레따 빠라를 소개한다. 비올레따는 작고 아름다운 시골 마을에서 음악가인 아버지와 음악 교사인 어머니 사이에서 태어났다. 출생부터 예술혼으로 가득할 수밖에 없는 영혼이었다. 더군다나 어려서 앓았던 천연두로 인해 얼굴에 깊은 상흔을 갖게 된 비올레따에게 음악과 시골이 도피처가 되어 줌으로써 더욱 깊은 서정성을 가지게 된다.

"나에게 진정한 교육의 기회를 제공한 건 도시의 학교가 아니었습니다. 내 학교는 머리칼을 훑고 지나가는 시골의 바람과 농촌 사람들이 들려주는 아름다운 민요와 그에 얽힌 옛사람들의 이야기였습니다."

비올레따는 자신의 말처럼 조국 칠레의 농촌 구석구석을 누비고 다니며 농민들의 노래를 수집하고 악보로 만들고 앨범으로 만들어 내었으며 거리에서 공연하면서 음악가로서 자리를 다져 간다. 칠레의 전통적인 민속 음악에 대중적 요소를 접목하여 새로운 형태의 음악을 만들어 내는 파격적이면서도 선구적인 시도를 계속해 나갔다는 점에서 그녀는 끊임없이 변신하는 자유인이었다. 그리고 자신을 원하는 곳이라면 라틴아메리카, 프랑스 등지의 세계에 과감히 진출하여 상처받은 사람들과 농민, 노동자들을 주인공으로 노래하는, 뚝심 있는 개척자였다.

두 번째 소개된 여성은 금지된 것들에서 인간을 본 사진작가 다이앤 아버스이다. 1923년 뉴욕 5번가에 자리 잡은 러섹스 백화점 사장의 딸로 태어난 다이앤은 2명의 전속 하녀와 운전사와 요리사, 유모를 둘만큼 귀족적으로 부유하게 살았지만 어릴 때부터 숨 막히는 부모의 간섭으로부터 탈출하고 싶어 했다. 그런가 하면 바쁜 부모의 무관심으로 인해 늘 우울하고 외롭기도 한 유년 시절을 보냈다. 이때 경험한 내적 자아의 불안이 훗날 그녀 작품의 근간이 되었는지도 모른다. 다이앤의 사진은 신체 장애인, 난쟁이, 동성애자, 나체주의자 등 정상적인 세계가 배척한 사람들로 채워진다.

"다이앤은 누구에게나 외면이나 배경의 그럴듯함 속에 감춰진 상처가 있다고 생각했다. 상처가 겉으로 드러나 있는 기형인들은 스스로 정상이라고 믿고 있는 사람들의 거울이었다."

"다이앤에게 기형인들은 아무 생각 없이 세상을 살아가는 정상인들의 발걸음을 멈춰 세우고 자신에게 인생의 질문을 던지지 않을 수 없도록 만드는 이집트의 스핑크스 같은 존재였다."

그렇게 다이앤은 '남들과 다른 사진'을 찍기 위해 금지된 것들을 탐험하며 장애와 기형이라는 고통을 초월한 인간의 존엄에 대해 사진이라는 언어로 세상 사람들에게 말을 걸었다. 렌즈를 통해 자아를 반영했으며 그것을 곧 세상과의 연결 통로로 삼았다.

이 책의 세 번째 여성은 '흑인'과 '여성' 두 겹의 벽을 깬 영화감독 유잔팔시다. 1958년 프랑스령 미르띠니끄에서 파인애플 농장 노동자의 딸로 태어난 흑인 여자아이. 미국에서 건너온 흑백 영화 속에서 바보 같거나 의지가 박약한 인물로만 묘사되는 흑인들의 모습을 보고 영화를 바꿔야겠다는 꿈을 싹 틔워 굳혀 나가기 시작했고 인종 차별이 흑인에 대한 탄압과 폭력일 뿐 아니라 인간의 존엄과 진실 자체를 붕괴시키는 비문명적인 행위임을 사람들에게 알리면서 억압 구조의 뿌리를 찾아 역사 속으로 더 깊이 파고들어 갔다.

세상의 모든 폭력에 저항한 화가 케테 콜비츠. 이 책의 네 번째 등장인물이다. 1867년, 진보적인 성향의 부모에게서 태어나 그녀의 예술적 재능을 뒷받침해 주는 부모의 절대적 지지를 받고 성장한다. 당시 형편없이 낮았던 여성의 사회적 지위로 인해 자유분방한 사고와 행동력을 가진 케테도 결혼엔 신중할 수밖에 없었는데, 가난한 노동자들을 진료하고 그들을 위해 평생을 바친 의사 칼을 만나 오십 년을 함께하게 된다. 특히나 남편 칼이 하는 의료 활동 현장을 함께하면서 낭만적인 시각에서 벗어나 노동자들의 삶을 삶 자체로 받아들일 수 있게 되고 이것이 민중 운동의 역사 속으로 걸어가는 발판이 된다. 노동자들이 처해 있던 비참한 상황을 예술로 승화시켜 아름답게 형상화한 판화 작품 〈직조공 봉기〉 연작은 케테에게 민중 작가로서의 명성을 가져다 주었으며 그 후 〈농민 전쟁〉 연작을 통해 작품의 원숙미를 더해간다. 제1, 2차 세계 대전, 나치의 파시즘 체제를 거치면서 아들과 손자를 전쟁터에서 잃은 후 〈전쟁〉이라는 작품을 통해 반전 운동을 펼치면서 사람들의 아픔과 슬픔을 판화로 표현해 낸다.

네 여인의 공통점은 여성이 사회적으로 소외당할 때 그 사회적 억압을 끊고 꿈의 세계를 찾아갔으며 불평등, 폭력, 억압에 대한 저항과 외침을 아름다운 예술로써 표현해 냈다는 것이다. 인류의 역사는 남성의 지배적인 역사, 전쟁의 역사로 점철됐지만 그 속에 여성들의 조용하면서도 강한 외침과 행동이 있었기에 오늘날의 인류가 존재할 수 있는 게 아닌가 싶다.

어쩌나, 난 요즘 꿈이 하나 더 생겼다. 농사꾼으로 나이 들어가는 것. 별빛, 달빛 가득한 마당에서 사람들과 옹기종기 모여 앉아 백열등 하나 켜 놓고 노래하는 순박한 농사꾼.

| 공정희

배부른 소 떼와 굶주린 사람들

소고기 수입에 대한 거센 반발로 촛불 문화제가 한반도를 뒤흔들고 있을 때 독서 모임에서는 육식 자체에 근본적인 문제가 없는지 먼저 짚어 보자는 뜻에서 제레미 리프킨의 《육식의 종말》을 읽고 토론하기로 했다. 정갈하게 손질되고 보기 좋게 포장되어 정육점이나 대형 할인점에 진열된 소고기만을 먹고 있는 소비자들에게 보이지 않는 소의 사육과 도살, 정제의 과정을 알려 주는 책이었다. 육식의 역사 속에 숨이있는 빈곤, 불평등의 문제, 정치적 분쟁에 대해서도 알 수 있었다. 육식의 생활 습관이 과포화되고 있는 현 시점에서 한 번쯤은 읽어 보고 자기 생각을 정리해 볼 필요가 있다고 생각한다.

이 책은 총 6부로 구성돼 있다. 1부에서 3부까지는 미국이 서부를 정복하고 산업화 사회를 만들어 나가는 과정에서 소의 역할이 어떻게 변화해 왔는지를 다루고 있다. 고대 창조의 신神이었던 소에서부터 현대의 자동화된 공장형 도살장에서 죽임을 당하는 신세가 된 소에 이르기까지 소의 역사를 짚어 가다 보면 인간과 자연의 관계 또한 어떻게 달라졌는지도 알 수 있다.

4부 〈배부른 소 떼와 굶주린 사람들〉에서는 전 세계의 곡물이 인간을 위한 식량에서 가축 사육을 위한 사료로 변해 감으로써 극명해진

육식의 종말은 곧 자연을 대하는 적절한 태도에 관한 우리의 사고방식을 변화시키는 것이다.
자연은 더는 정복하고 길들여야 할 대상이 아니라 우리와 삶을 함께하는 공동체다.

세계의 양극화 현상을 보여 준다. 현재 세계 곳곳에서 일어나고 있는
엄청난 인간 비극의 원인은 육식과 무관하지 않다. 부자들은 풍요의
질병으로 죽어 가고 있는 반면 지구촌의 빈자들은 생존에 필요한 양식

부족으로 야위어 가고 있다. 10억의 사람들이 배부르게 먹으면서 늘어난 지방을 주체하지 못하는 반면, 다른 10억의 사람들은 건강 유지에 필요한 최소한의 영양분조차 공급받지 못해 날로 수척해지고 있다.

5부 〈소 떼와 위협받는 지구 환경〉에서는 대규모로 조성된 축산 단지가 초래하는 환경 위협의 정도를 이야기하고 있다. 우리가 흔히 알고 있는 환경 오염의 원인인 자동차 배기가스, 공장 폐수, 방사성 물질, 세제 사용에 의한 생활 오·폐수 등에 가려 그 책임을 회피하고 있던 거대한 현대적 축산 단지의 환경 파괴 행위를 자세히 설명한다.

6부 〈육식을 즐기는 사람들의 의식 구조〉에서는 육식이 고대로부터 정치적, 계급상으로 이용되어 온 과정과 국가 정체성을 다지고 식민정책을 발전시키며 심지어 인종 차별적 이론 정립에까지 이용되어 온 내용을 자세히 담고 있다. 아주 오랫동안 무감각하게 받아들인 서구 육식 문화의 근본을 냉철하게 생각해 볼 기회를 제공한다.

끝으로 인간이 육식 문화에서 벗어남으로써 자연과의 화해 가능성을 제시한다. 육식에 대한 의식 구조의 변화, 인류 생활 방식의 획기적인 변화야말로 지구의 건강을 회복시키고 날로 증가하고 있는 인구를 먹여 살릴 수 있는 희망이다.

육식의 종말은 곧 자연을 대하는 적절한 태도에 관한 우리의 사고 방식을 변화시키는 것이다. 자연은 더 이상 정복되고 길들여져야 할 적이 아니라 우리가 거주하는 근본적인 공동체임을 책을 읽는 동안 실감할 수 있을 것이다.

| 공정희

땅과 사람에게 답이 있다

복숭아꽃, 살구꽃, 아기 진달래, 어디 그뿐이랴. 하이얀 배꽃, 사과꽃이 눈송이처럼 날리면 꽃 대궐이 되는 어린 시절 내 고향 과수원집! 그러나 꽤 낭만적인 겉모습과 달리, 거름 주고 풀 베고 소독하고 과일 따고 전지하고……

심한 가뭄에 크지 못한 복숭아, 연일 내리는 폭우로 탄저병에 썩어 들던 포도. 때 이른 된서리로 수확을 앞둔 사과들이 쏟아져 내려, 겨우 긁어모은 파과들이 다음 일 년 동안 우리 여섯 식구의 생활 밑천이 된 적도 여러 번이었다.

《이장이 된 교수, 전원일기를 쓰다》는 귀농한 마을에 고층 아파트가 들어서려는 바람에 건립 반대 싸움을 하다가 동네 이장이 된 강수돌 교수의 일기이다. '인생의 목적은 행복'이라는 명제 아래 농부, 지역주민, 교수, 자연인으로서의 고민과 실천을 책에 담았다. '돈의 경영이 아니라 삶의 경영'을 강조하는 경영학과 교수의 마인드가 참 좋다.

그의 책을 읽고, 뽑아도 뽑아도 살아남는 잡초와 온실 속에서 화학비료와 농약에 의지해 자란 상품성 있는 작물을 비교해 본다. 인위적 사랑이 지나치면 식물도 인간도 허약해질 수밖에 없다. 유기농 교육이라 표현할 수 있는 '책임성 있는 방목'에 대해서도 생각해 본다. 푸세식 변소에서 자연을 감상하고, 생쥐와 눈을 맞추며, 아버지의 유품

농업이 경쟁력 없는 산업으로 전락하고 식량 안보는 책 속의 활자로만 남아 있는 현실, 농업을 생업으로 하는 농민에 대한 배려는 진정 없는 것인가?

인 똥바가지로 인분을 퍼 유기농 퇴비를 만들면서 체득해가는 "밥이 똥이고, 똥이 밥이다." 란 구절!

식구들의 질펀한 인분 속에서 자란 오이, 호박을 아침 이슬 헤치며 똑똑 따 본 사람만이 공감할 수 있는 이 구절이 한동안 입안에 맴돌았다.

그는 서울 중심의 무한 경쟁 사회가 아니라 지역 공동체가 자긍심을 갖고 살아 숨 쉬는 사회가 바로 살맛 나는 사회라고 생각한다. 그래서 그는 '사회생태적 전원마을 공화국'의 한 시도로써 공동으로 메주를 만들고, 지역민과 인근 대학생들이 함께 기획한 골목 축제를 열기도 하고, 마을 도서관을 고쳐 글쓰기 교실도 운영하고 있다.

작가는 대량 생산, 소비, 폐기가 미덕이 되는 현재, 앞으로 다가올 음식과 에너지의 결핍 시대에 대비하여 아껴 쓰는 겸손의 경제가 필요하다고 말한다. 이 책의 영향일까?

"이제 좀 버려요. 궁상맞게."

하고 구박했던 엄마의 생활을 닮아야겠다고, 썰렁한 재래시장을 꼭 이용해야겠다고, 칠 벗겨진 자동차를 몇 년 더 타야겠다고 그리고 지역 행사에 꼭 참여해야겠다고 다짐을 하는 건.

30여 년 만에 찾아보니 꽃 대궐이었던 고향집은 무너져 내린 지 오래되었고, 죽은 과일나무의 알몸 위로 차가운 봄바람만 지나갔다. 어딜 가나 볼 수 있는 우리 농촌의 암울한 모습이다. 농업이 경쟁력 없는 산업으로 전락하고 식량 안보는 책 속의 활자로만 남아 있는 현실에서 농업을 생업으로 하는 농민에 대한 배려는 진정 없는 것인가?

내게 귀소 본능이 남아서인지 흙으로 돌아가는 것이 인간의 본성인 때문인지, 고구마, 땅콩, 들깨, 목화가 어우러진 텃밭에서 후줄근 땀을 흘리며 철퍼덕 주저앉아 흙을 만지면 내 마음도 푸근해진다.

작년, 고구마를 갉아먹는 두더지가 괘씸해서 덫을 놓겠다고 큰소리치다가, 아늑한 땅굴 속에서 꼼지락거리는 두더지 새끼들을 보고 얼마나 예쁘던지 와락 잡을 뻔했다. 이제는 녀석들도 땅을 팔 만큼 자랐겠지? 올해에는 내 발걸음 소리에 고구마도 두더지도 함께 자랐으면 좋겠다.

| 송기영

어제에서 오늘을 배운다

고등학교 2학년 때, TV에서 '여명의 눈동자'란 미니시리즈가 방영되었다. 일제 강점기에 위안부, 학도병으로 만난 세 사람의 남녀 주인공이 온몸으로 겪어 내는 격동의 현대사를 보여 주는 드라마였다. 선생님 몰래 야간 자율 학습도 빼먹으면서 열성적으로 드라마를 보았다. 세 주인공의 얽히고설킨 사랑의 실타래도 드라마에 빠져들게 한 이유 중의 하나였지만, 더 마음을 흔든 것은 아무도 내게 알려 주지 않은 격동의 역사였다. 정부 수립 후 오늘까지의 현대사를 한 시간의 진도로 뚝딱 배운 내게 반민 특위, 파업, 제주 4.3항쟁 같은 사건들은 낯설었고, 우리 현대사에 그 같은 반목과 아픔이 있었다는 사실에 대한 자각은 어쭙잖은 역사의식의 출발점이 되었다.

세월이 흘러, 교과서에서 배운 역사와 실제의 역사 간에 간극이 있으며, 관점에 따라 서로의 입장이 상반된다는 것을 알게 될 즈음, 조정래의 《태백산맥》을 만나게 되었다. 《태백산맥》은 내 역사의식을 송두리째 바꾸고 역사와 사회 문제에 조금씩 관심을 가지는 계기가 되었다. 이렇듯 현대사에 대한 나의 역사의식은 드라마와 소설 속에서 어설프게 만들어지기 시작하였다.

《잡지, 시대를 철하다》는 나의 역사의식을 허구에서 실제의 세계

역사란 지나간 어제의 사건이 아니라 오늘과 내일의 진행형이다. 역사를 통해 우리는 오늘의 시대를 해석하고, 내일의 나아갈 방향을 알게 된다.

로 진일보하게 만든 책이다. 이 책은 일제 강점기부터 한국 전쟁 직전까지, 국내외의 여러 매체에 실린 글 중 우리 현대사의 단면을 잘 보여주는 글들을 뽑아 엮었다. 척박한 식민지를 살아가는 민중의 현실, 국내외 항일 운동가들의 투쟁이야기, 사회주의 운동가와 여성 혁명가들의 활약상, 광복 직후 혼란스러웠던 사회 현실들이 책 한 권에 빼곡히 들어가 있다. 이 책에 엮인 글 중에서 머릿속에 오래도록 여운을 남기는 몇 가지가 있다.

식민지 시절, 가난한 소녀가 있다. 소녀의 어머니는 병들어 누워 있고, 소녀는 병든 어머니의 봉양을 위해 멀리 공장에 가 있는 언니에게 편지를 쓴다.

"언니도 보고 한 공장에서 같이 벌어서 어머님께 개나 사 드리면 좋지 않겠어요? 사람 뽑거든 나도 들게 알으켜 주세요."

일제 강점기 우리네 삶의 고단함을 그대로 곱씹을 수 있는 글이었다.

파인 김동환이 기자 생활을 할 때, 사형장을 둘러보고 쓴 〈사형장 풍경〉에서는 이런 구절이 나온다.

"머릿속으로는 여러 가지 역사적 광경과 이름 있는 인물의 얼굴이 휙휙 지나가는 것을 깨달았다. 그 사이에 이가, 김가의 수백 명을 보았다."

더 이상의 감정적 표현도 드러나지 않는 글이었지만, 조국의 독립을 위해 싸우다 형장의 이슬로 사라진 이들 앞에 동시대의 지식인이 가지는 비통함과 절망을 함께 느낄 수 있는 글이었다.

우리가 일본으로부터 해방되던 역사적인 그날, 그날을 사람들은 어떻게 기록했을까? 1946년 3월호 신천지에 게재된 〈혁명의 길 전후〉에서는 이렇게 그려 냈다.

"열한 시, 열두 시, 오후 한 시, 한 시 반, 이제 사람들은 거리로 쏟아져 나오기 시작했다. 거리에서 거리로 자동차가 전차가 또 트럭이 사람들을 넘치도록 싣고 달리고 또 달리고 만세를 부르고 외치고 뒤끓는 군중이 또 깃발이 저 종로로 남대문으로 차서 밀렸다."

새 조국에 대한 희망으로 가득한 그 시절의 모습을 생생하게 그려 볼 수 있었다.

《잡지, 시대를 철하다》에 발췌된 사회주의 독립운동가들의 비극적 인생사에 대한 기사들은 분노와 답답함으로 가슴 한구석을 무겁게 짓누르기도 하였다. 해방 후, 사회주의 독립운동가들은 일제 강점기보다 더한 고문과 탄압에 시달리는데, 1946년 4월 4일 '현대일보'의 이강국은 이것을 "일본 제국주의의 연장에서 오는 춘궁이며 그 유산으로 남은 자들이 만들어 내는 기아이다. 원수의 봄"이라고 기록하였다. 여운형, 박헌영, 권오술, 김단야 등 사회주의 독립운동가들의 투쟁과 열정적 신념, 혹독한 고문과 탄압, 그들에 대한 그 시절의 평가에 대한 기사와 기록은 오늘날의 일처럼 너무도 생생해서 고문의 후유증과 숙청으로 생을 마감한 그들의 비극적 인생에 큰 아픔을 느꼈다.

특히 김명시 장군에 대한 두 편의 기사에서 비통함을 느꼈다. 1946년 '독립신보'는 조선의용군 부관 김명시 장군의 21년간의 투쟁 생활을 다루며 "혁명에 앞장서 싸우는 것이란 진실로 저렇게 비참하고도 신명나는 일이다."라고 언급했다. 그러나 3년 뒤인 1949년 '자유신문'에 김명시 장군의 사망 기사가 실린다.

"연안에서 18년간 일제와 일선에서 싸우며 독립운동을 해 오다 해방 후 여성 동맹 간부였으며 현재까지 북로당 정치위원 간부인 김명시는 지난 9월 2일 부평서에 붙잡혔는데 지난 2일 독방 유치장에서 자기 치마로 목을 매어 자살하였다 한다."

3년이란 짧은 시간에 이데올로기에 따라 한 민족이 두 동강이 나고 개인의 삶 역시 그에 따라 무참한 비극으로 끝날 수밖에 없던 시대의 고통이 고스란히 기사에 담겨 있는 듯하였다.

《잡지, 시대를 철하다》를 읽으며 우리 현대사가 가진 상처와 아픔을 다시금 살펴보게 되었다. 역사란 지나간 어제의 사건이 아니라, 오늘과 내일의 진행형이다. 역사를 통해 우리는 오늘의 시대를 해석하고, 내일의 나아갈 방향을 알게 된다. 나에게 《잡지, 시대를 철하다》는 작가의 말처럼, 오늘의 사회를 다시 해석하게 하고, 사회 구성원으로서 내가 가야 할 길이 어디쯤인지 넌지시 알려 주는 나침반 같은 책이었다.

| 김기영

18세기 조선의 문화 투쟁

조선의 22대 임금 정조는 조선을 부흥시킨 르네상스 군주로 일컬어진다. 그러나 역사학자 백승종은 강이천이라는 인물을 내세워 조금 다른 시각을 가져 보도록 제안한다.

16세기 이후 동아시아에 진출한 서양 세력은 18세기를 지나며 그 활약상이 두드러졌다. 조선 사람들이 위협을 느낄 만큼 서양 선박들이 조선의 해안에도 나타나기 시작했다. 이러한 변화는 실사구시를 위한 실학과 천문, 지리, 과학 등의 서학, 천주교 등 다양한 학문에 대한 관심을 증폭시켰지만 다른 한편으로 조선 사회의 위기의식을 키웠다.

강이천과 정조는 물론이거니와 어느 누구도 이 괴력의 실체를 정확히 파악하지는 못했다. 하지만 이들은 막연하게나마 느끼고 있었다. 무언가 기성의 문명을 송두리째 뒤흔들어 놓을 새로운 기운이 자라고 있다는 것을. 그것은 왕에게는 위기였고, 강이천에게는 기회였다.

강이천은 감수성이 극도로 예민하고 총명한 사람이었다. 어린 나이에 아버지를 여의고 예술가인 조부의 가르침을 받았다. 12세에 정조의 부름을 받아 궁궐에 들어가 시를 지어 칭찬을 받았으며 17세에 진사 시험에 합격하였다. 야담, 야사, 설화와 신변잡기 같은 패관소품을 즐겨 읽었으며 자유로운 글맛을 즐겼다. 그가 가진 것은 꿈꾸는 능력, 상상의 힘이었다.

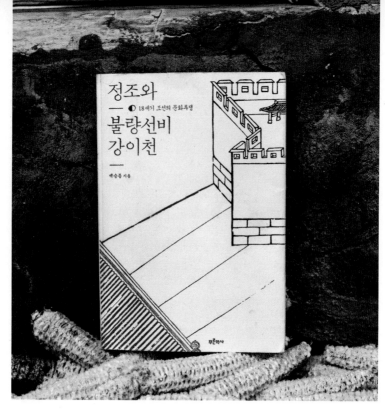

지배 계층은 자신들을 파괴하는 사회적 상상력을 용납하지 않았다. 저자는 강이천 사건을 이렇게 정리하면서 다음과 같이 말한다. "오늘의 우리 현실은 강이천이 살던 그때와 너무나 닮았다."

강이천 일파는 새로운 문화를 지향했다. 그것은 동정심과 자애가 가득한 세상이었다. 그들은 평화와 나눔의 공동체를 꿈꾸었다. 그들은 계급 투쟁의 전사가 아니었다. 때로 인간은 계급이 아니라 개인적 취미와 욕망을 위해 목숨을 걸 수도 있다. 저자는 연구를 통해 이처럼 평범한 진리를 재발견하게 된 것이 큰 다행이라고 말한다.

정감록, 천주교 등과 연관된 강이천 사건, 신유박해 등을 통해 많은 선비들이 목숨을 잃게 된다. 어찌 보면 그들은 시대의 변화 조짐을 너무도 일찍 알았기 때문에 결국 시대의 희생양이 되고 말았는지도 모르겠다. 체제 위기의 불온한 기운을 느꼈던 정조는 강이천으로 상징되는 불량한 선비들을 상대로 '문화 투쟁'을 펼친다. 우리에게 '문체 반정'으로 알려진 조치를 정조는 한 단계 더 강화시켰다. 중국 서적의 수입 금지, 패관소품식 글쓰기의 금지를 넘어 과거시험에서 패관소품류를 완전 추방하고 이러한 불온한 문체를 연상시키는 글씨체까지 엄금했다. 철저한 사상 통제요, 문화적 헤게모니의 장악을 위한 '문화 투쟁'이었다. 정조가 이 싸움을 주도했다. 정조의 문화 투쟁은 다음 왕인 순조 대에도 그대로 계승되어 결과적으로 조선의 최상층 양반 자제들 가운데서 강이천과 같은 부류의 젊은이들이 다시는 배출되지 않았다. 이후 조선 지배층의 체질은 더할 수 없이 보수화되었다. 결국 그들은 자력으로 도저히 사회 개혁과 개화 정책을 추진할 수 없을 지경에 이르렀다. 이로써 사회 개혁은 조선의 소수자 또는 평민들의 몫으로 남겨졌던 것이다.

14세기 동로마 제국의 멸망으로 많은 철학자, 수학자 등 지식인들이 피렌체 산맥을 넘어 이탈리아로 몰려들었다. 이들을 받아들인 메디치 가문에 의해 다양한 학문이 만났고 이러한 만남을 통해 르네상스 시대를 열 수 있었다고 한다.

권력에 대한 집착과 이에 따른 경직된 사고로 성리학 이외의 학문을 열린 사고로 받아들이지 못하고 통제했던 정조 시대의 한 사건을 거울삼아 보다 다양한 학문과 여론의 융합을 통해 새로운 시대를 열어 가야 할 오늘의 우리 현실을 깊이 새겨 볼 일이다.

| 안병연

역사에 대한 성찰, 나에 대한 성찰

지은이 전병철 선생은 공주고등학교의 역사 교사이다. 역사에 대한 상식과 용어 풀이에 대한 것만으로도 이렇게 깨알 같은 연구가 필요하다니, 나는 가정과 교사로서 이런 작업을 할 생각을 왜 그동안 하지 못했을까? 처음엔 한자와 낯선 용어들 때문에 비전공 교사가 읽기에는 어려운 책이 아닌가 싶었는데 천천히 끈질기게 읽어 나가는 동안 점점 매력을 느끼기 시작했다. 내가 가르치는 교과의 내용과 관련된 용어들을 쉽게 설명할 수 있는 배경지식을 읽었을 때 마치 내가 역사 속에서 보물을 발견한 듯한 쾌감을 느꼈다.

통과 의례 중 제례에 대해 쉽게 설명할 방법을 궁리하고 있었는데 이 책에서 아주 친근하게 설명하고 있었다.

"애들아, 제사는 우리 삶에 어떤 의미가 있어? 부모님이 돌아가시면 제사를 지내 드려야 할까?"

아이들은 조부모 이상은 몰라도 부모님 제사는 당연히 지내 드려야 한다고 대답했다.

"그래. 그런데 제사 지내는 법을 모르면 난감하겠지? 너희는 아직 제사에 대해 고민 안 해도 되지. 나도 전엔 제사에 대해 관심이 덜했는데 막상 부모님 두 분 다 돌아가시고 이제 89세, 84세이신 시부모

역사는 아는 것이 아니라 느끼는 것이며 과거를 아는 것이 중요한 것이 아니라 현재를 사는 것이 중요하다.

님을 가까이 모시고 사니까 두 분이 돌아가시면 내가 음식도 마련하고 가정 행사를 치러야 한다고 생각하니 남 일 같지 않은 거야. 지금 공부해도 그때 가서 기억 안 나면 다시 찾아 공부해야겠지만 어느 책에 그런 내용에 대한 안내가 상세히 있어서 그 책을 보면 된다는 것만 알아도 큰 자산이 되는 거겠지. 《팔만대장경도 모르면 빨래판이다》에 제례에 대해 자세히 나와. 같이 읽어 볼까?"

제사상 차리는 방법에 대해 이렇게 생각해 보면 어떨까? 우리가 식사할 때 술 한 잔 마시고 밥 먹고 후식을 먹는다고 하자. 그러면 상을 차릴 때 자신이 앉은 자리에서 맨 앞에 밥과 국을 놓고, 그 앞에 술잔과 안주가 될 만한 것들, 그다음이 밥과 함께 먹을 반찬 그리고 맨 끝에 과일과 같은 후식 거리, 이런 순서로 있으면 먹기가 편할 것이다. 제사도 죽은 사람이 식사한다고 생각하면 산 사람이 먹는 것과 마찬가지로 이런 식으로 제사상을 준비하면 될 것이다. 음식의 종류는 자신의 처지나 조상님이 즐겨 드시던 것을 중심으로 준비하면 된다.

제사를 지내는 방식도 이렇게 생각해 보면 어떨까? 우리 집에 반가운 손님이 온다고 할 때, 우선 손님을 모셔 들이고강신降神, 인사를 한다음, 술을 대접한다현주獻奏. 그러다 때가 되면 밥을 내놓아유식侑食 천천히 들도록시립侍立하면서, 후식까지 대접한다. 그리곤 손님을 떠나보내고사신辭神 상을 치우면서철성撤床 남은 음식을 제자리에 잘 정리한다음복飮福. 제사 역시 손님을 맞이하여 정성스레 대접하여 보내는 이런 원리에 따르면 이해하기 훨씬 쉬울 것이다.

그리고 그 원리에 따라 앞으로 자신의 처지나 조상님이 즐기던 것을 중심으로 제사를 지내면 될 것이다. 조상님이 살아생전에 술을 좋아하지 않으셨다면 차를 올려도 되고 즉 필요 없는 것을 빼 버리고 새로 첨가하고 싶은 것이 있으면 과감히 넣어 지내면 될 것이다.

역사는 아는 것이 아니라 느끼는 것이며 과거를 아는 것이 중요한 것이 아니라 현재를 사는 것이 중요하다는 선생님의 목소리가 들리는 듯하다. 역사 용어와 상식을 통해 "역사란 무엇인가?" 하는 질문을 품고 스스로 답을 찾아가는 데 좋은 안내서였다. 올해 공주고등학교에 입학한 아들에게

"너 이 책, 싸인 좀 받아다 줄 수 있어?"

했더니 아들이 기분 좋게 웃는다. 자신이 가르치는 내용을 꼼꼼하게 정리하여 교사의 전문성에 대해 생각하게 해 주는 선생님의 책을 읽으며 같은 길을 걸어가는 교사로서 뿌듯하다.

| 안병연

068 공선옥 외 지음 휴먼 필
인권 감수성의 현주소를 말하다

54명의 작가가 우리 사회의 세태와 의식 속에 있는 '차별'과 '인권' 문제에 대해 이야기했다. "차별과 부조리가 내 안에 고스란히 들어 있으니 불편하지 않나요?"라고 속삭이듯 이야기한다. 한 발짝 더 다가가 인권의 문제를 우리 모두의 문제로, 내 주변에서 일어나고 있는 일상의 문제로 보게 하고 내 속에 있는 편견과 장애물을 치우고 더불어 살아가는 희망을 나누고 싶어 한다. 우리 사회의 무감각해진 '인권 감수성'을 고발하고, 인간 존엄성이 존중되는 소통을 이야기한다.

장애 학생들을 가르치는 나는 학교 안에서 일어나는 장애 학생들의 인권 문제를 생각해 보게 된다. 장애가 있는 학생들이 통합학급에서 비장애 학생들과 함께 공부하기 위해서는 학부모들을 이해시켜야 하고, 관리자들에게 장애 학생들의 교육적 · 법적 권리를 설명하고 나아가 설득도 해야 하는 상황이 종종 발생한다. 장애 학생들 때문에 시설을 바꿔야 하는 것을 불편해하거나, 낭비로 생각하거나, 많은 학생들이 손해를 보는 것처럼 생각한다. 장애 학생에게 법적 '차별'의 문제가 생길 경우, 한 발 물러서서 부조리한 현실 탓을 하거나, 책임과 관계의 불편함 때문에 보이지 않게 마음의 선을 긋고 있는 내 모습도 본다.

제도와 법보다 무서운 것이 인간의 의식이다. 장애, 피부 색깔, 이주 노동자, 다문화에 대한 이해의 부족이 자연스럽게 차별로 이어진다.

"제도와 법보다 무서운 것이 인간의 의식이다."라는 말이 마음에 와 닿는다. 타인과 나의 차이를 '다름'으로 인정하지 않고, 굳이 우열을 매기려 하는 의식이 차별이다. 장애, 피부 색깔, 이주 노동자, 다

문화에 대한 이해의 부족이 자연스럽게 차별로 이어지고, '전체 중에 아주 소수의 사람들만 눈 감고 입 다물면 다수가 편하다.'는 폭력적인 의식이 힘없는 소수에게 상처를 주며 그들의 인권에 테러를 가하고 있다.

"아기들이 엄마 젖 못 먹고 소젖 먹어야 하는 것은 부족한 돈의 문제가 아니라, 사람이 사람을 귀하게 여기지 않는 마음의 문제다."

공선옥의 〈젖 주는 사회〉에 나오는 말이다. 그 말이 마음을 불편하고 아프게 한다. 세상은 점점 인간을 경쟁 사회 구조 속에 몰아넣고 기계의 소모품처럼 취급한다. 약자는 희생을 강요당하고, 사람들은 서로 불신하고 있다. 갈등 상황의 블랙홀로 빠져들고 있다는 위기와 불안감을 느끼지 않을 수 없다. 그래서 인간답게 사는 세상을 만들어 가자는 작가들의 외침에 더욱 공감하게 된다. 작가들의 외침은 우리의 감수성을 깨운다.

"사람의 수만큼 권리가 존중되는 사회가 되었으면 좋겠어요. 그런데 장애물이 너무 많지요, 힘들어 하는 사람들도 많구요. 그렇지만 조금의 관심과 배려로 충분히 장애물을 헤치고 인간답게 사는 세상을 만들 수 있습니다. 그러니 우리 함께 소통하는 사회를 만들어 봅시다."

그리고 우리 마음에 있는 역차별의 불편함도 꺼내 놓고 서로 소통하는 사회를 만들어 가자고 말하는 선한 외침과 손짓이 느껴진다. 세상 만물은 어떠한 방향으로든 끊임없이 변화하지만 그 방향을 주도하는 것은 사람이라는 말에 희망을 갖는다.

인권의 문제를 의지의 문제로 생각해 보자. 자신의 인권을 스스로 지켜 내려는 의지, 타인의 인권을 존중하려는 의지가 모인다면 저절로 인권을 존중하는 사회로 변해 가게 될 것이다. 나부터 다른 생명의 고통에 연민하고, 장애물을 함께 치우며 나가려는 작은 몸부림과 실천을 시작하는 것이야 말로, '인권 감수성'이 풍부한 건강한 사회를 만들어 가는 밑거름이 될 것이다.

| 김성은

우리의 여행은 괜찮은 걸까?

네팔 어로 프란좔은 '사는 법을 아는 사람'이란 뜻이다. 프란좔은 숲과 강, 호수, 아름답고 풍요로운 문화와 환경을 가진 네팔의 포카라에서 호텔 투시타를 운영하고 있다. 직원들과 직접 가꾼 유기농 생산물로 레스토랑을 운영하고, 호텔 안에 작은 가게를 열어 네팔 농민들이 경작한 유기농 커피, 히말라야 산간 지역에서 생산되는 꿀, 버섯을 판매한다. 농촌과 도시, 국경을 넘나드는 공정무역을 통해 사는 법을 나누며 여행자 친구들을 기다리고 있다.

갈릴리 호숫가에서 차를 기다리는 여행자를 보고, 가던 길을 돌아와 차를 태워 준 중년 여성 세라는 이스라엘의 텔아비브에 사는 가이드북 작가이다. 가자 지구에 사병으로 가는 아들에게 그녀는

"네가 만약 가자에서 누군가에게 총을 쏜다면 다시는 집에 돌아올 생각을 하지 마라."

하고 말했다. 총을 쏘는 대신 차라리 명령을 어기고 감옥으로 가는 편이 평생을 생각하면 도움이 될 것이라고. 어떤 이유로든 사람이 사람을 죽이는 일은 있어서는 안 되며, 어느 누구도 다른 사람보다 못하지 않기 때문에 모든 존재는 존중받아야 한다는 믿음을 가지고 그녀는 생명의 땅에 평화가 찾아오는 일에 마음을 쏟으며 살고 있다.

"너의 여행은 서로 배우고 함께 나누는 여행이었어?"
"너의 즐거움이 누군가의 눈물 묻은 삶과 자연이 파괴된 자리 위에 놓인 것은 아니었니?"

2007년 필리핀을 찾은 60만 명의 한국인 중 한 사람이었던 만효
는 관광지에서 돌봄이 필요한 가난한 여성, 학교에 다닐 수 없는 여
성, 오염된 수돗물을 마시는 여성들의 구체적인 현실과 만났다. 그는

마을을 찾아다니며 필리핀 여성들과 대안생리대 만들기를 같이 하면서 여성들이 자신의 문제를 스스로 개선하는 기쁨을 함께 나눴다. 가난하고 어렵게만 보이는 살림을 꾸려 가면서도 훨씬 잘사는 우리보다 여유로운 그들의 눈빛과 행동에서 느림의 행복을 배운 만효는 여행에서 돌아와 지금 살고 있는 이곳에서 공정한 삶을 가꾸는 활약을 계속하고 있다.

프란쫄, 세라, 만효, 니마, 렉, 솔가, 다투, 희조, 박하……

지금도 더불어 존재하는 삶을 꿈꾸며 희망의 여행길을 가고 있을 그들이 물어본다.

"너의 여행은 서로 배우고 함께 나누는 여행이었어?"

"너의 즐거움이 누군가의 눈물 묻은 삶과 자연이 파괴된 자리 위에 놓인 것은 아니었니?"

우리가 머물렀던 호화로운 호텔이 누군가의 집을 빼앗은 땅 위에 지어진 낙원이라면, 우리가 이용한 수영장의 물이 누군가가 마실 물이었다면, 우리의 즐거움을 위해 숲의 나무가 사라지고 동물이 학대를 당한다면, 돈을 낸 것으로 우리의 여행은 괜찮은 걸까? 나의 자유가 다른 이에게 피해를 끼치고 나에게만 좋은 것이었다면 그것은 참 자유가 아닐 것이다.

발리와 보라카이, 몰디브의 아름다운 리조트 바깥에서 구걸하는 아이들과, 해변까지 빼앗기고 호텔의 비정규직 노동자로 살아가는 원주민들의 가난은 여전하다. 우리가 아시아나 아프리카를 여행할 때 쓰는 돈의 70~85%는 외국인 소유의 호텔이나 관광 관련 회사들에 의해 해외로 빠져나가고 그곳에 머무는 여행자들이 하루에 쓰는, 그곳 사람들 한 달 월급에 해당하는 그 어마어마한 돈 중에서 현지의 공동체에 돌아가는 것은 1~2% 정도에 불과하다고 한다.

　새로운 만남을 위해 떠난 여행길에서 나는 무엇을 할 수 있을까? 깊은 마음으로 사람을 만나고 다른 문화를 존중하며, 그 지역 음식을 먹고, 공정무역 물건들을 살 수 있는 곳을 이용하는 방법, 오늘 우리가 평화를 위해 팔레스타인 농가에 머물며 함께 추수를 돕는 것은 현실적으로 선택하기 어려울 수 있지만, 공정무역을 통해 올리브 오일 한 병을 사 주는 일도 올리브나무 한 그루, 한 가족의 삶을 지킬 수 있는 일이라는 것을 기억한다면 내가 할 수 있는 일들은 많고도 크다. 또 다른 세상으로의 여행이 우리의 삶을 변화시킬 수 있다면 우리 삶은 다시 세상을 바꾸는 힘이 될 수 있을 것이다. 평화를 위해 일하는 사람들의 그물망 이매진피스의 많고 많은 여행 이야기가 내 곁을 스치고 지나간다. 희망을 여행하는 여러 삶의 길들이, 평화를 만들어 가는 많은 아름다운 사람들이 있었다.

| 김분희

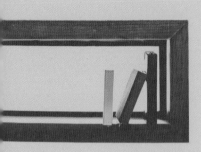

070 아픈 눈을 떠야 한다 071 적게 벌어 행복하게 사는 가족 이야기 072 내 눈과 손이 곧 농약이고 비료다 073 새와 돌, 지렁이, 논두렁, 자전거에게 상 주기 074 나무, 건축 그리고 가르침에 관한 아름답고 깊은 통찰 075 터전에 대한 인간의 예의 076 한 포기 풀을 존경하기 077 지금 이 자리, 곧 '여기'가 교회인 삶 078 전통 마을에서 찾는 인류의 미래 079 자주적 인간의 독립 선언문 080 해와 달의 움직임에 따라 살기 081 자연은 제 빛깔로 살아 숨 쉬는 공동체

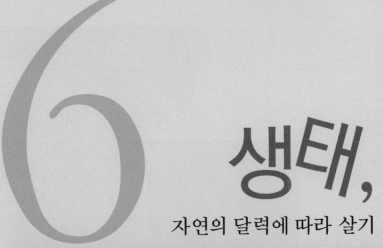

6 생태,
자연의 달력에 따라 살기

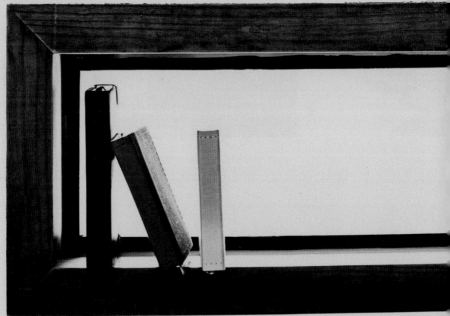

아픈 눈을 떠야한다

이런 산문을 읽으면 마음이 불편하다. 내가 세상에서 차지하고 사는 자리를 돌아보게 된다. 내가 외면하고 있는 내 몫의 사회적 책임을 대신하고 있는 사람들이 있다는 게 미안하고 부끄럽다. 이 불편함이 나를 사람답게 이끌어 줄 것이다.

작가라면 늘 아픈 눈을 뜬 채로 있어야 한다. 날마다 창문 유리에 얼굴을 바짝 대고 있어야 하고, 날마다 추악한 모습들의 목격자가 돼야 한다. 그리고 날마다, 낡아 빠진 뻔한 것들을 새롭게 이야기할 방법을 생각해야 한다.

아, 얼마나 성가신 말인가. 작가들이 무슨 죄를 지어서 저렇게 날마다 창문 유리에 얼굴을 바짝 대고 세상의 온갖 추악한 몰골에 참견해야 한단 말인가. 무엇 때문에 4대강 사업, 천성산 터널, 밀양 송전탑, 강정마을 해군기지, 이런 문제로 마음을 괴롭히면서 '이건 옳지 않은 일이라고 우리가 말해야 한다. 이건 우리 생명을 위협하는 일이다. 우리가 나서야 한다.' 이런 말들을 지겹게, 불편하게 생각하는 사람들이 귀를 다시금 기울일 만한 새로운 표현, 새로운 방식으로 바꾸기 위해 고민해야 하는가?

'작가'라는 낱말을 '교사'로, '기자'로, '군 의원'으로, '영향력을 가진 지역 인사'로, '존경 받는 어른'으로, '이웃의 아픔에 무심하지 않은 사람'으로 바꾸어 읽다 보면 결국 모두가 저 문장에서 자유로울 수 없다는 걸 느끼게 될 것이다.

아룬다티 로이는 인도의 여성 작가이다. 1961년생이라니까 쉰두 살, 작가로서 기반을 다지고 왕성하게 활동을 할 나이이다. 로이는 본래 무명의 건축가였는데 30대 중반에 쓴 첫 소설, 《작은 것들의 신》이 미국에서 출판된 뒤, 세계 여러 언어로 번역되고 영국의 부커상 수상작이 되면서 갑자기 세계적인 명사로 발돋움했다. 로이의 표현에 의하면 "우연히, 이미 가진 자들 사이에 세계의 부를 순환시키고 있는 거대한 파이프에 구멍을 뚫어서" 은행 계좌가 급격히 불어나고 어마어마한 속도와 힘으로 돈이 쏟아져 들어왔다고 한다. 그러나 성공한 작가로서 그녀의 삶은 인도의 나르마다 강에 건설될 3,200개의 댐에 관심을 두는 순간 방향을 바꾸고 만다. 온갖 부패의 온상인 대형 댐 공사로 인해 수몰되는 숲과 망가지는 생태계, 그리고 강과 숲에 기대어 살아가던 8만 세대의 강제 이주민들을 일단 본 다음에는 "입 다물고 조용히 아무 말도 하지 않는 것이 발설하는 것만큼이나 정치적인 행동이 된다."고 그녀는 말한다. 이후 로이는 소설을 쓰는 대신, 나르마다 댐 건설 공사에 반대하는 시위를 주도하고 비판적인 글을 쓰며 찬사와 존경 대신 주류 사회로부터 비난과 냉대를 받게 되었다. 거기에 대한 로이의 태도는 분명하다.

만일 작가가 현실을 외면해 버린다면 그들의 예술은 별로 이야기할 만한 것이 못 될지도 모른다는 것. 때때로 책에서 눈을 들어 우리 둘레의 세상 형편을 볼 수 있어야 한다는 것. 우리가 스위치를 켜서 불을 밝히고 냉방을 하고 목욕을 즐길 수 있도록, 누군가 먼 곳에서 어떤 희생을 치르고 있는지를 살펴야 작가라는 것. 자라나는 아이들에게 영향력을 가진 우리 교사의 입장에서 다시 말한다면 그래야 우리가 교사라는 것.

《9월이여, 오라》는 정치 평론이지만 그녀의 작가적 감수성이 빛나는 아름답고 깊은 문장들이 곳곳에서 빛나고 있다. 인도의 댐에서부터 분명한 초점을 가진 로이의 시선은 지구 위의 작은 것들, 연약하고 부서지기 쉬운 것들, 어린이들, 민중들에게 닿아 있다. 그들에게 가해지는 온갖 폭력이 로이가 저항하는 정치적 대상이 된다.

책을 덮으면서 나는 산문 정신에 대해 다시 생각했다. 소설을 읽을 때 나는 소설가라는 사람들이 있다는 게 고맙고, 좋은 시를 만나 터질 듯한 긴장감을 느낄 때 하느님이 시인을 이 땅에 낸 것에 감사한다. 그러나 이런 산문을 읽으면 마음이 불편하다. 내가 세상에서 차지하고 사는 자리를 돌아보게 된다. 내가 외면하고 있는 내 몫의 사회적 책임을 대신하고 있는 사람들이 있다는 게 미안하고 부끄럽다. 이 마음의 불편함이 소설과 시를 읽으면서 느끼는 행복감보다 나를 더 사람답게 이끌어 줄 감정이라는 생각이 든다.

| 최은숙

071 적게 벌어 행복하게 사는 가족 이야기

송성영 지음 거 봐, 비우니까 채워지잖아

공주시 계룡면 봉명리 252번지.

지은이 송성영 씨가 200만 원에 사서 15년간 살다 떠난 집의 주소이다. 도랑물을 따라 울퉁불퉁한 돌을 몇 개 밟고 올라가면 오디가 다닥다닥 열리는 뽕나무와 딱새가 둥지를 튼 우체통이 대문처럼 서 있다. 정확하게 말하면 이 집은 도끼를 들고 벽 하나 허무는 걸 두려워하지 않는 아내 정해정 씨의 작품이다. 뭘 고치고 다듬고 하는 것보다 좀 불편하더라도 있는 대로 놔두고 사는 걸 더 좋아하는 남편 송성영 씨를 닦달하여 폐품을 주워 와서 허물어져 가는 집을 고쳐 가며 살았다. 외양간의 소똥을 박박 긁어내고 페인트 칠을 해서 화실을 만든 것도 그의 아내였다. 사랑채는 금방이라도 모로 누울 듯 비스듬히 기울어지고 불룩하니 내려앉은 천장은 대나무를 가로질러 지탱했다.

신기한 것은 넓고 쾌적한 곳을 다 놓아두고 고개를 숙여야만 머리를 부딪치지 않고 드나들 수 있는 이 비좁은 오두막에 사람들의 발걸음이 끊이지 않는다는 것이다. 아이들은 외양간 화실이 좋아서 폭설로 버스가 끊어진 날에도 눈 속에 푹푹 발이 빠지는 길을 몇 시간씩 걸어왔다. 겨울이면 사람들은 두꺼운 외투를 벗지 못하고 목도리도 그대로 두른 채 사랑방에 모여 앉아 주인장과 이야기꽃을 피운다. 서늘한 가을밤엔 달빛이 푸른 마당에 나와 앉아 뒷산이 울리도록 노래

사람을 좋아한다는 것, 사람들과 어울리는 시간을 넉넉하게 갖는다는 것, 그건 욕심이 없어
야 가능한 일이다. 더 많은 돈을 벌어 은행에 쟁여 두려는 욕심, 더 높은 자리에 오르고자 하
는 욕심, 더 좋은 환경에서 편안하게 살고자 하는 욕심, 내 식구들을 더 많이 챙기려는 욕심.

를 부르며 놀고, 여름날엔 비안개에 휩싸이는 계룡산 줄기를 바라보
며 부지런한 그의 아내가 부쳐 내오는 부침개를 안주 삼아 술잔을 기

울인다. 왜 그런 것일까?

이 집의 주인들은 진심으로 사람을 좋아한다. 송성영 씨의 아내가 자주 하는 말 중의 하나는 "아무 때나 오이소."이다. 그들은 자기들만의 시간에 욕심이 없다. 정말 아무 때나 가도 달려 나와 반긴다. 밭에서 키운 푸성귀 한 가지만으로도 감칠맛 나는 겉절이 한 접시를 뚝딱 만들어 내고 도토리묵을 쑤었다가 푸짐한 도토리묵 무침을 해서 굴풋한 시간을 즐겁게 채워 준다. 사람을 좋아한다는 것, 사람들과 어울리는 시간을 넉넉하게 갖는다는 것, 그건 욕심이 없어야 가능한 일이다. 더 많은 돈을 벌어 은행에 쟁여 두려는 욕심, 더 높은 자리에 오르고자 하는 욕심, 더 좋은 환경에서 편안하게 살고자 하는 욕심, 내 식구들을 더 많이 챙기려는 욕심. 그걸 비운 자리에 진심으로 오가는 마음과 함석지붕이 들썩이도록 흥겨운 웃음소리와 이야기를 채우는 것이다. 그래서 송성영 씨에겐 피를 나눈 형제처럼 그를 생각하는 벗들이 많다. 집 뒤로 고속 철도가 지나가게 되어 정든 터전을 떠나게 되자 전국에서 그의 벗들이 땅을 소개했고 마침내 그는 전남 고흥의 바닷가에 터를 일구고 조그만 민박집을 열었다. 이름도 없는 민박집에도 여전히 손님이 끊이지 않는데 주인들은 그저 사람을 좋아할 뿐 숙박비 챙길 줄을 몰라서 손님들이 도리어 좀 더 내려고 마음을 쓰고 고민을 한다.

'적게 벌어 행복하게 사는 가족 이야기'는 이 책의 부제이면서 이 집 식구들이 사는 모습을 적절하게 표현한 문장이다. 적게 버는 대신 언제나 여유롭고 넉넉한 그들에게 많이 버느라 지친 사람들이 팍팍한 가슴을 안고 찾아간다. 가난하여 풍족한 그들에게 풍족하여 가난한 이들이 깃들어 마음의 평화를 얻는다. 공주시 계룡면 봉명리 252번지. 닭들이 개 밥그릇을 제 밥그릇으로 알고 지내던 집, 딱새가 날아오던 집, 닭과 고양이와 개가 순하게 어울려 살던 집. 이곳에서 농사 짓고 약간의 돈벌이를 하며 한 가족이 제가 사는 터전에 폐를 끼치지 않고 얼마나 아름답게 살다 갔는지 책을 읽고 있으면 가슴이 뭉클하고 애틋하다.

| 최은숙

내 눈과 손이 곧 농약이고 비료다

《기적의 사과》는 이제까지 읽은 책 중 가장 감동적인 책이다. 3천 볼트의 전기 충격이라고 해야 할 것 같다. 지은이에게 존경의 마음을 표한다. 또 이 책을 알게 해 준 책모임의 선생님들께도 감사드린다. 이 책에서 가장 가슴 찡하게 와 닿은 장면은 이것이다.

과수원들이 울타리와 울타리경계로 이어져 있다. 다른 과수원들은 농약을 치고일 년에 13회 정도 비료를 주어서 쉽게 해충도 없애고 과실을 수확한다. 그러나 아키노리 씨는 무농약 무화학비료 농법을 고집한다. 이웃 과수원들은 아키노리 씨한테 불만이 이만저만이 아니다. 농약 쳐서 해충을 없애 놓으면 아키노리 씨 과수원에서 해충이 날아와 소독한 보람이 없게 되니 화가 날 수밖에. 이웃 사람들이 아무리 설득해도 듣지 않으니까 그 시선이 보통 따가운 것이 아니다. 왕따를 당하게 되자 이웃의 시선을 피하려 새벽 일찍 과수원으로 갔다가 저녁 늦게 귀가한다. 이런 심정을 겪어 본 사람들은 다 알 것이다. 얼마나 고독한 싸움인가를.

이 부분을 읽을 때 나는 옛날이 그리웠다. 전교조 초창기에 혈기 왕성한 젊은 교사로서 뜻을 굽히지 않고 용감했다. 주변 교사들의 따가운 눈총도 왕따 당하는 것도 두렵지 않았다.

사과나무는 사과라는 과일을 생산하는 기계가 아니다. 사과나무도 이 세상에 목숨을 받아 태어난 하나의 생명이다.

　"세상을 자기에게 맞추는 사람은 우직한 자이고, 우직한 자의 어리석음이 세상을 조금씩 바꿔 간다. 반면에 자기를 세상에 맞추는 사람은 현명한 자이나 흐르지 않는 물과 같아서 썩기 쉽다."

　신영복 선생님의 이 글을 가르치면서 세상을 자기의 신념에 맞추며 살아간다는 것이 얼마나 힘들고 어려운 일인가, 얼마나 용기가 필요한 것인가에 대해 이야기한 적이 있다. 《기적의 사과》를 예로 들었더니, 학생들은 말했다.

"실제로 세상을 자기의 신념에 맞추며 살기는 어려울 것 같아요. 남들 하는 대로 쉽게 사는 것이 대세입니다."

교과서의 좋은 글이 무슨 소용이 있겠는가? 아키노리 씨가 무농약 무화학비료 농법을 시도하는 동안 8년간은 실패의 연속이었다. 자세한 내용은 책을 직접 읽어 보기 바란다. 9년째의 봄에 사과꽃이 피었다. 그해 가을에 수확한 사과는 크기가 얼마 정도였을까? 아무튼, 그 사과 맛은 기적이었다. 아키노리 씨의 꿈은 이루어졌다. 그동안 냉담했던 이웃들이 모두 기뻐하며 축하의 말들을 건넨다. 농약 치는 사람들의 경계와 농약 치지 않는 아키노리 씨네 경계에선 웃음꽃이 피었다. 그렇게 싫어하고 적대시하던 사람들이 아키노리 씨의 성공, 아니 그가 옳았다는 진리 앞에서 모두 한마음으로 그의 길을 인정하게 된 것이다. 적어도 자기들의 경계만이 옳다고 고집하지는 않게 되었다.

"모든 경계엔 꽃이 핀다."라는 말이 있다. 이것이 무슨 뜻인가 궁금했는데, 여기 이 대목에서 확실히 깨달았다. 무엇보다도 이 책이 주는 강력한 메시지는 아키노리 씨의 과수원이 앞으로 다가올 환경 재앙에 대비할 수 있는 '노아의 방주'라는 것이다. 환경 재앙이 코앞에 다가왔다고 아무리 외쳐도 들은 척도 안 하는 우리들이여! 이대로 질주하면 배가 빙산에 부딪히니 멈추든가, 방향을 바꾸라고 목이 터지라 외치던 선원을 기억하는가? 춤추며 취해 있던 타이타닉호의 사람들을 기억하는가?

그는 무농약 무화학비료 농법의 성공 비밀을 아무에게도 안 알려 주고 자기만 돈을 벌어 보겠다는 사욕이 전혀 없다. 세상 사람들이 모두 무농약 무화학비료 농법을 할 수 있도록 친절하게 알려 주고 싶은 것이 그의 꿈이며 소원이다. 환경 재앙에서 우리 모두 살아남기 위해선 사과 한 알이라도 제대로 된 농법으로 재배해야 한다. 이 책을 많은 사람이 읽어야 할 텐데…….

| 이기자

073 정상명 지음, 그림 꽃집
새와 돌, 지렁이, 논두렁, 자전거에게 상 주기

　　새와 돌, 지렁이, 논두렁, 자전거에게 풀꽃상을 드리는 '풀꽃세상'이라는 이름의 환경 단체가 있다. 화재로 딸을 잃은 어머니의 아픈 사랑이 풀꽃세상을 낳았다. 눈앞에서 순식간에 딸아이가 재가 되어 사라지는 모습을 지켜봐야 하는 어머니의 고통을 무슨 말로 표현할 수 있을까? 어머니는 엄청난 슬픔과 숨이 막힐 것 같은 고통을 '남은 생애 단 한 순간도 어리석게 살지 않겠다.'는 결심으로 옮겨 놓는다. 그녀는 천 송이의 풀꽃草英이라는 뜻을 지닌 딸아이의 이름으로 환경단체를 만들고 마치 그것이 지상에서 더는 만날 수 없는 딸과 같이 살아가는 유일한 길인 듯, 자연에 대한 존경심을 회복하는 일에 몰두한다.

　　그 어머니 정상명 씨가 지난달 전교조 청양지회의 초청으로 풀꽃평화연구소를 함께 창립하고 풀꽃 운동을 함께 해 온 작가이자 환경운동가인 최성각 씨와 함께 청양에 왔다. 정상명 씨가 말하길 딸애와 함께 살던 그곳에서, 딸애와 함께 쓰던 컵으로 물을 마시며 삶을 다시 시작했다고 한다. 이야기를 듣는 것만으로도 고통스러워서 주저앉을 것만 같은데 그이는 어땠을까? 딸을 잃은 대신 딸이 묻힌 대지의 온갖 생명을 품어 안게 된 어머니에게 경의를 표한다.

　　최성각 씨는 정상명 씨를 일컬어 '참 아름다운 분'이라고 표현했다.

사랑 안에서 삶과 죽음을 하나로 품은 이의 어깨에 얹히면 어떤 고통스럽고 아픈 짐도 마침내
는 꽃짐이 되지 않을 수 없을 것 같다. 사람들은 누구나 남이 알거나 모르는 짐을 얹고 산다.
나의 짐을 내려 아름답고 평화로운 세상으로 가는 징검돌로 삼고 싶다.

이야기를 나누면서 풍부하고 아름다운 분위기와 더불어 그가 얼마나
곱고 섬세하며 깊은 심성의 소유자인지를 느낄 수 있었다. 저녁 무

렵 채소 쌈에 얹어 먹으려고 앞마당 텃밭에 쇠비름 풀을 뜯으러 나갔다가 쇠비름이 이파리를 닫고 잠든 모습이 여리고 애잔해 차마 손을 대지 못하고 잘 자라, 인사하고 일어서는 사람, 정상명 씨의 산문집 《꽃짐》에는 이렇게 곱고 애달프고 섬세하게 생명을 대하는 사랑 이야기들이 가득하다.

제8회 풀꽃상은 자전거가 받았다고 한다. 자동차나 오토바이처럼 공간을 난폭하게 대하지 않고, 풍경의 일부가 되어 세상을 겸손하게 바라보게 하고, 더러 방귀를 뀌는 개인적인 사정 외에는 대기를 오염시킬 일이 전혀 없으며, 정기적인 대인대물 보험료를 납부해야 하는 쓸데없는 지출을 하지 않아도 되고, 운동 부족으로 사랑하는 사람을 일찍 떠날 염려가 거의 없는, 인류가 만든 공산품 중에 가장 아름다운 발명품이기 때문이라 한다. 달리다가 문득 한 발은 페달에, 한 발은 대지에 굳건히 딛고 서서 지나가는 이웃에게 "밥 먹었니?" 하고 물을 수 있는 자전거.

1947년에 만들어진 자전거를 지금까지 타고 계시는 조성채 씨와 1956년부터 지금까지 47년간 자전거포를 열어 고장 난 자전거를 고치고 계신 김수길 씨, 자전거 타기 시민 운동과 함께 《자전거》라는 귀한 책을 세상에 펴내신 조진상 씨, 앞으로 자전거를 열심히 탈 미래 세대 광명보육원의 청소년 원생들이 부상을 받았다고 한다. 그리고 자전거포의 주인 김수길 씨가 보관하고 있는 50여 권의 외상 장부는 귀중한 생활사 자료로 상주시의 자전거박물관에 소장될 것이라고 한다.

'녹색 성장', '친환경 폭탄' 같은 괴상한 말이 넘쳐나는 세상이다. 〈삶은 기적이다〉라는 글에서 웬델 베리는 세계를 절단하고 황폐화하는데 사용됐던 언어를 그대로 사용해서 세계의 구원을 그릴 수는 없다고 말했다. 성장은 녹색과 함께 갈 수 없다. 사람을 죽이는 폭탄이 방사능을 방출하지 않는다고 해서 어떻게 '친환경'이라는 수식어를 달 수 있을까? 박달재의 아름다운 숲을 까뭉개고 들어서는 대규모 콘도 시설도 '친환경'이라는 이름을 달고 들어간다. 왜 친환경인가 하면, 커다란 바위와 고목들을 될 수 있는 대로 살려서 조경으로 이용하고자 노력했기 때문이라 한다. 이렇게 뻔뻔하고 무례한 시대의 한쪽에는 참으로 정성스럽게 풀 한 포기를 대하는 사람들도 함께 살고 있다.

이제야 저는 낙원에 대해 조금 알게 되었습니다. 전에는 낙원은 행복만 가득 차 있을 것이라고 생각했습니다. 낙원에 대한 오해였습니다. 낙원이란 삶과 죽음이 함께 있는 곳입니다. 삶과 죽음은 등이 붙어 있는 일란성 쌍둥이와 같습니다. 그들은 분리된 하나입니다. 그러기에 산다는 일은 곧 죽는 일이기도 합니다. 죽음이 가까이 있기 때문에 삶이 아름다울 수 있다는 것을 이제야 깨닫게 된 것입니다.

저는 지금 큰딸의 기억을 등에 업고, 어느새 훌쩍 커서 친구가 된 작은딸의 손을 잡고 남은 생을 걸어갑니다. 큰딸은 지금까지 살아오면서 제가 진 짐들 중에서 가장 크고 화려한 꽃짐입니다. 어느 누구라도 그래야 하겠지요. 고단하고 무겁기만 했던 한평생의 어떤 짐도 마침내는 꽃짐이 되어야 할 것입니다.

이 책의 제목인 '꽃짐'은 그런 뜻이었다. 사랑 안에서 삶과 죽음을 하나로 품은 이의 어깨에 얹히면 어떤 고통스럽고 아픈 짐도 마침내 는 꽃짐이 되지 않을 수 없을 것 같다. 사람들은 누구나 남이 알거나 모르는 짐을 얹고 산다. 나의 짐을 내려 아름답고 평화로운 세상으 로 가는 징검돌로 삼고, 그 걸음의 동행을 만나고 싶다면 풀꽃세상 http://www.fulssi.or.kr에 한번 방문해 보시길 권한다.

| 최은숙

074 나무, 건축 그리고 가르침에 관한 아름답고 깊은 통찰

니시오카 쓰네카즈 지음, 시오노 요네마쓰 편, 최성현 역 나무에게 배운다

책과 만나는 것도 인연이다. 《나무에게 배운다》는 광고한 적도, 베스트셀러가 된 적도 없는 책이다. 십여 년 전 어느 날, 국어과 교사용 지도서를 무심히 넘기다가 주춧돌 놓는 법에 관한 이야기를 읽게 되었다. 법륭사의 목수인 할아버지가 일을 하다가, 절에 따라와 놀고 있는 손자를 불러 숙제를 내준다. 커다란 돌 하나를 가리키며 그 돌 위에 기둥을 세운다면 어떻게 하는 게 좋겠느냐고. 손자는 돌의 평평한 곳을 찾아 그 가운데에 기둥을 세우면 확고할 것 같다고 대답한다. 할아버지의 대답은 이랬다.

"한 번 더 법륭사 중문 기둥이 어떻게 세워져 있는 지, 보고 오너라."

일본의 법륭사는 세상에서 가장 오래된 목조 건축물이라 한다. 우리에겐 담징의 금당벽화가 그려진 호오류사로 잘 알려져 있다. 몇 번이고 다시 가서 보는 동안 어린아이는 스스로 질문을 갖게 된다.

'이것이 어떻게 1300년이나 서 있을까?'

천 년이라는 긴 시간을 내다보는 시간 감각, 천 년을 지탱할 건축물을 지을 사람이 공부하는 방식. 백 명의 공인들이 가진 백론을 하나로 모을 기량이 없다면 삼가 그 자리를 떠나야 한다는 '동량棟樑'인 할아버지가 손자에게 주고자 했던 가르침의 핵심이 그것 아닐까 싶

만일 한 그루의 노송나무가 천 년을 살았다면 건축물로서도 적어도 천 년을 가도록 해야 한다.

다. 돌 한가운데 기둥이 서 있는 것 정도로 주춧돌을 받아들여서는 안 되는 것이라는 걸 어렴풋이 느끼는 손자에게 할아버지는 돌의 가장 뚱뚱한 부분, 거기가 건물의 힘이 전부 실리는 돌의 중심이 되는 곳이라는 걸 비로소 알려 준다. 돌을 평탄하게 잘라서 기둥을 놓고 볼트를 조이면 간단할 것을, 자연석의 표면에 맞춰 요철대로 나무 기둥에 표시하고 그대로 파내어서 주춧돌에 기둥을 세우는 번거로운 작업을 하는 이유는 무엇일까? 자연석 위에 세워진 기둥의 밑바닥은 방향이 가지각색인데다 볼트로 고정되어 있지 않아 지진이 오더라도 '각기 다른 늚'을 거쳐 제자리로 돌아온다. '각기 다른 늚'이라니 얼마나 멋진 말인지.

이 짧은 예화에 매료된 나는 출처를 찾아 책을 주문했다. 별로 유명하지 않은 출판사에서 1996년에 초판 발행된, 꼬질꼬질한 책이 배달되어 왔다. 나중에 할아버지와 아버지의 대를 이어 법륭사의 동량이 된 손자, 니시오카 쓰네카츠가 들려주는 나무, 건축, 가르침에 관한 아름답고 깊은 통찰로 가득 찬 뜻밖의 보물이었다. 책은 얼마 지나지 않아 품절이 되었는데 반갑게도 이번에 상추쌈 출판사에서 다시 책을 예쁘게 만들어 주었다.

법륭사의 기와를 벗겨 내고 처마에 대패를 대보면 상품의 노송나무 향기가 난다고 한다. 천 년이 지난 나무가 아직도 살아 있는 것이다. 나무에는 두 가지 생명이 있다는 것을 이 책을 읽고 알았다. 하나는 나무가 흙에 뿌리를 내리고 살아 있는 동안을 말하는 수령樹齡이고, 다른 하나는 그 나무가 목재로 쓰인 때부터를 이르는 내용연수耐用年數이다. 만일 한 그루의 노송나무가 천 년을 살았다면 건축물로서도 적어도 천 년을 가도록 하게 해야 한다는 것이 니시오카 쓰네카츠의 생각이다. 법륭사 목수들에게 대대로 전해지는 구전口傳 중에 "나무를 사지 말고 산을 사라."는 말이 있다. 건축에 쓰일 나무를 고르는 게 동량의 중요한 임무였다. 동량은 목재소로 가는 게 아니라 산으로 가서, 그 산의 지질을 보고, 그곳 환경에 의해 생긴 나무의 성깔을 파악하여, 곧은 대로, 굽은 대로, 단단한 대로, 무른 대로 적재적소에 쓰는 것이다. 나무끼리의 힘으로 서로 성깔을 막으며 건물 전체의 비뚤어짐을 막게 하여 천 년의 수명을 누리게 하는 것이다.

니시오카 쓰네카츠는 나무의 성깔을 '나무의 마음'이라고 표현했다. 요즘처럼 무엇이든지 빨리 해치워 버려야 하는 시대는 나무의 마음을 읽을 겨를이 없으니 불편 없이 쓰기 좋도록 아예 합판으로 만들어 버린다는 말이 가슴을 서늘하게 한다.

우리 교실을 생각해 본다. 각기 살아 있는 기질을 가진 나무가 이룬 산이고 숲인데, 담임 선생의 눈이 어두워 제재소를 차리고 있으니 아이들이 힘들다. 합판이 되기를 거부하는 아이들의 생명을 천 년의 감각으로 보는 동량, 흉내라도 내는 날이 있으려나 모르겠다.

| 최은숙

075 최성각 지음 날아라 새들아
터전에 대한 인간의 예의

잉크 냄새가 채 가시지 않은 신문을 펴다가, 1면에 큼지막하게 장식된 뻥 뚫린 들창코의 돼지 사진을 보고 깜짝 놀랐다. 1면에 돼지 사진이라니. 사진의 제목은 '이의 있습니다' 였다.

내용인 즉슨, 축산업자들이 더 쉽게 소, 돼지의 몸무게를 늘리려고 어둡고 움직일 수도 없이 좁은 틀 안에서 가축을 사육하고 있다는 것이었다. 닭은 A4 용지 1장 정도의 면적 안에서 달걀을 더 많이 낳도록 거의 잠을 재우지 않는다는 내용도 덧붙였다. 이렇게 공장식 농장에서 사육된 동물들은 질병에 쉽게 전염되고, 병에 걸린 동물은 물론 전염되지 않은 가축까지 대량 도살 처분해야 하는 담당 공무원들은 아직도 정신 질환에 시달리고 있다는 것이다. 웅덩이 속 폐수가 지금도 땅을 적시고 있다고 했다. 탁자에 펼쳐진 돼지의 들창코에서 종일 가냘픈 한숨 소리가 흘러나오는 듯했다. 기사를 본 며칠 뒤, 최성각의 《날아라 새들아》를 읽으면서 그 돼지 사진이 떠올랐다.

이 책은, 인간이 자연의 한 부분이며 동식물에 대한 애정이 결국은 인간에 대한 사랑의 원천이 되고, 그 마음이 곧 인간의 도리임을 말하고 있다. 많은 사람이 귀농을 낭만적으로 생각하고 시작하지만, 그곳 주민들과의 갈등으로 힘들었다고 한다. 그래서 작가는 귀농 후,

4대강의 막힌 물이 푸른 벌판을 달리고, 돼지들의 들창코에 햇빛이 들어올 때, 쥐와 뱀도 가끔은 인간의 밥을 얻어먹을 때, 삼보일배하는 성직자들의 땀방울이 마를 때, 그때가 되면 새들이 푸른 하늘을 나는 모습이 우리 삶의 배경이 되어 줄 것이다.

자세를 낮추어 먼저 인사하고 무료 의료 봉사를 하는 등 그곳 주민들의 신뢰를 쌓아 간다. 허리가 반으로 굽은 구십 넘은 할아버지의 호미질에 깊은 존경과 애정을 느끼며, 다섯 아이를 둔 숯가마 아저씨의 작업장에는 '오남매숯가마'라는 간판명도 지어 준다. 일하는 것을 최고의 즐거움으로 아는 그곳 주민들과의 따뜻한 교감이 나에게도 그대로 전해졌다. 온갖 식물들의 이름을 외우고 몸으로 느끼면서 그들에 대한 관심이 얼마나 지극했으면 '나무 한 그루 한 그루가 경전말씀'이라고까지 생각하게 되었을까? 그는 자신이 키우는 거위에게도 이기지 못하고, 뱀도 죽이지 못하고 쫓기만 하는 겁쟁이이며, 거위의 밥을 훔쳐 먹는 쥐에 대해 호감을 느끼고 오히려 깨끗한 밥그릇을 놓아 주면서 쥐와의 공존을 모색하는 장난기 많고 따뜻한 어른이다. 또 그는 간척 사업이나 4대강 사업에 반대하는 열혈 환경운동가이다. 인도를 여행하면서 마음의 평안을 구하고, 티베트 독립운동에 대한 중국의 무자비한 탄압을 보면서 인간적인 울분을 토해 낸다.

재생지를 사용한 누런 책을 덮으며 내 주변을 둘러보았다. 내가 들이마신 이 공기는 얼마나 먼 곳에서부터 바람을 타고 왔을까? 내가 마신 물은 어느 깊고 깊은 옹달샘에서 얼마나 오랫동안 장애물과 부딪치면서 흘러왔을까? 어제 회식 자리에서 배불리 먹다 남은 한우 고기는 재산 목록 1호였던 누렁이를 팔고 오시던 우리 아버지의 비틀거림일지도 모른다. 세계에서 가장 많이 소비한다는 커피는 어느 아프리카 어린이의 쩍쩍 갈라진 손맛일지도 모른다.

경제 성장, 물질 만능주의 사고 속에 우리도 모르게 행복의 기준은 경제력이 되었다. 때론 경제력이 선악의 기준이 되기도 한다. 이러한 사고는 인간이 자연을 마음대로 개발하고, 동물도 마음대로 구속할 수 있다는 논리를 만들어 버렸다. 그러나 이제는 인간과 자연이 함께 살아야 한다는 생명 중심주의로 나아가야 한다. 이렇게 우리의 의식이 전환될 때, 결국 인간끼리의 폭력도 줄어들 것이고, 사람 사는 맛을 느낄 수 있는 세상이 되지 않을까?

동식물이 숨 쉬고 살 수 있도록 4대강의 막힌 물이 푸른 벌판을 달리고, 돼지들의 들창코에 햇빛이 들어올 때, 노오란 병아리떼 종종종 엄마 따라 봄나들이 가고, 쥐와 뱀도 가끔은 인간의 밥을 얻어먹을 때, 삼보일배하는 성직자들의 땀방울이 마르고, 티베트 스님들의 독경 소리가 히말라야의 백년설에 반짝일 때, 그때가 되면 '새들이 높이 높이 나는' 모습을 우리 모두 볼 수 있을 것 같다.

| 송기영

눈여겨보아야 하고 귀 기울여 들어야 한다. 오가는 길손은 물론 마루 밑으로 굴러드는 나뭇잎 하나, 발밑을 기어 다니는 벌레 한 마리 소홀히 여겨서는 안 된다.

자연의 삶을 찾으라! 내 인생의 참다운 시작은 산에서 살면서부터다. 눈여겨보아야 하고 귀 기울여 들어야 한다. 오가는 길손은 물론 마루 밑으로 굴러드는 나뭇잎 하나, 발밑을 기어 다니는 벌레 한 마리 소홀히 여겨서는 안 된다고 다짐을 하며 산다. 산에서는 그날이 그날 같아도 똑같은 하루는 단 하루도 없다. 눈에 보이지 않는 속도로 모든 것이 잠시도 머물지 않는다. 나무는 해마다 자라는 게 분명하지만, 우리에게 자신이 자라는 모습을 보여 주지 않는다. 이렇게 모든 것이 변하지만, 그 변화는 일방적이지 않다. 서로 주고받으며 변한다.

윗글처럼 꼭 그렇게 자연을 닮은 최성현 선생을 독서 모임에 초대하여 감이 붉게 익어 가는 장곡사에서 만난 적이 있다. 트럭을 타고 반나절을 달려, 우리를 만나러 온 최성현 선생과 함박웃음을 머금고 사진을 찍었다. 조용조용한 말씨로 전해 주는 그의 사는 이야기를 듣다 보니 나의 속내가 어느새 말끔해지던 것을 기억한다.

저는 올해 진정한 뜻에서 행복한 사람이 되고 싶었습니다. 그래서 생각한 것은 제가 이미 부자인 것을 아는 것이었습니다. 진짜 부자는 많이 가진 사람이 아니라, 가진 것과 상관없이 이미 충분하다는 것을 알고 큰 평화 속에서 사는 사람인데 저는 그런 사람이 되고 싶었습니다. 가진 것이 많더라도 충분한 줄 모르면 거지가 아니겠어요? 또 남을 위하는 것이 저 자신을 위하는 길임을 분명히 알고 그렇게 사는 것이었습니다.

그의 글을 읽고 나는 매우 행복했다. 나의 소중한 가족들, 나의 소박한 삶, 또 나의 하늘과 바람, 또 나의 하나님! 나의 친구들, 이대로 충분했다. 핸드폰 시작 화면에 '이대로 충분합니다'라는 문구를 새기며 행복해했다. 그러다가도 더 많은 소유를 꿈꾸다가, 다시 또 그의 글을 읽고 부끄러워하곤 했다.

서울 나들이를 가는 길에 주름조개풀이라는 아주 작고 볼품없는 씨앗들이 바짓가랑이에 붙어 있음을 보고 웃음이 났다. 자주 다니는 길에 나서 하루에도 몇 번씩 떼어 내야 했던 풀씨다. 그 풀씨가 내 바짓가랑이를 잡고 서울까지 따라온 셈이었다. 어찌 박대할 수 있으랴……, 결국 서울 어디에서도 나는 그 씨앗들을 떼어 낼 곳을 찾지 못하고 말았다. 집으로 돌아와 바짓가랑이를 보니 씨앗 수가 반으로 줄어 있었다. 모두 스무 알은 되리라. 그 가운데 한 알이라도 어딘가에서 살아남아 있기를! 진득찰, 도깨비바늘, 그령, 짚신나물, 도둑놈의 갈고리 따위가 주름조개풀과 같이 그대의 바짓가랑이를 붙잡고 그대의 여행을 따라나서더라도 화내지 말일이다. 식물은 우리에게 자신의 모든 것을 다 내어 주면서 살지 않는가.

그는 무엇이 소중한 것인지 알고 그것들을 귀하게 여기며 살아가는 자연주의자이다. 그가 소중하게 여기는 것은 한 포기 풀, 작은 새, 나무, 씨앗 하나에서부터 산, 강, 사람의 영혼, 몸, 사람과 사람, 사랑에 이르기까지 모두 다 포함된다. 아주 사소한 것들도, 또 삶의 배움도, 나눔도, 그 무엇도! 나도 그렇게 살고 싶다. 두리번거리지 않고 마음의 눈으로 충분하게.

| 성기연

지금 이 자리, 곧 '여기'가 교회인 삶

일본 남쪽의 야쿠 섬엔 수령이 7천2백 년 된 조몬 삼나무가 있다고 한다. 조몬 시대란 일본의 신석기 시대이다. 지은이 야마오 산세이는 20여 년 섬에 사는 동안 열 번 넘게, 왕복 아홉 시간을 걸어야 하는 깊은 숲으로 삼나무를 만나러 가곤 했다. 삼나무를 만나기 위해 오고 가는 그 시간을 지은이는 '가미'의 시간이라 부른다. 우리말로 옮긴다면 신, 정령, 참나 라고 할 수 있는데 우리가 만나서 진심으로 좋았다고 생각되는 것이 있다면 풀이든, 나무든, 바다든, 사람이든 그것이 가미가 된다.

아홉 시간 숲길을 천천히 걸으면서 그가 느꼈을 기쁨과 평화를 상상할 수 있다. 그에게 신석기 시대의 삼나무는 어떤 의미였을까? 야마오 산세이는 문명이 달리는 직선의 시간 말고도 아침에서 밤으로, 봄에서 겨울로, 탄생에서 죽음으로 회귀하는 자연의 시간, 우주를 만들어 낸 근원의 시간에 대한 통찰력과 깊은 감응의 태도를 가진 사람이었다.

어느 해 조몬 삼나무를 보러 가서 그는 나무의 거대한 뿌리 주변에 작고 흰 제비꽃이 피어 있는 것을 발견한다. 그가 느낀 것은 잠깐 피었다 지는 제비꽃도 하나의 생명, 조몬 삼나무도 하나의 생명, 양자는 완전히 대등하다는 사실이었다. 야마오 산세이는 서른아홉 살 되

여기에 사는 즐거움'이란 '여기에 사는 슬픔'이자 '여기에 사는 괴로움'을 품어 안고 있는 말이
다. 그리고 '모든 것이 즐거움' 이라고 하는, 삶에 대한 큰 긍정의 표현이다.

던 해, 가족과 함께 야쿠 섬으로 이주하여 2001년 8월, 예순 셋으로
이 세상을 떠날 때까지 손수 농사를 지으며 실천하는 사회운동가로,
시인으로, 구도자로 살았다. 그는 지구의 크기로 생각하고, 그 가운
데 배우고 깨우친 것을 '여기' 즉, 자기가 사는 지역과 나라에서 꾸준
히 실천해 가는 것을 삶의 바탕으로 삼았다.

  책의 제목인 '여기에 사는 즐거움'에 대해 생각해 본다. 그의 아내
인 야마오 하루미의 말대로 '여기에 사는 즐거움'이란 '여기에 사는 슬

품'이자 '여기에 사는 괴로움'을 품어 안고 있는 말이다. 그리고 '모든 것이 즐거움'이라고 하는, 삶에 대한 큰 긍정의 표현이다. 나에게 '여기'는 해결해야 할 일이 많은 답답한 곳일 경우가 많았다. 자고 일어나도 똑같은 '여기'가 나의 에너지를 끝없이 요구하며 어제와 다름없는 얼굴로 버티고 서 있었다.

눈을 뜨지 못하면 그 날이 그 날인 여기가 새로울 수가 없다. 그러나 희망이 있는 것은 이렇게 다가오는 스승들이 있다는 것이다. 책에서, 일상의 삶에서 나는 스승을 누리는 복이 많다. 그는 지금 이 자리, 곧 '여기'가 교회인 삶을 살고자 했다. 따로 사원을 짓지 않아도 되는 삶을 추구했다. 그리고 그곳이 어디이든 언제나 두 가지를 지키려고 했다.

결코 서두르지 않는다.
집중한다.

서두르지 않고 삶에 집중한다는 것은 혁명에 가까운 일이다. 생명이 가진 신성함에 대한 감각을 회복하는 일이다. 이렇게 자기가 살고 있는 시간과 공간에 집중하여 천천히 살다 간 한 사람의 이력이 종종 자신을 잃곤 하는 나에게는 회복을 돕는 아름다운 가미가 된다.

책을 읽다 보면 더는 바랄 것이 없을 만큼 지극히 행복하다, 이대로 충분하다는 그의 고백을 곳곳에서 만난다. 기회가 된다면 제주도의 5분의 1밖에 안 된다는 야쿠 섬을 여행하고 싶다. 풀밭인지 채

소밭인지 구별이 안 되는 작은 텃밭과 집이란 비바람을 막을 정도면 족하다는 생각대로 아내와 함께 지었다는 그의 오두막을 둘러보면서 "이대로 충분하다. 더 바랄 것이 없다."는 그의 음성을 다시 듣고 싶다.

| 최은숙

전통 마을에서 찾는 인류의 미래

40년 만에 다시 마을에 소나무를 심는다. 마을 주민들이 모두 모여 일도 하고 음식도 나눌 것이다. 소나무 숲의 잔디가 땅에 자리 잡을 무렵, 마을 청년회원들과 《오래된 미래》를 함께 읽고, 한잔하고 싶다. 소나무 숲이 '소통'이다. 과거에 우리의 미래가 있다.

전에는 우리 마을 앞에 1~2백 년 된 소나무들이 숲을 이루어 참 좋았는데, 어느 날 갑자기 소나무 숲이 베어지고 나서 마을이 황량한 환경으로 변했다고 한다. 그리고 40여 년이 지난 오늘, 마을 앞에 다시 소나무들을 심었다. 돈을 들여서 하는 숲 복원이 생산적이지 못한 일이라 못마땅하게 생각될 수도 있겠지만, 마을의 품위를 되찾는 과정에서 이루어지는 마을 사람들 간의 소통, 조상의 지혜를 이어 간다는 점에서 나는 대단한 일이라고 생각한다. 마을 소나무 숲 복원과정을 지켜보면서 《오래된 미래》란 책이 생각났다. 32개 언어로 번역될 정도로 세계적으로 널리 알려진 책이다. 특히, 성장 속도가 유난히 빠른 우리나라의 독자들이 많은 공감을 했다고 한다. 나 역시 이 책을 보고 내가 살아온 환경을 이해하고, 앞으로 살아갈 방향을 잡는 데 도움을 받았다.

책을 쓴 헬레나 노르베리 호지는 스웨덴 언어학자이자 환경운동가로 히말라야의 산악에 끼어 있는 라다크 마을에서 1975년부터 16년 이상 주민들과 함께 생활하면서 라다크에서 얻은 경험을 '1부 전통, 2부 변화, 3부 라다크로부터 배운다'로 정리해 소개하고 있다. 1부에서는 서양 문화의 영향을 받지 않은 라다크의 모습을 보여 주고 있고, 문명인인 저자의 눈에 원주민들의 전통적인 생활이 미래로 가는 길에 대한 힘과 희망을 주었다고 고백하고 있다.

"질병은 이해의 결핍에서 생긴다."

라다크의 의원이 한 말이다. 이 말이 참 대단하다는 생각이 들었다. 젊은 시절의 어느 날 이해 할 수 없는 말을 하는 상대방에게 크게 화를 낸 일이 있다. 몇 시간 후 참을 수 없는 고통이 와서 병원에 갔더니 위궤양이라고 했다. 참 이상했다. 술을 많이 먹어도 이런 일이 없었는데, 정신적인 스트레스가 위에 구멍을 내다니. 질병은 이해의 결핍에서 생긴다는 문장을 보고 그때의 의문이 풀리는 것 같았다.

책을 읽는 동안 가끔 속도가 나지 않음을 느꼈다. 어린 시절이 생각나고, 내가 그래서 힘들었구나! 위로도 해 보고, 자신을 이해하고 용서하기도 하고, 아! 그동안 내가 속았단 느낌도 들고, 그러나 무엇인가 큰 짐을 내려놓는 기분도 들고, 이제 뭘 좀 알아서 답답하지 않을 거란 생각도 하고, 앞으로는 어떻게 살아야 하는 것이 좋을까? 여러 가지 구체적인 방법도 구상하고, 이런저런 생각을 하게 되는 것이었다.

이번 일요일에 마을 앞 소나무 숲에 잔디를 심고, 주변 정리도 할 예정이라고 한다. 마을 주민들이 모두 모여 그곳에서 일도 하고 음식도 나눌 것이다. 40여 년 전 베어진 소나무가 생명을 얻는다. 소나무 숲이 '소통'이다. 과거에 우리의 미래가 있었다. 마을 청년회원들과 《오래된 미래》를 함께 읽고, 소나무 숲의 잔디가 땅에 자리 잡을 무렵, 한잔하면서 이야기했으면 하고 희망해 본다.

| 박태원

자주적 인간의 독립 선언문

그가 어디서 어떻게 살았는지 눈으로 읽고 마음으로 함께했다. 한 줄 글로 간단하게 표현할 수 없는 먹먹한 여운이 남았다. 그는 인간 삶의 주목적은 무엇이며 인생을 살아가는 데 진실로 필요한 수단과 방편이 무엇인지를 사색하고 몸소 실천하여 기록으로 남겼다.

수많은 민족이 산업 혁명의 열기를 품고 부귀영화의 욕망을 좇아 주인 없는 새 희망의 땅이라 여겨지는 곳으로 이동했다. 태초부터 자연과 더불어 살아온 인간들, 그 인간들과 더불어 존재했던 자연은 그때부터 엄청난 시련을 겪었다. 인간들은 자연을 인간의 삶을 위한 필요조건으로 보기 시작했고 철저하게 이용하였으나 사람들의 세상살이는 도리어 생활필수품들이라 불리는 것들에 얽매이게 되었다. 그 순간 참 자유는 사라졌다.

소로우는 최고의 지성을 자랑하는 하버드대학을 졸업하고 생활필수품이 즐비한 멋진 집에서 점잔을 빼며 게으르게 살 수도 있었다. 그러나 그는 자연과 함께하는 가장 정직하고 단순한 삶을 선택했다. 자연 그대로의 모습을 간직한 월든 호수의 숲에서 자신에게 가장 어울리며, 자신이 자기 몸과 마음의 주인임을 잊지 않을 수 있는 소박한 삶을 살았다. 언제나 모든 것을 내어 주는 자연의 품에서 자신의

그 사람으로 하여금 자신이 듣는 음악에 맞추어 걸어가도록 내버려 두라. 그가 남과 보조를
맞추기 위해 자신의 봄을 여름으로 바꾸어야 한다는 말인가?

하루를 풍족하게 채울 만큼만 자연에게 기대고 얻었다. 지혜롭고 절
제의 용기가 있는 그의 삶은 문명이란 것이 인간에게 결코 이롭지 않
다는 것과 문명 안에서 자기를 잃지 않는다는 것은 거의 불가능에 가
깝다는 것을 깨닫게 해 주었다.

"간소하게, 간소하게, 간소하게 살라!"

이 말 속에는 월든 호수에서의 삶이 그대로 녹아 있다. 급격한 산

업의 발전으로 인간의 고귀한 정신은 철로혹은 고속도로 어딘가에 고아처럼 버려졌다. 산업 혁명은 인간에게 더 많은 일과 더 많은 일상의 편리함 그리고 풍족함을 가져다 주었고 그 대가로 속도의 수레바퀴에 아무런 의심 없이 자신을 맡기도록 만들어 버렸다. 강제된 속도에 자신을 맞추며 부랴부랴 살아 내느라 인간을 인간답게 하는 많은 가치—정신과 높은 생각, 삶의 본질은 잊혔고 사람들은 발전, 변화의 덫에 걸려 허우적거릴 수밖에 없게 되었다.

소로우는 인생의 본질에 직면하여 살아 보기 위해 숲 속의 삶을 선택했다. 본질적이고 의도적인 삶을 통해 인생이 가르치는 바를 배우고 죽음의 문턱에서 자신의 삶이 헛되지 않았음을 깨닫기 위해서 말이다. 그래서 그는 삶을 매우 소중하게 여겼다. 몸과 마음이 늘 깨어 있는 삶을 살고자 노력했다. 자연과 함께하는 적절한 노동을 통해 몸을 깨우고 자연이 전하는 작은 이야기도 이해할 수 있도록 자연의 시간에 맞추어 아침을 맞이하고자 노력했다. 내가 깨어 있고 내 속에 새벽이 있는 때가 아침이며 이 시간은 타인의 시계와는 무관한 시간이라고 했다. 울창한 숲으로 둘러싸인 월든 호숫가 오두막에서의 안분지족安分知足은 그에게 진한 사색과 함께 참다운 책을 참다운 정신으로 읽을 수 있는 독서의 시간을 여분의 행복으로 제공했다.

자연의 울타리 안에서 인류의 가장 고귀한 생각이 기록되어 있는 참다운 독서고전 읽기는 사람들에게 지혜와 너그러움 그리고 훌륭한 삶의 바탕을 제공한다고 그는 말했다. 그리고 참다운 독서를 실천하는 사람들이 모인 마을이 어떻게 지혜를 발휘하여 우수한 지적 활동을 꾸준히 지원할 수 있는가에 대한 답도 제시해 주었다. 그의 답은 지금 21세기의 우리가 이상적으로 생각하는 교육 공동체의 모습과 너무도 닮았다.

월든 호수는 길이가 약 800미터이고 둘레는 2.8킬로미터인 비교적 작은 규모의 호수이고 그가 직접 짓고 살았던 오두막은 3미터×4.2미터 크기였다고 한다. 이 작은 곳에서 그는 상상할 수 없는 많은 이야기를 만들었고 그 이야기를 기록으로 남겨 여전히 우리와 호흡하고 있다. 그는 이곳에 사는 동안 월든 호수뿐만 아니라 호수를 둘러싼 다양한 자연과 이웃먼저 그곳에 살던 사람들이나 그의 방문객의 삶에도 지극한 관심을 가졌다. 모든 것을 자신의 손으로 일구며 자연의 시간에 맞추어 생활하던 월든 호수에서의 2년이라는 시간은 그의 삶을 풍요롭게 만들었을 뿐만 아니라 그가 남긴 기록은 자연의 소중함을 새삼 느끼고 있는 21세기의 우리에게도 더없는 풍요로움을 주었다. 그는 자연이 당연한 개발의 대상이 아니라 인간과 함께 공존해야 할 가장 소중한 존재이며 인간이 결국엔 돌아가 안겨야 할 어머니임을 알려 주었다. 인간으로 태어나 한평생을 살면서 마지막 순간에라도 직면할 수 있기를 바라는 참된 삶의 가치를 20대에 꿰뚫어 볼 수 있었던 그의 혜안에 경의를 표한다.

| 김흔정

해와 달의 움직임에 따라 살기

"겨울은 모든 문을 닫고 집 안에 틀어박히는 계절이다. 저녁에 일찍 자고 아침은 늦도록 자리에 누워 해가 떠서 일어나고… 마음을 안정시켜 무엇인가 해야 하겠다는 생각을 누르고 또한 조용한 마음가짐으로 늘 만족하고 있어야 한다."

농사꾼 장영란의 《자연달력 제철밥상》에 나오는 글이다. 사람도 자연이니 자연의 흐름에 맞추어 몸을 움직이며 살라는 말이다. 편안한 겨울 아침에 이불 속에서 뭉그적거리는 모습이 그려진다.

이 책은 2월부터 시작하여 이듬해 1월까지 일 년 치의 영농 일기다. 시작을 1월이 아닌 2월로 한 이유는 입춘이 들어 있는 2월에 한 해 농사가 시작되기 때문이다. 또한, 자신만의 달력을 만들어 때맞추어 해야 할 일, 철마다 피는 꽃, 제철 먹거리 등을 소개했다. 처음 듣는 것들이 많다. 손길 닿는 책꽂이에 꽂아 두고 절기마다 펼쳐 봐야겠다. 지은이의 자식 농사도 마음에 들었다. 아이들은 틈틈이 공부하며 농사일을 거들고 손수 끼니를 챙긴다. 학교 다닐 때는 다 차려 놓은 밥상에 끌려오듯 앉아 먹었던 아이들이 홈 스쿨을 하면서부터는 스스로 먹을거리를 챙기며 자식이 아니라 더불어 살아가는 동료로 각자의 몫을 해낸다. 아프면 왜 아픈지 자신을 돌아보고, 아이 나름대로 치료 방법을 찾도록 도와준다.

많이 거두면 많이 먹고 적게 거두면 적게 먹으면서 자유롭게, 풍성하게.

내가 시골에 자리를 잡고 텃밭을 가꾸기 시작했을 때는 이미 아이들이 다 외지로 나간 후였다. 우리 아이들은 휴일에 잠시 집에 머물다 가는 처지이다. 함께 농사일을 한다거나 음식을 만들어 먹을 여유가 없다. 이래저래 아이들이 스스로 먹을거리를 해결할 수 있는 능력을 키워 주지 못했다. 좀 더 일찍 시골로 들어올 걸, 후회된다. 지금 껏 아이들이 아프다고 하면 약과 병원에 의지해 왔다. 자신의 몸을 돌보거나 치유할 수 있다는 것을 생각하지 못했다. 내 아이들에게는 못 해줬지만 미래에 생길 손주들에게는 해줄 수 있다. 손주들이 와서 지낼 수 있는 살림집은 마련했고 함께 일할 수 있는 텃밭도 있다. 그 아이들에게 논밭은 교실이 되어 주고, 뒷산은 운동장이 되며, 마을이 학교가 될 것이다.

이제 귀농이란 말이 낯설지 않다. 신혼부부, 어린아이를 둔 젊은이 들도 귀농한다. 편리한 도시의 아파트를 떠나 춥고 불편한 시골로 내 려온다. 귀농은 어려운 결단이 아니라 행복을 위한 선택이다. 아이들 과 잘 먹고 잘 자고, 하루의 주인이 되어 흙에 뿌리내리는 삶을 살고 싶다. 우리 마을에도 도시에서 살다가 늘그막에 시골로 내려온 가족 이 몇 집 있다. 터를 마련하고 나름대로 집을 지었다. 농사를 업으로 하지 않지만 깨끗한 자연 속에서 간단한 먹을거리라도 일구며 살기를 바라는 사람들이다. 귀농이든 전원생활이든 도시 문명에서 벗어나 자연 가까이에서 살아가고자 하는 마음들이다.

도시의 소비 문화에서 벗어나 생산자적 삶을 살기를 바라는 사람 들이 많아졌으면 좋겠다. 돈벌이의 부담에서 벗어나 많이 거두면 많 이 먹고 적게 거두면 적게 먹는 자연인으로 자유롭게 살았으면 좋겠 다. 먹을거리뿐만 아니라 내 삶의 모든 분야에서 온전히 자립하는 날 을 나는 꿈꾸고 있다.

| 황영순

자연은 제 빛깔로 살아 숨 쉬는 공동체

농촌에 터를 잡고 텃밭을 일구며 풀과의 전쟁을 치르는 내게 풀들과 어울려 사는 법을 가르
쳐 준 책.

15년 동안 대학에서 학생들에게 철학을 가르치다가 나이 쉰 고개
를 넘어 삶의 길을 바꾼 윤구병 교수가 농사꾼이 되면서 보고 배우고
느낀 것을 적은 책이다. 생명을 살리는 농사뿐만 아니라 공동체 생
활, 공동체 학교를 꾸리면서 겪는 시행착오들, 그 과정에서 성숙해

가는 의식을 담았다. 농촌에 터를 잡고 텃밭을 일구며 풀과의 전쟁을 치르는 내게 자연의 섭리에 더욱 순응하고 풀들과 어울려 사는 법을 가르쳐 준 책이다.

지은이는 마늘밭을 온통 풀밭으로 바꾸어 놓은 괘씸한 잡초들을 원수 사촌으로 여겨서 죄다 뽑아 던지고 썩혀 버린 뒤에야 그 풀들이 잡초가 아니라 별꽃나물과 광대나물이었다는 사실을 깨달았다. '이 세상에 잡초는 없다.'는 생각이 그로부터 비롯되었다. 이후로는 풀들과 사이좋게 지내는 길을 찾아 나물로 무쳐 먹고 효소로, 술로 만들었다. 또한, 허물어진 집터에서 항아리와 구들짝을, 해변에서는 찢어진 그물과 밀려온 나무토막을 주워다가 훌륭한 재료로 썼다.

쉽게 버리는 세태에 대해 그는 "유행에 뒤졌다 하여, 조금 불편하다 하여 쓸모 있는 것을 자꾸 버리고 새것을 사들이는 버릇이 오래 가다 보면 나중에는 부모 형제마저 버리게 되지 않겠는가?"라고 묻는다.

〈구구단 외우는 대신 들판으로 나가자〉라는 글에서는, 학교도 들어가지 않은 아이에게 쓰기, 읽기를 가르치고 셈을 가르치는 것은 아이에게 해롭다고 말한다. 마치 벼 모가지를 뽑아 놓고 빨리 자라기를 바라는 것이나 마찬가지라는 것이다. 조기 교육 열풍에 대해 다시 생각하게 하는 말이다. 그는 건물과 운동장, 책상, 걸상이 있는 학교가 아니라 자연환경 속의 여러 삶터와 작업장 모두를 포함하는 큰 학교, 살아 숨 쉬는 실험 학교, 공동체 학교를 꿈꾼다.

자연이 숨은 주체 노릇을 하는, 자연 경제에 바탕을 둔 문화를 그는 '기르는 문화기른다, 경작한다'라고 이름 지었다. 자본이 숨은 주체가 되는, 상품 경제를 바탕으로 하는 문화는 '만드는 문화'이다. 만드는 문화에서 자연의 중심 가치는 사용 가치다. 그것은 인간 노동력과 자연력을 '쓸모'의 기준으로 나누었다. 상품 경제의 중심 가치는 교환 가치다. 이윤 창출을 통해 자기 증식이 가능한 것은 무엇이든 가리지 않고 만들어 내고 누구에게든지 판다. 만드는 문화는 인간과 자연까지도 상품화하여 시장으로 끌어내고 공동체 사회를 해체해 이익사회로 바꾸어 낸다. 기르는 문화에서 묵은 것, 오래된 것이 가치 있는 것이라면 만드는 문화에서는 새것, 최신의 것이 가장 좋은 것이 된다. 기르는 문화가 순환하면서 성장하는 자연의 리듬에 맞추어 인간의 욕망을 조절하는 기능을 한다면, 만드는 문화는 자본의 무한 증식 욕구에 따라 인간의 욕망을 끊임없이 확대하고 분산시킨다.

만드는 문화를 없애자는 것이 아니라 주체와 중심 가치의 변화를 통해 기르는 문화와 만드는 문화를 균형 있게 세우자는 것이다. 아무것도 버리지 않고 아무도 버림받지 않는 삶터에서 사람을 기르는 교육자로 거듭나기를 바라는 교사들에게 권하고 싶은 책이다.

| 황영순

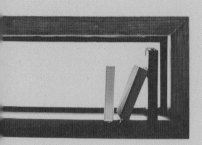

082 욕망의 반영물, 건축에 대한 인문학적 접근 083 건축 감상법 기초에서 심화까지 084 바닥과 벽으로 형성되는 공간 085 비주류 건축가 11명의 건축 단상 086 전통 건축에 대한 정확한 지식과 다양한 이해 087 '더 크게'가 아니라 '더 깊이 있게' 성장하기 088 비울수록 채워지고 나눌수록 커지는 집 089 흙집 짓기, 현실적이고 바람직한 대안

7

건축,
사람을 담는 그릇

082 서윤영 지음 건축, 권력과 욕망을 말하다
욕망의 반영물, 건축에 대한 인문학적 접근

일터에서 집으로 돌아오면 넥타이를 풀고 편한 옷으로 갈아입는다. 체육복 차림으로는 교단에 서지 않고 예배당에서는 단정한 차림을 한다. 목욕탕에서는 실오라기 하나 걸칠 수 없다. 우리의 의지대로 옷을 입는다지만 건축 공간이 허락한 틀 안에서 누리는 자유이다. 더 나아가 건축은 우리 삶의 전반을 지배한다.

자본가는 이러한 건축의 속성을 이윤 창출에 이용하고, 권력자는 권력을 과시하거나 권력 기반을 강화하는 데 이용한다. 이 책은 시대마다 인간의 권력과 욕망이 배어 있는 대표적인 건축을 소개했다.

고대 이집트 '쿠푸 왕의 피라미드'는 엠파이어스테이트 빌딩의 30배에 달한다. 10만 명의 노동자가 20년에 걸쳐 완성시켰다고 하니 가히 절대 왕권의 위용을 짐작하게 한다. 그러나 중세에는 종교 권력이 왕권을 능가했던 터라 종교 건축이 압도적이다. 현존하는 유럽 건축의 8할이 성당이고, 우리나라는 모두 사찰 건축만 남아 있다. 다시 왕권이 강화된 근대에는 왕궁의 규모가 커졌다. 프랑스의 베르사유 궁전, 루브르 궁전, 러시아의 에르미타주 궁전이 이때의 건축이고, 우리나라는 경복궁을 비롯하여 종묘, 향교 등이 그 예이다. 경제 권력이 급성장한 현대에 와서는 대기업 사옥이 당대 최고의 기술력과

우리들이 자칫 흘려버리기 쉬운 건축의 이면에 집중하여, 시대와 문화의 경계를 넘나들면서 건축에 나타난 인간의 욕망과 권력을 읽어 냈다.

규모를 뽐낸다. 이처럼 어느 시대를 막론하고 최고 권력은 자신을 과시하는 기념비적인 건축을 남긴다.

또한, 시대를 대표하는 건축 양식은 종종 권력의 기반을 다지는 데도 활용됐다. 19세기 전통의 기반 없이 갑자기 탄생한 미국은 공공 건축에 민주주의 발상지인 '그리스 양식'을 도입하여 공화국이라는 이미지를 드러냈고, 우리나라의 청와대를 비롯한 관공서 건물에는 '조선 시대 양식'을 채택하여 정권의 정당성을 인정받으려고 했다.

건축주의 욕망이 극명하게 드러나는 건축으로는 백화점을 꼽는다. 백화점은 고객의 동선을 이리저리 늘려서 충동구매를 유도한다. 시계와 창문을 없애서 쇼핑에만 몰두하도록 강제한다. 식당이나 문화센터, 극장을 위층에 두어서 고객이 내려오면서 구매하도록 하는 '샤워 효과'를 노리기도 한다. 엘리베이터는 구석에 설치되어 고객이 이용하기에 불편하다. 고객을 우선한다면 중앙에 설치했을 것이다. 여성 배려 차원에서 여성 전용 주차장이나 수유 공간을 두기도 하지만 실은 고객 상당수가 여성이기 때문에 그것은 이들에 대한 판매 전략일 뿐이다. 백화점은 고객의 편의 도모가 아닌 자본가의 이윤 창출에 충실한 건축이다.

아울러 저자는 백화점 같은 상업 건축뿐만 아니라 일반 주택에서도 사람들의 욕망이 드러나고 있음을 설명했다. 주택의 일차적 기능은 밥을 먹고 잠을 자는 것인데, 부유층 주택일수록 이 공간의 비중이 작고 거실, 서재, 드레스룸 같은 공간의 비중이 크다는 것이다. 즉, 부유층의 주택일수록 과시하기 위한 비실용적인 공간이 넓다는 말이다. 책보다는 취미용 도구로 채워진 방을 서재라고 부르는 경우도 욕망을 드러낸 한 예라고 했다.

건축 공간에는 위계가 있음을 강조했다. 서로 대등하지 않은 시선

때문에 상위 공간은 하위 공간에 대해 권력을 갖는다고 한다. 대표적인 예가 교도소이다. 상위 공간인 감시탑을 중심으로 하위 공간인 감방이 둘러싼 구조인데, 이런 구조 속에서 교도관은 죄수들을 낱낱이 감시하면서 통제 권력을 행사한다. 반면 죄수들은 항상 감시받는다는 생각으로 자신을 억제하기 때문에 감시 효과가 배가된다. 이름 하여 일망감시법—望監視法, panopticon이다. 많은 인원을 관리해야 하는 병원이나 학교도 이 같은 원리를 따른다. 시선의 비대등성은 범죄 예방 설계에도 응용된다. 지켜보는 시선이 많을 때 범죄 심리가 억제된다는 점을 이용하여 골목이나 거리를 보행자가 많이 통행하도록 설계한다. 직위에 따라 자리를 배치할 때나 도시 같은 큰 규모의 공간을 계획할 때도 공간의 위계를 중요하게 고려한다.

흔히 건축을 '생활을 담는 그릇'이라 하여, 주로 사용자의 편의에 맞추어 짓는 것으로 생각한다. 그러나 저자는 우리가 흘려버린 건축의 속성에 집중하여 시대와 문화의 경계를 넘나들면서 건축에 나타난 인간의 욕망과 권력을 읽어 냈다. 좋은 건축이냐, 나쁜 건축이냐를 말하지 않았다. 저자는 건축이 건축주의 욕망을 사용자에게 강요하는 수단이라고 말한다.

| 김현식

083 서현 지음 건축, 음악처럼 듣고 미술처럼 보다
건축 감상법, 기초에서 심화까지

       건물을 만드는 것은 어려울지라도 보기는 쉽다. 열린 감수성이면 충분하다. 좋은 음악에 귀가 서고 아름다운 미술 작품에 눈이 커지듯, 우리는 잘 지어진 건물의 자태에 감탄사를 앞세운다.

 서울 종로구 동숭동의 '샘터 사옥'은 참 아름답다. 재료가 잡다하지 않아 편안한 느낌이다. 처음부터 끝까지 붉은 벽돌로만 쌓았다. 창틀도 보이지 않고 유리만 보일 정도이다. 단순한 재료 선택은 막상 건축가가 구현하기 어려운 덕목인데 대단한 일이다. 또, 착하기도 하다. 1층을 뚫어 앞마당을 제공하였다. 땅값 비싼 서울에서 너무나도 고마운 쌈지마당이다. 연극을 보려고 친구를 만나려고 북적거리는 곳, 동숭동에서 가장 많이 기억되는 곳이다.

 상자 모양의 건물로서 '힐튼 호텔'은 건축가의 감각을 보여 준다. 이 건물은 대단히 길쭉한 평면 건물이어서 밋밋하거나 지루해 보일 수도 있었다. 그런데 건축가는 장식 대신에 건물의 양쪽을 살짝 꺾었다. 날아갈 듯 가볍고 세련된 모습이 되었다.

 서로 어울려서 더욱 아름다운 건물도 있다. '서울대학교 병원'과 '대한의원 본관'이 그러하다. 규모가 큰 '서울대학교 병원'이 두 팔을 넓게 벌려 '대한의원 본관'을 포용하듯 배경으로 서 있는데, 마치 전생

건축의 화두는 형태에 있는 것이 아니다. 건축의 가치는 멋있다고 표현될 수 있는 너머에 있다. 건축은 우리의 가치관과 사고 구조를 보여 주는 인간 정신의 표현이다.

에 이미 점지된 배필인 듯 서로를 아껴 준다. 또 있다. '하얏트 호텔'과 '갤러리빙'이다. '갤러리빙'이 조그많고 보석처럼 복잡한 모습이어서 '하얏트 호텔'은 그저 담담한 배경이 된다. 함께 있어서 풍성하다.

아름다운 건물만 있는 것은 아니다. '국회의사당'은 건물 자체뿐만 아니라 사용 방식도 권위적이다. 의회민주주의의 상징인 건물인데도 왕권 시대의 흔적이 보인다. 의사당 앞길 건물들은 규제를 당해 키가 똑같다. 정문은 국회의원들만 출입할 수 있고 유권자는 뒷문을 이용해야 한다. 앞마당에는 품계석이 설치되어 있어 아무나 주차할 수 없다. 조선 시대 궁궐의 방식이다. 우리의 학교는 어떠한가. 건물 한 가운데는 태극기가 펄럭이고 관리 통제를 쉽게 하려고 교장실과 교무실이 중앙에 있다. 학생들의 동선이 한눈에 드러난다. 중앙 현관은 교직원 전용이다. 교실의 책걸상은 행렬 형태로 배치되어 학생들 시선이 앞으로 고정된다. 일제 강점기 훈육과 통제의 목적으로 지어진 모습인데 해방 후 60년이 지났음에도 그대로 답습되고 있다.

건축은 비를 피할 만한 공간을 만들거나, 한 뼘이라도 더 임대할 공간을 짜내는 것이 아니다. 건축은 사람의 모습과 생활, 사회의 부대낌, 미래의 모습까지 담아야 한다. 그래서 건축은 건축가가 표현하는 시대정신이다.

시대정신을 담은 건물은 어떤 것이 있을까. 과천 청계산 자락에 '국립현대미술관'이 있다. 주차장에서부터 미술관에 이르기까지 여정이 맛깔나다. 길을 따라 미술관으로 오르는 동안 나타났다 사라졌다를 반복하다가 마침내 파란 하늘을 배경 삼아 미술관이 드러난다. 도심이 아닌 아름다운 자연 속에 미술관이 자리하고 있음을 건축가는 말하고 싶었다. 공간을 이렇게 다루면 예술이 된다는 사실을 일깨워 주는 건물이다. '부석사'는 통일신라 시대에 창건된 절로서 우리 건축의 영원한 고전이다. 1,300년을 이어 오는 동안 세월의 도전을 받으면서 여러 사람들에 의해 만들어진 절이다. 어떤 이는 아주 빼어난 눈썰미를 가졌을 것이고, 다른 이는 충실한 교리의 해석자였을 수도 있다. 이들은 '부석사'를 만드는 데 자신의 능력과 지식을 아낌없이 쏟았다. 이름은 서로 다른 세월의 저편에 묻혀 있지만 최고의 건물을 만들겠다는 일관된 마음을 읽어 낼 수 있다. 후대의 건축가가 근면함만으로는 다다를 수 없는 초월적 경지이다. '부석사'는 그렇게 우리 앞에 서 있다.

"저 건물은 멋있는 겁니까?"

이 질문은 잘못되었다. 건축의 화두는 형태에 있는 것이 아니기 때문이다. 건축의 가치는 멋있다고 표현될 수 있는 너머에 있다. 건축은 우리의 가치관과 사고 구조를 보여 주는 인간 정신의 표현이다.

| 김현식

바닥과 벽으로 형성되는 공간

건축이란 한마디로 말하면 인간이 생활하는 공간을 만드는 일이다. 그 공간은 천장ceiling, 벽wall, 바닥floor으로 구성된다. 그렇다면 건축 공간은 반드시 3요소를 갖춰야 하는가. 그렇지 않다. 햇볕이 내리쬐는 대지에 벽돌을 쌓으면 벽 앞으로 따뜻한 공간이 형성되고, 돗자리를 깔면 음식을 나누는 공간이 되며, 햇빛 가리개를 설치하면 여름 한낮 시원한 공간이 된다. 이처럼 건축 공간은 벽이나 바닥, 천장 중 어느 한 가지만으로도 가능하다. 어떤 의도를 가지고 자연을 한정하면 건축 공간이 되는 것이다.

건축에서 외부공간은 '지붕이 없는 건축'이라 일컬으며 바닥과 벽이라는 2요소로 형성된다. 외부공간은 성격상, 공간이 적극성positive을 띠느냐 소극성negative을 띠느냐에 따라 P-공간positive space, N-공간negative으로 분류한다. 적극성을 띤다는 것은 공간에 인간의 의도가 꽉 차 있다는 뜻이다. 반면에 소극성을 띤다는 것은 자연 발생적이며 계획성이 없다는 뜻이다. 예를 들면, 건물을 둘러싸고 있는 담장 안의 공간은 P-공간이고 담장 밖의 공간은 N-공간이다.

외부공간은 건물과 끊임없이 상호 작용한다. 외부공간의 질에 따라 건물의 격이 달라진다. 건물을 설계할 때 외부공간을 적극적으로 고민해야 하는 이유이다. 건축 공간의 인식은 인종이나 문화, 시대를

외부공간은 건물과 끊임없이 상호 작용한다. 외부공간의 질에 따라 건물의 격이 달라지기도 한다. 건물을 설계할 때 외부공간을 적극적으로 고민해야 하는 이유이다.

뛰어넘는 공통분모가 있다. 저자 아시하라 요노시부는 이런 전제 위에 외부공간을 구성할 때 고려해야 할 사항 6가지를 제안했다.

첫째, 규모의 적정성이다. 공간 규모를 정할 때 시각적 특성을 고려한다. one-tenth theory에 따르면 사람은 외부공간의 크기가 실내의 10배일 때 편안함을 느낀다. 건평이 20평이라면 200평 면적에 해당한다. 대지의 단조로움을 피하려면 매 20~25m마다 바닥 재질을 바꾸거나 높이 차이를 두거나 조형물을 세운다.

둘째, 거리에 따른 재료의 질감 설정이다. 재료는 거리에 따라 질감이 다르다. 이를테면, 가까이서 잔무늬로 보이면 멀리서는 민무늬가 된다. 질감 차이를 고려하여 재료를 선택하고 거리를 정하는 일이 중요하다. 공간은 질감 차이로 더욱 풍부해진다.

셋째, 외부공간에 명확한 용도를 부여한다. 정적인 공간에는 나무를 심거나 고저 차를 두며 벽, 벤치, 조명을 설치하고, 동적인 공간은 방해물 없이 평탄하고 널찍하게 만든다. 방향성 있는 공간에는 한쪽 끝에 목표물을 둔다. 이 목표물이 공간 전체를 생기 있게 만든다.

넷째, 공간의 폐쇄성과 개방성을 이용한다. 벽의 높이는 공간의 폐쇄성을 좌우한다. 폐쇄성은 벽의 높이가 1.5m일 때부터 생기기 시작하여 1.8m 이상이면 최대가 된다. 개방성은 벽의 간격과 관련 있다. 벽 간격이 벽 높이보다 좁으면 출입구의 성격이 강해져 공간이 두 개로 나뉘지만 반대로 넓으면 개방성이 증가하여 나뉘지 않고 하나의 공간으로 유지된다. 벽을 여러 높이와 간격으로 조합하면 변화무쌍한 공간을 조성할 수 있다.

다섯째, 공간을 여러 개로 나눌 때 기능에 따라 공간 순서를 정한다. 이를테면, 공간의 깊이가 더해질수록 공적인 공간에서 사적인 공간으로, 오락적 공간에서 정서적인 공간으로, 동적인 공간에서 정적인 공간으로 꾸미는 것이 좋다.

여섯째, 대상의 전모가 단번에 드러나지 않고 동선이 진행되면서 조금씩 드러나도록 한다. 바닥 면에 높낮이 차이를 두거나 나무를 배치하거나, 벽을 이용하여 조성한다. 그렇게 하면 생기와 역동성 있는 공간이 된다.

이 책은 건축설계방법론의 이론서이다. 시류를 쫓지 않고 '외부공간'이라는 주제에만 집중한 건축 책의 숨은 보석이다. 총 4장으로 구성된다. '2장 외부공간의 요소'와 '3장 외부공간 디자인 기법'은 외부공간의 물리적 존재 방식을 다루었고, '1장 외부공간의 기본개념'과 '4장 공간질서의 창조'는 공간의 속성을 설명했다. 재미있는 삽화와 풍부한 사진 자료를 첨부하여 설명을 도왔다. 1장, 2장, 3장은 누구나 쉽게 읽을 수 있다. 4장은 어렵다. 하지만 1, 2, 3장을 통해서 알 수 있는 열린 건축의 세계만으로도 충분하다. 건축을 공부하고 싶은 학생이나, 집 한 채 손수 짓고 싶은 사람에게 입문서로 꼭 권하고 싶다.

| 김현식

비주류 건축가 11명의 건축 단상

폭풍우가 몰아쳐도 걱정이 안 되는 아파트에 산다. 겨울에 따뜻하고 여름에 시원하며 집 안이 밝아서 좋다. 이전에 살았던 단독 주택은 어둡고 추웠다. 산으로 둘러싸여서 낮에도 불을 켰고, 보일러를 내내 틀어도 17℃이상 오르지 않았다. 온 식구가 이불 속에서 두더지처럼 살았다. 그래서 아파트의 첫맛은 깊은 터널을 지나 밝은 세상을 마주한 느낌이었다.

그러면 아파트가 좋은 건축인가. 아니다. 이웃과 자연과의 소통을 가로막는 건축이다. 30cm 벽에 접해 살면서도 이웃이 누군지 알지 못하고, 담장 없이 같은 번지에 수백 명이 몰려 살아도 친근함이나 교류가 없다. 이웃이 없고 동네가 없다. 그뿐만 아니다. 새소리도 없고, 깊은 밤 후두둑거리는 빗소리의 포근함도 없다. 한마디로 아파트는 불통의 공간이다.

우리는 건축을 편리성을 추구하는 기능 시설로 보거나, 사고파는 부동산 가치로만 여기고 있지 않은가. 건축이 우리의 일상과는 관계없는 것일까. 널리 회자되는 말이 있다.

"우리가 건축을 만들지만 그 건축이 다시 우리를 만든다."

건축과 우리 일상을 관계 짓는 말로서 건축이 우리 삶에 절대적인 영향을 끼친다는 뜻이다. 그렇다면 좋은 건축이란 무엇인가.

건축이란 무엇인가
The Canon of Architect

우리 시대 건축가 열한 명의 성찰과 사유

승효상 외

"사랑이 무엇인가."라는 물음의 답처럼 "건축이란 무엇인가."라는 답도 남이 해 놓은 것이라면 내게는 싱거운 관념의 단편일 수 있다. 자의식 있는 사람이라면 사는 것을 고민하고 시대를 살핌으로 해서 자신만의 건축 담론을 갖고 살아야 하지 않을까.

11명의 건축가들이 '건축이란 무엇인가.'라는 주제로 각자의 건축 담론을 한 권의 책으로 묶어 냈다. 더러는 건축 일반에 대해 썼고, 어떤 이는 독특한 건축 개념이나 특정 작업에 대한 속내를 피력했다.

승효상은 어원과 역사성에 연결 지어서 "건축은 사는 방법을 만드는 것이다."라고 했고 지금의 건축 교육을 비판하면서 건축은 예술도 아니요 공학도 아닌 인문학에 가깝다고 했다. 또한, 건축은 문학적 상상력과 역사에 대한 통찰력뿐만 아니라 사물에 대한 사유와 삶에 대한 애정과 존경을 담아야 한다고 했다. 이 말은 이 책의 담론들을 관통한다.

그는 좋은 건축의 세 가지 기준을 제시했다. 첫째, 합목적성이다. 건축이 소기의 목적과 기능을 잘 표현하느냐의 문제인데, 학교는 학교다워야 하고 교회는 교회다워야 하며 집은 집다워야 한다는 말이다. 둘째, 시대와 관련성이다. 건축은 시대의 거울이고 문화적 소산이다. 지금 초가와 기와집을 짓는다면 그것은 선조들의 창작품을 흉내 낸 박제에 불과하다. 건축은 그 시대의 가장 적합한 공법과 재료와 양식을 따라야 한다. 셋째, 장소와 관계성이다. 땅은 다른 땅과 관계를 맺는 까닭에 고유한 성격을 띠고 오랜 역사를 기록한다. 따라서 건축은 지역 특성과 전통문화를 표현해야 한다. 서울과 공주의 집이 달라야 하고 도시와 시골의 집도 마찬가지이다.

김영준은 시대를 아우르는 건축의 기준이 있을 수 없다고 했다. 경동교회를 예로 들면서, "교회가 성스러운 공간의 이미지와 예배 의식에만 집착한 나머지 그동안 쉼터로 의지했던 노동자를 살피지 못한다면, 그곳이 교회 건축의 전형일지언정 과연 좋은 건축인가."라는 의문을 던졌다. 건축은 이 땅의 역사와 사회의 과제, 우리의 삶과 현실의 다양성을 담아내야 한다고 역설했다.

모두 일가를 이룬 개성 있는 건축가라서 경우에 따라서는 주제 해석이 충돌하는 지점도 있다. 이를테면 김인철은 "건축은 새삼스럽지 않은 일상에 의미를 부여해 새로운 가치를 만들어 내도록 제안하는 것이다."라고 했지만, 김종규는 "건축은 단순히 우리가 살아갈 현실적인 환경을 만들어 내는 작업으로써, 일상에 대한 섬세한 이해를 담아내는 것이 좋은 건축이다."라고 했다. 그럼에도 모든 담론의 결론은 '바람직한 삶을 위한 건축'으로 향했다.

"사랑이 무엇인가."라는 물음의 답처럼 "건축이란 무엇인가."라는 답도 남이 해 놓은 것이라면 내게는 싱거운 관념의 단편일 수 있다. 건축에 대한 사유는 삶에 대한 사유이다. 사는 것을 고민하고 시대를 살핌으로써 자신만의 건축 담론을 갖고 살아야 하지 않을까. 그런 사람에게 필요한 책이다.

30cm로 이웃과 붙어살고 20m 위에서 세상을 내려다봐도 마뜩잖다. 아파트는 붙어살아도 이웃이 아니고 모여 살아도 동네가 아니다. 거실 바로 앞으로 소나무가 보여도 만질 수 없다. 한 개인의 의지차원이 아니다. 건축의 문제이다. 이일훈의 말대로 큰 덩어리가 아닌 작은 규모로 나눈 공간에서 살면 어떨까. 이 방 저 방을 눈비 맞으며 옮겨 다니고 소리 질러 이웃을 부르며 한 걸음만으로 공간을 넘나드는 그런 집을 꿈꾼다.

| 김현식

전통 건축에 대한 정확한 지식과 다양한 이해

우리 것이 마냥 좋을 수 없다. 우리 것에 대한 정확한 지식과 다양한 이해가 필요하다. 이런 토대 위에 우리가 사는 집, 우리가 살 집을 고민해야 한다.

왜 저렇게 지붕이 크고 무거워야 하나. 좀 가벼울 수는 없나. 다른 건물은 모자를 쓴 듯 가뿐하지 않은가. 기와집을 볼 때마다 드는 생각이었다. 지붕 밑에 덕지덕지 붙어있는 여러 부재도 잡다하게 보였다. 그래서 우아한 지붕 선의 아름다움은 늘 눈 밖이었다.

사바나의 치타, 비 오는 날 우산, 손에 쥔 종이컵, 이들의 공통점은 무엇일까. 이들은 진화의 산물로서 더 이상 손 댈 곳 없는 최적화된 형태를 지니고 있다. 치타는 날쌘 가젤을 뒤쫓아서 잡느라고 군살한 점 없이 날렵한 몸매이다. 우산은 펼 때는 크지만 접으면 편하게 가지고 다닐 수 있을 만큼 작다. 종이컵은 모양이 둥글어 얇은 두께로도 외부 하중을 잘 견디며 바닥 지름이 위보다 작아 여러 겹으로 포개 놓을 수 있다. 더 이상 진화할 여지가 있겠는가.

그렇다면 우리 전통 건축의 상징인 기와집은 어떠한가. '아름답고 부드러운 지붕 곡선'이 양반의 기호대로 만들어진 결과물인가. 지은이는 그것이 아니라 치타와 우산, 종이컵과 마찬가지로 기와집도 환경에 적응하면서 최적화된 모습을 지니게 됐다고 단정했다. 비의 공격으로부터 집을 보호하려면 지붕은 지금처럼 그런 모양이어야 한다는 것이다.

처마는 기둥을 보호하기 위해서 내뻗은 부분이다. 좀 더 길게 뻗을수록 효과적인데 그렇게 하려면 지붕 경사를 낮춰야 한다. 반면에 그리하면 배수 속도가 늦어지고 물기가 오래 남아 지붕의 수명이 단축된다. 이를 막기 위해서는 지붕 경사를 급하게 해야 한다. 이 상반되는 요구를 어떻게 해결했을까. 지붕 경사면을 꺾어 처마 쪽에는 경사를 낮추었다. 부드러운 곡면 지붕이 된 것이다.

용마루는 중간 부분이 아래로 약간 휘어진 곡선 모양이다. 이것은 지붕 면에 완만한 골을 만들어 빗물을 지붕 안쪽으로 흐르게 하여 박공 쪽으로 새는 것을 막기 위함이다. 만약 용마루가 직선이었다면 새어 나간 빗물이 지붕을 갉아먹었을 것이다.

지붕의 네 모서리는 다른 곳보다 바람이 강해서 비가 더 깊이 들이친다. 그래서 추녀를 처마보다 좀 더 길게 빼냈다. 그러면서 들어 올렸다. 그래야만 젖은 기둥 하부가 햇빛을 많이 받아 빨리 마를 수 있기 때문이다. 그러나 이러한 조치는 구조적으로 위험하고 시공하기도 어렵다. 그렇더라도 비의 공격으로부터 집을 보호하려면 어쩔 수 없는 조치였다. 단지 아름답게 보이려고 이런 어려움을 무릅썼을 리는 없다.

맞배지붕에서 시작해서 우진각지붕, 팔작지붕까지 지붕 진화 과정에는 제한된 부재를 가지고 비를 막기 위한 각고의 노력과 지혜가 배어 있다. 맞배지붕은 웅장하지만, 비 가림에 취약하고 우진각지붕은 큰 부재의 확보가 만만치 않았으니 결국 건물 덩치를 키우기 위해서는 이 두 양식의 조합이 필요했다. 그래서 나온 것이 팔작지붕이다. 팔작지붕은 결구 방식이 복잡해서 부재를 많이 사용해야 한다. 그렇게 되면 지붕 하중이 증가하고 이를 효과적으로 분산시켜서 이겨 내려면 포작의 개수가 많아야 한다. 형태도 복잡해진다. 얼핏 화려해 보이는 이 다포식 구조는 장식이 아니라 부재의 한계를 극복하려는 어쩔 수 없는 선택이었다. 규모가 큰 경복궁 경회루, 여수 진남관, 통영 세병관 등은 모두 팔작지붕이다. 최적화된 지붕의 모습이다.

절집의 배흘림기둥도 미학적인 측면이 고려된 형태가 아니다. 어려운 돌 작업을 줄이기 위함이다. 인력으로 주춧돌을 크게 다듬는 일은 엄청난 수고이다. 그보다 기둥 하부를 작게 하는 것이 수고를 훨씬 더는 일이었다. 그래서 막돌이 사용된 덤벙 기초 위에는 배흘림기둥이 아닌 민흘림기둥을 놓았다.

전통적으로 서민의 집은 주로 '一자' 형태로 남향이다. 여름에 맞통풍이 불어 시원하고 겨울에 햇볕을 많이 받아 우리나라 기후 여건에 적합하다. 그런데 도시화가 진행되면서 택지가 좁아지자 'ㄱ자', 'ㄷ자' 가옥 형태가 나타났다. 회첨골처마가 'ㄱ'자 모양으로 꺾이어 굽은 곳의 지붕골이 있어 비가 새기 쉽고, 지붕 짜기가 어려운 구조이다. 그럼에도 도시형 한옥으로 정착되었다.

이처럼 기와집도 치타, 우산, 종이컵처럼 환경에 적응하면서 최적화된 모습으로 발전했다. '주변과 어우러지는 아름다움'이라고 칭찬한 부분들이, 실제로는 생존을 위한 치열한 몸부림의 결과였다. 크고 무거운 지붕과 지붕 밑의 복잡한 부재가 다 까닭이 있는 것이었다. 기와집 지붕에 품었던 의문이 말끔히 해소됐다.

저자의 섬세한 관찰력과 풍부한 인문학적 지식이 전통 건축의 해석에서 빛을 발했다. 치밀하게 설명된 구조 관련 부분은 전통 건축뿐만 아니라 건축 일반에도 안목을 갖게 한다.

주위에 생각 없이 지어진 국적불명의 건축물이 얼마나 많은가. 우리의 부끄러운 자화상이다. 우리 전통 건축에 대한 정확한 지식과 다양한 이해의 토대 위에 우리가 사는 집, 우리가 살 집을 고민해야 한다.

| 김현식

'더 크게'가 아니라 '더 깊이 있게' 성장하기

이 책은 미국 매사추세츠 주의 작은 섬, 마서즈 비니어드에 있는 사우스 마운틴이라는 건축 회사 이야기이다. ①통합된 조경 설계 ②아름답게 나이 드는 건물 ③세심하게 고른 재활용 목재 ④생태 건축 기술, 이것을 건축의 기본 전략으로 삼고 있으며 서른 명의 직원 중에 열여섯 명이 오너이고, 직원을 뽑을 때는 5년 뒤에 오너가 될 만한 사람을 뽑는다고 한다. 버려진 나무도 멋진 자재로 쓸 줄 알고, 기증받은 집으로 누구나 살고 싶은 서민 주택을 지으며, 지역의 미래에 대해 지역 사람들과 함께 그림을 그리는, 성공한 건축 회사이다.

저자인 존 에이브램스는 30여 년 전에 친구와 함께 단둘이서 이 회사를 세웠다. 그들은 설계에서부터 가구 제작에 이르기까지 집 짓는데 필요한 모든 일을 하며 그 과정에서 만나는 고객들과 지속적인 관계를 맺었다. 건물을 다 짓고 나서도 계속 지켜보면서 시간이 지남에 따라 어떤 변화가 있는지, 어떤 수정이 필요한지를 배운다. 30여 년간 비니어드 섬에서 100여 채에 이르는 집을 설계하고 짓고 수리하면서 건축 회사는 자연스럽게 섬의 일부가 되었고 섬 지역의 삶과 그곳의 미래를 계획하는데 적극적으로 참여하게 되었다.

1987년에 사우스 마운틴은 종업원 주식 소유제를 선택한다. 그것

무모하고 비현실적인 꿈을 꾸는 사람들, 그들은 몇 백 개의 열매가 될지 알 수 없는 씨앗을 가 슴에 품는 사람들이다.

은 일부 임원들뿐 아니라 회사의 모든 직원이 주주가 될 수 있도록 하 는 경영 방식인데 회사의 소유권을 최대한 많은 직원에게 분배하여 직원들이 적극적으로 회사의 성장과 발전에 참여할 수 있게 하려는 경영 제도이다. 여기에서 말하는 성장과 발전은 이윤의 창출만을 의 미하는 것은 아니다. 그들은 '더 크게'가 아니라 '더 깊이 있게' 성장하 고자 했고 거대 성장 자체가 목적이 되면 새로운 세계를 탐험하지 못 한다고 생각했다. 섬의 자연환경을 훼손하는 건축을 회사 직원들이 거부한 것이 한 예이다. 그 결과 30년이 지난 사우스 마운틴은 아직도 직원 30명에 불과한 소규모를 유지하고 있다.

집주인의 가치관과 개성을 반영하는 '그리 크지 않은 집'의 시대가 오고 있다고 한다. 사우스 마운틴도 작은 규모, 높은 질, 땅의 활용, 환경에 대한 관심을 기준으로 삼는, '그리 크지 않은 기업'이 되고자 했다. 세상을 다른 방식으로 바라보려는 사람들, 그들이 있어서 세상에 숨 쉴 만한 공간이 마련되는 것이 아닌가 싶다. 존 에이브램스는 단순히 집을 지을 뿐 아니라 세대를 거쳐 지속하는 기업 공동체가 가능할 것인지 고민하며 회사를 만들었다.

① 민주적인 직장 만들기
② (양적) 성장이라는 불문율에 도전하기
③ 다양한 가치를 실현하기
④ 머서즈 비니어드 섬에 전념하기
⑤ 장인 정신을 지키기
⑥ 지역 주민을 보호하기
⑦ 지역 기업가 정신을 실천하기
⑧ 성당을 짓는 사람처럼 생각하기

사우스 마운틴의 이 여덟 가지 원칙은 내 삶에도 적용하고 싶은 문장들이다.

청양군이 이러한 건축 회사를 하나 낳고 키울 수 있다면 얼마나 좋을까. 청양은 '하늘 빛, 물빛, 땅빛이 다 아름다운'이라는 표어에 부족함이 없는 곳이다. 이런 곳에 조화롭지 못한 구조물들이 들어설 때마다 안타깝다. 아름다운 자연환경을 훼손하지 않고, 지역 주민의 주택 문제를 회사가 고민하며, 성당을 짓는 것처럼 다음 세대를 생각하며 계획을 하고, 기업의 이윤이 지역에서 나온 만큼 지역 사회에 이바지하는, 그런 건축 회사와 장인들이 청양에 살면서 청양을 소탈하면서도 세련되고 품격 있는 고장으로 만들어 나갔으면 좋겠다.

사과 속에 들어 있는 씨앗은 셀 수 있지만, 씨앗 속에 들어 있는 사과는 셀 수 없다.

사우스 마운틴의 멤버들이 사업 초기에 가졌던 생각이다. 무모하고 비현실적인 꿈을 꾸는 사람들, 그들은 몇 백 개의 열매가 될지 알 수 없는 씨앗을 가슴에 품는 사람들이다.

| 최은숙

088

비울수록 채워지고 나눌수록 커지는 집

12만8천 가구, 1만3천7백 가구,
앞은 1960년대 말, 뒤는 2008년 서울 시내 한옥 숫자이다. 이 같은
한옥의 급격한 감소는 재개발 바람과 관계 깊다. 재개발이라는 미명
아래 한옥을 밀어내고 아파트나 다세대, 다가구 주택 신축이 봇물 터
지듯 이루어졌다. 그런데 몇 년 전부터 한옥에 대한 관심이 늘었다.
비록 일부 문화인이나 상류층의 호사라지만 고사 위기에 닥친 한옥의
처지에서 얼마나 다행한 일인가.

왜 한옥에서 살고 싶은 걸까. 잊힌 과거에 대한 낭만적 향수인가,
호사가 취미의 일시적 유행일까. 질기다고 해서 옛날에 신었던 나일
론 양말을 다시 찾지는 않는다. 한옥을 장만하는 일이 액세서리 사듯
그리 만만한 것도 아니다. 그렇다면 무슨 이유 때문일까.

한옥은 아무리 작더라도 마당이 있다. 베란다를 확장하여 거실로
바꾸는 관점이라면, 30~40평의 좁은 땅에 마당을 둘 수 없다. 욕
심을 내서 마당에 지붕을 덮는 순간 한옥은 사라진다. 한옥은 마당
이 필수이다. 좁은 방에서 문을 열면 마당까지 한 공간이다. 방 하나
만 그런 것이 아니다. 마당에 접한 모든 방이 그렇다. 마당이 있음으
로써 여유 있고 정서적으로 풍족한 집이 되는 것이다. 이 책에 소개
된 '진원당'은 대지가 겨우 29평95.9m²인데 마당이 있다. 상상이 되는

한옥은 전통 건축에 기반을 두고 있으면서 동시에 현대 건축이다. 소중한 문화유산으로서 과거의 한옥은 잘 보존되어야 하고, 앞으로의 한옥은 당대 최고의 기술과 창의력이 집중되는 건축이어야 한다.

가. 작은 키에 균형 잡혀서 단아하고 옹골찬 사람같다. 양옥이 이 정도라면 장난감처럼 느껴졌을 것이다.

또한 한옥에는 온돌과 마루가 있다. 온돌은 우리 고유의 난방 구조로서 열효율이 극대화된 과학적이고 경제적인 시설이다. 땔감이 부족한 시대에 고육책으로 발달한 방식이지만 주거 형태가 바뀐 지금도 온돌의 기본은 이어지고 있다. 마루는 여름 한 철만 쓰이는 공간이다. 어떤 이는 마루를 걷어 내고 온돌방으로 바꾸기도 하는데, 그러면 여유는 사라지고 싸구려 여인숙 같은 조악한 구조가 되고 만다. 마루는 큰 대大 자로 누워 낮잠 자는 공간만이 아니다.

한옥은 물건을 쌓아 과시하는 집이 아니다. 가구를 들일수록 집은 좁아져 한옥의 정체성은 사라진다. 가구 하나를 들이더라도 여러모로 고민해야 한다. 벽면 위에 그림 한 점도 생각 없이 걸기 어렵다. 무엇을 소유하고 감상하려면 세심한 고려를 먼저 해야 한다. 비울수록 채워지는 묘한 집이 한옥이다. 또한 한옥은 나무, 돌, 흙, 종이로 지어진 환경 친화적인 집이다. 자연과 호흡하다가 생명을 다하면 사람처럼 자연으로 돌아간다. 시간이 흐르면서 갈라지고 무너지고 썩기도 해서 계속 손을 보아야 하지만 이런 수고에 한옥은 심신의 풍요와 건강으로 답한다.

집은 사람의 삶을 담는 그릇이다. 시대에 따라 삶의 모습이 변하고 집에 대한 거주자의 요구도 달라질 것이다. 한옥의 미래를 이야기할 때 핵심 사항은 '어떻게 하면 많은 사람들이 한옥을 선택할까.'이다. 멋스러움과 정서적인 풍족함 같은 장점에도 불구하고 춥다거나, 불편하다는 인식이 있다. 일반 건물의 2~3배에 달하는 비싼 건축비 또한 큰 걸림돌이다. 이러한 현실에서 한옥이 보급되기는 어렵다. 관공서 및 공공시설을 한옥으로 건축하는 발상의 전환이 필요하고, 건축

비를 보조하거나 재료 및 공법의 표준화를 통해 시공 비용을 낮추는 일이 시급하다.

한옥은 전통 건축에 기반을 두고 있으면서 동시에 현대 건축이다. 소중한 문화유산으로서 과거의 한옥은 원형대로 잘 보존되어야 하고, 앞으로의 한옥은 당대 최고의 기술과 창의력이 집중되는 건축이어야 한다. 이 책은 이러한 노력을 담은 책이다. 한옥의 장점을 살려 현재 삶의 방식에 맞게 고쳐 사용하는 실례를 찾아 책으로 묶어 냈다. 27채의 전통 한옥마다 집의 내력과 개보수를 결정한 이유, 그것을 통해 얻은 것들, 설계 및 시공 과정에서 닥친 어려움과 해결 과정 등을 담았다. 종로 혜화동사무소는 민간 주택을 관공서로 개조한 최초의 사례로서 이색적이다.

책 속의 사진을 보고 있노라면 며칠이라도 이런 집에 푹 빠져 살고 싶다는 충동이 인다. 여러 각도와 위치에서 찍은 사진들이 설명을 충실하게 채웠다. 입면도, 평면도, 배치 평면도를 꼼꼼하게 실어서 건축 공간의 이해를 도왔다. 다른 책에 없는 소중한 배려이다. 아울러 한옥이 되살아나면 동네도 살아나서, 살고 싶은 동네로 바뀐다는 예도 소개했다. 한옥이 품위 있게 우리에게 돌아오고 있다.

| 김현식

흙집 짓기, 현실적이고 바람직한 대안

어린 시절, 우리 동네 집들은 모두 흙집이었다. 그런데 새마을운동이 전개되면서 초가지붕이 사라지고 함석이나 슬레이트 지붕이 나타났다. 새로 짓는 집은 예외 없이 시멘트 벽돌집이었다. 수천 년 동안 우리 주거 문화였던 흙집은 춥고 불편하다는 이유로 근대화 과정에서 몇 년 동안에 썰물처럼 밀려났다. 40년 전의 일이다.

흙집이 주목받으면서 다시 나타난 것은 근래의 일이다. 다양한 방식의 흙집이 지어지고 있다. 흙집에 관련된 블로그와 동호회가 생겨났고 각종 흙집 강좌가 인기를 끌고 있다. 흙집을 안내하거나 짓는 방법을 알려 주는 출판물도 늘어났다.

흙집은 자연에서 얻은 재료로 지어서 친환경적이고 건강에 좋다. 인류는 과거 수천 년 동안 흙집에서 살아왔고 지금도 인구의 30%는 흙집에서 살고 있다. 아직도 문명 한복판에서 그 존재감을 드러내기도 한다. 뉴멕시코 주 산타페 흙집 동네는 수백 년의 풍상에도 건재하다. 1980년대 흙으로 지어진 프랑스 리옹의 주택 단지는 30년이 지난 지금도 입주 대기자가 줄을 잇고 있다. 독일 하노버 발도르프 흙집 유치원은 쾌적하고 건강한 공간으로 사랑받고 있다.

물론 흙집이 못난 점도 있다. 물기에 약하고 잘 갈라지며 충격에

땅, 집, 건축주 이 세 주체가 어우러져 균형이 찾아지는 집, 그게 아름다운 집이고 살고 싶은 집이다.

약하다. 자주 손을 봐야 해서 불편하다. 조심해서 살아야 하고 겉보기에 산뜻한 맛은 없다. 강도가 약해서 높게 지을 수 없다. 이러한 단점들은 여러 연구와 노력으로 극복되는 중이다.

교토 의정서에 따르면 2050년까지 1990년을 기준으로 하여 철근 사용량 80%, 알루미늄 사용량 90%, 시멘트 사용량 85%를 감축해야 한다. 대안으로 흙의 역할이 커지고 있다. 우리나라를 비롯한 일부 선진국에서 흙집에 대한 관심이 높고 활발한 연구가 진행 중이다. 머지않아 흙집은 자연 소재의 현실적인 대안으로 자리매김할 것이다.

월간 '전원 속의 내 집' 편집부가 《흙집으로 돌아가다》라는 제목으로 52채의 황토 건축을 소개했다. 주로 흙과 나무를 결합하여 여러 방식으로 지어진 집으로서, 우리가 상상하는 모든 흙집이다. 고만고만한 집들이 아니다. 평당 건축비 70만원의 가벼운 집부터 호화스런 집까지 다양하다. 하지만 하나같이 생태적 집짓기의 모범 사례이다. '자연과 소통하며 건강하게 살자'는 건축주의 고집이 고스란히 배어 있는 작품들이다.

집을 지으려면 먼저 터를 장만해야 한다. 앞쪽으로 들녘이 보이고 북쪽 뒤편으로는 병풍처럼 산이 막고, 서쪽 옆으로는 도랑이 흐르는 산자락 땅이면 제일 좋다. 배산임수背山臨水의 전형이다. 이런 명당이 어디 있을까 고민할 필요는 없다. 국토의 70%가 산이고 이중에 30%는 남동쪽을 향해 있다. 그리고 땅은 조석마다 계절마다 다른 표정이 있으니 여유를 갖고 표정을 살피는 것도 중요하다.

다음으로 어떻게 지을까를 고민한다. 집은 주변 환경과 어울려야 한다. 말은 쉬워도 그런 집은 많지 않다. 발품을 팔아 많이 경험하는 도리밖에는 없다. 직접 가서 보고 거기 사는 사람의 말을 들어서 밑그림을 그린다. 건축은 창조가 아니다. 삶의 공간이기 때문에 검증된 내용으로 지어야 한다. 이런 측면에서 이 책은 좋은 지침서이다. 온 갖 유형의 흙집들이 망라되었으니 이 중에 선택하면 될 것이다. 재료의 선택에서부터 짓는 방법, 완성된 집에 이르기까지 화보를 통해 잘 설명됐다. 하지만 집의 면모는 책을 통해서는 한계가 있다. 구슬이서 말이어도 꿰어야 보배이듯 내 집이 보배이려면 직접 보고 느껴야 한다.

마지막으로, 구상이 끝나면 집을 짓는 단계이다. 스스로 짓기도 하고 전문가에게 맡기기도 하지만 후자를 권한다. 짓다가 허물어도 괜찮을 찜질방이라면 모를까 살 집이라면 전문가에게 맡기는 것이 좋다. 건축주는 자신의 건축 철학을 건물에 담고자 애쓰면 된다.

집 구경을 많이 하다 보면 땅, 집, 건축주 사이의 삼각 구도가 눈에 들어온다고 한다. 안타깝게도 땅의 목소리가 크거나, 집이 주변을 압도하거나, 건축주의 기가 세어서 삼각 구도의 균형이 깨지는 경우가 많다. 세 주체가 어우러져 균형이 찾아지는 집, 그게 아름다운 집이고 살고 싶은 집이다.

| 김현식

090 국적도 민족도 아닌 연애 이야기 091 과학 지식의 보물 창고 092 꿈을 현실로 만든 사람들 093 희망의 힘을 믿는다 094 비가 오면 비를 맞고, 눈이 오면 눈을 맞고 095 이몽룡을 제친 유쾌한 주인공 방자 096 한 장애인이 청소년에게 묻다 097 언어의 저장고를 늘리는 기쁨 098 인간 복제에 관한 되물음 099 훈련되지 않는 야성, 세상과 타협하지 않는 매와 소년 100 사춘기를 거치지 않은 어른이 있는가?

8 청소년,

그들의 세상을 응원하다

090 가네시로 가즈키 지음, 김난주 역 GO
국적도 민족도 아닌 연애이야기

5년 전쯤으로 기억한다. 한 친구가 '고GO'라는 영화를 소개했다. 자신은 벌써 여덟 번을 봤다며 꼭 한번 보라고 강력히 추천했다. 가네시로 가즈키의 《GO》를 원작으로 한 동명의 영화였다. 시간이 흘러 우리 출판계에 일본 도서가 유행처럼 번져 가고 있던 어느 날, 서점에서 가네시로 가즈키의 다른 작품들과 함께 놓여 있는 《GO》를 보았다. 표지는 물론 판형 전체를 달리해 여느 일본 도서들과 마찬가지로 작고 트렌디하고 가벼워 보여서 이번에도 역시 흘려 버리고 말았다. 다시 시간이 흘러 2년 전 여름, 청양군 참실여름학교에 일일 담임으로 참여했던 나는 영화 한 편을 보게 되었다. 김명준 감독의 '우리 학교'라는 다큐멘터리 영화로, 홋카이도 조선학교 아이들 이야기였다. 일본 땅에서 살아가는 조선 아이들의 이야기였다. 두 시간이 넘는 러닝 타임 동안 웃다 분노하다 부끄러워하다 결국엔 눈이 퉁퉁 부을 정도로 울고 말았다. 그네들의 역사를 알게 됐고 열악한 환경 속에서도 정체성을 간직하기 위해 노력하는 모습에 감동했다. 그리고 조선학교 아이들에게 여전히 현재 진행 중인 일본 사회의 차별과 위협은 결국 우리의 무관심이 불러온 결과라는 생각에 마음 아팠다.

알고 싶어졌고 알아야겠다고 결심했다. 드디어 가네시로 가즈키의

민족이 아닌 한 인간으로서 누구를 사랑할 것인가. 이름에 상관없이 그저 자신들의 향기로 서로를 사랑하고자 하는 젊은이들의 이야기.

《GO》를 펼치게 되는 순간이었다. 한 작품과 만나기까지의 인연이 이렇게 지난至難할 수도 있다. 책이 내게로 와서 내가 책의 손을 잡기까지를 보건대, 독서도 연애와 같은 것이어서 결국 만날 인연은 만나게 되더라는 것이다. 어렵게 만나 깊은 애착을 갖게 된 작품이기 때문에 사실 글을 쓰기가 더 어려웠다. 어수룩한 글로 인해 작품이 오해를 살까 봐, 그리고 결국은 내가 받은 감동을 다 전하지 못할 것이 분명하기 때문이다. 그래서 고민 끝에 꼭 한번 읽어 보시라는 말과 함께 작가와 주인공의 말을 전하는 것으로 독후감을 대신한다.

가네시로 가즈키, 알고 보니 재일 한국인이었다. 아니, 작가는 자신의 정체성을 코리언 재패니즈한국계 일본인라고 정의하고 있다. 무슨 차이가 있는가? 그들은 언제나 일본인이냐 한국인이냐 사이에서, 북한이냐 남한이냐 사이에서 선택을 강요당해 왔다. 폭력적이라 할 만큼 좁은 선택지는 대체로 1세대 부모에 의해 결정돼 2세, 3세들의 탄생 순간 유전된다. 그리고 그들이 어떤 선택지에 답을 했든 결과적으로 그들은 외부인으로 취급받으며 일본 사회의 차별을 감당해야 한다.

'재일 한국인'과 '코리언 재패니즈' 사이의 고민과 방황을 한국에서 나고 자라 '당연히' 한국인으로 살아가는 우리가 얼마큼이나 이해하고 공감할 수 있을지. 다만 이 작품의 주인공 스기하라의 삶으로부터 그 빙산의 일각이나마 짐작할 수 있을 따름이다. 주인공 스기하라는 말한다.

"언젠가는 국경을 지워 버리겠어."

일본 사회에서 겪어야 했던 차별과 민족 간, 이데올로기 간의 갈등에 대한 선언이다. 그렇다고 우리 주인공이 시종일관 어둡고 무겁고 슬플 거라 생각한다면 그것은 큰 오해다. 《GO》는 주제의 무게에 휘

둘리는 그런 소설이 결코 아니다. 스기하라는 첫 장에서부터 이 문제를 확실히 해 두고 있다.

"이 소설은 나의 연애를 다룬 것이다. 그 연애는 공산주의니 민주주의니 자본주의니 평화주의니 귀족주의니 채식주의니 하는 모든 주의에 연연하지 않는다."

공산주의, 민족주의가 결국은 채식주의로까지 이어지고 있음에 주목해야 한다. 모든 '주의'란 것들의 무게가 한순간에 증발하는 느낌이다. 작가의 말에도 한번 귀 기울여 보면 어떨까?

"내 또래 재일 한국인 젊은이에게 중요한 문제는 국적도, 민족도 아닌 연애입니다."

누가 이것을 가볍다고 말할 수 있을까? '…그래도 되는 거야?'라고 생각할 수 있을까? 이들에게 뿌리라는 것이 더 이상 족쇄로 작용해서는 안 된다는 것에 전적으로 동의한다. 자신을 둘러싼 원 밖으로 발을 내딛는 주인공을 따라 나 또한 '저 넓은 세계'로 눈을 돌려 본다. 《GO》라는 소설 제목이 새로이 읽히는 순간이다. '의미 찾기'에 대한 강박과 '참을 수 없는 가벼움'에 숨 막혀 했던 나 자신에게서도 한층 놓여나는 느낌이다. 그래도 뿌리와 이념과 모든 '주의'란 것들에 대한 고민에서 벗어날 수 없다면, 결국 이 소설을 이념이나 민족주의에 관한 소설로 오해한다면 그것은 전적으로 나의 잘못이다.

아무래도 이쯤에서 셰익스피어 선생에게 도움을 구해야겠다. 이 소설 첫 장에서도 인용한 '로미오와 줄리엣'의 명대사를 다시 한 번 인용해 본다. 이 소설의 처음과 끝이 모두 여기에 있다.

"이름이란 뭐지? 장미라 부르는 꽃은 다른 이름으로 불러도 아름다운 그 향기는 변함이 없는 것을."

《GO》는 이름에 상관없이 그저 자신들의 향기로 서로 사랑하고자 하는 젊은이들의 이야기이다. 재미있다. 꼭 읽어 보기를 권한다. 더불어 영화 '고', '우리 학교'도 강력히 추천한다.

| 이상미

과학 지식의 보물 창고

　　　　　　　　　　　　과학 선생이면 아이들에게 과학을
가르치면서 너나 할 것 없이 직면하는 문제가 있다. '과학이란 무엇인
가.', '학생들이 왜 과학을 배워야 하는가.', '어떻게 과학을 아이들에
게 가르쳐야 하는가.'가 그것이다. 앞의 두 가지 과제는 사전적 의미
와 당위라서 쉽지만 '어떻게 가르쳐야 하는가.'는 해결하기 어려운 고
민거리이다. 매년 맞이하는 아이들마다 관심의 정도와 학습 능력이
다르기 때문이다.

　어떻게 가르쳐야 하는가를 고민하던 네 명의 과학 선생님들이 의
기투합하여 《과학 개념어 상상사전》이라는 제목의 책을 내었다. 중
학생이 된 아이들이 갑자기 많아진 과학 용어 때문에 과학을 포기하
거나 흥미를 잃는 것을 보면서 안타까운 마음에서 엮었다고 한다.

　'호기심 천국'이나 '스펀지' 같은 TV 교양 프로가 과학의 흥미를 돋
우고 과학의 중요성은 일깨웠으나 특이한 경험만을 소재로 삼아서 일
상 경험 속 과학은 재미없는 것으로 여기는 부작용을 낳기도 했다.
과학 원리는 특이한 경험이나 일상의 경험의 구별 없이 같게 적용된
다. 따라서 과학에 흥미를 잃지 않고 공부를 계속하려면 특이한 경험
에 적용된 단편적인 과학 지식의 암기보다는 체계적인 과학 지식의
습득이 필요하다. 교과서가 바로 자연 현상을 체계적으로 설명한 지

교과서가 바로 자연 현상을 체계적으로 설명한 지식의 보물 창고이다. 이 보물 창고의 주인이 되고자 한다면 무엇보다 과학 지식의 근간이 되는 과학 용어를 많이 알아야 한다.

식의 보물 창고이다. 이 보물 창고의 주인이 되고자 한다면 무엇보다 과학 지식의 근간이 되는 과학 용어를 많이 알아야 한다.

실험 관찰과 단편적인 지식 위주인 초등 과학 교과서는 과학 용어가 적다. 반면 중등 과학 교과서는 과학 용어의 분량이 많고 서로 유기적으로 복잡하게 얽혀 있다. 따라서 용어 간의 연결 고리를 짚어 교과 내용을 소화하기 위해서는 우선 용어의 뜻을 정확히 아는 것이 중요하다. 이것이 과학 공부의 시작이고 기본이다. 이 기본을 소홀히 여겨 흥미를 잃게 되면 영영 과학과 담을 쌓을 수도 있다. 이는 과학뿐만 아니라 다른 교과까지 큰 손실이다. 왜냐하면 과학을 공부하면서 터득한 지식이나 학습 방법이 다른 교과 공부에도 도움이 되기 때문이다.

중학교 1, 2, 3학년 과학 교과서는 '지구의 구조'로부터 '유전과 진화'까지 총 28단원으로 구성된다. 각 단원은 물리, 화학, 생물, 지구과학 중 한 과목의 성격을 띤다. 중학교에서 과학 공부는 이 네 과목을 함께 배우는 것이다.

이 책은 중학 교과서 28단원을 성격에 따라 네 과목으로 재배치했다. 과학 개념 정립에 필요한 용어들을 아이들의 말로 알기 쉽게 설명했다. 말로 설명이 부족하다 싶으면 빠짐없이 그림이나 사진을 첨부했다. 과학 용어의 대부분이 한자어인 것을 참작하여 한자를 써 넣어 뜻풀이의 연결 고리로 삼았다. 예를 들어 분산分散이란 물리 용어는 의미 파악이 어렵다. 하지만 나눈다는 뜻의 分과 흩어진다는 뜻인 散의 뜻풀이를 알고 나면, 분산의 온전한 뜻인 '햇빛을 여러 가지 색깔로 나누어 흩어지게 하는 현상'이란 설명을 이해하기가 쉽다. 아울러 단원이 시작될 때마다 마인드맵mind map을 제시하여 단원에 나오는 용어들로 과학 개념의 체계를 세울 수 있도록 했다. 예를 들어 힘

Force이란 용어를 중심으로 해서 마인드맵을 그려 보면 우선 힘의 종류를 생각할 수 있는데, 이 힘에는 부력, 탄성력, 마찰력, 자기력, 전기력, 중력이 있다. 그리고 이 힘을 물체의 운동과 결부시키면, 물체에 힘이 작용할 때 물체는 등속 원운동이나 가속도 운동을 하고 힘이 작용하지 않으면 등속 직선 운동을 한다. 이처럼 마인드맵을 그려 보면 힘의 개념이 확장되어 힘과 물체 운동 사이의 관계를 종합적으로 이해할 수 있다.

영어 공부를 할 때 사전을 옆에 두고 뒤적이듯 과학 공부를 할 때도 이 책을 사전처럼 이용하면 좋다. 학습에 필요한 용어를 총정리 했으니 단원을 공부하기 전 예습으로 여러 번 읽으면 학습 효과를 높일 수 있다. 과학 개념 정립이 필요한 중학생에게 필요한 책이다.

과학을 왜 공부하는가. 성적을 높여 좋은 고등학교, 좋은 대학교에 가기 위해서인가. 거기에서 그친다면 너무 옹졸한 생각이다. 과학은 사람을 포함하여 그 주변을 둘러싼 자연환경을 예외 없이 관통하는 작동 원리이다. 이것을 깨닫는 것이 과학 공부의 궁극적인 목적이다.

| 김현식

092 꿈을 현실로 만든 사람들

박용준과 인디고 프로젝트 팀 지음 꿈을 살다

      부산에서 청소년을 위한 인문학 서점 '인디고 서원'을 운영하고 있는 허아람 선생을 만난 건 충남교육연구소의 '교육 실천가 강좌 – 우리 여기 있다니까요!'를 통해서였다. 20년 전 논술 강사를 하던 그녀는 어느 날 유럽 도서관을 둘러보러 여행을 떠났고, 소르본 대학 앞 한 서점에서 느꼈던 감동과 전율이 돌아오는 비행기 안에서 인디고 서원으로 구상되었다고 했다. 그동안 아이들과 공부했던 과정과 나눴던 이야기들이 《인디고잉》이라는 잡지와 여러 권의 단행본으로 나와 있었다.

      《꿈을 살다》는 인디고 유스 북페어 프로젝트에 관한 기록이다. 2008년 부산에서 열렸던 '2008 유스 북페어'의 주제는 인간이었다. 전 세계 여섯 대륙에서 같은 꿈을 꾸고 있는 사람들을 직접 만나고, 소통하고 함께 꿈꾸기를 약속한 과정을 상세히 담은 책이었다.

      발레리 제나티유럽, 어린 시절 100개의 꿈 목록을 만들었던 이 소녀는 이제 소설가가 되어 문학의 힘으로 국경마저 뛰어넘는 전 지구적인 희망을 노래한다. 폭력과 절망 속에 놓인 아이들을 위해 몸의 학교를 열어 춤을 통해 아름다운 교감의 장을 만들어 가는 알바로 레스트레포남미, 매일 쓰고 버리는 물에서 가장 유한한 자원으로서의 생명성을 다시 발견하고 청소년들이 주체가 되는 환경 프로그램을 진

꿈은 '꾸는 것'에 그쳐서는 안 된다. 그 꿈을 '살아가야' 한다.

행하고 있는 애런 우드오세아니아, 가난한 아프리카 아이들을 위해서 무료 과학교과서를 만드는 마크 호너아프리카, 네팔의 불안한 정치 상황 속에서도 청소년이 직접 만드는 국제 잡지 《투데이스 유스 아시아》로 전 지구적인 연대와 소통을 꿈꾸는 산토시 샤흐아시아, 세계에 흩어져 있는 창조적 실천가들의 아름다운 움직임을 포착하여 글로써 세상에 알린《희망의 경계》의 저자 안나 라페아시아 등 전 세계 6대륙에서 모인 창조적 실천가 45명과 인디고 아이들이 펼친 소통의 장, 그 여정을 사진과 글로 엮어 낸 기록이다.

세상에는 멀리 떨어져 있지만 같은 꿈을 꾸고 그 꿈을 실제로 실천하면서 살아가는 이들이 있음을 확인했다. 그들을 하나로 엮는 연대-네트워크를 만들어 낸 인디고 아이들의 실천은 그중에서도 백미白眉라는 생각이 들었다. 그들은 말한다.

"무한하고 영원한 세계인 책 안에서 우리가 꿈꾸던 빛나는 길을 찾은 순간, 북페어는 시작되었다. 그리고 북페어를 마치며 각자의 일상으로 돌아가 어떻게 새로운 삶의 주제를 만들어 낼 것인가, 또 그 주제를 어떻게 타인과 변주할 것인가를 뜨겁게 이야기할 것이다. 늘 그러했듯."

허아람 선생은 아주 오래전 양지바른 땅에 알찬 씨앗을 심었다고 했다. 거기 적당한 바람과 햇빛, 그리고 물을 주어 씨앗이 싹을 틔웠고 올곧은 줄기는 잘 뻗어 나갔다. 잎들도 푸르게 번졌으며 그리고 꽃이 피기 시작했는데 북페어는 그중 가장 향기롭고 아름다운 꽃송이었다.

꿈을 꾸고 말면 꿈으로 끝나지만 꿈을 실천하면 물감이 번지듯 그 자리에서부터 변화가 일어난다는 확신을 얻게 해 준 책이었다. 아들과 함께 부산 남천동에 있는 인디고 서원을 찾아갔던 날, 허아람 선생은 아이들과 함께 '가치를 다시 묻다'란 주제로 열리는 2010 유스 북페어를 준비하기 위해 쿠바에 다녀왔다고 했다. 이틀간 비행기를 갈아타고 이제 막 돌아와 녹초가 된 모습을 얼핏 만나보고 간단한 인사를 나눴다. 허아람 선생과 청소년들의 웃는 얼굴을 보고 있자니 "보시니 참 좋았더라." 했던 태초의 말씀이 문득 떠올랐다.

| 안병연

093 인디고 서원 엮음 내가 믿는 이것
희망의 힘을 믿는다

답답한 일이 있을 때도 매력 있는 책을 읽을 때만큼은 멀리서 빛이 보이는 느낌이다. 그 빛을 따라가고 싶은 마음으로 인디고 서원이 추천하는 책들을 읽다가 《라디오 쇼》라는 책을 만났다. 그 책을 근간으로 쓴 글을 모아 인디고 서원 아이들이 펴낸 《내가 믿는 이것》이라는 책 35권을 구입해 학생들과 함께 읽었다.

"우리도 이런 주제로 써 보면 어떨까? 내가 책으로 묶어 놓을 테니 나중에 너희들이 오랜 시간 지나서 다시 학교를 방문하면 읽어 봐. 17살, 18살 때 '내가 믿는 이것'은 무엇이었는지?"

아이들은 꽤 진지하게 글을 써서 냈다. 한 장 한 장의 '내가 믿는 이것'에서 아이들의 마음이 느껴졌다.

"나는 음악의 힘을 믿습니다."

"나는 말의 힘을 믿습니다."

"저는 저를 믿습니다."

"저는 저의 꿈을 믿습니다."

"나에게는 가족이 가장 중요합니다."

그렇게 시작되는 아이들의 글은 정성스러웠고 힘이 있었다.

희망은 저를 가슴 벅차게 만듭니다. 희망이 있어 저는 나약하지 않아요. 희망이 있는 한 저에게 세상은 모두 제 것인걸요.

더 나은 나를 위하여

18세 박새한

내가 있고 세상이 있다. 이 세상이 아무리 멋진들 그 세상을 누릴 '나'가 없으면 무슨 소용인가? 그리고 멋진 세상 속에 있는 나는 당연히 그에 걸맞는 놈이어야 한다. 그러기 위해 난 항상 최고가 되기 위해 노력한다. 나를 돌아보고 발전시켜 나간다.

항상 덤벙대서 실수가 많은 나는 그 날의 실수를 되돌아보곤 한다. 언제까지 실수나 하고 다닐 수는 없으니까. 일일삼성一日三省이라고 하는 사자성어를 떠올리며, 한 번 한 실수가 다음번엔 교훈이 되도록 가슴에 새긴다. 이렇게 하루를 끝내며 더 나은 내가 되길 꿈꾼다.

옛말에 '삼인 행三人行이면 필유아사언必有我師焉'이라는 말이 있다. 친구들과 있을 때 계속 떠올리는 말이다. 세 명이 길을 가면 그중에 반드시 보고 배울 사람이 있다는 이 말을 떠올리면 친구들이 달라 보인다. 내 주변의 사람들로부터 내가 모르는 것, 못하는 것, 하면 안 될 것 등을 배우면, 내가 점점 나아진다는 느낌이 든다. 게다가 이 말을 꼭 친구들의 장점뿐 아니라 단점에도 초점을 맞춰 보면 '나도 저럴 텐데.' 하거나 '저건 아니구나.' 하며 교훈을 얻는다. 이렇게 친구들과 있을 때에도 난 항상 최선을 위해 노력한다.

마지막으로 이 세상을 더 즐기기 위해서 한 마디를 더 떠올린다.

"아는 자는 좋아하는 자만 못 하고, 좋아하는 자는 즐기는 자만 못 하다."

공자님의 이 말씀은 힘든 때를 이겨 내게 해 주었다. 그리고 즐기는 사람은 겉으로 보기에도 멋지지 않은가? 쉽게 잊고 지내는 간단한 성어들이지만 가슴에 새겨 놓는 것만으로도 나에게 항상 새로운 에너지를 준다. 그리고 조금씩 나아지는 나를 느끼면 '이런 느낌으로 살아가는 것 아닐까?' 하는 생각이 든다. 나는 내가 나를 계발해 나가는 삶이 재밌다.

이 아이가 나중에 제가 쓴 글을 읽는다면 어떤 느낌일까? 성장 과정의 한 순간을 잡아 놓을 수 있었던 글을 통해 삶을 돌아보고 오늘의 나에 더 충실한 삶을 엮어 갈 아이들을 미소와 함께 떠올려 본다.

| 안병연

094 비가오면비를맞고, 눈이오면눈을맞고

권정생 지음, 그림 동시 삼베치마

《강아지똥》의 작가 권정생 선생님이
남기신 유품 속에서 한 권의 동시 묶음집이 발견되었다고 한다. 종이
를 가지런히 잘라 선생님이 직접 펜으로 동시를 쓰고, 색연필로 삽화
를 그리고, 풀로 붙여 정성스럽게 만든 단 한 권의 동시집. '삼베치마'
란 제목도 선생님이 붙이셨다.

하나님은 나의 목자시니 내게 부족함이 없으리로다.
1964년 1월 10일 묶음

동시집 삼베치마의 맨 끝장에 적힌 말이다. 그때 선생님은 스물일
곱 살이었다. 보여 줄 사람도, 발표할 지면도 얻지 못했던 가난한 청
년 시절에 태어난 《삼베치마》는 그렇게 선생님의 오두막에 조용히 묻
혀 있었다. 빛이 바래고 누렇게 얼룩이 진 동시집은 선생님이 돌아가
신 뒤에야 시인 안도현 선생의 제안으로 세상에 다시 나왔다. 누르스
름한 속지에 얼룩도 살려 놓고 선생님이 그린 삽화를 그대로 담아 원
본의 느낌을 전하려 애쓴 흔적이 역력하다. 유품인 동시 묶음을 처
음 보았을 때 사람들이 느꼈을 경외감과 감동이 어떠했을지 짐작이
된다.

삼베치마의 마지막 장을 덮으면서 다시 드는 생각은 '그분은 구도자였구나.' 하는 것이다. 전혀 교정되지 않은 안동 사투리로 쓰인 삼베치마의 동시들이 모두 내겐 길이었다. 정직하게 아프고 과장 없이 따스하게 사람 사는 동네였고, 망가지지 않은 삶의 갈피였다.

그분이 어떻게 살다 가셨는지 우리 모두 잘 안다. 그래서 '내게 부족함이 없다.'는 한 마디가 거울처럼 앞에 와 서서 벌거벗은 나를 비추는 것 같은 느낌을 피하기 어렵다. 사랑 깊은 동화 작가인 줄 알았는데 매서운 눈을 가진 산문 작가였고 그런가 했더니 시인이었다. 《삼베치마》의 마지막 장을 덮으면서 다시 드는 생각은 '그분은 구도자였구나.' 하는 것이다. 전혀 교정되지 않은 안동 사투리로 쓰인 《삼베치마》의 동시들이 모두 내겐 길이었다. 정직하게 아프고 과장 없이 따스하게 사람 사는 동네였고, 망가지지 않은 삶의 갈피였다.

고향집

우리 집
초가삼간 집

돌랭자나무가
담 넘겨다보고 있는 집

꿀밤나무 뒷산이
버티고 지켜주는 집

얘기 잘하는
동구 할아버지네랑
나란히 동무한 집

비가 오면 비를 맞고 섰고

눈이 오면 눈을 맞고 섰고

그래도 우리집은 까딱 않고 살았다

난 우리 집을

고향 집을 닮았다

<고향집> 전문

　　앞으로 10년, 20년 살고 나면 이런 자화상을 그려 낼 수 있을까? 소중한 유산을 받았다는 생각이 든다. 선생님이 물려준 것은 잠시 잊었던 자존심이다. 산과 들판과 사람이 한 도화지 안에서 이어진, 이웃의 말을 알아듣는 사람살이, 비가 오면 비를 맞고 눈이 오면 눈을 맞으면서 까딱 없이 서 있는 고향 집. 당신들 모두 사실은 그런 고향 집 같은 사람들이라는 선생님의 말씀이 다시금 높은 자존감을 갖게 한다.

| 최은숙

이몽룡을 제친 유쾌한 주인공 방자

상전들 사랑의 들러리가 아니라 인생을 자유롭게 즐기며 질박한 사랑을 나누는 멋진 사나이, 방자! 우리도 인생이라는 마당극에 뛰어들어 신이 나게 살아보자.

아주 먼 기억 속의 추억 하나.

고3 학력고사 이후 학교 축제 때 무대 위에 올렸던 연극 한 편. 상황에 맞는 대사 전달을 위해 연극반 선생님의 지시에 따라 대사 한 줄을 가지고 억양을 높였다, 낮췄다, 짧게 했다, 길게 했다, 크게 했다, 작게 했다, 수십 번 반복했다. 이렇게 저렇게 읊조림을 달리함에 따라 극의 분위기가 완전히 달라지는 것이 무척 신기했다. 그 매력에 빠져 대학 시절부터 교사 생활을 하는 지금까지 꾸준히, 정통 연극에서 마당극까지 기회가 되는 대로 연극 무대 작업을 해 왔다.

박상률의 장편 소설 《방자 왈왈》은 읽는 내내 내가 좋아하는 마당극 무대 한복판을 누비며 돌아다니는 듯했다. 사람들은 책을 읽으면서 찾아내는 의미가 저마다 다른 듯하다. 소설가 박상률은 이팔청춘 십 대들의 어설프면서도 진지한 사랑을 말하고자 했다지만 난 그 속에서 유쾌하고 시끌벅적한 마당극 한 판을 보았으니 이 책을 읽고 끄집어낼 각자의 추억이나 의미가 무엇일지 궁금해진다.

책을 읽으면서 음미했던 또 다른 재미는 우리말의 풍부한 표현력이다. 언젠가 어느 국문학자가 특강을 하면서 우리나라 말이 세계적으로 우수할 수밖에 없는 예로 든 문장이 "낙엽이 데굴데굴 데구르르… 굴러갑니다."였다. 흔히 사용하는 평범한 표현이었는데도 그 어떤 나라의 언어도 이런 표현을 못 해 낸다는 국문학자의 자부심 어린 말에 듣는 우리까지 덩달아 어깨가 으쓱했다. 《방자 왈왈》도 오랜만에 "참, 우리말 재미있다, 멋있다." 하게 해 주었다.

"뭐? 뭣이라고? 사또 새끼가 왔다고?"

"사또 새끼가 아니라 새끼 사또, 아니 사또 자제 도련님이 왔다고유!"

"춘향아~~ 새끼 사또가 방자 모시고 왔다. 얼른 문 닫고 나와 보그라!"

등장인물들이 주고받는 대화가 흥에 겨워 읽다 보면 어느새 책은 몇 장 남지 않는데 몇 장 남지 않은 마지막 부분도 우리가 알고 있는 고전 춘향전의 내용을 뒤엎는다. 아주 오랫동안 소설로 읽히고 극화되고 이야기로 전해져 왔기에 너무나도 당연했던 춘향과 몽룡의 행복한 결말은 방자를 주된 인물로 내세움으로써 반전을 일으키며 우리들의 상식을 깨뜨려 주는 재미가 있다. 마치 국어 시간에 소설 이어 쓰기를 한다거나 조연으로 나왔던 사람을 주인공으로 하여 소설 다시 쓰기를 해 보는 것과 비슷하다. 다른 작품들도 주인공을 바꾸어 이야기를 재구성해 보는 것도 재미있겠다 싶다.

이 책에서 빼놓을 수 없는 결정적인 재미는 방자의 당돌함과 능청스러움이다. 춘향이를 소개해 준다는 구실로 몽룡으로 하여금 천민 신분인 자신에게 '형님'이라 부르게 하고 '아버지'라고 부르게 하는 모습은 시대의 억압과 신분의 차별로 힘겨웠던 이들에게 통쾌함을 선사한다.

"방자 형님, 내 소원 한번 들어주시오."

"그럼 시방 넘들 눈 없은께, 진짜 내 이름이나 한번 불러 보슈."

"그건 어렵지 않지, 고두쇠야!"

"그건 그냥 부르는 막 이름이고 내 진짜 이름은 따로 있단께요. 내 진짜 성은 '아' 가고, 내 진짜 이름은, 음… '바지'요."

"아… 바… 지?"

"왜그라? 아들!"

"뭣이라고?"

이렇게 《방자 왈왈》은 방자를 통해 가난의 한을 빈자에 대한 자비로, 천민으로서의 서러움을 상전에 대한 포용으로, 상전들 사랑의 들러리에서 향단이와 질박한 사랑을 나누는 주인공으로 백성들의 이야기를 풀어냈으니 이 책을 통하여 나 자신을 인생이라는 소설 속의 주인공으로 우뚝 세우는 마당극 한 편 잘 만들어 보는 것도 좋겠다.

| 공정희

한 장애인이 청소년에게 묻다

"보통 남자를 만나 보통 사랑을 하고, 보통 같은 집에서 보통 같은 아이와 보통만큼만 아프고 보통만큼만 기쁘고 행복할 때도 불행할 때도 보통처럼만… 보통이면 정말 충분하다고……."

백지영이라는 가수가 부른 '보통'이라는 노래를 들으면서 참, 별것이 다 노랫말로 쓰이는구나, 이런 노래에도 대중은 열광하는구나, 생각했다. 원래 유행하는 노래에 별로 관심이 없기도 하지만 내 생각에 '보통'이라는 말은 노랫말보다는 글이나 말 속에서 제 뜻을 발휘하는 단어였기 때문이다. 보통普通은 '특별하거나 드물지 않고 평범한 것'이라는 뜻이다. 특별한 무엇인가를 가지거나 잃는 것을 더 힘든 일로 여길 수 있지만, 그 특별함의 기준이 되는 치우침이 없는 보통이 가장 조건을 갖추기 힘든 상황이라는 것을 이 책을 읽으면서 참 많이 느꼈다.

내 직업은 특수 교사다. 사전에서 정의하는 보통의 의미에서 조금 벗어난 학생들을 가르치는 교사이다. 나와 함께 공부하는 학생들은 대부분 학업 성적과 일상생활 적응 면에서 보통의 기준에 미치지 못한다. 학업 성적은 보통 친구들의 성적인 평균에 크게 미치지 못하며, 일상생활도 누군가의 도움이 절실한 순간이 빈번하다. 그러나 그

보통, 평범함, 일상적⋯⋯. 어느 순간 이런 말들은 차이를 근거로 차별을 결정하는 하나의 도구가 되어 버렸다. 정말 보통이 무엇일까?

들도 그들만의 공간특수 학급에서는 평범한 보통 청소년의 모습을 완벽하게 갖추고 있다. 주고받는 말, 장난스러운 행동, 다양한 수업태도, 자연스러운 말대꾸, 천진난만한 게으름, 가끔은 교사의 울화통을 긁는 말·행동·태도의 미움 3종 세트까지. 이런 보통의 조건을 갖춘 학생들이 특수 교육이라는 이름 아래 보통 학생의 대접을 제대로 못 받는 것은 아닌지 이 순간에도 불안한 마음을 다독이려 나에게 질문을 던져 본다.

이 책의 주인공은 인생의 절반은 약시로 그 나머지는 전맹全盲으로 살아온 시각 장애인이다. 그는 비장애인의 도식화된 선입견인 '보통의 기준'에 대하여 자신의 생활 속 경험들을 통해 다양한 각도에서 생각거리를 제공하고 있다. 지금은 공공장소 화장실에 가면 남녀 장애인 화장실이 제대로 갖추어져 있거나 일반 화장실 안에 갖춰져 있지만, 몇 년 전까지만 해도 화장실은 남자 화장실-여자 화장실-장애인 화장실의 3곳으로 분류되어 있었다. 장애인은 남성도 여성도 아닌 제3의 성처럼 또 다른 한 덩어리로 뭉쳐 소외되고 있었던 것이다. 개인을 중시하는 현대 사회에서는 개인의 다양성에 대한 존중이 늘 중요한 화두인데 장애인은 개인이기 이전에 '장애인'이라는 한 덩어리 집단으로 뭉뚱그려서만 이해받을 수 있는 집단이었다. 장애인이기에 불쌍하고, 배려해 주어야만 하는 사람들이라고 아는 척하기보다는 장애를 보통 인격체의 개성 또는 특성으로 이해하여 보통의 새로운 사람을 만나듯 관계를 만들어 가는 것이 인간에 대한 예의이다. 장애는 한 인간이 보통의 삶을 위해 차이를 인정받아야 할 특성이지 차별을 받을 불리한 조건이 되어서는 안 되는 것이다.

다양한 개성을 가진 사람들이 더불어 살아가야 하는 세상에서는 행복한 공생이 반드시 필요하다. "행복한 공생이 단순한 명제로 끝나

버릴지 현실에서 실천될지는 지금 눈앞에 있는 어려움에 부닥친 사람들, 더구나 친구나 가족과 같은 소중한 사람을 위해서만이 아니라, 생판 모르는 누군가를 위해서도 상상력을 발휘해 기꺼이 부담을 지려는 사람이 얼마나 되는가에 달린 게 아닐까 생각한다."는 저자의 말을 곱씹어 생각해 본다. 언제나 우리가 마주 봐야 할 것은 '장애'나 '환경'이 아닌 바로 눈앞에 있는 그 사람이다. 유행가 가사의 표면에 드러난 사랑뿐만 아니라 그 너머의 인류애까지 이해하는 대중들이 한여름 장맛비처럼 늘어나 나의 학생들이 그들만의 공간이 아닌 그들의 공간에서도 마음 편히 수다를 펼치는 그 날을 상상하면서 완벽한 음치인 내가 '보통'이라는 노래를 흥얼흥얼 따라 불러 본다.

| 김흔정

언어의 저장고를 늘리는 기쁨

097 박일환 지음 잠든 우리말을 깨우다

잠든 우리말 퀴즈! 다음 중 '커닝 페이퍼'를 뜻하는 말이 뭘까요? 1번 후림비둘기, 2번 개씹단추, 3번 꼭두사람, 4번 방망이, 5번 낚시코. 상품은 숙제 1회 면제권!

요즘 이러저러한 이유로 글을 쓰는 일이 잦다. 이때의 글이란 혼자 가벼운 마음으로 끼적이는 정도의 수준이 아닌, 특정한 주제를 가지고 몇 번이고 고쳐 쓰기를 반복하면서 다듬어 세상에 내놓는 글을 말한다. 내 삶에서 처음으로 공식적인 글을 쓴 것은 고등학교 때였다.

학생 대표로서 교지에 인사 글을 남기거나 학교 축제 때 초대의 글을 써야 했는데 몇 날 며칠을 끙끙대도 문장 한 줄이 제대로 풀려나오지 않았다. 결국, 글깨나 쓴다는 같은 반 친구에게 빵과 음료수를 갖다 바치고 받아 낸 글을 마치 내가 쓴 글인 양 어깨를 으쓱하며 교지에 내고, 축제 초대장에 실었다. 지금도 쉬운 건 아니지만, 글을 쓰는 게 그때는 어쩌면 그렇게도 힘들었는지. 서투르고 투박할지라도 내 생각을 정리하여 한 편 한 편 글을 내는 지금의 내 모습이 대견하기까지 하다.

한 줄의 글도 제대로 쓰지 못했던 내가 머릿속에서 얽히는 생각을 이 정도라도 옮겨 적을 수 있게 된 것은 무엇 때문일까를 생각해 보면 교과서적인 말이라 할지 모르겠으나 아무래도 '다독多讀'의 덕분이다. 입시 공부 때문에 교과서만 보고 살았던 고교 시절과 달리 대학에 진학해 보니 여기저기 학습 동아리가 아주 많았다. 당시 대학에는 학생들이 삼삼오오 모여 정해진 한 권의 책을 읽어 오고 자기 생각을 정리해 발표하고 그것을 글로 써 보는 토론 문화가 있었다. 그 문화에 함께 젖고 싶어서 대학생들이라면 한 번쯤은 읽어 봐야 할 필독서들을 재미있게도 읽고 무슨 뜻인지 모르는 채로도 읽었다. 그렇게 읽고 또 읽다 보니 책 속의 지식과 사상이 어느새 내 몸과 정신 속으로 스며들어 나의 정신, 나의 언어로 정리되고 내 삶의 지혜가 되어 주는 것을 느꼈다. 그것들은 글을 쓸 때, 많은 사람 앞에서 말을 해야 할 때, 전에 비할 수 없이 풍요로운 어휘를 가져다 주었다.

만나는 책마다 얻는 것이 다르다. 어떤 책은 그 속에 담긴 사상을 깊이 새길 수 있고 어떤 책은 아주 귀한 사람을 만나게 한다. 그리고 또 어떤 책에선 결이 고운 문장들을 만나 내 마음이 선함과 부드러움으로 가득 찬다. 이번에 만난 책 《잠든 우리말을 깨우다》는 색다른 풍요로움을 선사했다. 싫증이 난 글귀, 한정된 언어 구사에서 벗어나 나의 언어 세계를 조금 더 확장할 수 있게 해 줄 책이라는 생각이 들었다.

현재 국어 선생님으로 재직하고 있는 저자 박일환 선생님은 평소 국어사전을 들춰 본 적이 없는 이들에게 한 번쯤 사전을 펼쳐보길 권한다. 예전엔 널리 쓰였음이 분명하지만, 지금은 사전 속에 갇혀 숨이 끊어질 때만 속절없이 기다리는 낱말을 바라보며 안쓰러움을 느끼기라도 한다면 더 바랄 나위가 없겠다고 했다. 날로 빈약해져 가는 우리의 언어생활을 돌아보고, 우리말에 대한 관심과 사랑을 조금이라도 높이는 계기가 되었으면 하는 마음으로 이 책을 엮었다고 한다. 책을 읽어 갈수록 그 말의 진정성을 느낄 수 있었다. 당장에라도 선생님이 강조한 국어사전 펼쳐 보기를 하면서 그동안 몰랐던 낱말들을 발견하고 내 언어 세계의 저장고를 늘리는 재미를 느껴보고 싶어진다.

'고도리'란?

누군가가 묻는다면 가장 먼저 고스톱에서 나온 새 이름이라고 대답할 것이다. 좀 더 알고 있는 사람이라면 '고등어의 새끼'라는 것까지는 대답할 수도 있다. 그런데 조선 시대에 포도청에서 죄인의 목을 졸라 죽이는 일을 맡아 하던 사람이라는 뜻도 있다는 것이다. 무심하게 쓰던 말에 애초부터 담겨 있던 또 다른 뜻과 느닷없이 맞닥뜨리면서 소름이 돋는다.

'보자기'는?

당연히 '물건을 싸서 들고 다닐 수 있도록 네모지게 만든 천'이지. 그런데 '바닷속에 들어가서 조개, 미역 따위의 해산물을 따는 일을 하는 사람'이라는 뜻도 있단다. 참으로 신선한 재미가 있다. 그 자리에서 단숨에 읽어 버리기보다는 가까이 두고 손이 갈 때마다 낱말의 뜻을 음미해 가며 시나브로 읽어 나가면 언어의 깊은 맛을 느끼는 즐거움이 꽤 클 것 같다.

"잠든 우리말 퀴즈! 다음 중 '커닝 페이퍼'를 뜻하는 말이 뭘까요? 1번 후림비둘기, 2번 개씹단추, 3번 꼭두사람, 4번 방망이, 5번 낚시코. 상품은 숙제 1회 면제권!"

수업 시간에 한번 해 보자! 우리 아이들이 미쳐 버리려고 할 것이다. 너무너무 재미있어서, 너무너무 궁금해서, 너무너무 맞추고 싶어서.

눈이 가지 않는 국어사전은 무덤이다. 존재 없이 묻혀 있는 말들을 일으켜 세워 먼지를 털어 주고 숨을 쉬게 해 주는 박일환 선생님의 교실엔 호기심과 즐거움이 가득할 것 같다. 나도 수업을 함께하는 아이들 앞에 '꽃물', '고운대', '꽃다지' 같은 말들을 불러내어 아이들의 눈을 반짝반짝 빛나게 해 주고 싶다.

| 공정희

인간 복제에 관한 되물음

검은 구름이 하늘을 뒤덮고 있다. 그 속에서 길을 찾아 헤매는 한 소년이 있다. 정확하게는 소의 자궁에서 성장한 복제 소년이다. 책을 읽는 내내 그런 생각만으로도 쓸쓸하고 슬펐다. 복제나 클론이란 말은 불편하지만 우리에게 생소한 말은 아니다. 줄기세포나 생명 연장 기술, 복제 양, 복제 소 등과 관련해 한때는 우리나라뿐 아니라 세계적으로 떠들썩한 뉴스거리였다. 이 소설은 복제와 클론에 관한 윤리적 문제, 생명 연장 기술의 위험성에 대한 경고, 인간의 타락에 대한 질문을 멈추지 않는다. 그리고 인간의 속성과 선택 가능한 인간 본연의 자유 의지, 진정으로 행복한 삶의 조건은 무엇인가를 고민하게 한다.

복제된 인간 마트는 아편 제국의 왕 엘 파트론의 생명을 연장하기 위한 장기 이식 도구로 탄생한 여러 클론 중 한 명이다. 마트는 자신이 왜 가축과 같은 취급을 받는지, 자신이 다른 사람들과 왜 다른지 이해하지 못한다. 태어나자마자 법에 따라 뇌를 파괴당한, 마약 농장주 맥그리거의 클론을 보고 경악하면서 자신의 운명을 예감하지만, 자신은 똑똑하기 때문에 언젠가 자신의 원본인 엘 파트론의 인정을 받아 아편 제국에 도움을 줄 수 있는 인물이 될 것이라 스스로 위안하며 현실을 외면해 버린다. 거대한 마약 농장의 노예들–뇌에 칩을 이

"모든 것이 가하나 모든 것이 유익한 것은 아니다!" 인간은 할 수 있는 모든 일을 해야만 하는 것은 아니며, 할 수 있는 일일지라도 때로는 하지 않겠다는 선택이 더 소중한 가치를 지닌다.

식받아 명령 없이는 물 한 모금도 마시지 못하고 목숨을 잃는 '이짓'을 보면서도 아편 제국을 탈출할 용기도 없다. 결국, 엘 파트론의 심장 이식을 위한 죽음의 순간이 다가온다. 그러나 마트를 한 인간으로 사랑한 보모 셀리아와 경호원 탬 린의 치밀한 계획과 목숨을 건 도움으로 아편 제국 탈출에 성공한다. 마트는 아편 제국이 인간의 자유 의지를 무너뜨리고 세상의 모든 사람을 마치 허가된 사냥감처럼 취급하며 '이짓'으로 만들거나 법으로 사면받은 죄인 클론을 만들어 내는 지옥이었음을 겨우 인식한다.

마트의 여정은 여기서 끝나지 않는다. 아편 제국으로부터의 탈출은 '아즈틀란'이라는 또 다른 지옥의 문과 연결되어 있었다. 아편 제국이 한 개인의 끝없는 욕망을 노골적으로 드러내며 인간의 생명을 짓밟았다면, 아즈틀란의 파수꾼들은 '공정함'과 '공동선'을 표방하며 개인을 도구화하기를 서슴지 않는다. 무엇이 더 고약한 것인가? 가슴이 먹먹해 온다. 마트는 아즈틀란 역시 약한 자의 희생을 강요하고 그 희생의 토대 위에 세워진 소수를 위한 땅이라는 것을 깨닫게 된다. 마트에게 마지막 희망은 인간의 양심을 알게 해 준 소녀 마리아와 그의 엄마 에스페란사를 만나는 일뿐이다. 드디어 마트는 차초, 피델리토, 톤톤, 플라코 등 미아 소년들의 도움으로 새로운 세상을 만나게 된다. 검은 구름 속을 걷는 것과 같은 긴 여정 중에 셀레나와 탬 린, 마리아와 에스페란사, 미아 소년들과의 만남은 간간이 드러나는 햇살 같은 것이었다. 그래서 저 구름 너머 밝은 태양이 있다는 것을 믿을 수 있었고 희망을 포기할 수 없었다. 마트는 아편 제국의 왕 엘 파트론의 죽음과 함께 모든 상황이 변해 버린 아편 제국으로 돌아온다. 그리고 탬 린이 그토록 마트에게 주고 싶어 했던 인간적 삶과 자유, 행복을 위해 아편 제국을 무너뜨리고 변화시키겠다는 결심을 한다.

인간 복제에 대해 생각해 본다. "모든 것이 가하나 모든 것이 유익한 것은 아니다."란 말이 있다. 즉 인간은 무엇이든 할 수 있으나 이루어 낸 모든 것이 인간에게 유익을 주는 것은 아니라는 말이다. 덧붙이자면, 할 수 있는 모든 일을 해야만 하는 것은 아니며, 할 수 있는 일일지라도 때로는 하지 않겠다는 선택이 더 소중한 가치를 지닌다는 것이다. 이때 인간의 자유 의지가 사용되는 것이리라. 성경에 자유 의지에 관한 이야기가 있다. 하나님은 인간에게 에덴동산의 '선악과'를 따 먹지 말라고 했다. 보암직하고 먹음직한 선악과를 따 먹고 인간은 에덴동산에서 쫓겨난다. 하나님이 처음부터 선악과를 심지 않았다면, 하나님이 인간을 창조할 때 할 일과 하지 말아야 할 일을 '이짓'이나 '로봇'처럼 프로그램해서 우리를 만들었다면, 하고 상상해 본다. 나를 나답게, 인간을 인간다울 수 있게 하는 가장 중요한 조건을 나는 이 이야기 속에서 본다.

그리고 '발전'이라는 것은 무엇일까를 고민한다. 아편 제국이나 아즈틀란의 파수꾼과 같은 이기적인 욕심을 무한정 채우기 위한 물질의 생산과 체제의 변화를 과연 발전이라고 할 수 있는가? 인간 존재의 양식 '사랑', '관계' 등을 무시한 발전이라는 것은 위험한 무기일 뿐이라고 생각된다. 전갈의 아이는 복제된 인간의 운명을 통해 우리가 감히 손댈 수 없는 것들, 지켜 내야 할 것들, 인간 존재의 행복과 발전의 진정한 의미 등을 우리에게 묻고 있다.

나는 마트에게 희망을 건다. 변화는 한 개인의 선택으로부터 시작하는 것이기 때문이다.

| 이현주

099 훈련되지 않는 야성, 세상과 타협하지 않는 매와 소년

배리 하인즈 지음, 김태언 역 케스-매와 소년

소설의 주인공 빌리 카스퍼는 가난한 사람들이 거주하는 공영 주택지에서 생활하는 열다섯 살 소년이다. 아버지는 집을 나갔고 어머니는 자신의 생활에만 관심이 있다. 광산에서 일하는 배다른 형 쥬드는 빌리에게는 귀찮은 존재다. 빌리는 아침 여섯 시에 일어나 신문 배달을 하고 학교에 간다. 배고픔을 해결하기 위해 가게 주인 몰래 초콜릿바를 훔치고, 우유 배달부 마차에서 오렌지 주스를 훔쳐 마신다. 학교에서는 열등 학급에 속해서 선생님들에게는 관심 밖의 존재이고, 수업에도 별 흥미가 없다. 축구 경기를 하기 위해 팀을 나눌 때도 맨 마지막에 뽑힌다. 2주일 후면 졸업이지만 어떤 일을 하고 싶은지 별 관심도 없다.

어느 날 빌리는 파아딩 선생님 수업 시간에 '터무니없는 이야기'란 주제로 글을 쓴다.

아침에 침대에서 엄마가 해 주는 베이컨과 달걀과 버터 바른 빵에 차 한 잔을 마시는 것, 제단에 양탄자가 깔리고 난방이 되는 큰 집에서 사는 것, 쥬드 형이 군대에 가서 없어지는 것, 아빠가 집에 돌아오는 것, 학교에 갔을 때 선생님들이 친절하게 말해 주고, 머리도 쓰다듬어 주고, 미소도 지어 주며, 재미있는 걸 하루 종일 하는 것, 엄마가 일 나

케스 - 매와 소년

배리 하인즈 | 김태언 옮김

교사와 부모는 아이들의 내면에 존재하는 힘을 믿고 격려해 주어야 한다. 학교는 아이들이 마음껏 실수하고 방황할 수 있는 안전한 장소이자 공동체 훈련의 장이어야 한다.

가는 것을 그만두는 것, 점심은 가족이 모두 모여 감자 칩과 콩을 먹는 것, 온 가족이 영화 본 후 아이스크림을 먹는 것, 집에 돌아와서 저녁에는 모두가 생선과 감자 칩을 먹고 잠을 자는 것……

이것은 빌리의 삶에서는 도저히 불가능한 허구, 터무니없는 이야기이다.

하늘을 자유롭게 나는 매 관찰을 좋아하던 빌리는 어느 날 폐허가 된 성벽 위 매 둥지에서 어린 야생 매를 꺼내다가 키우게 된다. 야생 매의 이름은 '케스'다. 빌리는 책 읽기를 싫어하지만 케스를 위해 매 길들이는 책을 구해 읽으며, 관찰하고 훈련도 시킨다. 비록 좁은 헛간 안이지만 케스와 함께 있는 시간은 아늑하고 포근하다.

케스와의 생활은 일상생활 속에서 부딪히는 엄마, 형, 학교와 친구들과의 갈등을 극복해 나가는 데 훌륭한 버팀목이 되어 준다. 빌리는 케스를 통해 자기를 발견해 나가고 변화시킨다. 새로운 것에 도전하고 아픔을 참아 내며, 내면의 어둠을 희망으로 바꿔 간다. 케스를 자유롭게 날아가게 하는 시간들은 시내를 배회하며 말썽을 일으키던 과거의 행동들에서 빌리를 벗어나게 한다. 수업 시간에는 케스를 훈련시키는 이야기를 발표해 친구들의 박수를 받고 인정도 받는다.

"선생님들은 자기들 잘못일지도 모른다는 생각은 절대로 안 해요."

"선생님들은 언제나 자기들이 옳다고 생각해요. 하지만 어떤 때는 어쩔 수 없을 때가 있어요."

빌리가 파아딩 선생님에게 억누르고 있던 감정을 하소연하는 장면은 밑줄을 그어 가며 여러 번 빌리가 되어 읽었다. 내가 가르치는 학생들에게 나는 어떤 마음으로 다가가고 소통하고 있는 것일까 되돌아보았다. 빌리와 같은 환경에 처한 학생들이 학교와 친구들로부터 소외되고 방황할 때, 그들을 어떻게 끌어안고 그 시간을 이겨 내게 도울 것인가를 고민했다. 학교는 빌리와 같은 학생들을 못난이, 골칫덩어리, 문제 학생으로 바라본다. 이들과 더불어 가야 하는 사회적 공동 책임으로부터 회피하고 싶어 한다.

교사와 부모들은 아이들의 가능성을 보려고 노력하면서 그들의 내면에 존재하는 힘을 믿고 격려해 주어야 한다. 잘못이나 실수를 할 때도 현상만을 보고 판단할 것이 아니라 그 너머를 볼 수 있어야 한다. 따뜻한 마음과 여유 있는 태도를 가지고 기대하고 기다려야 한다. 학교는 아이들이 마음껏 실수하고 방황할 수 있는 안전한 장소이자 공동체 훈련의 장이어야 한다.

빌리가 죽은 케스를 끌어안고 온 시내를 방황하다가 집으로 돌아와 케스와 함께한 시간들을 회상하며 헛간 뒤에 묻고 잠자리에 드는 것으로 소설은 끝을 맺는다.

나는 상상해 본다. 다음 날 아침, 빌리는 자명종 알람 소리에 깜짝 놀라 일어나 집집마다 신문을 돌리고 학교에 갈 것이다. 학교에서는 어떤 일이 기다리고 있을까? 상처를 안은 빌리를 어떻게 맞이할까 불안하다. 그러나 케스와 함께 했던 소중한 경험은 빌리를 성장하게 했다. 그 아이의 내면에 생긴 힘을 믿는다.

| 김성은

사춘기를 거치지 않은 어른이 있는가?

초등학교 3학년 때, 나는 영문도 모르는 채 서울 청량리 근처 전농동이라는 변두리에 내던져지듯 놓이게 됐다. 소위 유학을 떠난 셈이었다. 유학, 하면 요즘은 대뜸 해외 유학을 먼저 떠올리게 되지만, 원래의 뜻이 '집 떠나 어딘가로 가서 머물면서 공부한다.'는 의미라고 할 수 있으므로, 나는 말하자면 조기 유학파의 하나쯤이 되는 셈이다. 열 살의 나는 직장을 다니던 열 살 위의 누나와 함께, 큰 가방에 옷을 메고 다니며 떠돌이 옷 장사를 했던 열일곱 살 위의 형님네에 얹혀살았다. 시골 학교에서는 반장에다 공부를 젤 잘했었기에, 아버지는 내심 자식의 성공을 기대하셨을지도 모르지만, 꽁지 내린 촌닭처럼 잔뜩 주눅이 든 시골 소년은 서울 변두리에 내던져진 채 어설프고 아픈 날갯짓을 하게 된다. 서울 아이들의 텃세에 밀리지 않으려 아등바등 했던 일, 자기 형의 위세를 믿고 촌닭이라고 놀리며 까부는 종태 녀석을 쥐어박았다가 종태 형 종철에게 태권도 폼으로 얻어맞은 일, 그리고 그 매를 피하려 도망가다가 넘어져 생긴, 40년 더 지난 지금도 내 무르팍에 아련히 남아 있는 아린 상처. 어느 날 갑자기 누나가 시집을 가 버리는 바람에 3년 만에 졸지에 다시 시골로 내려오기까지, 어린 촌병아리의 좌충우돌 우왕좌왕 전전반측 성장기는 쭈욱 계속되었다.

우리는 혹시 자신의 사춘기는 까마득히 잊어버린 채, 방황과 고통의 시기를 온몸으로 받아 내고 있는 자식들에게 오로지 공부와 성적에 관한 잔소리만 늘어놓고 있지는 않는지.

그래서 강병철의 좌충우돌 서울 유학기는 자못 감회가 남다르다. 나보다는 훨씬 더 고추가 여물어서 유학을 갔고, 비교적 나이 차이가 심하지 않은 형과 누나 품에서 살았으니 조금은 덜 황망했으리라. 어찌 생각해 보면 시골 촌놈의 정서가 그만큼 더욱 몸에 밴 상태라서 서울살이에 적응하기가 더 힘들었을 수도 있다. 소설은 작가가 청소년기를 보냈던 1960~70년대 서울 변두리 중학교 야간반을 배경으로한다. 주인공인 성강철의 아버지는 시골 학교 교장으로 아들의 출세를 위해 위장 전입을 시도한다. 시골 출신 사춘기 소년의 눈에 비친, 교실 안의 정글 같은 충돌, 수학 천재 기세와의 특별한 우정과 기세의 죽음, 체벌이 관성화 된 학교 교육의 일그러진 풍경, 가정 형편 때문에 노동 시장으로 떠난 친구, 성희롱을 일삼는 교사에 대한 가녀린저항, 그리고 여자 목욕탕을 엿보다가 낙상하는 장면 등을 다큐멘터리 영화 같은 모습으로 그려 내고 있다.

1960~70년대에 중·고등학교를 다닌 독자라면 자녀들과 함께읽고, 그 시절의 이야기를 소재로 대화를 나눠도 좋을 만한 소설이다. 더불어 자신의 방황기는 까마득히 잊어버린 채 자식들에겐 오로지 공부와 성적에 관한 잔소리만 늘어놓게 되는 아버지와 엄마 독자들에게도 당신들의 사춘기를 일깨워 줌으로써, 성장통에 시달리고있는 자녀들의 마음에 한 발 다가서게 해 줄 수도 있으리라.

청양 지역은 다른 지역에 비해 유난히 유학한 사람들이 많고, 유학을 통해 이른바 출세?한 사람들이 많은 곳이다. 과거에는 지역에 다닐 만한 학교가 없었으므로 공주, 대전, 서울 등으로의 유학은 자연스러운 현상이었다. 중·고등학교 심지어는 초등학교까지 유학을 시키는 경향이 많았다. 그러나 내 오랜 경험에 비추어 보면, 고등학교까지는 부모의 보살핌 아래에서 성장하는 것이 좋다고 생각한다. 사춘기 아이들과 함께 지내다 보면 잔소리와 갈등이 없을 수 없지만, 그래야 더 정도 들고 아이들도 바르게 성장할 수 있다. 여건이 된다면 적어도 중학 시절까지는 부모가 끌어안고 살을 부비며 고운 사랑 미운 사랑을 전해 줘야 한다.

그런 면에서 서울 유학에 실패하고 시골로 쫓겨 와 부모님과 자연의 품 속에서 클 수 있었던 내 어린 날의 운명을 고맙게 생각한다. 오래 묵혀 두어 이젠 아스라한 추억이 돼 버린 지난날 내 소년을 일깨워 준 작가의 노고에 대한 깊은 고마움과 더불어, 동병상련의 마음으로 막걸리 한 통 보내니 시원하게 한 잔 쭈욱 들이키시라.

| 류지남

좌담
사골 학교 교사들의 책 읽기

함께 이야기한 사람들

김기영공주 봉황중학교 특수   김분희부여정보고등학교 상업   김성은청양고등학교 특수   김종학
온양용화중학교 과학   김현식공주생명과학고등학교 물리   김현옥천안 쌍용고등학교 독일어   류지남
청양 정산고등학교 국어   송기영전직 사회 교사   안병연공주여자고등학교 가정   이기자전직 국어 교사
이현주청양 청남중학교 과학   이훈환청양 화성중학교 과학   임명희공주여자중학교 보건   최은숙
청양 정산중학교 국어   황영순청양고등학교 수학

독서 모임의 시작, 뭔가 재밌는 일이 없을까?

최은숙 청양중학교에서 함께 근무하던 일곱 명의 선생님들이 모여서 독서 모임을 시작한 것이 2006년이니까 올해가 8년째인가 보네요. 처음엔 모임의 선생님들이 홍성이나 공주 같은 타 지역으로 근무지를 옮기시면 송별회를 해 드렸는데 해 드린 보람이 없이 계속해서 나오시는 분들이 많아 지금은 송별회를 따로 하지 않아요. 웃음 떠나신 선생님들의 빈 자리에 새로 발령 받아 오시는 분들 중에서 모임에 들어오는 분들이 늘고, 남편 혹은 아내를 회원으로 영입하여 부부 동반으로 활동하시는 분들도 있고, 또 선생님들이 친한 벗을 소개하는 경우도 종종 있어 아시다시피 지금은 스무 명 가까이 함께하고 있어요.

류지남 저는 중간에 들어와서 잘 모르는데 어떻게 모임이 시작되었나요?

이기자 2006년에 최은숙 선생님이 청양중학교에 발령받아 왔어요. 전교조 환영 행사에서 제가 곁에 앉았던 최 선생님에게 그랬죠. 뭐 좀 옛날같이 신 나고 긴장을 주는 그런 일 없을까? 최 선생님이 자기는 월요병을 붓글씨와 독서 모임으로 달랬다고 했어요. 월요일에 학교에 가면서 오늘은 붓을 잡는 날이다, 이번 주 월요일은 독서 모임이 있다, 생각하면 기분이 좋아진다고요. 붓글씨는 몰라도 독서 모임이라면 우리도 할 수 있지 않겠느냐고 의견이 오고갔어요.

최은숙 즐거운 일을 괴로운 날에 배치하는 거죠. 그 다음 주 월요일 직원회의 때 이기자 선생님이 일어서시더니 대뜸 우리 학교 교사 독서 모임을 하려고 하는데 관심 있으신 분은 함께하자면서 신청서를 돌리시는 거예요. 깜짝 놀랐어요. 저는 게으른 사람이라서 그렇게 빨리 시작될 줄 몰랐어요. 괜한 틈 들이지 않고 가볍게 쉽게 일을 시작하시는 모습이 신선했어요.

김종학 저는 6개월 만에 합류했는데 옆에서 보니 샘이 날 만큼 신나게 살더라고요. 일곱 명이 똑같은 책을 들고 교무실에서도 틈만 나면 책 이야기를 나누고, 놀러 다니면서 맛있는 것도 먹는 것 같고.ㅎㅎ 독서 모임 같은 것은 문과 쪽 선생님들이나 하는 줄 알았어요. 최 선생님이 모임을 할 만한 장소, 맛있는 식당 같은 데를 물어보면서 안내나 좀 해 달라고 해서 운전기사로 참여하게 됐어요. 처음부터 책 읽고 토론하자고 했으면 겁나서 못 왔을 거예요.

황영순 그게 다 작전인줄 모르고, ㅎㅎ 그렇게 신 나고 재밌을 수가 없었어요. 개교 기념일엔 배 타고 삽시도로 여행도 갔어요. 꽃 피면 꽃 피었다고 만나 술 마시고, 달 뜨면 달 떴다고 만나서 밤에 칠갑산 올라가고, 책에서나 보던 작가 선생님들을 직접 만나기도 하고.

김종학 평생 한 번 있을까 말까한 경험을 해 보는 것 같아요. 공부라는 것을 하게 된 것도 그렇고 독서 토론도 그렇고 글쓰기까지, 우리 집사람과 아이들이 내가 공부에 미쳤다고 합니다.

불편하고 우울한 독서

류지남 한 달에 한 번, 모임 하는 날이 되면 가까운 공주는 말할 것도 없고 천안, 아산으로 발령 나서 떠난 선생님들까지 한 시간이 넘는 길을 달려오는 걸로 보아 우리 모임이 신 나고 재미있는 것은 틀림없는 것 같습니다. 그런데 처음부터 이렇게 즐겁고 좋기만 했는지? 말 못할 괴로움은 없었는지 궁금해요.

이기자 한 달에 한 권, 책을 선정하여 함께 읽고 모여서 토론을 하잖아요?

주로 최 총무님이 책을 선정했죠. 처음 접하는 책들이 많았어요. 그 책들이 처음엔 어렵고 부담스러웠어요. 좀 쉽고 재미있는 책을 읽지 않고 왜 이렇게 무겁고 우울한 책만 읽나, 반항도 했어요. 웃음

최은숙   네, 선생님들의 인내와 묵인 아래 제가 독재를 했습니다. 웃음 선생님들께서 힘들고 우울하다는 독서 감상을 이야기하실 때 기뻤어요. 진짜로 읽는 거니까요. 제 경험으로 미루어 보아도 지금까지 해 왔던 생각, 살아온 방식과 책의 메시지가 부딪치면 갈등이 생기고 불편해요. 나를 바꿔야 하니까요. 선생님들은 책을 대강 읽지 않으셨어요. 온몸으로 읽으셨어요. 저는 선생님들의 그런 모습을 보면서 느끼는 점이 많았어요. 진실하다는 게 이런 것이다, 하는 생각이 절로 들었어요.

황영순   지금 생각해 보니까 저는 김성동 선생님의 《현대사 아리랑》 읽을 때 가장 우울했어요. 그렇게 열심히 독립군 활동을 했던 사람들의 생이 보상을 받는 게 마땅하다고 생각했고 북쪽에서는 그런 줄 알았는데 혁명의 땅에서 혁명의 꽃을 꺾는 냉혹한 권력의 모습이 무척 충격이었어요.

김현식   저도 나중에 들어와서 묻는 건데 그렇게 읽기 힘든 책들을 왜 다들 끝까지 참고 읽었어요? 모임의 구성원들이 가지고 있는 성향에 따라 대개 책이 결정되지 않겠어요? 그런데 비판의 의견이 있었음에도 어떻게 우울하다는 책들을 계속하여 죽 읽게 되었는지 궁금합니다.

김종학   불편함을 느끼기도 했지만 한편 그게 좋기도 했어요. 저는 책을 좀 편식하듯이 보는 편이거든요. 근데 여기 오니까 내가 서점에 가면 전혀 안 고를 그런 책들을 읽더라고요. 이 모임을 계속하면 생각이 한쪽으로 편중되지 않고 균형이 잡히는 기회가 되겠다는 생각을 했어요. 그래서 내 마음에 들지 않는 책일 때 더 열심히 읽었어요.

이현주 저도 그 말씀에 정말 동감해요. 저도 편식을 했어요. 그러니까 편식하는 줄 몰랐어요. 책을 다양하게 읽고 있다고 생각했어요. 그런데 새로운 독서의 방향을 느끼면서 그동안 치우친 독서를 하고 있었다는 것을 깨달은 거예요. 저는 이 모임에서 읽는 책들이 너무 낯설었고요, 그래서 좋았어요. 그리고 제가 좋다고 생각하는 책들을 다른 선생님들께서도 좋아하신다고 느낄 때, '아! 나 말고도 이런 생각을 하는 사람들이 또 있구나.' 그게 삶의 응원 같았어요. '아, 나 이거 틀린 생각 하는 거 아니구나.' 하고 느끼게 해 주는 거 말이에요.

이기자 《좁쌀 한 알》이라든지, 《나락 한알 속의 우주》를 읽으면서 장일순이라는 분을 알았어요. 권정생 선생님의 책 《우리들의 하느님》도 처음 읽었죠. 동화 작가로만 알았는데 그분의 생각은 가히 혁명적이었어요. 책에 담긴 메시지가 내 생각을 통째로 흔들면서 내가 많이 바뀌고 있다는 걸 느꼈어요. 책을 고르는 안목도 달라졌고요. 여러 선생님들이 궁금해하잖아요? 시골 학교의 평범한 독서 모임이 어떻게 저렇게 잘될까? 내 생각에는 책의 힘인 것 같아요. 책에 담긴 메시지가 감동을 주고, 나를 성장시켜 주는 기쁨은 느껴보지 않고는 모를 거예요.

최은숙 이기자 선생님 덕분에 얼결에 시작한 독서 모임이 저에겐 몇 년간 가장 즐거운, 힘을 들이지 않아도 되는 가장 편안한 일이었어요. 함께 읽을 책 한 권을 고르기 위해 처음엔 세 권, 네 권의 책을 읽었는데 그것도 제겐 전혀 숙제가 아니었고요. 그런데 선생님들의 저항(?)에 부딪치던 시기에, 한 세 번쯤 재미없다는 말씀을 들었는데 세 번 듣자 속이 꽁했어요. 웃음 그래서 이야기했어요. 책을 재미로만 읽느냐, 그러려면 각자 집에서 재미있는 것을 읽지 뭣 하러 모임을 하느냐고요. 선생님들이 "그래, 잘났다. 맘대로 해 봐라." 하셨어요. 끝까지 같이 놀아 주신 거죠. 생태, 역사, 영성이 있는 교육, 철학, 문학 등등 현재 우리가 선 자리를 균형 있는 안목으로 바라볼 수 있게 해 줄 책들을 쭉 읽어 왔어요. 선생님들께서 허락해 주신 독재의 힘으로 가벼운 베스트셀러나 자기 계발서 같은 것들은 제외했어요.

김종학 책이 어렵다고 느낀 것은 지금 생각해 보면 그동안 책을 많이 안 읽었기 때문이에요. 신영복 선생님의 《강의》를 처음 읽었을 땐 무슨 얘기인지 하나도 몰랐지만 지금은 재밌게 읽어요. 이훈환 선생님 댁에서 이정록 시인을 초청하여 이야기할 때도 시가 어렵다는 얘기를 많이 했는데 그때 총무님이 뭐라고 얘기하셨냐 하면, 시집을 몇 권이나 읽어 봤냐. 지난 겨울 모임에서 시인들 만났을 때 그 말이 머릿속에 떠올랐어요. 시가 어려운 건 내가 시집을 안 읽어서다. 그래서 올해 100권 읽기로 했어요. 지금 열 몇 권 째 읽고 있어요. 책이 어렵다고 투정했던 거, 뭐 생태 환경에 관련된 책이라든지, 고전 쪽은 내가 안 읽어 봐서 어려웠던 거였어요. 독해력이 없었기 때문에 애꿎은 총무만 욕을 먹지 않았나 싶어요. 웃음 지금은 조금 어렵다는 책을 읽어도 그렇게 부담되지 않아요. 그동안 고생한 덕을 보는 거지요. 요즘은 책 볼 때 기분이 좋아요. 모두 존경을 담은 눈으로 김 기사님을 바라보며 감탄함.

이기자 김종학 선생님께 본받을 점이 많아요. 사실 저는 책을 다 읽고 오지 못할 때가 종종 있었어요. 끝까지 다 읽고 정리 딱 해 가지고 오는 태도, 그리고 시집을 얼마나 읽었냐는 말에 충격을 받고, 나는 100권을 읽어야겠다고 정하는 그런 태도가 남다른 점이에요.

안병연 저는 회장님이 존경스럽습니다. 책을 끝까지 읽지 못하고 오는 적이 있다는 이야기를 솔직하게 해 주시다니. 회장님의 그런 부분이 오히려 저에게 더 용기를 주고 분발하게 만들어요. 웃음

독서 모임의 힘

이현주 청양에 오기 전에 근무했던 고등학교는 도서관 활용을 학교 정책 사업으로 하는 연구학교였어요. 제가 연구 기획 업무를 맡고 있어서 도서관까지 담당했죠. 독서 모임 활성화, 도서관 행사에 관련된 일들을 했어요. 수요일마다 도서 대출하거나 반납하는 학생들에게 간단한 선물을 마련했다가 나눠 주는 이벤트도 하고요. 노력한 만큼 학생들이 도서관을 가까이하는 성과도 있었어요. 근데 이상하게 크게 행복하지 않았어요. 선생님들끼리 책 모임도 했는데요, 의무감 같은 것이 있었던 것 같아요. 연구학교 끝나면 끝날 일이라고 생각해서였을까요? 2년이라는 기간을 정해 놓고 한 일이었거든요. 첫발은 뗀 것 같아요. 그런데 계속 걸어가게 해 주는 힘이 약했어요. 근데 우리 모임은 하루만 빠져도 큰 손해 보는 것 같아서 빠질 수가 없어요. 웃음 이런 힘은 어디에서 오는 걸까요?

김현식 회원들이 모임에 갖는 애착과 열정, 서로를 귀하게 생각하는 마음이 있어요.

이현주 네, 맞아요. 선생님들 한 분 한 분이 책을 읽고 오셔서 얘기하시는 내용들이 보석 같아요. 학교와 국가의 정책사업도 쭉 가지 못하는데 조그만 독서 모임 하나가 이렇게 기쁨과 행복을 주면서 사람을 오래 이끄는 힘이 뭘까, 저는 계속 질문해요. 그 힘을 배우고 싶어요. 독서 모임은 제 삶의 활력소이고 제가 발견한 보석이에요. 전도사가 되고 싶어요. 제가 사는 아파트, 우리 교회, 우리 나이 또래의 아줌마들, 또는 우리 반 학부모님들, 그리고 머잖아 마을에서 농사를 조금 지으며 살고 싶은데 그때 우리 마을 분들과 이런 행복한 시간들을 공유하고 싶어요.

최은숙 이현주 선생님 말씀을 듣고 보니 우리 모임이 학교나 국가의 정책이 아닌 것에 답이 있는 것 같아요. 웃음 우리 모임은 아주 사적이고 느슨한 모임이죠. 회칙 하나가 없어요. 언젠가 1조 1항만 만들자고 농담이 오간 적은 있어요.

임명희 그게 뭐였지?

최은숙 '책을 읽자.'였어요. 웃음 우리 모임에 사람을 끄는 힘이 있다면 이기자 선생님께서 말씀하신 것처럼 저도 책의 힘이라고 생각해요. 책의 메시지가 일단 나를 흔들고 내 삶에 변화를 주기 시작하면서 내가 성장하고 있다는 것, 내게 새로운 힘이 생기기 시작했다는 것을 느끼게 되면 그 기쁨은 무엇에도 비교하기 어려워요. 물론 너무 바쁜 학교생활에 치어 책을 다 읽고 오지 못할 때도 있지만 함께 이야기하는 가운데 내용이 짐작되기도 하고 집에 가서 얼른 읽어야 되겠다는 마음도 생기니까. 맞죠? 웃음

황영순 원래 안 읽고 오신 분들이 말을 더 잘해요. 누가 말이 많다 싶으면 안 읽고 온 거라고 생각하면 돼요. 웃음

김기영 처음에 여기 왔을 때 《생의 한가운데》에 대해 토론을 하고 계셨어요. 저는 그 책을 읽지 못했지만 선생님들이 얘기하는 것만 들어도 줄거리를 다 알 것 같았어요. 선생님들은 말씀을 하시면서도 어렵다, 잘 모르겠다, 하시는데 안 읽은 저는 책이 말하고자 하는 바가 무엇인지도 알겠더라고요. 웃음 책을 함께 읽고 여러 사람이 느낀 점을 이야기하는 가운데 얻게 되는 정보와 감동이 소중하다는 걸 알겠어요.

안병연 청양중학교 독서 모임이 재미있다는 소문을 바람결에 듣고 1년 뒤에 청양여상현 청양고에서도 모임을 시작했어요. 정산고에서도 시작했구요. 좋은 일이에요. 이곳저곳에서 작은 모임들이 많이 생겨났으면 좋겠어요.

모임끼리 소통하면서 각 학교나 지역에서 일어나는 일들에 대해 의견을 나누고, 지혜를 모으거나 힘을 합할 일이 있으면 함께하고 말이에요.

이기자 지금은 교육청에서 독서 모임을 권장하고 돈도 주는 모양인데 처음 우리가 모임을 시작할 때는 학교에서 좋아하지 않았어요. 독서 모임의 회원들은 교사들이니까 교육에 대한 고민을 하지 않을 수 없어요. 공부하고 토론하고 그 결과를 학교 현장에 적용하게 돼요. 예산 분배마저도 학교 간 경쟁을 시키고 서열화하여 차등 지급하려는 교육 행정에 당연히 부딪치게 되죠. 학교에선 불편하게 생각할 수밖에 없어요.

황영순 불편한 곳을 공유하고 있는 구성원들에게 불편을 느끼도록 한다면 모임이 제대로 되고 있는 것 같습니다. 가장 무서운 것은 생각 없이 바쁘게 사는 거예요. 뭐가 잘못되고 있는지 느낄 틈도 없이, 내가 하고 있는 일이 어떤 영향을 학생들과 사회에 미치는지 생각할 틈도 없이 주어지는 일을 빠른 속도로 해치우며 사는 거예요.

김기영 제가 아는 어떤 독서 모임에서는 일곱 분 선생님이 같은 책을 읽는 것이 아니라 각자 다른 책을 읽고 와서 이야기하셨대요. 한 권을 읽고 얘기하면 한 권을 알게 되지만 일곱 권에 대해 얘기하면 일곱 권을 알게 되니 경제적으로 훨씬 효율적이지 않느냐, 그랬는데 한 번인가 하고 나서 안했대요.웃음 제 마음이 그랬던 것 같아요. 효율성에 초점을 두고 살았어요. 저는 특수 학교에만 근무하다가 일반 고등학교에 왔는데 교육 과정도 다르고 제가 접하지 않던 업무를 하느라 너무나 바빴어요. 경제적이고 효율적인 쪽을 취할 수밖에 없죠. 여유가 없었어요. 그런데 황영순 선생님 따라서 여기 와 보고 이 모임이 특별하다는 생각을 했어요. 저는 일상생활 속에서 늘 긴장하고 있고 방어적인 자세가 저도 모르게 습관적으로 나온다는 걸 알았어요. 독서 모임의 선생님들은 거짓 없이 자신의 모습을 보여 주세요. 제가 생각한 독서는 책을 읽고 분석하고 그 내용을 아는 건데 우리 모임의 독서는 책의 내용과 자신의 삶을 연계하는 거예요. 서로의 삶에 대한 공감, 격려, 그런 것들을 느끼면서 저에게 큰 힘이 되었어요. 아무리 바빠도 이 모임은 꼭 가야되겠다는 생각이 들었어요. 독서 모임을 하고 돌아가면 제가 여유로워지는 걸 느껴요. 살아가는 저의 태도에 대해 다시 한 번 정신을 차리게 되고요.

송기영 저도 책 읽는 것을 좋아하는데요. 임명희 선생님과 같이 카풀을 하면서 독서 모임의 이야기를 자주 들었어요. 지난번엔 어떤 시인이 오셔서 같이 이야기를 했다, 이번엔 어떤 작가 선생님과 함께 어딜 갔다 왔다, 등등 자랑하는데 부러웠어요. 저도 같이 하면 안 되겠느냐고 부탁해서 오게 되었어요. 저는 여기 선생님들 중 몇 분이 부부 동반으로 책을 읽는 것이 가장 부러워요. 제가 읽은 책을 서방님한테 줘도 절대 안 봐요. 부부가 같은 책을 읽고 같은 생각을 하고 공감하는 부분이 있다는 것이 부러워요. 저의 남편 아시는 분 있으면 이끌어 줘요. 웃음

이훈환 황영순 회원의 남편. 퇴근 후엔 농사짓느라 책 읽을 틈 없음. 황영순 선생님이 읽고 베갯머리에서 전달 연수 한다고 함. 모임엔 밥 먹으러 오심. 좌담회의 정리를 맡아 공책에 받아 적고 있음. 말 빨리 하는 회원 짤러! 말 많이 하는 회원도 별로여. 웃음

최은숙 스마트폰은 녹음도 된다던데?

황영순 여기 녹음하고 있지만 못 믿어. 적는 게 최고여.

우리의 변화, 이웃이 된 우리

황영순 저는 《밥상 혁명》을 읽고 시골에 산다는 것이 그저 전원주택 짓고 잔디 가꾸는 게 아니라는 걸 깨닫게 되었어요. 로컬 푸드, 텃밭, 식량에 대해 생각하게 되었고, 자급자족에서 더 나아가 나눔을 고민하게 되었어요. 《기적의 사과》를 읽고 나서는 사과가 아니라 사과나무를 처음 생각하게 되었죠. 그저 먹을거리로만 보다가 사과나무라는 한 생명에 대한 느낌을 갖게 되었달까. 그래서 비봉면 시어머님댁에 사과나무 100그루를 심었어요. 《기적의 사과》를 쓴 그 분은 사과나무를 살리기 위해 10년을 기다렸잖아요. 제가 읽는 책을 모방하고 실천하는 삶을 살아 보려고 해요. 단순히 읽기만 하는 건 저에겐 의미가 없어요.

이기자 황영순 선생님 부부는 수확하는 것들을 꾸러미로 만들어 나누는 일을 하고 계시잖아요? 지난번엔 마을의 석산 개발을 마을 분들과 함께 막아 낸 일도 있었구요. 그렇게 지역 사회와 이웃에게도 영향을 미치는 모습이 보기 좋아요.

황영순 고맙습니다. 저 벌써 오룡리 마을 운영위원 감투도 썼어요. 부족하지만 저희가 조금 더 농사 경험을 쌓게 되면 마을 분들과 생태적인 농사를 함께하고 싶어요. 농사를 지으면서 지역에서, 우리 마을 사람들과 함께하고 싶은 일이 많이 생겼어요.

이현주 저희 부부는 독서 모임을 함께하면서 부부간의 대화가 많아졌어요. 남편이 책을 많이 사 와요. 저는 고집이 센 편인데 공부하면서 제가 변화되는 걸 느껴요. 무엇보다 '우리'라는 개념이 생긴 것이 큰 변화예요. 우리가 함께 행복해야 나도 행복하다는 걸 알게 되었어요. 변화는 주위에서 금방 느끼게 되죠. 요즘 저도 행복하지만 아이들이 행복해하는 것이 기뻐요.

책임감, 잘해야 한다는 의무감으로 살았는데 하고 싶은 일을 중심에 두게 된 것도 저의 변화예요.

김성은 이현주 회원의 남편 그래서 저도 모임의 기사를 일 년 더 해보려고 합니다. 웃음

김종학 '청양신문'에 돌아가면서 독후감을 연재하는 것이 가장 큰 고민이었어요. 도망가고 싶을 만큼 힘들었지만 모임을 계속하기 위해 하지 않을 수 없었어요. 큰 산을 넘어온 느낌이에요. 얼마 전 어머니가 문예교실 백일장에서 금상을 타셨는데 글쓰기 하실 때 자문해 드렸어요. 독서 모임에서 글쓰기를 하면서 쌓은 노하우가 효과를 본 것 같아요. 소설가들이 습작 시절에 남의 소설을 베낀다는 말을 듣고 미쳤다고 생각했는데 시를 몇 권이나 읽고 어렵다고 하느냐는 말을 들은 뒤에 저도 시를 베껴요. 독서 모임에서 얻은 가장 소중한 것은 공부를 많이 했다는 것과, 하고 싶은 공부를 어렵지 않게 하게 되었다는 점이에요.

이기자 네. 지역 신문에 독후감을 발표하는 게 여러모로 참 좋다고 생각해요. 생각이 정리되고 글 쓰는 실력도 늘고 또 청양 지역에 사는 분들, 학부모님들, 학생들에게 책을 소개할 기회도 되고요. 우리 지역 학교의 교사들이 이런 책을 읽고 있구나, 하고 관심을 갖게 된다면 더 좋은 일이 없겠죠.

안병연 제 글의 독자는 청양에 사시는 이모님이에요. 이모님이 우리 조카가 신문에 글을 썼다는 것에 대해 자부심을 가지고 가족 모임 때 저를 가리키면서 이 조카가 작가라고 자랑하세요. 웃음

이현주 제 글이 실렸을 때는 우리 학교 국어 선생님이 사설 읽기 시간에 반

학생들에게 읽어 주셨어요. 그래서 제가 우리 학교에서 책 읽는 선생님이 되었어요. 학생들이 책 내용에 대해 물어보기도 하고 교무실에 와서 어떤 책을 읽어야 할지 물어보고 그러는데 저는 참 좋았어요. 옆에 있는 국어 선생님들께 민망하긴 했지만요.

임명희 저는 여기 모든 선생님들이 부러웠어요. 솔직히 말씀드리면 전교조 교사여야 올 수 있는 모임인줄 알았어요. 전교조 선생님들은 모두 으쌰으 쌰 하는 분들인 줄 알았는데 와서 사귀어 보니 정말 부드럽고 그 부드러움 속에 강함이 있다는 것을 느껴요. 저는 책을 읽을 틈이 없이 살았는데 모임에 와서 선물 받은 책을 이틀 만에 읽고 나서 책에 이런 맛이 있구나, 하는 걸 알았어요. 예전엔 책을 보면 제자리에 꽂고 치웠는데 요즘은 펴 봐요. 웃음

안병연 저는 고전과 가까워지게 되었어요. 김현식 선생님이 추천해주신《생의 한가운데》를 읽으면서 왜 이런 걸 고전이라고 하는가 생각하게 되었어요. 공주여고 독서 모임에서《젊은 베르테르의 슬픔》을 읽을 때도 그랬고요.《21세기@고전에서 배운다》는 책의 머리말에 이런 말이 나와요. 악마가 모습을 드러내려다 안 되겠구나 싶어 뒷걸음질 칠 때가 인간시간의 나이테가 살아 있는 고전을 읽고 있을 때래요. 악마에게는 '시간의 깊이를 견디는 인간'을 견딜 힘이 없다고 표현했더군요. "고전은 책의 나이테가 지구 위에서 삶을 운영한 인간의 연륜과 지층을 이루고 있는 경우"라는 말에 공감해요. 앞으로 고전 읽기를 쭉 해 보고 싶어요.

공부하는 교사의 역할

김분희 몇 년 간 노란 가방에 교과서와 강의 자료와 돋보기, 그리고 제가 읽

는 책을 가지고 다녔어요. 선생님이 항상 책을 가지고 다닌다는 것을 학생들에게 보여 주고 싶었어요. 그리고 다른 선생님들이 볼 수 있도록 교무실 책상에 많은 책을 쌓아 놓는 편이에요. "이거, 무슨 책이야?" 하고 묻는 분께는 한번 읽어 보시라고 권하기도 하고요.

김현옥 학교에서 교사들이 같은 책을 읽으니까 학생들이 물어보는 거예요. 왜 선생님들이 모두 똑같은 책을 들고 다니시느냐고. 우리 학교에 선생님 독서 모임이 있다고 하니까 신기해했어요. 선생님도 공부하는 존재라는 걸 느꼈을까요? 봄에 학교에 있는 벚나무 아래서 야외 수업을 할 때 《책은 도끼다》의 일부분을 낭독을 해 줬어요. 교사가 책을 읽으면 아이들에게 이야기 해 줄 것이 많아요. 학교에서 틀에 박힌 생활을 하다가 꽃나무 아래서 마음에 드는 구절에 대해 아이들과 이야기를 나누는 그 시간이 참 좋았어요.

황영순 모임을 함께하지는 못하셔도 저희가 읽는 책을 같이 주문하여 보는 분들도 있어요. 그분들에게 책을 갖다 드리면서 책에 관련하여 이런저런 이야기를 나누게 돼요. '독서'가 교사들 사이에서 잊혀 가는 단어가 되지 않았으면 하는 마음이에요. 이런 관계 속에서 어울려 지내다 보면 언젠가 기회가 될 때 독서 모임을 해 보고 싶다는 마음을 갖게 될 수도 있지 않겠어요?

류지남 학생들이나 교사가 책을 여유롭게 읽을 수 없는 학교 현실이 안타깝습니다. 다들 너무나 바쁘니까 책을 읽고 있으면 눈치가 보인다고들 해요. 교사가 책을 읽지 않으면 앞으로 학교는 어떻게 될 것인가. '사람은 읽는 대로 만들어진다.'는 말이 있잖아요. 책을 한 권도 읽지 않고 좋은 교사가 될 수는 없는 것 같아요.

이현주 우리 학교는 조그만 학교니까 아침에 아이들이 도서실에 가요. 담임 선생님들이 같이 올라가서 책을 읽는데 참 좋아요. 어느 날 반별로 같은 책을 사 줬어요. 그걸 읽고 책에 밑줄을 긋고 발표를 하도록 했는데 왜 그곳에 밑줄을 그었는지 학생에 대해 생각하게 되고 이해하려는 마음이 생겼어요.

류지남 좋네요. 그렇게 컴퓨터보다 재미있는 것이 책일 수도 있다는 체험을 할 필요가 있어요. 하이틴로맨스에 대해 저는 약간 부정적이었거든요. 근데 그 하이틴로맨스가 수많은 아이들을 책의 세계로 이끌기도 해요. 최근 어느 연구 보고서에 의하면 전통적인 수업만을 100시간 한 학생들 하고 수업 없이 읽고 싶은 책만 읽은 학생들 중 어느 쪽의 학습 효과가 더 높은가 비교를 했는데 그냥 책만 읽은 학생들이 더 높은 점수를 올리는 것으로 나타났어요.

최은숙 교사 독서 모임은 잘 되어 가고 있는데 여력이 없어서 지속적인 학생 모임, 학부모 모임을 끌어내지 못해 미안하고 아쉬워요. 정산중학교에서 충남교육연구소가 주관하는 '인문학의 텃밭'을 진행할 때 학생들이 무척 좋아했어요. 토론, 작가와의 만남, 독서 여행을 연구소에서 모두 지원해 줬죠. 우리에게 충남교육연구소라는 조력 기관이 있으니 충분히 활용하여 학생 독서 모임도 꾸준히 진행해 나갔으면 좋겠어요.

류지남 그렇지요. 지식, 능력은 공동의 재산이에요. 공동체로부터 얻은 것은 다시 공동체에 되돌려야 한다고 생각해요.

김종학 학생들과 만나고 싶어도 국어 선생님들 눈치가 보여요. 과연 내가 그럴 만한 능력이 있는지 스스로 의구심도 들고요.

이현주 섣불리 잘못 인도한다는 시선을 갖고 보시지 않을까, 하는 걱정도 있어요. 사실 국어 선생님만큼 잘할 자신은 없어요. 국어 선생님들이 '애들 이상하게 지도하는 거 아니야?' 하고 생각할 것 같아요.웃음

안병연 《위대한 수업》이라는 책에 나오는 이야기인데 국어 선생님이 독서 모임을 꼭 주도할 필요는 없다고 봐요. 모든 교과에서 교사는 독서 모임을 할 수 있어요.

최은숙 그럼요. 함께 공부하는 건데요, 뭐. 우리 모임에도 국어 교사가 별로 없어요. 이과 전공 선생님들이 대부분이시죠. 저는 청양신문 독후감쓰기에서도 국어를 전공하지 않은 선생님들의 글에서 감동을 받을 때가 많아요. 얼마나 고민을 많이 했는지, 얼마나 책을 속속들이 팠는지, 얼마나 성실하게 썼는지, 흔적이 느껴져요. 그런 글쓰기가 자기를 성장시켜 준다고 생각해요. 국어 교사가 글을 더 잘 쓸 것이다, 국어 교사가 독서 지도를 잘할 것이다, 하는 생각은 근거 없는 오해예요.

황영순 전체적인 동아리가 부담이 된다면 담임으로서 교실에서 실천 할 수 있는 일들에 대해 연구해 보면 좋지 않을까요?

류지남 작년에 제가 수업을 하는 반마다 학급 문고를 만들어 봤어요. 자기 읽을 책을 두 권 사고, 집에 있는 책 두 권 가져오고, 이렇게 한 명에 네 권씩이면 학급 문고가 120권 정도 마련이 돼요. 그리고 일기를 쓰게 했어요. 일주일에 한 번 내용은 안 보고 체크만 했어요. 그리고 무슨 책을 어디까지 읽었는지, 적어 놓고 싶은 말이 있었는지, 일기 밑에 한 줄 쓰게 했는데 상당히 시끄럽고 문제가 많은 학급이 2학기 끝나 갈 무렵엔 차분해지는 걸 경험했어요.

이현주 선생님 말씀에 동감해요. 올해 저는 학습연구년을 보내게 되었는데요, '담임용 1년 연간 독서 계획 지도안'을 주제로 잡았어요. 독서 치료사 자격증을 따면서 독서 치료를 염두에 둔 연간 지도서를 만들고 싶어요. 예를 들어 3월에는 학생들과 친밀감을 형성해야 되잖아요? 그것에 도움이 되는 책을 선정한 뒤, 밑줄 긋기 독서도 좋고 독후감도 좋고 시화도 좋고 그 책에 가장 어울리는 방법을 찾아보는 거예요. 담임 시간에 할 수 있는 것들을 연간 지도계획서로 만드는 게 제 목표에요. 가정 사정이 어려운 우리 반 학생들이 학교에 잘 다니고 무사히 졸업하여 나름대로 자신의 일을 찾아가게 된 힘이 독서에서 생겼다고 생각하거든요.

이기자 맞아요. 어쩌면 요즘 세상에도 이렇게 살 수 있을까 싶을 정도로 시골에는 형편이 어려운 집이 많아요. 부모 없이 할머니, 할아버지 손에 자라는 아이들도 많고요. 그 아이들에게 큰 힘이 되었을 것 같네요.

이현주 네. 남과 1초도 눈을 못 맞추는 학생과 2년 동안 눈 맞추기 연습도 하고 손톱을 물어뜯어서 손톱이 없는 학생에겐 아침에 종이를 몇 장 주고 손톱 대신 종이 뜯기를 시키기도 했어요. 학교를 꾸준히 다닐 수나 있을까 걱정스럽던 그 아이들과 책을 읽고 이야기를 하면서 조금씩 서로의 마음을 알게 되었어요. 밑줄 긋기 독서는 저와 학생들 사이에, 또 학생들 간에 다리 역할을 해 주었어요. 그렇게 2년을 보내면서 선생님들이 쉽게 복사해서 쓸 수 있는 학습지 같은 연간 독서계획서를 만들 수 있으면 좋겠다는 생각을 하게 되었어요. 저는 중구난방으로 체계적이지 않았지만 작은 학교에서 많지 않은 학생들과 지낼 수 있어서 수월했어요. 제 경험을 토대로 해서 선생님들이 쉽게 활용할 수 있는 매뉴얼을 만들면 많은 학생들을 이끌고 가야 하는 선생님들께도 도움이 될 것 같아요. 각기 다른 상황에 직면한 학생들에게 권해 줄 수 있는, 그 나이에 적절한 책 목록을 만드는 게 제 꿈이에요.

이기자 선생님들과 이야기를 나누다 보니 책을 읽는다는 것이 어떤 것인지 새삼 알겠어요. 우리 모임의 선생님들이 참 소중합니다. 작년엔 김현식 선생님의 제안으로 우리가 모두 충남교육연구소의 회원이 되어서 연구소의 많은 도움을 받았어요. 독서 여행 경비도 지원받고 우리가 원하는 연수를 제공받을 수도 있었구요. 류지남 선생님 말씀처럼 이제 우리가 연구소의 에너지가 될 역량도 쌓였다고 생각해요. 재미있게 공부하고 연대가 필요한 곳이 있다면 힘을 보태면서 삽시다. 박수

김종학 빠뜨리면 안 될 분들이 또 있어요. 우리가 가장 자주 모였던 청양 한결학교의 선생님들 정말 고마운 분들이에요. 한솔 선생님이 차려 주시는 맛있는 저녁 식사도 큰 즐거움이에요.

임명희 저도 그래요. 독서 모임은 정말 행복해요. 마음이 치유되는 걸 느껴요. 늙어서도 했으면 좋겠어요.

황영순 걱정 마세요 선생님. 호호백발 할머니 할아버지 돼도 책 들고 돋보기 쓰고 만나기로 약속했어요. 김종학 선생님 사모님께서 그러시는데 독서 모임을 한 뒤로 김종학 선생님이 아주 너그러워지고 이해심도 깊어지셨대요. 무슨 책을 읽었는지 쳐다보지도 않던 현미밥도 먹는다고 남편을 끝까지 책임져 달래요. 다시 박수

| 정리 이훈환 (청양 화성중학교 교사)

저자 소개

공정희 선생님

　운동도, 노래도 잘하고 춤도 잘 추고 일도 잘하는 공쌤의 꿈은 밤무대 가수. 학생 시절부터 연극 무대에서 잔뼈가 굵어 무대에 오르는 순간 자신을 잊는다. 지방의 연극 무대를 지키며 중후하게 나이 먹는 것도 꿈이다. 교사들이 배우지 않으면 시대에 뒤떨어진다고 생각하여 학생들과 함께 배울 만한 곳이면 어디든 간다. 배우고자 실습실로 찾아오는 지역 주민들과 새벽까지 공부하면서도 피곤한 줄 모르며 학생들에게 자주 하는 말은 "우리 같이 연구해 보자." 항상 새로운 도전, 새로운 모색을 멈추지 않는 그에게 학생들이 붙여 준 별명은 '새로운 패턴의 개척자'. 천안 제일고등학교 식물자원 · 조경 교사.

김기영 선생님

　언제나 시원시원하게 "네, 해 볼게요." 하고 말하는 행동파 선생님. 잘 모르는 일도 두려워하지 않고 하나하나 물어 가며 차근차근 진행하는 선생님. 아이들과 아웅다웅한 지 10여 년 만에 고목처럼 지쳐 도망치듯 휴직하고 대학원에 진학했지만 아이들과 함께하는 것이 가장 자신답게 사는 일이라는 걸 깨닫고 학교로 돌아왔다. 봄이면 학생들을 앞세워 산행을 하고, 가을이면 밤을 줍기도 하면서 특수 학급 아이들이 스스로 설 수 있도록 고군분투한다. 학급의 1/3을 차지하는 조손가정, 한 부모 가정 아이들을 보면서 교육敎育은 더불어 교육交育이 되어야 한다는 생각을 하게 되었다. 공주 봉황중학교 특수교사.

김분희 선생님

몸가짐도 말투도 단아하고 고요하며, 신발 벗어 놓는 것 하나도 바르고 정성스럽게 하는, 일상이 구도求道가 되기를 바라는 선생님. 교실에 들어갈 때도 외출할 때도 언제나 손에 들려 있는 노란 천가방 속에는 책과 안경과 노트가 들어 있다. 읽은 책은 누군가 읽기를 바라면서 교무실의 책상 위에 놓아둔다. 노트에 꼼꼼하게 메모하며 읽는 독서는 학생들과 공부하는 교사들에게 본이 된다. 백마강 변의 시골 학교에서 아이들과 함께 배우며, 백조를 보살피는 거위 엄마의 마음으로 뒤뚱뒤뚱 조금 느리게 살고 있다. 부여정보고등학교 상업 교과 직업윤리 교사.

김성은 선생님

큰 바위 얼굴 뒤에 장난이 가득 숨어 있는 사람. 노래 부르기와 농사일이 세상에서 가장 즐겁다는 미래 농부. 인내심 대회가 열리면 상위권에 들 가능성이 있다. 책 읽기를 싫어했으나 아내의 손에 이끌려 독서 모임에 들어온 뒤 인생의 나침반이 될 만한 책들을 만나고, 책에서 배운 대로, 사는 거 남다른 게 있나? 겨자씨만 한 믿음을 가지고 사랑하고 인내하면 좋은 일이 있을 거라고 생각하면서 산다. 있는 듯 없는 듯 자리를 지키면서 불편한 일, 어려운 일을 소리 없이 해결해 주는 우리의 흑기사. 청양고등학교 특수교사.

김종학 선생님

언제, 어디에 무슨 꽃이 피는지 고향 땅 꽃의 주소를 모두 알고 있다. 꽃 피는 계절이 오면 꽃을 보려고 지름길 놔두고 산비탈 길을 에둘러 출근한다. 학생들에게 별을 보여 주느라 차에 늘 천체 망원경을 싣고 다닌다. 언젠가는 사막에 누워 별을 보는 것이 꿈이다. 스스로 문리가 틀 때까지 읽고 또 읽는 공부 벌레이며 고전에 깊이 빠져 사서삼경을 필사하는 우직함이 매력이다. 온양용화중학교 과학 교사.

김현식 선생님

100여 그루의 사과나무를 기르고 있다. 수확한 사과의 표정을 보고 어느 나무에서 자란 것인지 알 수 있다. 퇴근하여 해 질 무렵까지 사과 밭에서 혼자 일하고 생각하는 시간이 가장 편안하다. 늘 조용한 미소를 띠고 있지만, 한번 꽂히면 앞뒤를 재지 않는 열정이 있다. 학생들과 노래 모임을 만들고 공연을 위해 월급을 털어 악기를 샀던 시절, 세대 차이가 없는 노래를 공유했던 그 학생들과 지금도 가끔 모여 작은 공연을 한다. 건축을 공부하고 있고 휴일 아침에는 공을 찬다. 공주생명과학고등학교 물리 교사.

김흔정 선생님

별명은 왈왈 에너자이저. 불의를 그냥 넘기지 못하는 성미다. 으르렁 왈왈거리면서 반드시 바로잡아 놓는다. 빈틈없이 정리된 책상과 서류철, 빽빽한 스케줄러! 어떤 일이든 거침없이 해결하고 새로운 것에 도전하면서 곁에 있는 이들을 위해 자신을 기꺼이 나누는 시간은 도대체 어디에서 준비되는 것인지 불가사의하다. 겉과 달리 오지항아리 같은 속이 세심하고 따스하여, 정신 차리고 보면 어느 틈엔가 그녀의 시끄러운 울타리 안에 제 발로 걸어 들어가 함께 에너지 충만해 있는 자신을 발견하게 된다. 청양 정산중학교 특수교사.

류지남 선생님

교사는 화를 내는 대신 슬퍼하는 사람이라고 생각한다. 학교다운 학교 만들기를 소망하며 30여 년을 교사로 살아왔다. 주위를 따뜻하게 수용하고 긍정하는 품이 있으며 험담이 불가능한 구강 구조를 가진 선생님. 태를 묻은 시골집에 돌아와 살면서 가끔 시를 써서 《내 몸의 봄》이라는 시집을 내기도 했다. 머지않은 날, 집 옆에 소담한 흙집 한 채 짓고 작은 마을 도서관으로 꾸미며, 이웃들과 더불어 책 읽을 날을 꿈꾸고 있다. 청양 정산고등학교 국어 교사.

박태원 선생님

《녹색평론》을 읽다가 어느 날 청양의 빈 시골집을 얻어 휙 이사 왔다. 수학 선생님인 그를 처음 보는 사람들은 모두 농업 선생님이나 학교 아저씨로 착각한다. 장일순 선생님을 인생의 멘토로 모시고 있으며 취미는 테니스와 낚시, 그리고 월급을 뚝뚝 잘라서 반 학생들과 동료 교사, 학부모님들께 책 선물하기. 밥 한술도 안 먹고 아침부터 온종일 땀을 흠뻑 흘리면서 일을 한 뒤, 아내와 회 한 접시에 소주 한잔 하러 가는 것을 생의 기쁨으로 생각한다. 아내가 마을 성당에서 인문학 강좌를 기획하고 마을 도서관을 꾸리는 일에 외조를 빙자하여 잔소리하는 재미로 살고 있다. 청양 화성중학교 수학교사.

성기연 선생님

칠갑산 자락에 둥지를 틀고 박새랑 꿀벌이랑 고라니랑 이웃하여 살고 있다. 선생 노릇한 지 삼십 년이 넘어도 여전히 설렘과 두려움 속에서 아이들을 만난다. 쉬는 시간에 함께 커피를 마시고 싶은 선생님. 깊은 이해와 사랑이 담긴 목소리는 동료 교사들의 마음까지 평온하게 해 준다. 조용한 걸음, 부드럽고 우아한 목소리, 일명 '앙드레 성'. 쑥갓을 뜯어 먹기보다 노란 쑥갓 꽃이 좋아 병에 꽂아 두고 흐뭇하게 쳐다보며 산다. 청양 화성중학교 도덕교사.

송기영 선생님

30여 년의 교직 생활을 어느 날 미련 없이 확! 던졌다. 교문을 나오면서 후회했다. 몸과 마음을 다해서 학생들과 선생님들을 만날 것을, 이 모두가 내 생애 한 번밖에 없는 일인데. 지금은 어린이집 원장님이 되어 어린이들 생일잔치를 베풀어 주면서, '사람이 먼저다'란 말을 떠올리곤 한다. 이 세상 무엇보다 소중한 생명! "떤땡님(선생님)!" 하고 달려오는 어린이들의 사랑스러운 목소리를 들으면서 비로소 삶의 목적이 가다듬어지는 것을 느끼고 있다.

안병연 선생님

좋은 공연이나 연수가 있으면 서울이든 부산이든 거리에 상관없이 달려간다. 새로 부임하는 학교마다 동료 선생님들과 함께 성장하고자 하는 간절한 마음으로 독서 모임을 꾸리고 있다. 책을 읽다 보니 좋은 책들이 저절로 다가와 자꾸 쌓여 간다. 좋은 읽을거리들이 죽을 때까지 읽어도 다 못 읽을 만큼 많아서 행복하다. 산티아고 순례 길을 걷는 것과 클래식 음악이 흐르고 쿠키도 굽는 북 카페 하나 내 보는 게 꿈이다. 내가 못 이룬다면 딸들이 꿈을 이루어 주길 기도한다. 공주여자고등학교 가정 교사.

오은옥 선생님

시끌벅적 활기가 넘치는 교실의 주인공. 학생들과 같이 있는 때가 가장 행복하다. 아이들이 마음껏 자기를 표현하도록 무질서를 허용하는 선생님. 드디어는, "야! 우리 선생님 수업 시간에 떠들면 죽는다!" 그렇게 저희 스스로 질서를 찾아 가게 하는 아름다운 선생님. 학생들의 사랑을 한 몸에 받던 그녀는 올해 결혼하여 새댁이 되었다. 수줍은 듯 늘 미소 띤 얼굴, "아, 그래요." 하면서 다른 사람의 말을 누구보다 열심히 듣는다. 보령 웅천고등학교 수학 교사.

이기자 선생님

배낭에 시집 한 권 넣고 등산과 여행과 낮잠을 즐기는 선생님. 혹, 산에 오르다가 소나무 아래 너럭바위에 시집을 떨어뜨린 채 배낭을 베고 잠든 눈썹 진한 여인을 만난다면 그녀가 바로 이기자 선생님이다. 술과 노래와 시와 사람을 순수하게 사랑하는 그녀는 처녀 시절, 부모님의 결혼 반대에 봉착해 사랑의 도피 행각을 벌였던 열정을 교단에서 불태우고 재작년에 명퇴했다. 재미있는 시집을 한 권 내어 독서모임 선생님들과 2박 3일을 음주가무로 채울 계획을 세우고 있다.

이상미 선생님

그물에 걸리지 않는 싱싱한 물고기 같은 31세 국어 선생님. 자기를 꼭 닮은, 규칙과 성적의 틀에 매이지 않는 학생들을 만나 찰떡궁합으로 지지고 볶으면서 3년을 보내더니 아무도 기대하지 않던 입시결과를 내 주위를 깜짝 놀라게 하고, 21세기의 졸업식장에서 선생님과 학생들이 함께 울음을 터뜨려, 보는 이들의 눈시울을 뜨겁게 했다. 천안여자고등학교가 자랑²하는 자칭 타칭 경국지색. 미모를 질투한 몇몇 저항 세력이 "예쁘지도 않으면서 나라만 망하게 했다."는 낭설을 퍼뜨렸지만, 보란 듯이 결혼에 성공하여 경국지색 미니미를 출산했다. 현재 육아 휴직 중.

이현주 선생님

바지런하고 속 깊고 다정한 또순이. 누가 무슨 일로 난감해하면 언제나 환하게 웃으면서 "잘은 못하지만, 제가 한번 해 볼까요?" 하고 도움의 손길을 내밀어 주는 선생님. 어느 곳에 있든지 그 자리에 100퍼센트 완전하게 존재하는 사람. 아침 자습 시간, 선생님의 교실에선 경쾌한 노래가 흘러나온다. 클래식을 들으면서 잔잔히 동화를 읽거나 아이들이 노래를 따라 부르는 교실은 옹달샘을 품은 숲처럼 상쾌하다. 아파트의 이웃들, 학교와 교회에서 만나는 벗들과 더불어 독서모임의 전도사가 되는 것이 꿈. 청양 청남중학교 과학 교사.

이훈환 선생님

교사이자 농부이고 목수. 머리 쓰는 일보다 몸을 움직이는 일을 더 좋아한다. 산이 좋아 50여 명 전교생을 이끌고 해마다 지리산, 설악산을 누볐다. 태백산도 갈 예정이다. 토종 씨앗 지키기부터 땅 살리기, 마을 공동체까지 아는 것은 다 실천하려는 아내 때문에 퇴근을 해도 안방에 엉덩이 붙일 새가 없다. 대학을 졸업하고 고향으로 돌아와 아이들과 함께 농사도 짓고 과학도 가르치며 살고 있다. 청양 화성중학교 과학 교사.

최은숙 선생님

교실 밖에 진짜 교실이 있다고 생각하는 선생님. 일주일에 한 번씩 학생들과 마을 길을 걸으면서 장터에서 호떡과 떡볶이도 사 먹고 도시락을 준비하여 들밥도 먹는다. 학생들이 쓴 글을 사랑하고 반성문도 소중하게 보관한다. 온화하고 부드럽지만 중심이 분명하고 이해되지 않는 일은 하지 않는다. 학생들과 오순도순 살아가는 이야기를 모아 산문집 《세상에서 네가 제일 멋있다고 말해주자》, 《미안, 네가 천사인줄 몰랐어》, 《성깔있는 나무들》을 펴냈다. 청양 정산중학교 국어 교사.

황영순 선생님

책을 읽고 감동 받으면 그 순간 실천하는 선생님. 건강한 생태 공동체를 꿈꾸는 그녀는 퇴근하자마자 남편을 끌고 밭으로 간다.

자연에서 얻은 먹을거리로 효소도 만들고, 음식도 만들어 먹는 일로 손톱 밑이 늘 까맣다. 마을이 그대로 학교이길, 마을 구성원이 모두 선생님이자 학생이길 바란다.

올해 오룡리 마을 운영위원으로 초고속 승진했다. 청양고등학교 수학 교사.

도서 목록

21세기에는 지켜야 할 자존심 진중권, 정재승, 박노자 등저 | 한겨레출판 | 2007

3분 고전 박재희 저 | 작은씨앗 | 2010

5차원 전면교육 학습법 원동연 저 | 김영사 | 2002

9월이여, 오라 아룬다티 로이 저 | 박혜영 역 | 녹색평론사 | 2011

가슴 뛰는 회사 존 에이브램스 저 | 황근하 역 | 산티 | 2006

강수돌 교수의 '나부터' 교육혁명 강수돌 저 | 그린비 | 2003

거 봐, 비우니까 채워지잖아 송성영 저 | 황소걸음 | 2003

건축, 권력과 욕망을 말하다 서윤영 저 | 궁리 | 2009

건축, 음악처럼 듣고 미술처럼 보다 서현 저 | 효형출판 | 2004

건축의 외부 공간 아시하라 요시노부 저 | 김정동 역 | 기문당 | 2009

건축이란 무엇인가 승효상 등저 | 열화당 | 2005

겨울부채 하네다 노부오 엮음 | 생활성서사 | 1998

고(GO) 가네시로 가즈키 저 | 김난주 역 | 북폴리오 | 2006

고민하는 힘 강상중 저 | 이경덕 역 | 사계절 | 2009

곰브리치 세계사 에른스트 H. 곰브리치 저 | 클리퍼드 하퍼 그림 | 박민수 역 | 비룡소 | 2010

과학 개념어 상상사전 박서경, 윤선미, 이주연, 최은정 공저 | 스튜디오 돌 그림 | 작은숲 | 2013

교사는 어떻게 단련되는가 아리타 가츠마사 저 | 이경규 역 | 우리교육 | 2001

교사를 춤추게 하라 우치다 타츠루 저 | 박동섭 역 | 민들레 | 2012

교사와 학생 사이 하임 G. 기너트 등저 | 신홍민 역 | 양철북 | 2003

교실의 고백 존 테일러 개토 저 | 이수영 역 | 민들레 | 2006

그건, 사랑이었네 한비야 저 | 푸른숲 | 2009

기적의 사과 기무라 아키노리, 이시카와 다쿠지 공저 | 이영미 역 | 김영사 | 2009

꽃짐 정상명 저 | 이루 | 2009

꿈을 살다 박용준, 인디고 유스 북페어 프로젝트팀 공저 | 궁리 | 2008

나락 한알 속의 우주 장일순 저 | 녹색평론사 | 2009

나무에게 배운다 니시오카 쓰네카즈 저 | 시오노 요네마쓰 편 | 최성현 역 | 상추쌈 | 2013

난설헌 최문희 저 | 다산책방 | 2011

날아라 새들아 최성각 저 | 산책자 | 2009

내 생애 단 한 번 장영희 저 | 샘터 | 2010

내 아이를 위한 사랑의 기술 존 가트맨, 남은영 공저 | 한국경제신문사(한경비피) | 2007

내가 믿는 이것 편집부 편 | 인디고서원 | 2010

녹색평론 녹색평론 편집부 | 녹색평론사 | 2013

눈물은 왜 짠가 함민복 저 | 이레 | 2003

당신을 사랑합니다 김해자 저 | 삶창(삶이보이는창) | 2012

당신을 살리는 기적의 자연치유 이태근 저 | 정신세계사 | 2010

동시 삼베치마 권정생 글, 그림 | 문학동네어린이 | 2011

땡전 한 푼 없이 떠난 세계 여행 미하엘 비게 저 | 유영미 역 | 뜨인돌 | 2011

마을에서 희망을 만나다 박원순 저 | 검둥소 | 2009

멋지기 때문에 놀러 왔지 설흔 저 | 창비 | 2011

무위당 장일순의 노자 이야기 장일순 저 | 이현주 대담, 정리 | 삼인 | 2003

미쳐야 미친다 정민 저 | 푸른역사 | 2004

밥상혁명 강양구, 강이현 공저 | 살림터 | 2009

방자 왈왈 박상률 저 | 사계절 | 2011

배흘림기둥의 고백 서현 저 | 효형출판 | 2012

보통이 뭔데? 쿠라모토 토모아키 저 | 김은진 역 | 한울림스페셜 | 2008

불온한 교사 양성과정 홍세화 외 8인 저 | 교육공동체벗 | 2012

빼앗긴 문화재를 말하다 혜문 저 | 작은숲 | 2012

사랑 아닌 것이 없다 이현주 저 | 샨티 | 2012

사랑으로 매긴 성적표 이상석 저 | 박재동 그림 | 양철북 | 2010

사랑한다면 조재도 저 | 작은숲 | 2012

사유하는 교사 안드레아스 플리트너, 한스 쇼이얼 공저 | 송순재 역 | 내일을여는책 | 2008

산에서 살다 최성현 저 | 조화로운삶 | 2006

상처 위에 피는 꽃 조재도 외 9인 공저 | 작은숲 | 2013

성깔 있는 나무들 최은숙 저 | 살림터 | 2011

소심하고 겁 많고 까탈스러운 여자 혼자 떠나는 걷기 여행 1 김남희 저 | 미래M&B | 2004

속 시원한 글쓰기 오도엽 저 | 한겨레출판 | 2012

스님의 주례사 법륜 저 | 김점선 그림 | 휴(休) | 2010

시로 쓰는 한국 근대사 신현수 저 | 작은숲 | 2012

쓰뭉 선생의 좌충우돌기 강병철 저 | 삶창(삶이보이는창) | 2008

아들 심리학 댄 킨들런, 마이클 톰슨 저 | 문용린 역 | 아름드리미디어 | 2007

아름다운 마무리 법정 저 | 문학의숲 | 2008

아름다운 세상을 꿈꾸다 최세희, 전성원, 손동수 공저 | 낮은산 | 2009

안나의 즐거운 인생 비법 황안나 저 | 왕소희 그림 | 샨티 | 2008

어느 가슴엔들 시가 꽃 피지 않으랴1 정끝별 해설 | 권신아 그림 | 민음사 | 2008

어떻게 아이들을 사랑해야 하는가 야누쉬 코르착 저 | 송순재, 안미현 공역 | 내일을여는책 | 2002

엄마를 부탁해 신경숙 저 | 창비 | 2008

여기에 사는 즐거움 야마오 산세이 저 | 이반 역 | 도솔 | 2002

여시아문 마이다 슈이치 저 | 이아무 역 | 삼인 | 2012

오래된 미래 헬레나 노르베리 호지 저 | 김종철 등역 | 녹색평론사 | 1998

온전함에 이르는 대화 이현경 저 | 샨티 | 2010

웃기는 학교 웃지 않는 아이들 김대유 저 | 시간여행 | 2011

월든 헨리 데이빗 소로우 저 | 강승영 역 | 은행나무

육식의 종말 제레미 리프킨 저 | 신현승 역 | 시공사 | 2002

이장이 된 교수, 전원일기를 쓰다 강수돌 저 | 지성사 | 2010

인생수업 엘리자베스 퀴블러 로스, 데이비드 케슬러 공저 | 류시화 역 | 이레 | 2006

임꺽정 홍명희 저 | 사계절 | 2008

자연 그대로 먹어라 장영란 저 | 김광화 사진 | 조화로운삶 | 2008

자연달력 제철밥상 장영란 저 | 김정현 그림 | 들녘 | 2010

잠든 우리말을 깨우다 박일환 저 | 작은숲 | 2012

잡지, 시대를 철하다 안재성 편 | 돌베개 | 2012

잡초는 없다 윤구병 저 | 보리 | 1998

전갈의 아이 낸시 파머 글 | 백영미 역 | 비룡소 | 2004

정조와 불량선비 강이천 백승종 저 | 푸른역사 | 2011

책은 도끼다 박웅현 저 | 북하우스 | 2011

처음처럼 신영복 저 | 이승혁, 장지숙 공편 | 랜덤하우스코리아 | 2007

천 개의 공감 김형경 저 | 한겨레출판 | 2006

천천히 읽기를 권함 야마무라 오사무 저 | 송태욱 역 | 샨티 | 2003

케스-매와 소년 배리 하인즈 저 | 김태언 역 | 녹색평론사 | 2011

토메이토와 포테이토 강병철 저 | 작은숲 | 2011

팔만대장경도 모르면 빨래판이다 전병철 저 | 살림터 | 2012

핀란드 교실 혁명 후쿠타 세이지 저 | 박재원, 윤지은 공역 | 비아북 | 2009

한옥에 살어리랏다 새로운 한옥을 위한 건축인 모임 저 | 돌베개 | 2007

할아버지 무릎에 앉아서 이현주 저 | 작은것이아름답다 | 2009

행복하기란 얼마나 쉬운가 앤소니 드 멜로 저 | 이현주 역 | 샨티 | 2012

허수아비 춤 조정래 저 | 문학의문학 | 2010

호미 박완서 저 | 열림원 | 2007

홀로 걸으라, 그대 가장 행복한 이여 비노바 바베 저 | 구탐 바자이 사진 | 김진 역 | 예담 | 2006

휴먼 필 공선옥 등저 | 삶창(삶이보이는창) | 2012

흙집으로 돌아가다 전원속의내집 편집부 저 | 주택문화사 | 2009

희망을 여행하라 이매진피스, 임영신, 이혜영 공저 | 소나무 | 2009

사진 목록

이 책에 실린 사진의 저작권은 김관빈, 이선이, 정다우리에게 있으며, 구체적인 내용은 다음과 같습니다.(편의상 책의 수록 번호로 표기했습니다. 예를 들어 005는 005 강수돌 교수의 '나부터 교육혁명'입니다. 해당 사진을 찾으려면 차례를 참고하십시오.)

김관빈

005	007	015	025	026	027	028	029	030	039	042
059	060	061	063	067	072	075	077	078	080	081
086	095

이선이

| 006 | 022 | 023 | 035 | 037 | 043 | 046 | 048 | 050 | 053 | 055 |
| 058 | 065 | 070 | 074 | 087 | 097 |

정다우리

001	002	003	004	008	009	010	011	012	013	014
016	017	018	019	020	021	024	031	032	033	034
036	038	040	041	044	045	047	049	051	052	054
056	057	062	064	066	068	069	071	073	076	079
082	083	084	085	088	089	090	091	092	093	094
096	098	099	100